LE VALLON
DES LUCIOLES

Isla Morley

LE VALLON DES LUCIOLES

Traduit de l'anglais (États-Unis)
par Emmanuelle Aronson

Éditions du Seuil

TITRE ORIGINAL
The Last Blue

ÉDITEUR ORIGINAL
Pegasus Books, US

ISBN 978-2-7578-9435-4

À la mémoire de mon père, David.

Septembre 1972

Il y a trente-cinq ans, Havens se serait réveillé en s'inquiétant de n'avoir rien à faire. Étonnamment avec l'âge, la perspective d'une journée d'oisiveté devient alléchante, voire rassurante. Havens préférerait même avoir encore moins d'obligations, afin de pouvoir s'abandonner à ses souvenirs ; c'est son problème après tout s'il décide de rester assis dans son fauteuil inclinable sans rien faire, sinon se rappeler à quel point elle lui manque, non ?

Havens n'est pas non plus un lève-tôt ; il ne l'a jamais été. Seul son sens du devoir envers un vieux pigeon arrogant le pousse à se lever au lieu de se tourner dans son lit et de somnoler un peu plus longtemps. Il lève les bras pour s'étirer et ses os, mécontents, craquent. Il observe dans le miroir son visage, qui curieusement lui semble aussi familier qu'étranger. La vieillesse est une menace ; personne n'y peut rien. Chaque jour elle gagne du terrain. Il renonce à se raser, s'asperge le visage d'eau et remet exactement les mêmes vêtements que la veille – un vieux jean, sa chemise en flanelle rouge, un pull gris maculé de taches de café et des tennis rafistolées avec du gros Scotch –, puis il traverse en chantonnant, faux, la maison silencieuse. Par la fenêtre du salon, il jette un coup d'œil à la prairie délicatement nappée de brouillard. Le jour aussi semble prendre son temps pour se lever. Havens préférerait boire un café avant de s'occuper du pigeon, mais les roucoulements en provenance de la véranda fermée à l'arrière de la maison sont pressants ; il laisse donc la cafetière sur le feu pour aller recevoir ses ordres.

– Qu'est-ce que tu as à t'agiter comme ça ? lance-t-il.

L'oiseau a défait le bandage sur son aile et Havens distingue à nouveau la fracture au niveau de l'articulation.

– Tu as la chair à vif, imbécile.

Havens soulève le haut de la cage de Lord Byron et ouvre la fenêtre afin que l'oiseau puisse profiter de l'air frais. Plumes gonflées, le pigeon saute jusqu'au rebord de fenêtre et, s'abandonnant à l'instinct, tombe à pic. Huit mois de convalescence, et il continue de nier son déclin. Voilà une chose que Havens respecte chez tout être vivant, ailé ou non. Il se précipite dehors pour récupérer le volatile avant de lui mettre de la pommade et de rebander la plaie, n'obtenant, en guise de remerciements, que des coups de bec.

– Arrête, s'il te plaît. La violence n'est jamais une solution.

L'oiseau sait qu'avec Havens il peut faire ce qu'il veut. Il renverse sa mangeoire, l'air de dire *beurk*.

Havens se tourne vers les autres patients : un oiseau moqueur bruyant presque assez remplumé pour voler et un geai bleu turbulent qui s'est assommé hier en heurtant de plein fouet la fenêtre de cuisine. Avant de prendre le chemin de la grange, Havens dépose dehors une assiette de nourriture pour le chat noir auquel il refuse d'attribuer un nom, de peur de lui donner des idées mais qui, par esprit de contradiction, n'a manifestement aucune envie de se trouver un toit plus adapté et continue de déposer des morceaux de lézard devant la porte à l'arrière de la maison.

Molly, la mule, indifférente à sa présence, ne s'intéresse qu'au foin frais qu'il dispose devant elle. Elle mange comme quatre.

– Tu te laisses aller, tu sais, remarque-t-il.

De toutes les créatures dont il s'occupe, Gimp, la chèvre à trois pattes, est la seule qui semble toujours contente de le voir. C'est l'animal le plus agréable qui soit. Havens la caresse et ouvre la porte de sa stalle pour qu'elle s'ébatte un peu ; la bête tente une ruade mais, perdant l'équilibre, s'étale.

Havens est en train de remplir le seau d'eau lorsqu'il entend le vrombissement d'une voiture dans l'allée. Il n'attend personne, et ceux qui le connaissent ne s'aventurent pas à venir le voir sans prévenir. À moins d'un problème. On pourrait penser qu'avec le temps il aurait moins le réflexe d'être sur ses gardes, mais non.

Il sort de la grange et, les yeux plissés, observe l'allée poussiéreuse. Est-ce que c'est une voiture de location ? Personne par ici ne roule dans une voiture neuve et propre, encore moins une Ford Fairlane. Un touriste peut-être.

Avant même que le véhicule ne s'arrête, Havens se redresse, manifestement sur la défensive, ce qui n'empêche pas un jeune homme dégingandé, vingt-cinq ans passés, peut-être trente, d'émerger du siège conducteur.

– Pour le centre d'artisanat, il faut encore faire six kilomètres. Il y aura un panneau sur votre droite.

Havens frappe des mains pour lui signifier de faire demi-tour au cas où lui vienne l'idée de répondre. Maigrichon le gars. Un fervent chrétien, si ça se trouve. *Et sourd en plus*, songe Havens, car il continue de s'approcher.

– Bonjour, monsieur. Je suis bien au 45 ? Il n'y avait rien d'indiqué.

Il parle d'une voix douce : *Sa mère l'a surprotégé*, décide aussitôt Havens. Même si ses cheveux sont trop longs, sa chemise est soigneusement rentrée dans son pantalon et il porte de véritables chaussures, pas ces sandales en cuir avec lesquelles tout le monde se balade ces derniers temps. Il n'y a rien à redire sur sa tenue, mais quelque chose chez lui trouble Havens. Pour se donner une contenance, Havens hausse le ton.

– Feriez mieux de faire demi-tour.

L'intrus a plus d'audace que son apparence pouvait laisser croire. Il avance encore d'un pas et lance :

– Vous êtes monsieur Clayton Havens ?

Soit le bougre a quelque chose à vendre, soit c'est un de ces minables de la Clearcreek Mining Company qui vient encore lui offrir trois cacahuètes pour acheter ses terres.

– Ça ne m'intéresse pas ce que vous avez à vendre, alors bougez votre cul et allez emmerder quelqu'un d'autre.

L'inconnu reste imperturbable. Il a même plutôt l'air content de lui. Et au lieu de se taire, le voilà qui ouvre encore le bec.

– Je n'ai rien à vous vendre, monsieur Havens. J'aimerais juste vous poser quelques questions sur des gens que vous avez peut-être connus il y a longtemps… ils s'appelaient les Buford, je crois.

Il n'existe qu'une forme de vie inférieure à celle d'un orpailleur : celle d'un journaliste. Le sang de Havens ne fait qu'un tour.

– Lâchez-moi avec votre monsieur Havens. Je vous ai déjà dit de partir, alors partez.

– J'espérais que vous pourriez m'en dire plus sur eux. Il paraît que vous…

Sans le laisser finir sa phrase, Havens fait volte-face et repart vers la grange. Ça faisait des lustres qu'un canard du Nord ne lui avait pas envoyé un gratte-papier pour tenter de dénicher des informations sur elle. Toujours pareil : il faut qu'ils insistent, jamais ils ne cherchent à savoir s'ils vous dérangent ou pas, et avec ça c'est comme s'ils vous rendaient un énorme service en venant vous voir. Une fois, il y en a un qui a fait semblant de vouloir en savoir plus sur le travail de documentariste de Havens pour la FSA et sur ses clichés de nature. Ah ça, il l'a bien caressé dans le sens du poil – « Un style percutant peu commun à cette époque » qu'il lui a dit –, comme si Havens avait inventé ce genre de photographie ! Bref, quel que soit leur angle d'attaque, tout ce qu'ils veulent, c'est en savoir plus sur elle.

– Est-ce que quelqu'un d'autre pourrait me renseigner ? crie le gamin. Je pourrais revenir plus tard si c'est mieux pour vous…

Havens s'engouffre dans la sellerie et s'empare de la Winchester soigneusement rangée dans le râtelier d'armes. Puis, d'un pas décidé, il repart vers l'importun.

– Je n'ai rien à vous dire, ni maintenant, ni plus tard, ni jamais.

Havens caresse le canon de la carabine.

Maintenant, le gamin sait à quoi s'en tenir. Il recule jusqu'à sa voiture, bêlant qu'on a dû lui donner une mauvaise information.

– Je suis vraiment désolé de vous avoir dérangé.

Havens continue de tenir en joue le pare-brise arrière de la Fairlane de location jusqu'à ce qu'elle atteigne le bout de l'allée. *Tourne à gauche*, ordonne-t-il intérieurement. *T'avise pas d'aller à Chance.*

Seul un gosse de la ville mettrait son clignotant et regarderait des deux côtés avant de s'engager sur une route toujours déserte.

– Nom de Dieu.

L'inconnu prend à droite.

Havens se précipite vers son pick-up et jure en s'apercevant que les clés ne sont pas sur le contact. Il fouille un bon quart d'heure la maison avant de mettre enfin la main dessus et de regagner sa vieille guimbarde qui conteste son impatience en toussant et calant bruyamment. Ce n'est pas comme ça qu'il va pouvoir foncer en ville pied au plancher.

Il ne reste pas grand-chose de Chance désormais. Il y a le bureau de poste et Checkers, qui mérite à peine le nom de restaurant avec les hot-dogs rassis et la prétendue glace qu'ils vous servent. Il faut malheureusement avouer que Havens y mange deux fois par semaine. Pour tout ce qui concerne l'arrachage de dents, la religion, ou le maintien de l'ordre à proprement parler, il faut faire vingt kilomètres de plus et se rendre à Smoke Hole. Fort heureusement, Havens n'a besoin de rien de tout cela aujourd'hui. Ce qui était autrefois l'institut de beauté est maintenant une sorte de mont-de-piété à mi-chemin du salon de tatouage ; et le bruit court que l'arrière-boutique servirait de laboratoire à ce qui se fait de mieux en matière de stupéfiants dans le Kentucky, mais Havens ne croit pas tout ce qu'il entend dire. On raconte bien encore qu'il lui arrive d'avoir des coups de folie, et il n'a jamais essayé de rétablir la vérité.

Tout est fermé aujourd'hui en ville et il n'y a aucune trace de la Fairlane. Havens songe qu'il a carrément de la chance jusqu'au moment où il s'engage sur Second Street et tombe sur la camionnette rouge de Flavil garée devant le bazar de ce dernier, dans la vitrine duquel un panneau lumineux rouge annonce : OUVERT.

Rakestraw's n'est plus la graineterie-quincaillerie de jadis – même si les prix restent élevés –, mais si l'on veut se tenir au courant des derniers potins du coin, on n'a encore rien trouvé de mieux que son propriétaire fouineur et bavard. C'est pourquoi Havens ne s'y rend qu'en cas d'absolue nécessité.

Flavil Rakestraw est en train de garnir ses étagères. C'est un type corpulent avec une masse de cheveux censée dissimuler ses prothèses auditives, qui ne fonctionnent pas, et Havens n'a pas d'autre choix que d'avancer pour lui flanquer une tape sur l'épaule et signaler sa présence.

– Tiens donc, ce gars t'a fait sortir de ton trou, s'exclame Flavil beaucoup trop fort.

Il enchaîne : le type était poli pour quelqu'un du Nord, il semblait vraiment s'intéresser à l'histoire de la région et il a acheté une brique de lait chocolaté. Havens doit pratiquement crier pour que Flavil cesse de faire comme si tout allait bien.

– Bon Dieu, Flavil, on sait tous les deux qu'il n'était pas là pour faire ses courses.

Flavil se remet à étiqueter les boîtes de margarine Crisco.

– Comme j'ai dit, il était franchement aimable, et il y en a certains par ici qui feraient bien d'en prendre de la graine au lieu de hurler sans raison sur un homme.

D'un ton plus mesuré, Havens retente sa chance :

– Tu vas me dire pourquoi tu me l'as envoyé ?

– J'ai fait exactement comme avec les autres, exactement comme tu m'as dit de faire.

Flavil se dirige vers son comptoir et se poste derrière avant de faire un geste comme s'il bouclait une fermeture Éclair devant ses lèvres.

– Je n'avais pas du tout l'intention de mentionner ton nom, Dieu m'en est témoin. Puis, sincère, il ajoute : Tous les autres venaient pour dégoter une photo, mais ce gars, il en avait déjà une, c'est tout. C'était une de celles que tu as prises à l'époque.

Havens n'a pas besoin de demander.

– Ouais, elle était dessus, confirme Rakestraw.

S'efforçant de se calmer, Havens fixe les paquets de farine, de sucre et de levure sur les étagères.

– S'il te plaît, articule-t-il, elle a un nom.

– Jubilee, je veux dire.

– Et comment ça se fait qu'il s'est pointé avec une de mes photos ?

Rakestraw hausse les sourcils et les épaules.

– Bah, je sais pas. Mais dès qu'il l'a sortie, j'ai tout de suite compris qu'il venait pas d'un journal ou d'un magazine, parce qu'il savait pas du tout qui c'était, il connaissait même pas leurs noms. Pour lui, elle n'avait rien de particulier… enfin je veux dire, Jubilee.

Havens s'abstient de s'attarder sur ce qui est ou n'est pas particulier.

– Qu'est-ce que tu lui as dit ?

– Rien, je le jure. Les Buford du Vallon des Lucioles, c'est tout ce que j'ai dit. Après il m'a demandé où il pouvait les trouver et c'est là que je lui ai répondu qu'il ferait mieux de te poser la question à toi, puisque c'était toi qui avais pris la photo. Je lui ai pourtant bien répété que t'étais pas du genre à aimer la compagnie.

Flavil semble s'attendre à des remerciements et n'entendant rien venir, il ajoute :

– J'ai pensé que t'aimerais pas qu'il aille voir quelqu'un d'autre. Si tu répondais de temps en temps au téléphone, tu saurais quand on cherche à te prévenir.

– Je ne réponds pas parce que je n'ai pas envie de parler à qui que ce soit ! riposte Havens. Encore moins à un journaliste !

Il rebrousse chemin en direction de la porte.

– Il est pas journaliste, se défend Flavil, avant de changer d'optique et de crier : Y a pas de honte à en parler !

De retour dans son pick-up, Havens fonce dans Main Street sans marquer les stops. Il tourne à droite en sortant de la ville et parcourt plusieurs rues résidentielles, toutes désertes. Aucun signe de la Ford Fairlane blanche le long de la voie ferrée, ni dans le virage où sont parqués les mobil-homes. Peu importe ce que le type cherchait, il a décampé.

Havens fait un détour en rentrant juste pour être sûr. Il lève le pied dans les virages et baisse sa vitre pour respirer l'air musqué de la pluie de la nuit précédente. De part et d'autre, les collines se succèdent, chapelet de genoux pliés vers le ciel ; la forêt étale, tranquille. Havens peut quasiment entendre la terre soupirer. Quelques centaines de mètres plus loin, la route se redresse, et les bois cèdent la place au cimetière. Aujourd'hui c'est Decoration Day, le jour des morts pour la patrie, et toutes les voitures de Chance sans exception sont garées sur les bas-côtés. Il est à peine onze heures et les lieux grouillent déjà d'activité – des gens de tous âges désherbent, récurent les stèles, arrangent les bouquets et autres décorations multicolores. Avant la fin de journée, chacun étalera par terre sa nappe de pique-nique et toutes les sépultures seront parées, même celles oubliées depuis longtemps, même celles de ces fils de pute que Havens se réjouit de savoir six pieds sous terre.

Il freine pour laisser Bonny du salon de coiffure et son mari traverser, vacillant tous deux sous une pile de couronnes mortuaires, et il s'apprête à leur rendre leur salut lorsqu'il repère la Fairlane sur le parking. D'un coup de volant, il s'engage sur les graviers pour se garer derrière la voiture et lui bloquer le passage. Ses putains de nouvelles lunettes ne font aucune différence de là où il se trouve – le monde est juste flou. Malgré son genou fragile, il franchit précipitamment l'entrée et s'élance dans l'allée pavée, balayant du regard la foule en quête de l'inconnu et bousculant au passage ce pauvre aveugle de Warren, ce qui aussitôt fait aboyer son chien et réagir Mme Dixon qui réprimande Havens d'un doigt désapprobateur. Zigzaguer entre les rangées de tombes n'est pas plus facile, et Havens évite tant bien que mal truelles, râteaux, et guirlandes de fleurs avant de s'immobiliser enfin dans la partie ancienne du cimetière : le petit merdeux est en train de parler avec un couple de personnes âgées.

– Hé, toi ! crie-t-il.

L'inconnu fourre la photographie dans la poche de sa veste, l'air de se demander comment éviter un essaim de frelons. Et décide de tenter de négocier. Mais Havens l'attrape par le col et l'entraîne sous la contrainte vers la sortie.

– Dégage de là, nom de Dieu !

Le gamin trébuche, puis se débarrasse de Havens :

– C'est quoi votre problème, mon vieux ?

– C'est quoi *ton* problème ? Regarde autour de toi, tu sais où tu te trouves ? Tu n'as donc aucun respect ?

Havens sait bien qu'il est en train de faire un esclandre ; il ferait mieux de prêter attention à la silhouette qu'il vient d'apercevoir du coin de l'œil, songe-t-il, mais il continue :

– Personne n'a envie que tu viennes déterrer le passé ! Les gens veulent qu'on leur foute la paix !

Il désigne les monticules de terre.

– Tu crois que ces morts ont envie qu'on trouble leur repos éternel ?

Le jeune homme qui plaidait sa cause se tait soudain. Assise dans un fauteuil roulant que pousse une aide-soignante, une vieille femme vient d'éructer, un doigt tordu brandi vers Havens telle une baguette de sorcière :

– Assassin !

Tout le monde dans le cimetière se fige sauf Havens qui recule en crabe pour mettre une rangée de tombes entre lui et la femme.

– Assassin ! braille encore la vieille, la fumée lui sortant quasiment des oreilles, avant de sommer d'un geste son aide-soignante de suivre Havens qui se hâte de battre en retraite vers la sortie.

Mai 1937

Havens

Par la vitre ouverte du train, Havens observe le paysage : des collines si loin de tout qu'il est difficile de croire que l'on puisse les localiser sur une carte moderne. S'il s'agissait d'une créature vivante, cela ressemblerait à un dragon, camouflé, dont seules certaines parties du corps émergeraient des fumerolles de son souffle – un cou arqué, deux ou trois kilomètres d'échine et une queue noueuse s'étalant dans la vallée de Shenandoah. Au-delà du rythme bruyant du train, des sifflements occasionnels de vapeur et des crissements de roues dans les virages, la nature semble incroyablement paisible, comme si tous les bruits avaient été étouffés et que seul subsistait le grésillement du silence.

Partout dans les villes de la côte Est a fleuri une passion pour cette région, que tout le monde appelle désormais les Appalaches. Principalement parce que le président Roosevelt est déterminé à en valoriser et défendre les intérêts et l'identité, au même titre que d'autres zones misérables comme l'Oklahoma, la plaine du Texas, et en fin de compte n'importe quel territoire le long de la route migratoire vers la Californie ; mais le Président a également parlé ces derniers temps de créer un lien entre le producteur et le consommateur non pas dans les villes mais dans les coins les plus reculés comme celui vers lequel Havens et son compagnon de route, Massey, se dirigent. Avec pour mission de dépeindre le grand esprit multiforme de l'Amérique, Havens et Massey, ainsi que plusieurs dizaines d'autres journalistes et photographes, sont envoyés dans le cadre d'un programme de soutien mis en place par le Président, soit la Farm Security Administration, aux confins du pays. Ce que le Président veut, leur a-t-on précisé, ce sont des images et des récits sur des gens dans le besoin et qui souffrent, mais pas non plus au point d'être au-delà de toute main tendue. En d'autres termes, leur but est d'aider le Président à vendre son idée de New Deal à l'opinion publique. Havens n'est pas le seul photographe que la FSA a sorti de la misère, mais la gratitude ne l'empêche pas de douter de l'entreprise ni d'avoir le sentiment d'être un instrument de propagande plutôt qu'un photographe. Selon son patron, Pomeroy, Havens doit saisir la nature sauvage et inébranlable de ceux qui vivent en montagne, qu'elle soit réelle ou non, et montrer leur souffrance afin de susciter la compassion de l'opinion publique et faire voter chacun du bon côté.

Massey sort de sa sacoche un livre d'Edward Carpenter sur la démocratie et le tend à Havens.

Même si ce dernier en a assez des écrits politiques dont Massey l'abreuve régulièrement, y compris les jérémiades socialistes que son ami publie dans l'*American Federationist*, il prend l'ouvrage.

– On se détend, dit Massey. Ce n'est pas de la doctrine coco, c'est de la poésie. Ce type est presque aussi bon que Wordsworth, surtout quand il parle d'Éros.

Havens ouvre le livre au hasard et lit quelques lignes.

– Carpenter, poursuit Massey, est un philosophe et un naturaliste qui a rejeté les conventions victoriennes de son époque et quitté son poste de professeur pour aller vivre à la campagne où il a écrit ses meilleurs textes dans un enclos au beau milieu d'une prairie.

– Le bonheur est dans les bouses de vache, tout à fait ton genre, déclare Massey.

Havens acquiesce amicalement jusqu'à ce que Massey aborde le sujet de sa vie sentimentale.

– Les choses avaient l'air un peu tendu entre toi et Betty à la gare. Est-ce qu'elle te cherche toujours comme ça ?

– Betty, c'est Betty, c'est tout.

Le moment est venu de se concentrer sur le livre, songe Havens.

– Cette façon qu'elle avait de tout vérifier, de réajuster ta cravate… « As-tu pris ci, n'oublie pas ça. » Je suis étonné qu'elle n'ait pas sauté dans le train avec toi. Tu n'as pas l'impression qu'elle te materne ?

Betty a sept ans de plus que Havens et elle n'a jamais eu d'enfant, donc si son instinct maternel est parfois mal à propos, où est le problème ?

– Elle veut seulement m'aider.

– T'aider à quoi ?

– Je ne sais pas, à cesser de la décevoir toujours plus.

Havens reconnaît le regard de Massey et, avant que son ami ne se lance dans une tirade sur l'importance de croire en soi, il clôt le débat en affirmant :

– Betty ne me veut que du bien, il n'y a pas de mal à ça.

– Il y en a si c'est la raison pour laquelle tu l'épouses.

Le trajet en train semble interminable.

– Qui a parlé de mariage ?

– Santos.

Havens soupire et baisse la tête. Il n'a rien dit à Massey au sujet de la modeste bague qu'il a fait mettre de côté au mont-de-piété car il ne voulait pas avoir à justifier son achat, à savoir qu'il arrive un moment dans l'existence où un homme doit oublier la passion pour se montrer plus pragmatique. Son bref mariage à vingt ans n'avait été que passionnel, et ne l'avait pas mené bien loin.

– Je ne suis pas en train de te dire comment mener ta vie, reprend Massey. Ne te sous-estime pas, c'est tout. Dans la chose artistique, mais aussi dans la chose sentimentale.

Massey sort son bloc-notes, s'empare du crayon glissé derrière son oreille, lèche la mine et commence à écrire.

– Tu es encore retourné voir Santos ?

Havens sait que Massey n'a plus rien à mettre au clou.

– Il est réglo.

– Tu n'as quand même pas vendu la montre d'officier de ton père ?

– Faut bien manger, non ?

Havens observe son ami qui noircit page après page, sans marquer la moindre pause. Massey reste tout aussi passionné et productif que depuis leur rencontre au *Cincinnati Enquirer* huit ans plus tôt. Spécialiste des luttes ouvrières, Massey était déjà célèbre et travaillait au quatrième étage du journal lorsque Havens avait été embauché, au sous-sol, comme photographe assistant. Ils s'étaient rencontrés le 1er avril 1929 ; le cliché que Havens avait pris de Louis Marx et son yo-yo s'était retrouvé en une du journal, ce qui avait recalé dans les pages intérieures l'article de Massey sur la grève de l'usine textile de Loray. Ce dernier avait aussitôt passé un savon au rédacteur en chef, outré qu'un fabricant de jouets puisse mériter plus d'attention que mille huit cents femmes s'opposant à l'*establishment*, aux briseurs de grève, et même à la Garde Nationale, puis il était allé trouver Havens à la cafétéria pour en fin de compte lui serrer la pince et reconnaître sa défaite : « Ton Marx a battu Karl Marx, mais ça ne se reproduira pas. »

Ainsi avait commencé une amitié qui n'avait pas tardé à s'épanouir en dehors du journal. Ils avaient dîné avec la bande de Massey – militants refoulés et autres poètes portés sur la bouteille –, s'étaient fait plumer au billard et avaient passé du temps dans la chambre noire de Havens où Massey s'était intéressé aux photographies de son nouvel ami, y compris celles qui ne trouvaient pas grâce à ses yeux. « Tu ne peux pas demander à ces abrutis là-haut de s'y connaître en art », se plaît encore à répéter Massey après toutes ces années. Dans le sillage du krach boursier, le journal avait dû se séparer de certains mais Massey s'était battu pour que Havens conserve son poste et, par loyauté, deux ans plus tard, Havens avait suivi Massey à l'autre bout de la ville dans un tout nouveau canard plus proche des syndicats. L'année précédente, un mois après que Havens avait reçu le Pulitzer pour sa photographie, *L'Orphelin*, ce journal avait finalement fait faillite. Malgré sa famille déjà fort nombreuse, la FSA avait engagé Havens et Massey, même si Massey continuait de faire des piges pour plusieurs quotidiens et Havens des photos qui, en fin de compte, ne voyaient jamais le jour.

Havens se concentre sur le livre, mais sous l'effet du ronronnement régulier du train il ne tarde pas à s'endormir.

L'après-midi est déjà bien avancé lorsque Massey réveille Havens d'un petit coup de coude.

– Tu baves.

Havens a un torticolis. Il range le livre dans son sac et prend la moitié de sandwich que Massey lui tend.

– On va commencer par l'angle des traditions populaires.

La perspective n'enchante pas Havens.

Massey poursuit :

– Nous allons montrer les ravages que les mines de charbon et l'industrialisation provoquent sur le monde rural.

– Pomeroy a dit qu'il fallait s'en tenir au format imposé cette fois… pas de digressions, pas de militantisme, pas de prises de positions.

– Qu'est-ce qu'il en sait, grande gueule comme il est, du travail sur le terrain ? On n'arrête pas de lui remettre du matériel et où est-ce que ça va ? Dans les archives, voilà où ça va.

Massey se penche vers Havens.

– La FSA nous suce jusqu'à la moelle. Je n'ai rien écrit dont je sois particulièrement fier et tu n'as pris aucune photo qui t'ait enthousiasmé, donc retournons dans les tranchées, montrons les choses telles qu'elles sont, et quand on aura fini, on fera circuler.

Si Havens est censé abonder dans son sens, il ne le fait pas… cette fois-ci.

– J'ai besoin de ce boulot.

Massey croise fermement les bras.

– Bah, je ne vais pas me contenter de tirer gentiment le portrait de joueurs de banjo et de sculpteurs sur bois pour qu'on idéalise tous l'homme des montagnes.

– Tu n'as qu'à faire les deux. Donne à Pomeroy ce qu'il veut et soumets ton chef-d'œuvre ailleurs, et si ces messieurs du *New York Times* te laissent pénétrer leur royaume tu pourras dire à Pomeroy d'aller se faire voir. Évite de le faire avant, c'est tout.

– Monsieur Compromis.

Havens hausse les épaules.

– On m'a affublé de surnoms bien pires.

– Le problème avec le compromis, c'est que ça semble tellement inoffensif. Tellement raisonnable.

Havens lève les yeux au ciel. Et c'est parti.

– Non, ce n'est pas raisonnable. C'est de la demi-mesure. Et personne n'aime la demi-mesure.

Le sifflement du train annonce leur arrivée prochaine à Chance.

– Regarde ça.

Avec la ferveur d'un chercheur d'or, Massey désigne les collines densément boisées comme s'il s'agissait de pépites susceptibles de leur être dérobées.

– Quelque part dans ces collines, il y a un sujet sur lequel je vais écrire comme personne, et si tu te connaissais mieux, tu arrêterais de jouer la sécurité et tu photographierais ce qui te fait vibrer. Vas-y et prends les meilleurs clichés de ta carrière. C'est notre seule chance de nous en sortir et de travailler pour un journal digne de ce nom qui s'intéresse vraiment à ce qu'on fait.

Par la vitre de l'autre côté du wagon, Havens fixe un spectacle bien différent : une petite gare délabrée avec un quai à peine plus long qu'un plongeoir. Sacré tremplin pour l'avenir brillant auquel rêve Massey !

Ils descendent du train et traversent la gare miteuse en brique et bois de Chance avant de s'engager dans Main Street, Massey à grandes enjambées confiantes, Havens du pas lourd d'un homme sur le point de se battre en duel avec un pistolet défectueux. Appareil en bandoulière sur l'épaule, il trimballe tant bien que mal son trépied dans une main et son sac marin dans l'autre.

– C'est quoi cette odeur ?

Massey renifle les relents fétides dans l'air, dans l'espoir d'en trouver la cause.

– L'odeur de la nature, je dirais, répond Havens.

– Une nature qui sent fort.

Des bâtiments en brique à un étage bordent la rue, les enseignes n'annonçant rien d'extraordinaire : Chaussures Steeple-Busch, Meubles Howell, Graineterie-quincaillerie Rakestraw, Restaurant Ethel's, Pharmacie Spurlock. Environ une douzaine de voitures sont garées de part et d'autre de la large chaussée pavée.

– Alors, comment ça va, Chance ?

Mains sur les hanches, Massey regarde autour de lui. Et fait sursauter une femme avec une longue robe démodée en effleurant son chapeau pour la saluer.

Selon le dernier recensement, moins de trois cents habitants vivent à Chance, quand bien même la petite bourgade pourrait en accueillir dix fois plus. Comme beaucoup d'autres petites villes de l'est du Kentucky, Chance a vu le jour peu après la guerre de Sécession lorsque des entreprises se sont répandues tels des termites pour faire main basse sur le bois, mais le véritable boom économique est arrivé avec l'exploitation minière. À travers les montagnes, le chemin de fer transportait du charbon à l'aller et, au retour, ramenait des ouvriers, et des bourgs comme Chance n'ont pas tardé à pousser dans chaque virage. Les ressources du sous-sol se sont ensuite taries et la prospérité s'est envolée vers d'autres horizons, laissant les villes comme celle-ci sombrer dans un état encore plus déplorable que ce qu'elles avaient connu auparavant.

Massey fixe un endroit manifestement intéressant.

– Avant d'installer notre camp de base, que dirais-tu d'aller boire un coup vite fait ?

Comme ils traversent, des cris imitant un klaxon les font sursauter. Un gars frappe le centre d'un enjoliveur qu'il tient dans les mains tel un volant, et émet en même temps des bruits de klaxon en passant à fond de train devant eux avant de poursuivre sur la chaussée sans prêter la moindre attention à la Ford sur le point de le dépasser. Le conducteur de la camionnette ralentit, se place à hauteur du coureur et crie par la vitre ouverte :

– Tu ferais mieux de garer tes fesses de négro sur le trottoir, Chappy, sinon je vais t'écraser !

Mais le type à l'enjoliveur effleure son chapeau et continue de courir en faisant bruyamment mine de changer de vitesse.

L'établissement dans lequel ils pénètrent se résume à un comptoir avec, à chaque extrémité, un vieil habitué vautré, et entre les deux un barman impassible. À l'autre bout de la salle, devant le jeu de fléchettes, sont agglutinés trois jeunes hommes qui semblent agités et qui ne réagissent pas au salut enjoué de Massey, mais lorsque Havens revient des toilettes, ce dernier est déjà en train de leur offrir un verre.

– Tout le monde m'appelle Tick, déclare le plus corpulent de la bande, s'empressant de serrer la main de Havens. Il est pâle, il a les yeux cernés et la même coupe asymétrique que ses acolytes, les cheveux plaqués sur le front.

D'un signe de tête, Massey désigne le gamin maigrichon qui s'éloigne vers les fléchettes d'un pas vacillant sur ses jambes tels des gonds mal fixés.

– Ce jeune homme-là, c'est Faro Suggins, le neveu du shérif.

Faro lance un coup d'œil à Havens et se plante près du troisième larron qui fixe Havens avec un regard de bourreau.

– Et voici Ronny Gault, le fils du maire.

Massey semble satisfait, comme si Ronny était l'allié rêvé, tandis que ce dernier, manifestement loin de partager cet enthousiasme, vide le reste de sa bière au lieu de serrer la main de Havens.

Havens a entendu dire que les montagnards sont taiseux et méfiants envers les étrangers, mais l'alcool et l'intérêt de Massey ne tardent pas à délier la langue de ces trois-là. Massey déballe son magnétophone et demande si cela ne les dérange pas s'il enregistre ; un bref instant d'hésitation plane, vite évacué grâce à Massey qui s'empresse de leur montrer comment fonctionne l'appareil, et la conversation repart comme si de rien n'était. Ils sont tous trois sans emploi ni aucune perspective de travail à moins de déménager à Smoke Hole, la ville minière à une vingtaine de kilomètres de là. Certains de leurs proches sont malades des poumons, indiquent Faro et Tick, et il y a mieux pour mourir, ajoutent-ils.

Ronny décrète :

– Je vois pas l'intérêt d'aller bosser quand une semaine sur deux on t'oblige à faire grève.

Si cette dernière remarque agace Massey, il n'en laisse rien paraître.

– Est-ce que les compagnies minières font assez, à votre avis, pour assurer la sécurité de leurs employés ?

– J'ai pas fait de belles études comme les gars de la ville mais je suis assez intelligent pour savoir que ceux qui dirigent les syndicats sont pas là pour les petits, pas tant qu'ils obtiennent leur part du gâteau en tout cas. Sans compter qu'ils vireront tous les travailleurs dès qu'ils auront inventé une machine capable d'extraire le charbon toute seule.

Faro donne un coup de coude à Havens.

– Ronny, il suffit qu'il boive un coup et on peut plus l'arrêter.

– Eh bien, nous on est là pour écouter, les gars, fait Massey.

Tick se tourne vers Faro.

– Faut que tu leur racontes quand l'ours t'a attaqué et a bien failli te changer en nana. Faut pas grand-chose, tu me diras.

Les blagues de bar captivent fort peu Havens mais alors qu'il est sur le point de sortir photographier le bâtiment, Ronny lance à Massey d'un ton méprisant :

– C'est quoi le problème avec ton copain, là ? Il boit pas, il parle pas, il reste planté là, les yeux dans le vide.

– Il est photographe, réplique Massey comme si cela expliquait tout. Et s'il vous prenait en photo justement ?

Il lance un coup d'œil oblique à son partenaire : *Bouge-toi*.

Havens préférerait avoir à dépecer un chat mais il sort à contrecœur son Graflex. Manifestement, les hommes n'ont jamais vu d'appareil photo de leur vie. C'est une année charnière pour la photographie, leur explique Massey, la pellicule Kodachrome vient d'être inventée et ces images couleurs vont tout changer, aussi bien dans l'art que dans le photojournalisme. Massey sort un petit carton de son portefeuille, le déplie et le tend à Faro qui siffle en voyant le cliché d'une femme nue, lèvres rouges et entrouvertes, longs cheveux noirs ramenés sur le côté et poitrine blanche et généreuse.

– C'est ça la photo couleurs, les gars. C'est l'avenir, proclame Massey.

– Ouais, pas mal l'avenir !

Dès lors, les hommes considèrent Havens avec respect, convaincus qu'il est l'auteur de la photo, ce qui est le cas. Ce cliché, même si Havens a eu l'occasion de faire pire au cours de sa carrière, rappelle qu'un homme doit être prêt à tout pour payer son loyer, et certes Havens regrette peut-être d'avoir passé des mois à photographier des femmes nues tout autant dans le besoin que lui, mais il s'en veut carrément d'avoir laissé Massey garder cette photo stupide dans son portefeuille.

Les hommes ne sont que trop contents de poser devant l'objectif. Tandis que Havens mesure la luminosité avec son posemètre, ils se tapent dans le dos et se lamentent que le choix en matière de femmes soit si restreint à Chance.

– La seule qu'est plutôt jolie, c'est Sarah Tuttle, mais Ronny est déjà dessus, remarque Faro.

Lorsque Massey demande ce qu'il reste à un jeune homme s'il ne court pas après les filles, Tick tapote sa cigarette pour faire tomber la cendre et réplique :

– Y a la chasse au raton bleu.

Havens pense avoir mal entendu mais Ronny rougit subitement.

– Ferme-la ! s'exclame-t-il.

– Je voulais pas…

– Boucle-la, j'te dis, Tick !

Havens déclenche malgré lui son appareil.

– C'est quoi la chasse au raton bleu ? s'enquiert Massey, mais Ronny et Faro entraînent Tick dehors avant qu'il ait le temps de répondre.

Havens se tourne vers le barman.

– C'est quoi la chasse au raton bleu ?

Sans attendre la fin de la question, l'homme lui tend l'addition et répond :

– J'sais pas exactement.

En route vers la pension où ils logent, Havens et Massey s'interrogent sur ce que Tick a voulu dire.

– Est-ce qu'ils cherchaient à se foutre de nous, genre à nous faire croire à la chasse au dahu ?

– C'est peut-être un code pour parler du braconnage, suggère Havens, s'efforçant de songer aux espèces susceptibles d'être protégées par le gouvernement fédéral dans ce coin du pays.

– Ça n'a peut-être rien à voir avec la chasse. Si ça se trouve, c'est pour parler d'une activité illégale.

– L'alcool de contrebande, tu veux dire ?

– Ou le trafic d'armes. Quoi qu'il en soit, ils se sont empressés d'enterrer le truc.

La curiosité est la vague sur laquelle chaque photographe surfe mais pour Havens la marée descend depuis longtemps ; il se sent donc plus que soulagé d'avoir envie d'en savoir plus.

– Il faudrait qu'on se renseigne, lance-t-il à Massey qui hausse les sourcils. Histoire de trouver le sujet que tu cherches.

– Voyez-vous ça.

Havens

Massey a une vieille blessure de football qui, au moment opportun, le fait boitiller et a un effet bœuf sur les filles, mais lorsqu'il enquête sur un sujet, son air affamé pousse les femmes à lui préparer un bon dîner et les hommes à lui servir leur meilleur whiskey. Et c'est ce Massey-là qui, d'un large geste, ôte maintenant son chapeau pour se présenter à la femme qui ouvre la porte de leur pension. Il lui tend sa carte et prononce son nom solennellement :

– Ulys P. Massey, et voici mon associé, monsieur Clayton Havens.

Le visage poilu de la patronne est dépourvu de toute douceur.

– FSA, c'est ça ?

Ils sont là pour faire un reportage sur les Appalaches, explique Massey. Puis, se penchant vers elle, il ajoute à voix basse :

– Nous évitons de dire aux gens que c'est le Président qui nous envoie, donc gardons ça entre nous, d'accord ?

Cette tactique éculée n'est jamais tombée aussi à plat qu'en cet instant.

– Vous êtes à Chance, monsieur, par conséquent, sauf si le Président s'intéresse à l'assolement des terres et aux mines de charbon, vous feriez mieux d'aller dans une autre ville pour en savoir plus sur les Appalaches.

La femme s'apprête à fermer la porte.

– Nous sommes prêts à payer le double du tarif que vous demandez habituellement, suggère Havens.

Le battant s'écarte à nouveau.

– Et mon collègue sera ravi de faire gratuitement votre portrait, ajoute Massey.

Havens espère avoir l'air assez enthousiaste à cette idée tandis que la femme les invite à entrer.

– Je m'appelle Sylvia Fullhart.

Après avoir pris leur argent, elle les entraîne dans un escalier fatigué qui grince sous leurs pieds, puis dans un couloir qui sent le moisi et où le papier peint se décolle, avant d'ouvrir enfin la porte d'une chambre sous le toit à l'odeur de renfermé. Un lavabo sépare deux lits étroits et une unique petite fenêtre donne sur un jardin mal entretenu et un bosquet d'arbres imposants.

– Le dîner est servi à dix-sept heures.

Elle se tourne vers Havens.

– Vous pourrez me prendre en photo après.

Havens sort de son sac son matériel de photo. On lui a donné une ribambelle de pellicules noir et blanc mais seulement deux en couleurs dont il se servira à bon escient. Pendant qu'il charge le Contax avec une pellicule standard ISO 120, Massey s'empare de son portfolio.

– Tu perds ton temps avec ça, lui dit Havens.

Massey parcourt les dernières photos noir et blanc – opératrices de la Cincinnati Bell, la société de téléphone, un samedi soir au Cosmopolitan, des adolescents qui font la queue devant le Bijou Theatre – avant de s'arrêter sur le cliché de deux types dans une salle de bal qui regardent les gens danser autour d'eux, le sérieux de leurs visages tranchant terriblement avec les festivités.

– OK, ce n'est pas à couper le souffle, mais c'est sacrément drôle.

– Et si je n'ai plus ce qu'il faut ?

Et s'il ne l'avait jamais eu ?

– Tu ne peux pas demander que toutes tes photos gagnent le Pulitzer.

Jusqu'alors Havens était considéré comme un photographe ordinaire – même sa mère ne conservait pas les numéros des revues dans lesquelles ses clichés paraissaient – mais *L'Orphelin* avait changé la donne. Du jour au lendemain, il était devenu célèbre. Pour les gens, il avait saisi la détresse du peuple et donné un « visage à la Grande Dépression », et ces mêmes personnes attendaient qu'il produise plus de choses de cet acabit, et non des « photos minutieusement composées de champs en friche » comme les appelle Pomeroy. Curieusement, depuis qu'il s'était fait un nom, Havens le traînait désormais partout tel un boulet.

Massey pose le portfolio et insiste :

– C'est un coup de mou, c'est tout. Ça nous arrive à tous.

– C'est plus qu'un coup de mou.

Chaque nuit, Havens rêve qu'il développe des clichés avec du grain qui figurent des paysages hostiles et inconnus, des êtres difformes et sans visage, et chaque matin il ouvre les yeux et voit son appareil sur la commode, braqué dans sa direction comme s'il avait quelque chose à lui expliquer.

– Je ne ressens plus rien maintenant quand je prends des photos, avoue-t-il.

– Quand ça m'arrive avec un article, c'est que le sujet n'est pas le bon. Photographie ce qui t'intéresse.

– Et si je ne sais pas ce qui m'intéresse ?

– Bah, reviens à ce qui te plaît.

Cela semble si facile dans la bouche de Massey.

– Pomeroy voulait envoyer Stanley ici avec moi, mais je lui ai répondu que j'avais besoin de toi pour ce boulot. Regarde, les grands espaces que tu aimes tant.

Massey ouvre la fenêtre d'un coup sec et se penche.

– Ça s'étend à perte de vue, non ?

Il referme tout aussi brusquement.

– Et si je n'y arrive pas ?

Flanquant une tape sur les avant-bras de Havens comme pour les épousseter, Massey réplique :

– On ira ailleurs. On poussera jusqu'à l'Antarctique s'il le faut. Mais d'abord, tu dois faire sourire notre charmant rayon de soleil en bas quand le petit oiseau va sortir.

Massey et Havens descendent dans la salle à manger et trouvent trois autres pensionnaires qui jouent aux cartes. Tel un propriétaire bienveillant rendant visite à ses locataires, Massey bavarde un peu avec chacun tandis que Havens se réfugie sur une chaise à l'autre bout de la pièce, espérant en silence que personne ne lui demandera de se faire photographier.

Après un dîner plutôt insipide – poitrine de bœuf, pommes de terre et tarte aux cerises dégoulinante –, Sylvia Fullhart renvoie les pensionnaires dans leurs chambres et demande à Havens s'il préfère qu'elle s'asseye ou qu'elle se tienne debout. Massey prend les choses en main et l'installe dans le fauteuil près de la cheminée.

Si le travail de Massey se caractérise par sa capacité à produire page après page, celui de Havens est tout en économie. Au lieu de mitrailler un sujet sous plusieurs angles et dans différentes lumières, il préfère prendre le temps de l'observer avant de déclencher l'obturateur. Il a toujours fait ainsi, depuis ses quatorze ans.

À l'époque, son père avait dépensé deux dollars pour lui acheter son premier appareil, un Brownie n° 2, histoire de donner à son gamin malingre quelque chose à faire les jours où il se sentait d'attaque. À partir de là, Havens avait commencé à s'aventurer dans la cour sur ses frêles jambes blafardes pour examiner à travers l'objectif carcasses d'insecte, plumes de canard et autres bouchons de bouteille à moitié enterrés. Quoi qu'il en soit, observer attentivement fonctionne moins bien avec les êtres humains. Les gens n'aiment pas sentir Havens à l'affût d'un changement d'expression ou de position, dans l'espoir de voir surgir quelque chose de leur paysage intérieur – la clé de leur être, comme il se dit maintenant. Ils veulent un portrait flatteur.

Tandis que Havens scrute Sylvia Fullhart à travers sa focale 135 mm, hésitant entre un simple plan serré tête et épaules ou plus large en pied, celle-ci passe en revue les noms et les origines de tous les habitants de la ville.

– Mais vous feriez bien d'obtenir la bénédiction d'Urnamy Gault avant d'essayer de parler aux gens. Si vous mettez le maire dans votre poche, tout le monde vous racontera tout mais rappelez-vous, cette histoire de mission au nom du Président, ça ne marchera pas non plus avec lui.

Comme d'habitude, Havens ne voit rien de bien intéressant dans son viseur et la lumière du lampadaire coupe pour ainsi dire en deux le corps de Sylvia Fullhart.

– Les conditions ne sont pas idéales. Je pense que nous devrions réessayer demain matin, nous pourrons profiter de la lumière naturelle.

– Mais non, ça va aller ! s'exclament Massey et Sylvia à l'unisson.

Comme si ses manches de chemise étaient doublées en fonte, Havens soulève son Contax et le fixe sur son trépied pendant que Massey ne cesse de brandir un pouce en l'air pour l'encourager.

Le déclic de l'obturateur retentit et la femme déclare aussitôt :

– Je crois que je préférerais être debout.

Massey positionne ses bras.

– N'oubliez pas de parler au révérend Tuttle. Il pourra vous raconter l'histoire de Chance depuis 1830. Tout ce que vous voulez savoir sur Chesapeake et l'Ohio, il vous le dira, et tout sur les mines aussi. C'est le plus érudit d'entre nous.

– Est-ce qu'il s'y connaît aussi en chasse au raton bleu ?

Elle se tourne bouche bée vers Massey, une main sur la hanche, l'autre sur le genou, dans une position tout sauf naturelle.

– Vous ne pouvez pas demander ça de but en blanc !

Havens remarque soudain une tache d'eczéma rouge dans le cou de la femme – la clé de son être.

Comme s'il pistait un animal, Massey insiste.

– Ça n'a rien à voir avec les ratons laveurs, pas vrai ?

Les yeux de Sylvia se tournent brusquement vers l'objectif. Elle s'avance vers Havens pour l'empêcher de la photographier.

– Vous feriez mieux de laisser ça de côté.

Elle n'en dira pas plus sur le sujet, et les deux hommes regagnent leur chambre. Massey explique à Havens qu'il a fait quelques recherches sur les relations raciales dans l'est du Kentucky, et le peu qu'il a glané était toujours du point de vue des Blancs, à savoir que les choses ne sont pas aussi catastrophiques que plus au sud.

– Mais tiens-toi bien : les compagnies minières par ici ont lancé de vastes campagnes de recrutement dans le Sud pour embaucher des Noirs en leur offrant de les payer autant que les Blancs, et la main-d'œuvre n'a pas tardé à être moitié blanche, moitié noire. D'emblée ça paraît raisonnable, non ?

Havens devine où veut en venir Massey.

– Mais les mineurs blancs ne veulent rien avoir à faire avec les mineurs noirs.

– Exact ! s'exclame Massey. Ce qui signifie que l'enfer à côté des conditions dans lesquelles ils travaillent, c'est le paradis. Sans compter que les mineurs blancs ne vont jamais unir leurs forces aux mineurs noirs parce qu'ils ont trop peur que les Noirs ne leur prennent leurs boulots. Et voilà : un syndicat faible et une grosse société qui se donne bonne conscience.

– Mais si c'est une référence raciale, pourquoi « bleu » ?

Massey hausse les épaules et commence à prendre des notes. Havens s'allonge et s'étire sur son lit tout en se demandant où ils sont en train de mettre les pieds.

Le révérend Arlen Tuttle est un homme aux sourcils froncés et aux lèvres pincées, ce qui donne l'impression qu'il enregistre chaque mot que Massey prononce pour éventuellement l'utiliser contre lui. Il tient les revers de son habit et attend que Massey finisse de s'excuser d'interrompre les préparatifs du service dominical et d'évoquer le bon travail que la FSA a entrepris avant de déclarer :

– Vous êtes allés faire un tour au débit de boissons, paraît-il.

– La seule façon de dépeindre une ville avec précision, c'est de se rendre dans tous les endroits possibles et de parler avec un maximum de personnes.

– Si vous voulez dépeindre notre ville avec précision, vous feriez mieux de parler à mes paroissiens plutôt que de vous adresser à des gens comme Ronny Gault.

Une jeune femme très maquillée aux cheveux bouclés surgit dans la nef.

– Désolée, papa, je suis en retard.

– Où étais-tu ?

– Nulle part.

Il lui tend un mouchoir et la prie d'ôter son rouge à lèvres.

Elle s'empare de la pile de livres de cantiques sur l'autel et les distribue sur les bancs pendant que Massey demande au pasteur ce que pense l'Église de l'industrie minière et de la lutte ouvrière.

– Il n'y a ni piquets de grève ni quoi que ce soit qui puisse diviser les gens dans la maison du Seigneur. Aux yeux du Tout-Puissant, nous ne sommes qu'un.

Après avoir distribué les livres, la jeune fille commence à couper les mèches des cierges. Havens s'approche d'elle pour se présenter.

– Sarah, dit-elle en retour.

– Nous avons rencontré votre petit ami hier, Ronny Gault.

– Ronny n'est pas mon petit ami et vous feriez mieux de ne pas croire tout ce qu'il vous raconte.

Elle inscrit les numéros des hymnes sur un tableau noir.

– Même en ce qui concerne la chasse au raton bleu ?

À ces mots, Sarah Tuttle semble soudain souffrir d'hypothermie. Elle croise les bras, l'air gelé, et, mâchoires serrées, elle déclare :

– Ronny mériterait de se faire coffrer à parler comme ça !

Havens continuerait bien à l'interroger mais quelque chose attire son attention sur l'étagère placée derrière la chaire.

– Est-ce que c'est un revolver ?

– C'est pour les serpents, intervient le révérend Tuttle avant de s'emparer de l'arme et d'ajouter : Un Smith & Wesson, calibre 38.

Il montre la crosse en acajou sculptée en forme de serpent.

– Il y a deux ans, un des paroissiens du pasteur Wrightley est venu ici avec un crotale dans chaque main, déterminé à nous expliquer comment il fallait vénérer Dieu. Un des reptiles lui a échappé et a mordu Mme O'Dell à la cheville. La pauvre femme en est morte.

Havens ne peut laisser passer l'occasion d'immortaliser la scène : un homme de Dieu devant sa chaire, revolver à la main.

– Ça vous ennuie si je vous prends en photo ? s'enquiert-il et, à sa grande surprise, le révérend Tuttle acquiesce, prenant aussitôt la pose d'un chasseur de prime plus que celle d'un homme chargé de sauver les âmes.

Des fidèles quelque peu efflanqués s'installent petit à petit et un homme qui depuis belle lurette a beaucoup trop mangé pour tenir dans son costume trois pièces en lainage, s'avance d'un pas tranquille vers Massey, Havens et le révérend Tuttle.

– Voilà donc les fouineurs ?

Empestant le cigare froid, il les observe par-dessous le rebord de son feutre, ses petits yeux bleus semblant encore voilés de fumée, avant de rentrer le menton comme pour contenir un rot.

– Je m'appelle Urnamy Gault mais vous pouvez dire monsieur le Maire.

Il ne présente pas la femme d'apparence fragile qui se trouve derrière lui, un enfant dans les bras, quatre autres sur les talons, et manifestement enceinte d'un sixième – même si elle semble depuis bien longtemps avoir dépassé l'âge de procréer.

Massey est en train de lui expliquer ce qu'ils font là lorsque le maire l'interrompt :

– Avez-vous sauvé votre âme ?

Sans hésitation Massey réplique :

– J'ai participé à plusieurs rassemblements méthodistes quand j'étais jeune.

– Votre réponse est donc négative, déclare Urnamy. Les gens du Nord ne sauvent jamais leur âme. En tout cas, je n'en ai jamais rencontré. Et vous, révérend ? Quoi qu'il en soit, vous ne pouviez pas mieux tomber pour prier avec nous. C'est le dimanche du baptême aujourd'hui.

S'efforçant de se rallier le maire, Massey lui emboîte le pas et prend place à ses côtés sur son banc ; le révérend Tuttle s'installe sur une chaise à côté de la chaire et Havens s'éclipse discrètement, passant devant Sarah Tuttle qui se ronge les ongles et l'observe du coin de l'œil. Il fait quelques pas dehors pour voir les alentours. Les pentes des collines sont parsemées de grappes de petites maisons en bois, chacune flanquée d'un champ de maïs, de blé ou de tabac plus ou moins entretenu, et la rivière creuse son sillon dans la vallée en contrebas. Puis les prairies cèdent la place à des étendues boisées qui forment un défilé sans fin de sommets montagneux. À voir ce spectacle, on a du mal à croire qu'ailleurs, dans le pays, des navires quittent des ports, des gratte-ciel se dressent et des automobiles sortent des chaînes de production.

Au bout d'un moment, Havens revient vers l'église et place son trépied et son appareil à une dizaine de mètres de l'édifice. Il a l'intention de faire une photo simple, pour montrer l'unique structure certes sobre mais bien entretenue de la ville – structure qui s'élève comme déterminée à tenir à l'écart les forces primitives de l'homme et de la nature. Pour les paysages, il préfère son Graflex Speed Graphic à son Contax plus petit et plus pratique. Il règle la tension sur 6, la vitesse de l'obturateur sur 1/125 et cadre l'église d'abord en ajustant la distance puis la lentille afin de corriger les erreurs de parallaxe. Au moment où il s'apprête à appuyer sur le bouton, les portes s'ouvrent d'un coup et une cohorte de fidèles s'ébranle à la suite du révérend Tuttle qui brandit sa bible telle une lanterne.

Sortant des rangs, Massey se précipite vers Havens.

– Tout le monde descend à la rivière pour se faire baptiser. Viens, ça va être quelque chose.

Havens replie son Graflex, démonte le trépied et presse le pas pour rattraper Massey reparti se fondre dans la foule. Chacun chante, frappe dans ses mains et marche en cadence sur l'étroite bande de terre qui s'enfonce dans la forêt. La troupe chemine entre les mûriers, les ifs et les chênes, et les chants, au lieu de se perdre dans la brise des coteaux, résonnent tellement désormais sous la canopée humide et verte qu'il devient presque impossible de s'en défaire. Après avoir descendu un talus traître et râlé à cause des rochers, la congrégation s'agglutine au bord du cours d'eau. Sarah se tient aux côtés de son père et à son signal entonne un gospel assez fort pour qu'on l'entende à l'autre bout de la forêt. Massey entraîne Havens à travers la multitude pour qu'il se rapproche de l'action. Mains sur les hanches et regard résolument tourné vers le ciel, Sarah proclame « Je chante parce que je suis libre » laissant longuement résonner la note finale. Havens n'a jamais rien entendu de pareil.

Le révérend Tuttle s'avance nonchalamment dans l'eau, implore les Cieux, invite l'assemblée à l'imiter et fait signe à Sarah de distribuer des tuniques blanches à ceux qui s'approchent.

Au rythme des « alléluia » et des « amen », le maire est le premier à s'immerger. Les uns après les autres, les fidèles pénètrent dans l'eau peu profonde, habillés comme s'ils étaient sur le point de se coucher ou de se faire opérer, l'air somnambulique, et il semble bien que durant l'immersion quelque chose se produit car ils regagnent tous la rive les yeux brillants, souriant, presque intimidés, s'attendant à être accueillis comme s'ils revenaient d'un long voyage.

Havens installe son trépied et remarque Massey en train de desserrer sa cravate et de se débarrasser de ses chaussures.

– Qu'est-ce que tu fais ?

Massey ôte ses chaussettes.

– J'y vais.

– Tu ne peux pas faire ça.

Havens tente de l'arrêter mais Massey le repousse d'un coup de coude et dépasse la file de fidèles pour se planter, bras levés, devant un diacre afin d'enfiler sa tunique. Prendre des photos ne sert désormais plus à rien, donc Havens bat en retraite et va s'asseoir un peu plus loin sur un rocher où, quelques instants plus tard, il sent une main lui taper sur l'épaule.

Sarah Tuttle a l'air grave.

– Je peux vous parler ?

Elle fixe la cérémonie de baptême en cours et incite Havens à l'imiter. Puis frappant des mains en même temps que les fidèles, elle souffle à Havens :

– Qu'est-ce que Ronny vous a dit d'autre ? Est-ce qu'il prépare quelque chose ?

– Vous voulez dire à propos des ratons bleus…

– Ne les appelez pas comme ça ! le coupe-t-elle, une main en l'air.

Il s'agit donc bien de personnes.

– Est-ce que Ronny fait référence aux Noirs ?

Elle secoue la tête.

– Vous travaillez pour le président Roosevelt ? demande la jeune femme.

– Nous sommes au service d'un organisme qui récolte des informations sur certaines populations afin que d'autres agences gouvernementales puissent les aider. Par exemple, si une ville a besoin de meilleurs établissements scolaires ou de nouvelles routes…

– Vous avez l'air d'un type bien. Je me trompe ?

Havens hésite une seconde.

– Non.

Débraillé et souriant, Massey a regagné la rive et serre des mains à tout-va.

– Donc si je vous disais qu'on fait du mal à des innocents dans cette ville et que personne ne bouge le petit doigt, vous pourriez faire quelque chose ? Ou votre organisme ?

– Est-ce que c'est lié à ce que Ronny et ses amis ont dit ?

Havens suit le regard de Sarah : Gault parle à Massey.

– Oubliez ce que je raconte, lâche-t-elle avant de s'empresser de s'éloigner.

– Gault vient de nous inviter à déjeuner, annonce Massey en rejoignant Havens. Il incline la tête d'un côté, s'évertuant manifestement de se déboucher l'oreille.

– Je suis étonné qu'il soit tombé dans le panneau.

Massey passe la main dans ses cheveux humides.

– Tu crois que j'ai fait tout ça pour me faire bien voir ?

– Et toi, tu veux me faire croire que tu t'es converti ?

– Tu te rappelles, quand on a couvert la grève de l'usine de textile, celle qui a fini en émeute ?

– Tu as balancé une pierre sur un policier si je me souviens bien.

– J'ai brandi une banderole. » Massey lève les yeux au ciel. « Bref, aller dans l'eau, c'était pareil. Tu n'as jamais eu envie de te consacrer à quelque chose qui dépasse largement les limites de ton être ? De faire partie d'une transaction plus grande, quelle qu'elle soit ?

Havens change de sujet.

– La fille du pasteur a besoin de notre aide.

– Pourquoi ?

– Les ratons bleus, ça désigne des gens, mais pas des Noirs je crois, et d'après ce que j'ai compris le fils du maire leur cherche des noises.

« Sarah a apparemment peur pour eux, poursuit Havens, mais dès qu'elle a vu Gault s'approcher de Massey, elle a préféré se taire.

– Moi qui ne voulais pas écrire sur des stéréotypes, me voilà avec une bonne vieille querelle de clans.

– Je crois qu'on devrait faire très attention à qui on s'adresse, conclut Havens tandis que Sarah s'éloigne dans la forêt.

Havens

Havens et Massey s'installent de part et d'autre de la table dans la salle à manger d'Urnamy Gault, aux côtés de quatre petits garçons propres comme des sous neufs, le plus âgé tenant le plus petit sur ses genoux. Comparant le baptême à un nettoyage de printemps, Gault conseille à Massey de s'immerger dans les eaux salvatrices une fois par an. Le maire proclame plus qu'il ne parle, et Havens et Massey ont déjà été contraints de l'écouter déblatérer sur tout, de la politique nationale à l'économie locale, en passant par les hommes jeunes et valides que les grosses entreprises, en leur faisant miroiter l'espoir d'une vie facile, poussent à quitter leurs petites villes au lieu de rester assis dans leur jardin à mener une existence honnête.

Durant la bénédiction à rallonge de Gault, Havens aide Estil Gault à apporter les plats à table. Estil est une femme petite et mince qui, la plupart du temps, semble se retenir de respirer, comme si elle s'interdisait de prendre plus que sa part, y compris en matière d'oxygène. Lorsque son mari lui demande où se trouve leur fils, elle dit d'une voix nasillarde :

– Parti voir Sarah Tuttle, je crois.

Gault ricane et explique que Sarah Tuttle mène Ronny en bateau.

Havens regagne la cuisine pour prendre un autre plat et trouve Estil pliée en deux de douleur. Une main sur le ventre, elle se laisse choir sur la chaise que Havens s'empresse d'approcher.

Il lui sert un verre d'eau.

– Voulez-vous que j'appelle votre mari ?

– Ça va passer.

Alors que Havens se demande encore combien de temps il devrait continuer d'attendre avant d'alerter quelqu'un, Ronny surgit par l'entrée à l'arrière de la maison et se précipite vers sa mère.

– Maman, tu es malade.

– Ça va.

Estil s'assied au bord de la chaise et tend la main afin que son fils l'aide à se lever.

– Le médecin t'a dit d'arrêter ; c'était il y a deux bébés déjà. Et te voilà encore enceinte.

Havens remplit d'eau le pichet tandis qu'Estil exhorte son fils à ne pas s'inquiéter.

– Qu'est-ce que tu fabriques, Estil ? s'exclame Gault.

– Commencez sans moi, réplique-t-elle, réprimant un gémissement.

Le visage de Ronny s'assombrit.

– Pourquoi il ne te laisse pas tranquille ?

– S'il te plaît, ne recommence pas.

Havens quitte la cuisine tandis que Ronny se penche vers sa mère pour l'enlacer.

– Tu es tout ce que j'ai, maman. Je ne veux pas qu'il t'arrive quoi que ce soit.

Au lieu de saluer son fils lorsque ce dernier pénètre dans la salle à manger, Gault ne quitte pas son assiette des yeux.

– Tu es en retard et tu crois que tu vas manger à ma table sans même te laver les mains.

– Je ne mange pas, grommelle Ronny.

– Ta mère a pris la peine de cuisiner un repas avec des ingrédients que j'ai pris la peine d'acheter grâce à l'aide du Seigneur, et ce serait trop te demander de le partager avec nous ?

D'un coup d'œil, Estil Gault conjure son fils de s'asseoir et il s'affale sur la chaise vide, tirant au passage l'oreille du petit garçon assis à côté de lui, avant de s'emparer de sa fourchette pour la planter dans l'assiette pleine de nourriture que sa mère pose devant lui.

– Ta mère m'a dit que j'étais censé te prêter de l'argent pour acheter une bague de fiançailles, mais je me demande bien quel genre de soupirant tu es si tu ne prends même pas la peine d'accompagner ta promise à l'église, surtout que c'est la fille du pasteur et que c'est dimanche de baptême aujourd'hui.

– Les jeunes ne s'y prennent pas comme nous, Urnamy, intervient Estil Gault.

– Je n'ai pas besoin de ton argent, riposte Ronny.

Gault pose sa fourchette, s'essuie énergiquement la bouche avec sa serviette et avale une longue gorgée d'eau. Il se tourne vers Massey.

– À votre avis, quand on n'a pas la moindre perspective d'emploi et qu'on refuse la charité d'autrui, c'est qu'on a la fierté placée au mauvais endroit ou qu'on est tout bonnement borné ?

– Urnamy, s'il te plaît, implore sa femme.

– Nous autres, dans le Kentucky, nous sommes fiers ; c'est quelque chose que vous pourrez préciser dans votre rapport, messieurs.

Jusqu'alors étonnamment silencieux, Massey déclare soudain :

– En fait, j'espérais que vous nous aideriez à en savoir plus sur la chasse au raton bleu ?

Sans sourciller, ni même jeter un coup d'œil à sa femme estomaquée, Gault réplique :

– J'ignore où vous avez attendu parler d'un truc pareil mais je vais vous dire une chose : si vous êtes venus pour nous décrire comme des charmeurs de serpents ignares, des bouilleurs de cru clandestins et des péquenauds superstitieux, à couteaux tirés les uns envers les autres, vous feriez mieux de prendre le prochain train.

Havens fixe Massey qui, sous le coup manifeste d'une exubérance inconsidérée, affirme :

– En fait, c'est Ronny et ses copains qui ont abordé le sujet.

– Je n'ai jamais parlé de ça ! proteste Ronny en se levant si brusquement que sa chaise tombe à la renverse.

– D'après ce que nous avons compris, le mot « raton » ne désigne pas des Noirs, insiste Massey. De qui s'agit-il alors ?

– Du diable lui-même ! riposte Estil Gault.

Se levant pour clore le débat, le maire lance :

– Emmène les enfants là-haut, Estil.

Mais remontée comme une pendule, cette dernière se tourne vers son mari.

– Pourquoi est-ce que tu ne leur dis pas tout de suite que le diable est en train de détruire cette ville ? Pourquoi est-ce que tu ne leur dis pas qu'ils rendent la vie impossible à tout le monde ?

Elle se tourne vers Massey, le seul encore assis, le seul qui mange encore en fait.

– Sauf si vous voulez faire de votre vie un enfer, vous feriez mieux de rester loin du Vallon des Lucioles.

– Ça suffit avec les Bleus ! J'en ai marre d'entendre parler d'eux !

Ronny quitte bruyamment la pièce, sa mère sur les talons.

Havens ramasse son matériel et fait signe à Massey de se taire.

– Veuillez nous excuser d'avoir mis sur la table un sujet qui trouble autant Mme Gault.

Le maire les raccompagne à la porte.

– Je ne sais pas ce que Ronny et Faro vous ont raconté ou ce que vous avez entendu dire ailleurs, mais ne perdez pas de vue que ces gens se sont eux-mêmes ostracisés. Personne ne les a obligés à vivre dans ce vallon. Ma femme a tendance à s'énerver mais elle a raison… vous feriez mieux d'éviter ce coin.

Havens lui serre la main.

– Entendu.

– Et merci du conseil, ajoute Massey.

Comme les deux compères traversent la rue, Havens jette un coup d'œil par-dessus son épaule : Estil Gault et Ronny les observent depuis une fenêtre au premier étage.

– Qui donc vit isolé de nos jours sinon les lépreux ?

Un pâté de maisons plus loin, sur Main Street, Havens fait signe à un gamin en vélo et fourre la main dans sa poche à la recherche d'une pièce.

– Est-ce que tu pourrais nous montrer le chemin pour aller au Vallon des Lucioles ?

Le gamin secoue la tête, si bien que Havens fouille à nouveau dans sa poche. Et comme le gosse s'obstine, Havens sort un billet d'un dollar de son portefeuille.

– Allez, allez, avec ça tu devrais pouvoir changer tes pneus usés.

Le garçon saisit l'argent et pédale jusqu'au bout de la rue.

À peine l'ont-ils rejoint qu'il s'éloigne encore et lorsqu'ils arrivent pour la deuxième fois à sa hauteur, Massey s'enquiert :

– Les gens du vallon, ils sont malades ?

Le gamin secoue la tête.

– Tu as peur d'eux ? demande Havens.

Encore une fois, le petit secoue la tête mais quelques centaines de mètres plus loin, il s'arrête sur le bas-côté du chemin de terre et désigne un sentier qui s'enfonce dans les bois avant de repartir comme un fou en direction de la ville.

Havens entend encore une fois le son. Un cri d'oiseau peut-être. Il a déjà identifié plusieurs espèces : l'oiseau moqueur, le cardinal, la mésange, le tohi, et deux résidents estivaux arrivés en avance, la paruline du Kentucky et la paruline jaune. Massey s'impatiente de le voir s'arrêter toutes les trois minutes.

– Tu n'es pas en mission pour Audubon, franchement !

Cela fait plusieurs kilomètres qu'ils marchent. Sur les indications d'un fermier, ils ont suivi le chemin de terre jusqu'à un bosquet de cotonniers et, précisément comme on le leur avait annoncé, le chemin s'est enfoncé sur deux cents mètres dans le vallon avant de tourner sur la droite et de devenir impraticable. Ils se sont frayé un passage à travers d'épais taillis et Havens, en sueur, perclus de démangeaisons et de méchante humeur, a fini par suggérer qu'ils s'étaient peut-être perdus ; désormais, il doute d'avoir emprunté le bon chemin pour commencer. L'idée de faire demi-tour ne fait que rendre Massey plus déterminé à persévérer envers et contre tout.

La manche de Havens s'accroche à une branche couverte d'épines et il sent s'entailler la peau de son avant-bras. De petites brindilles broussailleuses ne cessent de s'emmêler dans ses cheveux et il trébuche sur des racines noueuses. Il n'a jamais vu ce genre de paysage. Les arbres lui semblent anormalement grands et, à l'exception des jacinthes des bois, des sanguinaires sauvages, et des sabots de la Vierge, les autres fleurs lui sont inconnues. Il ne reconnaît même pas l'odeur qui lui pique les narines. Des plantes grimpantes tombent des arbres tels des rideaux de corde.

En partant, il faisait frais mais maintenant l'air est lourd et étouffant. Ils cheminent depuis plus de deux heures et le ruisseau qui leur avait donné un peu d'espoir dix minutes plus tôt semble désormais leur avoir faussé compagnie. *Personne ne peut vivre ici*, songent-ils, et pourtant ils poursuivent ; Massey comme s'il était sur la piste d'une tribu oubliée, et Havens se débattant contre des branches qu'il croit prêtes à lui chaparder son appareil.

Soudain Massey pointe un doigt vers le sol, persuadé d'avoir retrouvé le sentier, même si le passage est si étroit que l'on dirait plutôt une coulée. Havens préfère ne pas penser à quel genre d'animal emprunte ce sillon. Il est sur le point d'insister pour faire demi-tour lorsqu'il entend à nouveau le son. Plus proche cette fois, mais trop bref et trop indistinct pour qu'il puisse l'identifier.

– Tu as entendu ? demande Massey, inclinant la tête.

Après avoir contourné un amas rocheux, ils se retrouvent au bord du ruisseau. Un bon signe pour Massey.

– Tu vois, je t'avais dit qu'on n'était pas perdus.

Havens mouille son mouchoir qu'il se passe dans la nuque et le bruit retentit derechef. Ce n'est pas un oiseau, mais manifestement une voix humaine qui fredonne quelques notes.

Massey lui fait signe de continuer le long du cours d'eau mais des arbres leur bouchent la vue. Doigt plaqué sur les lèvres, il désigne de l'autre main la berge mousseuse sur laquelle ils continuent d'avancer en silence. Distrait par le cri d'un engoulevent bois-pourri, Havens ne voit pas la branche que Massey, après l'avoir écartée sur son passage, a lâchée et il se la prend en pleine tête. Sous le coup de la douleur, il pousse un petit cri. Massey fait volte-face, lui lance un regard noir comme s'il venait de faire fuir leur proie et se remet en marche à vive allure. Havens lui emboîte le pas, trébuchant malgré lui et le suivant tant bien que mal. Alors qu'ils se penchent pour éviter des feuillages, les quelques notes leur parviennent à nouveau, comme pour les narguer. Havens s'arrête car son trépied s'est encore accroché dans une plante grimpante vagabonde, mais Massey, qui a vu quelque chose, le somme d'un geste de se presser.

Havens revient à la hauteur de son compagnon de route et jette un coup d'œil entre les broussailles. Au bord de l'eau, une jeune femme s'efforce de remettre sa chaussure, le pied posé sur un rocher humide. Un voile de cheveux roux mouillés masque en partie son visage et, malgré l'ombre ambiante, Havens est stupéfait de ce qu'il voit. C'est impossible. Il se fige tel un animal en présence d'un prédateur. Nonobstant la rigidité quasi cadavérique de son corps, ses sens ne l'ont pas encore abandonné : cette jeune femme a manifestement la peau bleue.

On devrait signaler notre présence et la saluer, songe Havens, mais il garde le silence. Observe l'eau qui s'égoutte de sa chevelure, contemple ses bras détendus et la courbe de ses hanches moulées dans sa robe trempée. Alors qu'elle rassemble ses cheveux sur le côté pour les essorer, Havens brûle d'envie de la voir s'avancer dans la lumière du soleil. Il ne devrait pas l'épier ainsi, il le sait, c'est comme s'il violait en quelque sorte son intimité, mais il ne peut se résoudre à faire ce qu'exigerait la décence. Les ombres, les courbes et la couleur l'ensorcellent ; il éprouve à la fois le désir de l'approcher et de la fuir pour l'oublier à jamais.

Massey lui plante un doigt dans les côtes et articule quelque chose en silence. Havens n'a aucune idée de ce qu'il veut. Il se retourne vers la jeune femme pour l'observer encore. Elle est petite, mince et délicate ; elle est sur le point de pénétrer dans un rai de lumière. Il veut voir son visage. Massey tape sur le bras de son camarade, grimace et lui fait signe de prendre une photo. Havens lève son Contax. *Vas-y, avance dans la lumière*, lui enjoint-il intérieurement. *Encore un pas. Tourne-toi. Laisse-moi te voir.*

Alors qu'elle se dirige vers un paquet coincé dans la fourche d'un arbre, le voile d'ombres cède la place à l'éclat du soleil et sa peau bleue et soyeuse semble chatoyer tel le miroir d'un colvert. Elle se détourne juste assez pour qu'il puisse distinguer son expression pensive. Sa bouche est grande pour un visage aussi délicat et ses lèvres pulpeuses sont d'un bleu profond à l'instar du ciel un soir de pleine lune. C'est comme si Havens se prenait un coup dans les entrailles. Quelque chose en lui bascule. Quelque chose lâche, et il comprend que jusqu'alors il étouffait, il était un homme dont les membres, les viscères, l'esprit étaient verrouillés. L'intense sentiment de libération qui l'envahit fait sauter les boulons qui le contraignaient : elle est si belle.

– Prends-la ! lui siffle à l'oreille Massey.

Jubilee

Dimanche matin. Parfois, lorsque la brise est légère et vient de la bonne direction, on entend les cloches. Les gens ne vont pas tarder à prendre le chemin de l'église du révérend Tuttle, et même si les Buford ne sont pas les bienvenus là-bas non plus, papa souhaite malgré tout que chacun de ses enfants reste en bons termes avec le Seigneur et passe un peu de temps avec les Évangiles. Voilà pourquoi Jubilee est assise dans la cuisine, la bible posée devant elle sur la table. Elle ouvre l'ouvrage et s'arrête, comme toujours, à la première page. Les registres de naissances et de mariages, les avis de décès sont réservés à ceux qui vivent en ville, mais pour les Buford du Vallon des Lucioles les archives se résument à cette première page et à la mémoire de chacun, même si cela n'est pas complètement fiable. Certains noms figurent à côté d'une date partielle, d'autres sans date du tout, et environ une douzaine sont suivis d'un petit point à l'encre bleue, qui signifie « Bleu ». Jubilee passe son doigt sur le nom de sa grand-mère paternelle, Opal, la première à être née bleue. C'est à elle que Jubilee adresse le plus souvent ses prières – des requêtes essentiellement, qui commencent toujours par « aide-nous ». Parmi tous ceux dont le nom est suivi d'un point bleu, seuls Jubilee et son frère Levi sont encore vivants. Ils sont les derniers à avoir la peau bleue. *Aide-nous à rester sains et saufs*, prie-t-elle encore une fois. *Protège Levi. Guéris l'aile de Thomas pour qu'il puisse revoler bientôt. Envoie un compagnon à notre petite Willow-May pour qu'elle ne se sente plus seule.* Après avoir murmuré *amen*, elle ajoute : *envoie-m'en un aussi.* Puis, en y repensant, elle complète dans un souffle : *peu importe.*

Maman entre par la porte de derrière et lui annonce que le bain est prêt. Dimanche, c'est aussi le jour du bain. En tant qu'aîné, Levi a le droit de le prendre en premier, mais comme il est encore une fois absent, Jubilee a la chance de se laver dans l'eau chaude et claire. Comme maman a demandé à Willow-May, la petite sœur de Jubilee, de pétrir la pâte avec elle, Jubilee a la cabane de bain pour elle toute seule, autre privilège. Elle se débarrasse de sa chemise de nuit, ôte les épingles de ses cheveux roux et contrôle la température de l'eau avant de s'y plonger. La chaleur fonce la couleur de sa peau. Sa peau bleue… si on la lui ôtait pour la plier soigneusement, elle ne prendrait pas plus de place qu'une taie d'oreiller ; inutile de faire tout ce foin pour quelque chose qui prend si peu de place, non ?

Elle se lave les cheveux lorsqu'elle entend Chappy klaxonner dehors et lui brailler de venir.

– Je suis occupée, là, crie-t-elle en retour.

Une fois affranchie, la famille de Chappy a quitté le sud du pays pour s'installer dans ces montagnes et travailler au chemin de fer. C'était il y a soixante-dix ans environ. Quelques-uns de ses proches sont mineurs à Smoke Hole maintenant et d'autres, comme la grand-mère de Chappy, sont fermiers, ils louent leurs terres ; et lorsque les Bleus ont été chassés dans ce vallon, ils ont été les premiers à leur prêter main-forte. Jubilee et

Chappy sont amis depuis qu'ils sont bébés. La grand-mère de Chappy dit que le Seigneur a voulu qu'il en soit ainsi pour qu'ils s'entraident dans leurs difficultés, à savoir la peau bleue pour elle et la capacité de compréhension quelque peu différente pour lui, mais ils auraient été amis, difficultés ou pas, Jubilee le savait.

Chappy continue de l'appeler.

– Viens, Juby, dépêche-toi !

Il ne s'arrêtera que lorsqu'elle s'exécutera, si bien que Jubilee sort de l'eau, s'essuie et enfile des vêtements.

– T'es prête ou pas, Juby ?

– Attends un peu !

– Mais j'ai déjà attendu un peu, réplique-t-il.

Lorsqu'elle ouvre la porte, Chappy tient son enjoliveur devant lui en guise de volant. Il est remonté à bloc.

– Faut que tu viennes avec moi tout de suite, Juby !

Les gens en ville ont beau dire qu'il est simplet parce qu'il n'apprendra jamais à écrire son nom, Chappy est toujours le premier à débusquer ce qui sort de l'ordinaire, en particulier les ennuis.

– Qu'est-ce qui se passe ?

– Deux hommes viennent d'arriver en ville.

– Des agents des impôts ? demande-t-elle, auquel cas il faudrait qu'elle prévienne Soidi qui produit encore une gnôle assez forte pour détacher une chemise. Ce ne serait pas la première fois qu'un rival jaloux la dénonce.

Chappy secoue la tête.

– Non. Ceux-là veulent qu'on leur raconte des histoires.

De temps à autre quelqu'un du Nord débarquait en ville à la recherche de ce que personne ne songeait à donner – la dernière fois, un type avait sillonné la région en demandant à tout le monde de lui chanter des chansons, et celui d'avant avait acheté tous les *dulcimers* et les violons qu'il pouvait alors même qu'il prétendait ne pas savoir jouer une seule note. Jubilee ne comprend pas pourquoi ces nouveaux venus excitent autant Chappy, jusqu'à ce qu'il ajoute :

– Ils sont déjà au courant que les Bleus existent.

Jubilee commence à tendre l'oreille.

– Tu veux voir à quoi ils ressemblent ?

« L'un des deux hommes est parti à Folgers Hill, poursuit Chappy. Même si c'est là où se situe l'église, *je trouverai plein d'endroits pour me cacher*, songe Jubilee, avant de courir chercher son voile et prévenir sa mère qu'elle sort avec Chappy. Et sans même prendre la peine de jeter un coup d'œil par-dessus son épaule pour vérifier si la voie est libre comme il le fait d'ordinaire, celui-ci s'élance à toute allure sur le chemin.

– Qui c'est qui leur a dit ?

Chappy multiplie les bruits de moteur pour ne pas avoir à répondre.

– Ronny ?

Chappy regarde droit devant lui.

– Je ne sais pas pourquoi il est toujours si méchant avec toi et Levi.

Un esprit anti-Bleus se transmet à un enfant tout autant qu'un nez crochu ou que la bosse des maths, et Ronny a reçu une double dose. Avant même qu'Urnamy soit élu maire, Ronny se permettait de régenter tous ceux qu'il considérait inférieurs, en particulier les Buford. Papa a répété un million de fois à Levi d'ignorer les provocations de Ronny, mais Levi n'est pas toujours raisonnable, et chaque fois que Ronny et sa bande viennent faire un tour dans le Vallon des Lucioles, les Gault découvrent ensuite des dégâts sur leurs terres. Les cultures de papa sont endommagées ; les pneus de voiture des Gault sont lacérés. La clôture de papa est défoncée ; les volets des Gault sont cassés. Et comme la rancune est tenace, les choses s'enveniment : il n'y a pas si longtemps, la grange des Gault a été incendiée et les gens se sont tous précipités avec des seaux d'eau, redoutant que le feu ne se propage à toute la ville. Même si personne n'a pu le prouver, chacun a compris que Levi était le responsable. Papa aussi. Levi est trop vieux pour se prendre une raclée mais papa lui a fait jurer d'éviter Ronny ; promesse que Levi, jusqu'ici, a tenue.

Évitant les espaces à découvert, Jubilee et Chappy trouvent enfin un fourré derrière lequel se poster pour observer l'homme qui chemine dans la pente herbeuse. Il est très grand et, contre toute attente, n'a pas du tout l'allure apprêtée d'un homme de la ville – sa chemise dépasse de son pantalon, ses ourlets traînent par terre, et ses cheveux hirsutes lui tombent dans les yeux. Certains mineurs sont mieux accoutrés.

– Qu'est-ce qu'il a avec lui ? s'enquiert Chappy.

Jubilee lui explique le peu de choses qu'elle connaît sur les appareils photo mais Chappy n'a pas l'air de comprendre qu'un engin puisse produire l'image d'une personne telle qu'elle est. L'homme se tourne vers le ciel, une main en visière sur les yeux : une buse à queue rousse glisse dans l'air, en retard pour regagner le sud. Même s'il vérifie où il pose les pieds, l'homme trébuche sur les mottes de terre tout en avançant jusqu'au milieu du champ pour voir la buse poursuivre sa route avant de disparaître derrière la cime des arbres. C'est alors que l'arbre frappé par la foudre des années plus tôt attire son attention. Il n'y a rien à voir sinon une masse hirsute de branches calcinées mais l'homme se dépêche d'installer son matériel à une petite vingtaine de mètres de là.

– Il veut prendre ça en photo ? demande Chappy.

Au bout d'un moment, Chappy doit partir et elle lui dit qu'il n'a pas besoin de la ramener chez elle, qu'elle va se débrouiller maintenant. Elle observe l'inconnu : c'est juste un homme fasciné par un arbre que personne d'autre ne remarquerait. En dehors d'elle, les gens par ici ne s'intéressent à la nature que dans la mesure où elle peut leur être utile. Le soleil de l'après-midi se cache derrière un nuage sombre et l'homme scrute encore le ciel avant de déplacer son appareil de quelques mètres vers la gauche et de se pencher pour coller son œil dessus. Il se redresse, se passe la main dans les cheveux et semble si content de sa trouvaille que Jubilee a soudain une furieuse envie de se précipiter vers lui pour lui dire qu'elle aussi a toujours trouvé cet arbre beau. Comme si se découvrir des points communs avec un homme de la bonne couleur était quelque chose de possible pour une Bleue.

Elle se demande ce que Ronny a pu lui dire sur les Bleus. Rien que des saloperies probablement, et il y en a d'autres, dans cette église, avec leurs plus beaux costumes du dimanche et leur bonté dégoulinante comme de la sève, qui n'auraient pas non plus une seule chose aimable à dire à leur sujet. Certains les appellent même, elle et Levi, les Impurs, en oubliant que les Bleus et leur famille ont autrefois vécu avec ceux de la bonne couleur, alors qu'il n'y avait pas grand-chose dans le coin sinon un bazar et des terres agricoles. L'épidémie de 1899 a mis un terme à tout cela quand quelqu'un a fait courir le bruit que si un tiers des habitants avait succombé mais aucun des douze Bleus de la ville, c'était à cause des Bleus, que c'étaient eux qui avaient rendu les gens malades et non le virus lui-même. Ainsi ont surgi toutes sortes de superstitions, et les Bleus ont été chassés dans le vallon et contraints de vivre entre eux.

Jubilee entend les pas mais trop tard.

Une main, large, se plaque sur son nez et sa bouche.

– Pourquoi t'es pas couverte ?

Son voile est en boule au fond de sa poche, et comme elle s'en saisit, il le lui arrache des mains et le jette par terre.

– Qu'est-ce que tu fais ici ? Tu vas jeter un sort à cet homme ?

Elle connaît cette voix. Cette odeur aussi – une odeur de poule mouillée. Lorsqu'on regarde le visage de Ronny Gault, c'est à se demander si un essaim d'abeilles ne l'a pas attaqué. Ses lèvres sont des zébrures rouges, et ses yeux boursouflés ; sa peau a l'éclat lisse d'un furoncle. Elle tente de se dégager mais plus elle se tortille, plus il resserre son étreinte, si bien qu'elle cesse de se débattre et le laisse l'entraîner vers les bois en la tirant par le cou.

Lorsqu'elle avait huit ans et Levi quinze, leur vache avait disparu et tout le monde était persuadé que Ronny y était pour quelque chose. Une semaine plus tard, le shérif Suggins et le révérend Tuttle se tenaient sur le pas de leur porte affirmant que la quête organisée le matin même pour la nouvelle toiture de l'église avait été volée, une grosse somme grâce à la généreuse contribution du maire, M. Gault.

Au lieu de clamer son innocence, Levi avait défié les deux hommes. « Si vous croyez que c'est moi le coupable, pourquoi vous embarrasser à poser des questions ? Pourquoi ne pas me flanquer tout de suite en prison ? »

Jubilee ignore comment cela se passe entre frères et sœurs dans les autres familles, mais elle et Levi sont si proches que s'il se coupait, elle saignerait aussi, et si Levi devait se retrouver en prison, elle était prête à commettre un crime pour l'y rejoindre. « C'est Ronny Gault qui a volé l'argent », avait-elle lâché ; le plus gros mensonge qu'elle ait jamais dit. « Je l'ai vu sortir par la fenêtre de l'église avec un sac sous le bras. »

Au lieu d'être mise en prison pour avoir raconté un bobard, on l'avait escortée jusque chez monsieur le maire où, quasiment paralysée de peur, elle avait répété sa fable qui lui semblait à elle-même inventée de toute pièce. Pendant que le shérif Suggins fouillait en vain la maison, Ronny l'avait dévisagée en passant son doigt en travers de sa gorge et plus tard ce soir-là, il avait lancé une torche en feu par la fenêtre du salon des Buford pour rappeler que le faux témoignage de Jubilee n'avait fait qu'envenimer les choses.

Ronny la plaque contre un arbre.

– Combien de fois il faut te dire de pas venir par ici ?

– Tous les endroits ne t'appartiennent pas, Ronny.

– Toujours aussi grande gueule, pas vrai ? Grande gueule et avec une langue fourchue toujours prête à mentir. Si je te la coupais ? Comme ça tu arrêteras de raconter n'importe quoi.

Ronny brandit un couteau à cran d'arrêt et Jubilee détourne la tête, feignant d'avoir vu des centaines de fois ce genre de lame effilée d'aussi près.

– Si tu touches un seul de mes cheveux, mon frère te fera la peau.

Cette dernière phrase fait aussitôt réagir Ronny. D'un geste brusque, il tranche une mèche de cheveux de Jubilee et brandit son trophée.

– C'est ça, dis à ton frère de venir me faire la peau, ça m'évitera le trajet jusqu'au vallon.

Il repousse la jeune femme.

– Retourne dans ton trou.

Tandis que Jubilee s'éloigne en titubant entre les arbres, elle l'entend crier que les Bleus finiront bien par disparaître une bonne fois pour toutes.

Elle se fraye un chemin à travers des taillis et se trouve un endroit à l'abri des regards où elle s'assied un moment pour reprendre ses esprits. Si Ronny traîne dans les bois, c'est seulement parce qu'il a remis ses pièges. Il n'est pas le seul à chasser les ratons laveurs, surtout depuis que leur peau rapporte autant d'argent, mais ses pièges à mâchoire sont cruels, leurs pauvres victimes agonisent souvent durant des jours parce qu'il ne prend pas la peine de les relever régulièrement ; la plupart du temps il est trop fainéant pour dépecer ses proies et se contente de trancher les queues en laissant le reste, même des bébés parfois. Personne ne peut donner de leçon à Ronny Gault, mais Jubilee décide de fouiller les environs et d'enclencher tous les pièges qu'elle pourra trouver, presque une demi-douzaine. Sur le chemin qui la ramène à sa volière, elle tombe sur un grand pré de vigne de Judée et s'arrête pour en ramasser autant que possible et en faire une botte qu'elle enveloppe dans son voile, attentive à ne sélectionner que les jeunes plants de moins de trente centimètres. Plus tard, elle les ébouillantera trois fois pour en ôter le poison, et ils en auront assez pour manger de la salade cuite pendant trois ou quatre jours. Contente de sa trouvaille, elle se dirige vers la prairie où elle soigne ses oiseaux dans le petit abri que son père lui a construit il y a des années. Là, elle dispose des graines fraîches et de l'eau propre pour chacun de ses pensionnaires et, même si elle n'est pas censée toucher les oiseaux convalescents afin qu'ils puissent retourner à l'état sauvage une fois guéris, elle les dorlote, leur chante des mélodies et leur avoue qu'elle aimerait parfois qu'ils restent avec elle pour toujours.

L'après-midi touche à sa fin lorsqu'elle quitte la volière et décide de passer par le ruisseau avant de rentrer chez elle. En arrivant là où le cours d'eau s'élargit pour former une sorte de cuvette, elle aperçoit Levi et Sarah Tuttle, tous deux juchés sur une souche, Levi penché sur sa guitare, tête inclinée vers celle de la jeune fille. Tout aussi surprise que Jubilee, Sarah bondit sur ses pieds. Elle porte une robe à la fois trop moulante et trop courte, et soit elle pique un fard à cause de ce qu'ils étaient en train de faire, soit elle s'est mis trop de rouge à joues.

Au lieu de se rapprocher d'eux, Jubilee entreprend de les contourner mais Levi se précipite vers elle pour s'expliquer. Sa sœur presse le pas.

Il la rattrape et lui saisit le coude.

– Arrête.

– J'arrive pas à le croire !

Papa ne cesse de leur répéter de se mêler de ce qui les regarde et de ne pas donner à ceux de la ville plus de raisons de les haïr, mais Levi trouve quand même le moyen de braver ses ordres. Levi réagit certes aux provocations, mais il agit aussi de son propre chef, et fricoter avec Sarah Tuttle c'est aller beaucoup trop loin.

– Pas la peine d'en faire un fromage, OK ?

S'il n'avait pas la peau bleue, Levi aurait probablement toutes les filles de la ville à ses trousses, avec cette façon qu'il a de parler lentement, sa voix profonde et ses deux fossettes qui se dessinent sans même qu'il ait besoin de sourire. Mais en cet instant, Jubilee ne lui trouve absolument aucun charme.

– Et si quelqu'un d'autre vous a vus tous les deux ?

Levi balaie les inquiétudes de sa sœur en affirmant une chose qu'ils savent tous deux fausse :

– Personne ne vient par ici.

– Depuis combien de temps ça dure ?

– Il n'y a rien qui dure. On compose des chansons ensemble, c'est tout.

– Des chansons.

Jubilee fait une moue incrédule.

– Non, pas vraiment en fait. Elle a envoyé une lettre à son oncle qui travaille pour une radio à Lexington, et il a répondu en disant qu'il l'aiderait à enregistrer un titre pour le passer sur les ondes. Elle va chanter mes chansons. Mes chansons à la radio ! Il faut que tu l'entendes chanter, Juby. Viens, je vais te la présenter. Je suis sûre qu'elle te chantera quelque chose si tu lui demandes.

Sarah est désormais remontée sur la berge, prête à se sauver. Si elle avait été avec celui que tout le monde dit être son petit ami au lieu d'être avec Levi, Ronny n'aurait pas trouvé Jubilee, et Levi ne se mettrait pas en danger.

– C'est la copine de Ronny, Levi. S'il l'apprend, qu'est-ce qu'il fera d'après toi, hein ? Il s'en prendra à toi, et peut-être même à moi, ou à nous tous si ça se trouve.

Levi n'entend qu'en partie ce qu'elle vient de dire.

– Elle n'est pas avec Ronny.

Il devient gris comme de la poudre à canon et Jubilee renonce à lui avouer qu'elle est tombée sur Ronny.

– Tu crois qu'elle se soucie de toi ? Ce n'est qu'une vaniteuse qui t'utilise pour se rebeller contre son pasteur de père !

– Parle moins fort. » Levi l'entraîne un peu plus à l'écart. « Tu ne sais rien d'elle.

– Je sais qu'elle attire les problèmes, et ça me suffit, rétorque Jubilee.

– Je vais rentrer, lance Sarah de loin, et aussitôt Levi s'élance vers elle. Il s'adoucit manifestement avec cette fille. Il lui murmure doucement quelque chose à l'oreille, dégage ses cheveux bouclés de ses épaules et lui tend la joue pour qu'elle l'embrasse avant de partir. Tout en l'observant s'éloigner, il s'empare de sa guitare et joue une mélodie ; elle se met aussitôt à chanter, secouant au-dessus de sa tête les paroles en guise d'au revoir.

– Tu crois que je cherche à me venger de Ronny, je le sais, mais tu te trompes, dit Levi, revenant à la hauteur de sa sœur. Elle est vraiment à part.

Dans la famille Buford, Levi bénéficie toujours d'un traitement de faveur – « c'est Levi » se résigne maman chaque fois que quelque chose se renverse sur la table ou qu'une tasse atterrit dans la cheminée – mais quelque chose a changé en lui. Il se comporte maintenant comme un homme qui a frôlé la mort.

– Tu as tes raisons pour être avec elle, mais pourquoi est-ce qu'elle s'intéresse à toi, elle ? Tu ne te poses pas la question ?

– C'est donc si difficile d'imaginer qu'elle est avec moi parce qu'elle a des sentiments pour moi ?

Personne ne comprend mieux que Jubilee ce besoin d'amour, mais cette histoire avec Sarah ne peut que faire du mal à Levi, non ?

– Il faut que tu arrêtes.

– Tu voudrais que je laisse tomber la seule chose qui me rende heureux ?

– Si tu ne la quittes pas, je vais le dire à papa.

– De quoi tu te mêles ?

Levi s'éloigne d'un pas déterminé sur le sentier. Jubilee descend au bord du ruisseau, pose son ballot dans un arbre, enlève chaussures et chaussettes et immerge ses pieds dans l'eau. Qui est moins froide que d'ordinaire. Elle fait quelques pas puis décide de se baigner. Et pourquoi pas ? Elle regagne la berge, se débarrasse de sa robe et retourne dans l'eau. Une fois qu'elle en a jusqu'aux cuisses, elle s'allonge sur le dos, ses cheveux déployés en éventail autour de sa tête. En sortant de là, elle arrangera les choses avec Levi.

Vêtue de sa robe mais encore pieds nus, elle entend un murmure et songe d'emblée que Ronny l'a suivie. Elle fait volte-face : deux visages l'espionnent à travers les ronces. On dirait que l'un des deux types vient de voir un ours et que l'autre est ébloui par la lumière du soleil. Dès qu'elle voit l'un des deux rapprocher de son œil un appareil photo, elle comprend qu'il s'agit de l'homme de Folgers Hill.

Havens

En découvrant leur présence, la jeune fille bleue leur lance un regard sans reflets – la lumière semble se perdre dans ses yeux – avant de s'enfuir aussitôt, ses cheveux mouillés ondoyant dans son dos. Robe remontée jusqu'aux cuisses, elle traverse le cours d'eau, éclabousse et dérange des pierres dans sa hâte et, une fois sur la rive opposée, lance un bref coup d'œil pour vérifier s'ils la suivent. Puis décampe. Elle court comme si elle savait semer des chiens.

Massey et Havens se lancent à sa poursuite, trébuchant dans le ruisseau, glissant sur les cailloux.

– Attendez ! crie Massey. Revenez !

Havens reste muet. Il ne pense qu'à une chose : quelle femme extraordinaire.

Il n'y a plus de chants dans le dédale des collines, plus de brise pour transporter les notes d'une innocente mélodie, seuls résonnent des bruits de branches qui cassent, de pas qui résonnent, de souffle laborieux – les bruits de deux hommes en chasse. Celle qu'ils poursuivent ne fait aucun bruit. Elle survole les rochers, retraverse le ruisseau. Ils ne peuvent pas rivaliser avec elle. Ils enjambent un arbre abattu et l'aperçoivent : elle file à travers la végétation luxuriante avant de disparaître.

– Revenez ! On veut juste vous parler ! crie encore Massey.

Havens et Massey sont à bout de souffle. Ni l'un ni l'autre ne sait quelle direction prendre. Cernés de buissons et de fougères, ils sont loin du ruisseau ; auparavant la pente était tournée vers l'est, se souvient Havens, mais désormais le sol est plat. Par où aller pour sortir du vallon ? Ils sont perdus ; ils l'ont perdue.

Plié en deux, mains sur les genoux, Massey souffle et transpire. Il relève la tête.

– Tu as déjà vu un truc pareil ?

Havens ne trouve pas les mots.

Massey se redresse, s'essuie le front du revers de la main et secoue la tête.

– Bleue. Elle était bleue !

– On lui a fait peur.

Havens ne parvient pas à effacer de son esprit l'air effarouché de la jeune femme.

Massey regarde autour de lui.

– Tu as pris combien de photos ?

Havens suggère de retrouver le sentier, de rentrer en ville et de revenir le lendemain matin.

– Attends, tu l'as prise en photo, pas vrai ?

– Je… Je n'ai pas eu le temps de…

– Nom de Dieu, Havens, la putain de photo de ta vie et tu l'as ratée ?

Havens imagine l'image de la jeune femme sur une pellicule – son innocence, sa silhouette parfaite, sa couleur de peau. Ne serait-ce qu'en mettant sa chaussure, elle était l'essence même du portrait, une énigme. Il n'a pas besoin de Massey pour se rendre compte de ce qu'il a manqué, de ce qu'il n'a pas su saisir.

– Il fallait que j'attende qu'elle sorte de l'ombre, qu'elle soit correctement éclairée, se justifie-t-il. Même avec une pellicule couleurs, son teint serait ressorti gris comme du plomb.

D'abord agacé, Massey finit par déclarer d'un ton abattu :

– Il faut qu'on la trouve.

Le jour commence à décliner tandis qu'ils palabrent pour savoir quoi faire. Ils devraient contourner un amas de rochers, insiste Massey, convaincu d'avoir entendu des feuilles bouger de l'autre côté, mais Havens objecte que le soir tombe et que la lumière n'est plus suffisante pour photographier quoi que ce soit.

– Et on n'a pas envie de se retrouver coincés dans les bois la nuit. On reviendra demain.

– Restons encore cinq minutes, s'obstine Massey.

Havens pousse Massey pour lui passer devant, grimpe sur un gros rocher et son pied heurte une saillie pointue. Il crie. Pensant avoir peut-être un orteil cassé, il s'apprête à faire encore un pas mais la douleur irradie soudain sa cheville, monte jusqu'à son genou. Il se sent défaillir. Il baisse les yeux : son pied lui semble très loin. Une torpeur accablante s'élève du sol froid. La roche n'a rien à voir avec ce qui lui arrive. Il veut avertir Massey mais il ne parvient pas à articuler. La végétation autour de lui commence à tournoyer.

Massey hurle :

– Tu viens de te faire mordre par un serpent ! Juste derrière toi. Ne bouge pas !

Une terrible raideur envahit la jambe gauche de Havens tandis que le reste de son corps se ramollit. Sa bouche s'entrouvre. Ses pensées s'éparpillent comme si on venait de renverser le tiroir de son esprit. Est-ce que quelqu'un crie ? Il s'efforce de se souvenir : il a vu quelque chose, mais ça lui échappe désormais. Pourquoi se trouve-t-il dans un lieu si sombre, encore plus obscur que la nuit ? Ses yeux sont ouverts et pourtant il ne voit rien. Il s'effondre. Des feuilles tombent sur lui, ou est-ce du papier ? Du papier photo ? Vierge ? Ce sont tous les clichés qu'il n'a pas encore pris et ils l'ensevelissent. Il les scrute dans l'espoir de découvrir une image. Quelle image a-t-il voulu capturer ? Il est incapable de se le rappeler.

Mais soudain, la voilà, émergeant des ténèbres. C'est un visage. Un magnifique visage bleu. Une apparition.

Il est si heureux.

Et puis, plus rien.

Jubilee

Elle ne court même pas aussi vite qu'elle le pourrait, mais elle a déjà une bonne avance. Pour en savoir plus sur leurs intentions, elle s'arrête et les attend, cachée derrière un buisson de myrtilles. Seul l'ami parle. « Par ici… par là », lance-t-il, mais rien sur la raison qui les pousse à vouloir la prendre en photo. Puis l'homme s'agite, appelle à l'aide et elle distingue le mot : « serpent ».

Elle détale et sort du bois.

Papa l'a entendue crier parce qu'il se précipite à sa rencontre au bout du pré et Levi ne tarde pas à débouler lui aussi, carabine à la main. « Un homme de la bonne couleur s'est fait mordre par un serpent, raconte-t-elle à son père, lui précisant l'endroit où il se trouve. Ils sont deux.

– Ils ne sont pas d'ici, ajoute-t-elle.

Il n'y aura donc ni chiens ni armes à feu, son père n'a pas à s'inquiéter.

– Préviens Jeremiah Wrightley et demande-lui de nous rejoindre à la maison, ordonne papa. Ensuite, reste avec ta mère.

Jubilee s'exécute, sauf pour la dernière directive.

Lorsqu'elle rattrape enfin papa et Levi, ils sont en train de sortir du bois avec les deux inconnus ; celui avec l'appareil n'en a manifestement plus pour longtemps. Son visage grimace, il est en nage. Papa, qui lui a fait un garrot sur la jambe pour empêcher le venin de circuler, ne cesse de répéter : « Ça va aller, monsieur, vous allez vous en sortir », ce qui signifie que papa pense le contraire.

– C'est ma faute, papa.

Son père a un homme mourant sur les bras maintenant, mais c'est elle la responsable. Elle ne s'en sortira jamais s'il succombe.

Papa lui dit de se taire.

– Mais je n'aurais pas dû les entraîner dans cette direction.

Lorsque ceux de la bonne couleur vous pourchassent, il y a trois façons de s'enfuir à travers le vallon – la première par l'endroit où le sumac vénéneux envahit tout, la deuxième par le chemin qui longe une pente très escarpée où un homme peut facilement perdre l'équilibre, et la dernière par le territoire des vipères. Elle n'avait pas du tout réfléchi au chemin à prendre pour les semer, mais elle aurait facilement pu les entraîner à la lisière du vallon avant de disparaître, si le visage de celui qui faisait les photos ne l'avait pas autant obsédée. Elle avait tellement eu l'impression qu'il aurait pu l'avaler tout entière, d'un coup, sans même s'en rendre malade.

– Ils te poursuivaient ? s'enquiert Levi.

Trimballant le matériel de son ami, celui qui parlait sans cesse ne souffle mot mais la supplie d'un coup d'œil de ne rien dire.

– Ils étaient perdus. Ils voulaient demander leur chemin, je crois.

Elle n'a jamais autant menti de sa vie.

Papa lui dit de partir devant afin que maman sache à quoi s'attendre. Mais elle se laisse distancer et prie

Dieu d'arrêter le temps pour retarder la propagation du venin. Ils n'ont même pas traversé la moitié du champ que le corps de l'inconnu devient complètement flasque.

Maman s'écarte pour les laisser entrer dans la maison, puis elle houspille Jubilee et la secoue comme un prunier.

– J'étais morte d'inquiétude. Pourquoi es-tu restée si longtemps dehors ?

C'est toujours lorsque maman est en colère que son amour se manifeste le plus.

Jubilee embrasse sa grand-mère et elles se rassemblent toutes les trois devant la porte de la chambre de maman, perplexes devant ce qui se déroule sous leurs yeux – deux inconnus, l'un couché sur le lit et l'autre interrogeant Jeremiah Wrightley sur ses compétences médicales. On pourrait penser que Jeremiah Whrightley n'est qu'un illuminé gueulard qui manipule les serpents, mais personne ne connaît mieux que lui les reptiles et leurs venins, explique papa à l'homme sceptique.

Il faut venir de la ville pour ne jurer que par l'hôpital.

– Il faut l'emmener chez le médecin. Vous avez un téléphone ?

Tandis que papa l'éclaire sur les pratiques à la campagne, maman demande à Jubilee si elle sait d'où ils viennent et ce qu'ils fabriquaient dans le Vallon des Lucioles.

Jubilee pourrait répondre que l'homme a braqué sur elle un appareil photo, mais si elle révèle la vérité, ne devrait-elle pas aussi raconter que Levi se trouvait avec Sarah Tuttle et que Ronny Gault l'a menacée d'un couteau ? Les problèmes ne sont-ils pas sur le point de se répandre comme une traînée de poudre ? Ne devrait-elle pas les alerter ? Mais si elle se trompait ? Parfois, ce que l'on croit à tort suffit à déclencher le cataclysme. Elle préfère donc répondre à maman qu'elle ne sait rien.

Même mal en point comme il l'est, celui qui se fait appeler Havens est stupéfiant. La transpiration lui a complètement aplati les cheveux et Jubilee n'a qu'une envie : dégager ses yeux. Ses grands poings lisses sont serrés le long de son corps.

Jeremiah Wrightley remarque l'attitude de la jeune fille et lui demande :

– Tu as vu ce qui l'a mordu ?

Jubilee secoue la tête.

– À mon avis, c'est un mocassin à tête cuivrée.

Se tournant vers l'autre homme, Jeremiah explique :

– Si cette morsure avait dû mal tourner pour votre ami, ça aurait déjà gonflé beaucoup plus. Ça va lui faire un mal d'enfer et il va sûrement avoir encore besoin de ce seau, mais dans quelques jours il sera remis.

Il tend à papa un des flacons rangés dans sa boîte de pêche et lui donne les instructions de dosage.

Jubilee suit maman et grand-mère dans le passage couvert qui coupe en deux la maison.

– Et s'il meurt ?

– Il ne mourra pas, réplique maman même s'il est encore tôt pour en être sûr. Une longue nuit les attend et elles savent toutes trois que c'est aux premières lueurs du jour que même les plus costauds capitulent parfois.

Une fois sous la véranda, elles remarquent Soidi qui contourne sa maison, lanterne dans une main et carabine dans l'autre. Comme les proches de Chappy et la plupart des fermiers du coin, Soidi est pro-Bleus comme on dit en ville. Il n'est d'ailleurs pas impossible qu'elle soit de leur famille. Elle était autrefois l'accoucheuse de la communauté, mais depuis la naissance de Levi les gens ont cessé de faire appel à elle. À partir de ce jour-là, maman et elle sont devenues meilleures amies ; Soidi a ensuite aidé maman à mettre au monde Jubilee, et plus tard sa petite sœur, Willow-May.

– Tu vas rester chez Soidi ce soir, décrète maman.

– Mais pourquoi ? Ils m'ont déjà vue.

– On ne sait rien d'eux… ce qu'ils faisaient dans ce vallon, pour commencer… alors laisse le temps à ton père de savoir à quoi s'en tenir.

– Ils se promenaient, si ça se trouve, c'est tout.

– Personne ne vient se promener dans le Vallon des Lucioles, intervient Soidi en guise de bonjour.

Tout chez Soidi est gros. Elle a de grosses lèvres, une grande bouche, de grosses joues et des cheveux épais et hirsutes si elle ne les couvre pas d'un foulard – les foulards de Soidi sont grands comme des nappes. Mais ce qu'il y a de plus gros chez elle, c'est son cœur. Soidi a dix ans de plus que maman. Elle s'appelait autrement avant et un jour, lassée d'entendre son mari – mort depuis belle lurette – la traiter de soi-disant femme et soi-disant cuisinière, elle a décidé de se faire appeler Soidi, histoire de lui montrer qui commandait chez eux.

Maman rentre dans la maison pour rassembler quelques affaires et Soidi s'approche de la fenêtre pour jeter un coup d'œil. Jubilee se glisse près d'elle. Avec la présence de ces étrangers, la chambre semble avoir rétréci – la maison tout entière a l'air plus petit en fait, comme si, même si ces hommes partaient sur-le-champ, elle allait rester comme ça pour toujours.

– Il en fait des tonnes avec les manières, celui-là, non ? fait remarquer Soidi, scrutant le bavard qui serre d'abord la main de Jeremiah Wrightley, puis celle de papa.

– Il n'y a pas de mal à être poli.

– Tu parles, ils étaient tous très polis quand ils ont crucifié Jésus.

Soidi prend le petit baluchon que maman lui tend et invite Jubilee à la suivre. Elles quittent la véranda et s'éloignent sur le sentier qui part vers sa maison, située à quelques centaines de mètres de là. En chemin, Soidi passe en revue tout ce qu'elle sait sur les hommes et conclut qu'ils sont tous coupables.

– La plupart des bonshommes n'apportent que des ennuis mais ces deux-là, ils sont de la bonne couleur, ils viennent du Nord et en plus ils vivent en ville : ça fait trois charges à leur encontre.

Plantée à flanc de coteau et bordée de part et d'autre de bois, la maison de Soidi est on ne peut plus à l'abri des regards. Soidi aime les couleurs – ses volets sont bleu clair et sa porte d'entrée jaune vif. Certaines années, elle peint son perron d'une couleur accueillante, et d'autres elle choisit un rouge pétant bien repoussant. Il fallait qu'elle arrête avec ses couleurs, on avait compris le message, lui a dit un jour papa, ce qu'elle n'a guère apprécié. « Inutile de discuter avec toi, tu es aussi sensible qu'un piquet », voilà ce qu'elle lui a répondu ; c'est d'ailleurs quelque chose qu'elle lui dit volontiers lorsqu'ils n'arrivent pas à se mettre d'accord sur tel ou tel sujet, ce qui se produit assez souvent. À l'intérieur, sa maison n'est ni terne ni spartiate, contrairement à celle des Buford. Bien qu'elle vive seule, Soidi possède assez de meubles pour cinq familles.

Soidi met du café à réchauffer, offre une chaise à Jubilee et soulève ses cheveux.

– Qu'est-ce qui s'est passé là-bas ?

Jubilee ignore pourquoi son corps répond toujours malgré elle alors qu'elle lui ordonne de ne pas le faire.

Comme si une odeur nauséabonde venait d'envahir ses narines, Soidi s'exclame :

– Je t'en prie, ne me dis pas que c'était ce couard…

Et elle laisse échapper un chapelet de jurons avant de vociférer sur les bons à rien comme Ronny Gault et son père, un maire vraiment minable. La moitié de la ville en prend pour son grade.

– Tout le monde n'est pas forcément comme ça. Il doit y avoir des gens bien, insiste Jubilee.

– Y en a des biens et y en a d'autres qui font semblant de l'être. Le truc, c'est de trier le bon grain de l'ivraie.

Soidi s'empare d'une brosse et d'une paire de ciseaux pour rattraper le massacre dans la chevelure de Jubilee.

– Tes cheveux me font toujours penser à une queue de renard.

Jubilee hésite à lui dire que les hommes l'ont prise en photo lorsque Levi fait irruption dans la pièce.

– Pourquoi est-ce que vous êtes si nerveuses ? Vous croyez qu'on va avoir des ennuis ?

– Je ne vois pas comment ça ne serait pas le cas, rétorque Soidi.

Levi tend à Jubilee une petite boîte en bois. Quelque chose gigote à l'intérieur.

À travers les lattes étroites, Jubilee entraperçoit deux grands yeux et un bec gros comme un ongle de petit orteil : un bébé chouette.

– Salut, toi !

– Faut croire que la leçon de vol s'est mal passée.

Levi répète sans cesse que c'est une perte de temps d'interférer avec la Nature, qu'il vaut mieux la laisser faire son travail, mais c'est lui qui apporte à Jubilee la moitié de ses patients. Celui-ci est censé ramener la paix entre frère et sœur.

Ils hululent tous deux en regardant le bébé chouette. Soidi tend sa bible à Jubilee et l'invite à arracher autant de pages qu'il lui faut pour faire un nid. Il n'en reste que quelques-unes. La Genèse et les autres Livres de la loi ont servi à allumer des feux pendant l'hiver interminable, les Prophètes ont fini en lambeaux dans le poulailler, et la plupart des Évangiles ont bouché des trous dans les murs pour arrêter les courants d'air qui vous glaçaient jusqu'aux os, ce qui d'après Soidi avait toujours été la volonté divine.

Levi fait glisser devant lui sa guitare qu'il portait en bandoulière dans son dos, pose un pied sur un tabouret et joue une berceuse jusqu'à ce que le bébé chouette s'apaise. Après quoi, il se sert une tasse de café et en fredonnant se jette sur le bocal de biscuits.

– Tu es bien guilleret pour quelqu'un qui a deux inconnus chez lui.

Soidi a raison. D'ordinaire, Levi aurait été maussade et méfiant.

– Ils ne seront plus là demain, alors pourquoi en faire tout un plat ? répond-il.

Jubilee a du mal à croire que son frère puisse parler ainsi ; Soidi aussi, et elle colle soudain son visage devant celui de Levi pour voir s'il ne sent pas l'alcool.

– Si c'est pas la bibine, c'est l'amour, claironne-t-elle.

Levi lance un coup d'œil à Jubilee qui s'empresse de secouer brièvement la tête : non, elle ne l'a pas dénoncé, elle le jure.

– Et qui est l'heureuse élue ?

Comment Soidi réussit à toujours tout savoir est un des grands mystères de la vie.

– J'ai pas le temps pour les filles !

Mais en évitant le regard de Soidi, Levi ne laisse planer aucun doute.

Soidi se verse dans son café une généreuse dose de ce qu'elle appelle « l'arôme de la Nature ».

– Autrefois, j'ai aimé un homme que je n'étais pas censée aimer.

Elle vide la moitié de sa tasse, puis soupire, exhalant à la fois vapeurs d'alcool et pensées.

– Il n'y a que trois choses sur lesquelles nous autres, pauvres âmes, n'avons aucun contrôle : notre naissance, notre mort, et la personne que nous aimons, et quiconque vous dira que l'amour est une chose simple n'est certainement jamais tombé amoureux.

– On peut aimer, et on peut aussi juste être attiré par quelqu'un, plaide Jubilee.

– Un homme sait faire la différence, c'est moi qui te le dis, contre-attaque Levi.

Soidi finit son breuvage.

– Je vais vous dire, moi, comment on fait la différence : quand on est juste attiré par quelqu'un, on lui présente seulement nos meilleures facettes, mais quand on aime vraiment, on se montre tel qu'on est, avec ses défauts, ses boutons, et tout.

– Et quand on aime vraiment, on fait tout ce qu'on peut pour ne pas mettre en danger l'autre, renchérit Jubilee.

– Oh, ma chérie, non, rectifie Soidi. En matière d'amour, le danger n'est jamais bien loin. Quand on est amoureux, on ne peut pas savoir ce qui va se passer.

Levi prend un air triomphant, et Jubilee est sur le point de prononcer le nom de Sarah Tuttle pour en finir avec ce débat absurde mais Soidi s'empresse de changer de sujet.

– Qu'est-ce que tu fredonnais tout à l'heure ? Une nouvelle chanson de ta composition ?

– En fait…

Levi saisit sa guitare, joue quelques notes d'introduction – un rythme enjoué écrit pour le banjo – et entonne comme les chanteurs de blues d'antan :

Ce soir débarque une joyeuse damoiselle
Belle à nulle autre pareille
Sous les étoiles, elle s'arrête
Chante, ma petite alouette.

Que peut donner un garçon à une fille si jolie
Je n'ai qu'une rime et une mélodie
Pas ton argent mais ton cœur, crie la mignonne
Un amour à trois temps.

Personne ne pardonne au-delà des arbres
Bientôt il faudra lui dire adieu
Seul le paradis peut entendre la musique
De l'alouette et du garçon si mélancolique.

– Bah, t'arrête pas, fait Soidi alors que Levi pose sa guitare contre la chaise. Il la quitte ou pas ?

– J'ai pas encore décidé.

– Et s'il invitait la belle chez moi la semaine prochaine pour ma petite fête ? Il pourrait lui demander de danser ?

– C'est ça, ouais, pour qu'il marche sur ses pieds délicats et qu'elle prenne ses cliques et ses claques, réplique Levi.

– Mais non, elle n'en fera rien, parce qu'il saura danser une fois que je lui aurai appris.

Soidi met un disque sur son gramophone, et Levi se met aussitôt à sauter dans tous les sens pour lui prouver qu'en matière de danse il y a du boulot. Soidi s'empare de sa main et place son bras en l'air telle une arche avant de s'engouffrer dessous et, après quelques tours vertigineux, elle s'avance, chancelante, vers Jubilee.

– On va t'apprendre aussi, comme ça tu ne resteras pas assise dans un coin comme la dernière fois.

– Personne ne m'invitera à danser.

– Qu'est-ce que tu en sais ? Il paraît que le fils aîné de Wrightley s'intéresse à toi.

Jubilee marmonne. Wyatt Wrightley a autant de caractère qu'un seau vide.

– Lève-toi. Allez !

Soidi se dandine devant elle, attrape son poignet et la fait tournoyer.

Soidi ne la lâchera pas tant qu'elle n'y mettra pas un peu du sien, donc elle se déhanche, timidement.

– Voilà, ça commence à venir.

Soidi aurait été capable de convaincre Jésus de descendre de sa croix pour danser avec elle.

Claquant des doigts, Levi s'empare d'une main du portemanteau et glisse avec ce partenaire insolite d'un bout à l'autre de la pièce ; Soidi choisit de son côté un gros sac de farine dans lequel elle fourre son nez avant de se lancer ainsi accompagnée dans un pas de deux autour de la table. Jubilee soulève délicatement la boîte du bébé chouette. Danser dans le salon de Soidi, c'est sans doute comme être au paradis – l'inquiétude s'envole purement et simplement.

Havens

– Il est réveillé.

La femme près de son lit lui applique un linge mouillé sur le front. Ses cheveux roux et courts sont grisonnants, ses joues creuses, ses yeux bleus ourlés de rides et elle porte une robe ample aux couleurs délavées.

– Il est réveillé, répète-t-elle, continuant de fixer Havens comme si de toute évidence il était censé lui répondre, sauf qu'il ignore complètement qui elle est.

– Ah bon ? dit-il.

D'une voix plus forte, elle dit :

– Il parle maintenant.

Havens s'efforce de deviner qui elle peut bien être. Pourquoi est-il allongé dans une chambre aux murs en bois grossièrement débité et non dans la sienne, et pourquoi n'arrive-t-il pas à savoir si c'est le petit matin ou la fin de l'après-midi lorsqu'il regarde par la fenêtre en face de son lit ? Dans un coin se trouvent une petite table sur laquelle est posé son matériel et une chaise qui semble sur le point de s'écrouler sous le poids de sa veste. Une étroite penderie occupe presque tout le mur de droite et dans l'espace restant, suspendu à un clou, trône le seul élément décoratif de la pièce : un petit miroir ovale.

L'homme mince qui s'adresse maintenant à Havens a un visage ridé plus marqué qu'une souche d'arbre et un accent curieux :

– Vous nous avez fait une sacrée peur.

Havens a bizarrement l'impression d'être sur une scène de théâtre. Dans une pièce historique ? Ça expliquerait le décor spartiate, les vêtements démodés et le côté emprunté avec lequel les personnages parlent, comme s'ils récitaient un texte.

– Voulez-vous du bouillon ?

La femme tend devant lui un bol en céramique.

Havens n'arrive pas à répondre car une intense douleur lui enserre la jambe gauche, de la cheville à l'aine, à tel point qu'il en a le vertige et la nausée, et il se tourne sur le côté mais la femme réapparaît lui présentant un seau. Après plusieurs haut-le-cœur, Havens s'enfonce dans son oreiller et la femme replace le linge humide sur son front avant de s'éclipser prestement.

L'homme prend sa place.

– Vous ne vous souvenez pas d'avoir été mordu par un serpent, monsieur ?

Il lui faut ôter les couvertures, voir son pied bandé et ses orteils violacés pour comprendre de quoi il retourne. Havens ne se rappelle pas avoir été mordu, seulement avoir poursuivi à travers d'épais sous-bois une jeune fille étrange qu'il avait d'emblée prise pour une créature magique, presque une fée, jusqu'au moment où elle avait décampé, d'un coup, pour s'évanouir dans la nature, ce qui avait rendu son apparition d'autant plus surnaturelle.

La femme pénètre à nouveau dans la chambre avec un breuvage amer, répétant qu'il s'agit d'un remède. Havens fait ce qu'on lui demande, il s'applique à tout boire.

– Mon épouse n'aime pas beaucoup Wrightley et je reconnais qu'il est plutôt original mais question morsures de serpent et antidotes, personne n'en sait plus que lui. Il s'est fait mordre une douzaine de fois.

– Il a plus de venin que de sang dans les veines, grommelle la femme.

Havens s'efforce de ne pas gémir même s'il a l'impression qu'on lui ligote la jambe avec du fil de fer.

– Demain, on essaiera de poser le pied par terre, mais pour l'instant restez tranquille.

L'homme désigne le pot de chambre non loin du lit.

– Appelez si vous avez besoin d'aide.

Massey surgit comme le couple se retire. Il pose la main sur l'épaule de son ami.

– Heureux de te revoir parmi nous, mon vieux.

– Je suis resté inconscient combien de temps ?

– Presque vingt-quatre heures. On est lundi.

Massey ferme la porte, saisit la chaise et s'assied près de Havens.

– Je regrette tellement. C'est de ma faute. Ça ne serait pas arrivé si je t'avais écouté. On aurait rebroussé chemin.

– Hé, je ne suis pas mourant !

– Franchement, on s'est demandé si tu n'allais pas y passer à un moment donné.

– Où est-ce qu'on est ? Qui sont ces gens ? Je suis dans leur lit, non ?

Havens repousse les couvertures et tente de bouger les jambes mais un éclair de douleur le transperce et des taches noires obscurcissent son champ de vision.

– Reste où tu es, mon grand.

Massey lui révèle qu'ils sont chez Del et Gladden Buford avant d'ajouter à voix basse :

– Tu ne vas pas le croire.

Havens essaie de se redresser.

– Elle vit ici ; ce sont ses parents. C'est dingue, non ?

Le trouble s'empare de Havens.

– Tu l'as revue ? Tu lui as parlé ?

Il faut qu'il s'excuse de l'avoir espionnée et de lui avoir couru après comme ça. Qu'est-ce qu'elle doit penser d'eux ? Et que se disent ses parents ?

– Ils l'ont planquée chez quelqu'un d'autre.

– Ils savent ce qu'on faisait et ils nous laissent rester ici ?

– Ils ne savent rien. Elle nous a couverts. Elle a dit qu'on cherchait notre chemin.

Massey murmure quelque chose à propos d'un frère bleu comme elle.

– Il faut que tu le voies, on le dirait tout droit sorti d'un autre âge. J'ai essayé de lui parler mais il avait l'air d'avoir autant envie de me répondre que de me scalper, et il a débarrassé le plancher lui aussi.

Cela ne fait que convaincre un peu plus Havens qu'ils devraient lever le camp sans délai. Et si ces gens n'étaient pas aussi bienveillants qu'ils le paraissent ?

– Aucun d'entre eux n'a l'air malade, pas du tout. Je te le dis, Havens, on est tombé sur quelque chose d'extraordinaire.

– Ça n'intéressera pas la FSA.

Massey en convient.

– Non, mais le *Time*, si.

– Et si on présente bien notre sujet, peut-être même le *National Geographic*.

Massey acquiesce.

– Il faut que ce soit plus que « hé, regardez, ils sont bleus ».

Mais il y a un problème plus important que l'angle sous lequel ils vont aborder leur sujet.

– Je ne vois pas comment je vais réussir à faire une photo, remarque Havens. Même si elle réapparaît, je ne pourrai tout simplement pas lui demander de s'asseoir pour lui tirer le portrait.

– Il faudra peut-être que tu voles quelques prises. Je vais fouiner un peu pour voir si j'arrive à lui mettre la main dessus et toi, applique-toi à retrouver de la mobilité.

Massey tire sa chaise près de la table, allume la lampe à huile et griffonne dans son carnet.

Une photo volée. Cela semble si simple dans la bouche de Massey. Les progrès techniques ont amené la plupart de ses collègues à utiliser un reflex mono-objectif pour photographier sur le vif, conversion facile qui valorise désormais la spontanéité comme s'il s'agissait d'une composante indispensable à toute bonne prise de vue. Pas pour Havens. En partie parce que l'appareil sur trépied sert mieux son exigence du détail et de la composition, mais il reste aussi attaché à l'idée que l'économie nécessaire à la production d'une image unique en dit plus sur le sujet photographié qu'une série de prises de vue faciles. En d'autres termes, Havens ne sait pas introduire de spontanéité dans ses travaux parce qu'il en manque lui-même cruellement, et, sauf si ses sujets sont scellés dans le ciment ou assis sur des chaises, il ne sait jamais avec certitude ce qu'ils sont susceptibles de faire. S'il n'avait pas été aussi lent qu'un homme aux yeux bandés sur un ring de boxe, il aurait photographié cette jeune fille au bord du ruisseau lorsqu'il en avait l'occasion. Au lieu de quoi, il est là, allongé dans ce lit.

Tandis que Massey écrit, Havens imagine quelles toiles de fond conviendraient le mieux à la jeune fille.

Même avec un simple drap blanc, n'obtiendrait-il pas le plus beau des clichés ?

Havens se réveille. Massey lui tire le bras.

– Dépêche-toi ! Elle est dehors.

Havens n'a pas besoin de lui demander de qui il parle.

La pièce est sombre mais le ciel par la fenêtre est strié de bandes violettes et roses.

Massey se poste au bord du lit.

Plonger le pied dans une casserole d'eau bouillante serait moins douloureux que se mettre debout pour Havens. Pris de vertige, il chancelle mais Massey glisse son épaule sous l'aisselle de son ami et le traîne jusqu'à la fenêtre qui donne sur une colline peu escarpée plantée de sorgho déjà haut jusqu'aux cuisses. À l'est, au-dessus d'un coteau ondoyant, les vestiges de la nuit semblent vouloir s'attarder mais les ciels au-delà annoncent déjà le jour naissant.

Massey désigne la droite. Havens ne distingue d'abord que les contours sombres d'un poulailler à quelques soixante-dix mètres de là, mais petit à petit une silhouette se dessine dans l'ombre, se dirigeant vers la maison. La fille du ruisseau.

– Je vais sortir lui parler.

– Sûrement pas. Tu vas lui faire peur et elle va encore disparaître.

Havens voudrait que le jour se dépêche désormais, que le soleil cesse de lambiner derrière la colline et éclaire la jeune femme.

– Passe-moi mon appareil.

Massey cale Havens contre la chaise et lui tend son Contax avant de s'éclipser. Havens règle l'ouverture du diaphragme sur luminosité faible, puis jette un coup d'œil par la fenêtre mais la jeune fille a encore disparu.

Elle disparaît tout le temps. Il observe l'étonnant paysage devenir encore plus étrange, conscient que quelque chose en lui a changé. Il se souvient d'avoir assisté un jour à la conférence d'un célèbre ornithologue durant laquelle l'homme avait évoqué l'*oiseau rare*, cette créature quasiment introuvable et insaisissable que chaque spécialiste ou chaque explorateur espère voir un jour. Un homme ne peut faire quelques mètres dans ce monde sans achopper sur des contrefaçons ou autres reproductions, et les médias répètent tous les mêmes idées suivant les mêmes schémas éculés. Des générations de photographes se sont retrouvés sur leur lit de mort sans jamais avoir croisé personnellement le moindre spécimen original, et elle se trouve là, tout près de lui. Son *oiseau rare*. Immortaliser son image sur une pellicule rapporterait certainement assez pour maintenir sa barque à flot quelques mois supplémentaires, mais le genre de photographie qu'il a en tête représenterait beaucoup plus. Cela lui redonnerait une raison d'être, ferait même renaître le principe même qui l'a poussé initialement vers la photographie : le désir de partager avec autrui, de créer un lien intime d'une certaine façon avec quelqu'un ; en d'autres mots, le désir d'exister.

Lorsqu'elle surgit soudain devant la fenêtre, il sursaute ; si elle est aussi surprise que lui, elle n'en laisse rien paraître. Dans la lueur de l'aube, une grâce iridescente émane d'elle. Un gris-bleu chatoyant. On la dirait faite de nacre. Ses longs cheveux auburn sont attachés avec un foulard et ses traits sont d'une incroyable précision. Le manque de lumière empêche Havens de distinguer la couleur de ses yeux mais le regard de la jeune femme le cloue sur place. Son visage incarne une parfaite perspective à deux points de fuite : avec son front large, ses pommettes saillantes et ses traits délicats, ses yeux sont tel un horizon irrésistible et sa bouche devient un épicentre envoûtant. Même ses dents du haut légèrement protubérantes sont éblouissantes. Ce n'est certainement pas parce qu'elle est aussi fascinée que lui qu'elle continue de l'observer, lèvres entrouvertes, comme si elle avait quelque chose à dire, avant de se raviser. Il voudrait cesser de la fixer mais il n'y arrive pas. Elle doit être une créature légendaire et sauvage à laquelle les animaux obéissent.

Le cœur de Havens bat la chamade. Il manque de souffle et n'a pas l'air de pouvoir reprendre sa respiration. Créer – voilà ce qu'il lui faut faire.

Dès qu'il lève son appareil, une moue contrariée supplante l'air curieux de la jeune fille. Elle agite la main pour l'arrêter et prend la poudre d'escampette. Où est-elle ? Havens tend le cou mais ne voit rien.

Il cherche encore à travers son viseur lorsque Massey pénètre précipitamment dans la pièce.

– Je l'ai vue passer par là. Tu l'as photographiée ?

Havens baisse son appareil et le laisse pendre au bout de son bras telle une main en partie sectionnée. Sans prendre la peine de répondre.

Jubilee

– Tu n'es pas censée être ici, sermonne Willow-May, en voyant Jubilee entrer en catimini dans la maison.

Ce matin, sa grande sœur porte le costume du dimanche de papa – pantalon, bretelles et chemise –, mais elle a pris le chapeau de quelqu'un d'autre, celui d'un des deux hommes. Jubilee lance son couvre-chef sur la table avant de placer un doigt sur ses lèvres, désignant d'un regard le passage couvert de l'autre côté duquel se trouve la chambre de maman. Papa et Levi sont partis faire des affaires avec d'autres fermiers ; l'inconnu, celui qu'elle doit surveiller de près, se trouve dans la grange car elle peut voir la lampe brûler par la fenêtre, et maman s'est déjà mise à la lessive, à en croire la fumée qui émane de la cabane de bain.

– Il a demandé après toi, proclame Willow-May.

À nouveau, Jubilee lui fait signe de rester discrète. Puisque sa petite sœur sait écouter aux portes comme personne, la jeune fille murmure :

– Ah bon ? À qui ?

– À M. Massey. Mais il n'a posé aucune question sur le serpent. J'aimerais bien en savoir plus sur le serpent, pas toi ? Je me demande s'il était long.

Willow-May pourrait continuer encore longtemps mais Jubilee la fait taire d'un geste avant d'afficher un air sérieux signifiant qu'elle a à faire, puis elle se faufile dans le passage jusqu'à la porte de chambre pour jeter un coup d'œil à l'intérieur.

Chez les Buford on a le visage un peu écrasé mais celui de l'homme est long et étroit avec les joues ridées. Le reste de son corps est longiligne aussi, et ses pieds dépassent au bout du lit. Ses pieds à elle sont sales, leur peau est épaisse, on dirait presque des sabots, mais le sien, celui qui n'est pas bandé, est propre et pâle comme si une chaussure l'avait toujours protégé. D'où vient cet homme pour devoir tout le temps porter des chaussures ? Un endroit où le sol est brûlant, c'est sûr.

Ce sont ses mains maintenant qui retiennent à nouveau l'attention de Jubilee. La jeune fille a toujours vu des hommes aux mains calleuses, noueuses, auxquelles il manque au moins une phalange, mais celles-ci sont immaculées. Pas même une alliance.

Mais pourquoi s'attarde-t-elle ? Elle remarque l'appareil photo sur la chaise au fond de la pièce. Ceux de la bonne couleur vous volent tout, même ce que vous croyez posséder pour de bon – la fierté d'un homme, l'envie d'une femme d'avoir un enfant, l'honneur d'une bonne – et ces hommes lui ont volé son image. Il est donc normal qu'elle la leur dérobe à son tour. Elle traverse la pièce, tout en continuant d'examiner l'homme allongé. Hormis les effets du venin, il n'a pas l'air malade ; il n'a ni croûtes, ni irritations, ni cicatrices. Il n'a presque pas de barbe. Si un ange était tombé sur terre, il lui ressemblerait sûrement. *Un voleur*, se corrige-t-elle intérieurement, *pas un ange*. Et pourtant quelqu'un capable de s'arrêter pour observer le vol d'un faucon et de déceler la beauté d'un arbre que la nature a puni. Elle fait un pas de plus vers l'appareil, vérifie que l'inconnu est toujours endormi, puis fait encore un pas, et un autre. Elle connaît chaque latte de bois de cette maison, celles qui révèlent votre présence, et celles qui savent conserver un secret, et son dernier pas est aussi silencieux que les précédents, assez silencieux pour entendre le souffle de l'homme changer. Elle penche la tête à l'instant où il ouvre les yeux. Ses pupilles ont la couleur des sols une fois récurés.

– C'est vous, souffle-t-il.

Pourquoi semble-t-il si content de la voir, comme s'ils s'étaient déjà rencontrés ?

– S'il vous plaît, ne partez pas, dit-il alors qu'elle se rue vers la porte.

Elle fonce vers le salon et sort en hâte par la porte de cuisine mais heurte brusquement la silhouette inébranlable de M. Massey, qui insiste pour l'aider à se relever bien qu'elle le repousse et le prie d'arrêter. Elle n'a jamais entendu un homme de la bonne couleur s'excuser mais, contre toute attente, M. Massey assume pleinement sa part de responsabilité. Elle lui demande pardon elle aussi, et il pose une main sur son bras. C'est alors qu'elle comprend que s'il est si poli c'est qu'il a une autre idée derrière la tête.

– Est-ce que je peux vous parler un instant ? demande-t-il en souriant exagérément de toutes ses dents.

Comme elle fixe sa main, il finit par l'enlever.

– Puis-je au moins savoir à qui je parle ?

Si maman la voit elle ne va pas la rater, mais Soidi se prendra aussi un savon pour ne pas avoir fait plus attention, et Jubilee n'aura peut-être plus l'occasion de s'emparer de l'appareil photo si bien qu'au lieu de répondre, elle se précipite vers le sentier qui mène chez Soidi.

Il lui emboîte le pas.

– Je voulais juste vous remercier. Si vous n'aviez pas aussi vite réagi, je ne sais pas si Havens serait encore de ce monde. Ah ça, vous êtes rapide… vous me battez, et pourtant j'étais champion de cross à l'école.

Tu m'étonnes, la vitesse, c'est son point fort. Elle garde le silence tout en se demandant s'il ne ressemble pas un peu au fils Farnsby qui ne sait pas faire la différence entre une tomate verte ou mûre.

– Vous ne voulez pas me dire au moins votre nom ? Ça ne peut pas faire de mal, pas vrai ?

Pour se débarrasser de lui, elle lui dit comment elle s'appelle, ce qui ne fait que l'encourager.

– Jubilee. Jubilé. Quel nom magnifique. C'est l'anniversaire des cinquante ans de mariage.

Son nom n'a rien à voir avec les parades et autres réjouissances. Il fait écho à une loi du Lévitique selon laquelle, après avoir compté sept fois sept ans, viendra l'année de grâce, l'année du jubilé. À ce moment-là, tout sera censé être réparé – les dettes oubliées, les prisonniers libérés, et les terres restituées à ceux auxquels elles appartiennent. Parfois son nom lui évoque un sentiment de justice rendue mais parfois aussi il ne fait que lui rappeler que les Bleus n'ont pas fini d'en baver.

– C'est juste un nom. Ça ne veut rien dire, réplique-t-elle à l'homme.

– Quel âge avez-vous, Jubilee ?

– Vingt-trois ans.

Il opine du chef comme si cela l'arrangeait.

– Et vous vous appelez Buford ou vous portez un autre nom de famille, Jubilee ?

Elle voudrait qu'il arrête de répéter son nom comme ça. Elle accélère le pas.

– Vous n'avez pas besoin de retourner vous cacher à cause de nous, si c'est là que vous allez. Je sais ce que certains disent de vous en ville mais je vous promets que nous n'avons pas du tout ce genre d'opinion. En fait, je vous trouve extraordinaire.

Et il continue de la complimenter à tout-va, comme si elle était aussi sensationnelle que de la neige en plein mois de juillet.

– Je suis juste bleue, monsieur. C'est tout.

– Oui, bleue, répète-t-il comme s'il venait de trouver le mot juste. Pardonnez mon impertinence, mais puis-je vous demander si vous êtes malade… parce que vous n'avez pas du tout l'air de l'être. Je suis curieux de savoir s'il y a un nom pour ce que vous avez. Votre frère est comme vous, n'est-ce pas ? Mais pas votre petite sœur. Êtes-vous comme ça depuis que vous êtes née ou est-ce que ça s'est développé plus tard ?

Ses questions la fatiguent.

– Il paraît que c'est contagieux.

Il s'immobilise aussitôt. M. Massey fourre ses mains dans ses poches, recule d'un pas, avant de soudain se raviser et de courir vers elle, remuant l'index d'un air désapprobateur.

– Vous vous moquez de moi, je crois, mademoiselle Buford.

– Il faut que j'y aille.

M. Massey continue à l'interroger jusqu'au moment où il voit Levi et papa venir à leur rencontre.

Ils arrêtent Lass, descendent du chariot et Levi s'approche si près de M. Massey que le bord de son chapeau vient toucher le front de ce dernier.

– Ça y est, vous avez bien regardé ?

M. Massey ne semble absolument pas rebuté par cette entrée en matière.

– Je comprends tout à fait votre méfiance vis-à-vis de moi. Je ferais pareil à votre place.

Levi se renfrogne.

– Qu'est-ce que vous en savez de notre place ?

Papa fait signe à Levi de se calmer, puis s'enquiert de l'état de santé de celui encore alité mais Levi ne laisse pas le temps à l'homme de répondre.

– On ne veut pas de journalistes qui fouinent dans nos affaires.

Voilà ce qui donne toujours aux gens une mauvaise impression de Levi ; comme si toute sa personnalité se résumait à son côté impulsif.

S'écartant légèrement de lui, M. Massey sort son carnet et le feuillette.

– Il y a des gens en ville qui ont des idées vraiment bizarres sur votre compte et sur celui de votre famille, et je pensais que vous souhaiteriez peut-être réagir, peut-être me donner votre version de l'histoire.

Levi interpelle papa.

– Tu vois, je te l'avais dit. Tu aurais dû les renvoyer tout de suite.

Levi s'empare du carnet, tourne les pages et lit ce qui est écrit : *Je ne sais pas exactement à quel point le bleu s'est propagé.* Il se dérobe pour échapper à la main de M. Massey qui cherche à récupérer son bien. *Il ne faut pas toucher les mêmes choses ou s'asseoir sur les mêmes chaises, ça c'est sûr.*

– Ce n'est pas ce que je pense, je vous promets, se défend M. Massey. Si vous continuez de lire, vous verrez que ce sont les propos de madame…

– *Les Bleus ne vont jamais chez le médecin parce qu'ils ne veulent pas qu'on sache qu'ils ne saignent pas, c'est moi qui vous le dis*.

Papa insiste pour que Levi rende le carnet à l'homme mais Levi ne veut rien entendre et M. Massey croise les mains derrière le dos et baisse la tête.

– Tu as entendu papa ? Rends-lui, lance Jubilee.

– Il y a un truc sur toi, réplique son frère. *La fille était le genre de Bleue qu'on pouvait tolérer jusqu'à ce qu'elle commence à traîner au cimetière. Les Bleus ne tourmentent pas seulement les vivants, il faut qu'ils tourmentent aussi les morts.*

Ce qui est écrit ensuite pousse Levi à balancer le carnet par terre.

– Ça nous intéresse pas que vous parliez de nous !

Jubilee ramasse le carnet et le tend à M. Massey, mais pas avant d'avoir jeté un coup d'œil aux mots choquants, qui sont surlignés. *On parle de consanguinité.*

– C'est vrai, des gens nous ont dit certaines choses, réagit M. Massey. Et j'avoue, notre curiosité l'a emporté. Un journaliste suit son instinct et le mien me disait qu'il y avait là une sacrée histoire, alors oui, nous sommes venus faire notre enquête mais je respecte votre vie privée et je n'écrirai pas un mot sans votre consentement, monsieur.

Avant que papa n'ait le temps de s'exprimer, M. Massey enchaîne en racontant qu'il a écrit sur la crue catastrophique de la rivière Ohio l'année précédente et auparavant sur le grand incendie des abattoirs de Chicago.

– Je sais que les gens n'ont pas envie de voir leurs malheurs étalés à la une des journaux mais nous sommes des professionnels, persévère-t-il. J'ai publié pendant des années des articles sur l'exploitation ouvrière, et Havens a pris des photographies qui ont poussé l'administration fédérale à donner de l'argent aux enfants affamés des quartiers défavorisés. Il a même gagné le Pulitzer.

Lorsque M. Massey affirme, en guise de conclusion, que parler de ce qui arrive aux gens peut améliorer leur situation, Levi fait mine d'applaudir. Et M. Massey entend sans aucun doute ce que Levi souffle à papa tout en l'attirant un peu à l'écart :

– Les gens en ville savent qu'on parle à ces étrangers et ils vont faire une descente ici.

– L'homme s'est fait mordre par un serpent, voyons. Il ne peut même pas marcher.

– Je peux les accompagner jusqu'à la station-service, et un des garçons de Wrightley viendra les chercher là.

Papa lève la main, paume ouverte.

– Je ne laisserai personne m'empêcher de faire mon devoir de chrétien. Nous ferons preuve de charité envers ces hommes jusqu'à ce que M. Havens soit assez en forme pour pouvoir descendre seul les marches de ma véranda.

– De charité ? Depuis quand faire preuve de charité nous a été bénéfique ?

Levi a raison. En ville, on fait preuve de charité envers le cadet de Hester et Phyllis Granger, qui a une jambe qui a grandi plus que l'autre, et envers Philip Burns qu'on attache à sa sœur jumelle de peur qu'il ne s'égare dans les collines et disparaisse à jamais ; il paraît même que certains se sont montrés charitables envers quelques esclaves qui passaient par là, en route vers le Nord, mais la charité a ses limites et les Bleus ne se trouvent pas dans le bon périmètre.

Papa revient vers M. Massey avec une condition.

– Il n'y aura ni article ni photo.

M. Massey approuve sans hésiter. Se tournant vers Jubilee, il dit à l'attention de papa :

– Il n'y a aucune raison que vos enfants se cachent maintenant. Je ne profiterai jamais de votre gentillesse à leur dépens, monsieur.

– Il ne faut pas croire les gens de la bonne couleur, papa, intervient Levi.

Mais papa monte déjà dans le chariot et tend la main à Jubilee. La suite montrera peut-être que Levi avait raison et qu'ils sont en cet instant bien malavisés, mais pour une fois, c'est bon de ne pas se cacher, de grimper sur la banquette du chariot et de s'asseoir fièrement aux côtés de son papa sous les yeux d'un homme de la bonne couleur.

Havens

Havens s'extrait tant bien que mal du lit, s'efforce de se rendre présentable sans grand succès, et rassemble ses affaires, persuadé qu'on ne va pas tarder à les emmener ailleurs, lui et Massey. La jeune fille a deviné leurs intentions, sinon elle n'aurait pas tenté de faire main basse sur son appareil, et à l'heure qu'il est Buford et les autres membres de la famille doivent être au courant aussi. Espérer pouvoir faire un portrait susceptible de lui sauver la mise était déjà chose improbable mais désormais, à moins de jouer les tireurs d'élite et de grimper dans un arbre ou de se planquer derrière un buisson pour la cadrer, même une photo volée semble compromise. Et ce qu'elle peut penser de lui est tout aussi préoccupant.

Il avance cahin-caha jusqu'au passage couvert qui relie les chambres à la partie salon, salle à manger et cuisine de la maison, et s'octroie ce faisant sa première bouffée d'air frais depuis deux jours, ainsi qu'un coup d'œil plus précis sur l'extérieur. La vieille femme est sous la véranda, en compagnie de la plus jeune des enfants Buford, assise au milieu de ses livres, une ardoise sur les genoux, tandis que Gladden Buford prend soin d'une plate-bande en contrebas, un peu plus loin. Au lieu de l'appeler, il saute à cloche-pied vers la porte d'en face et pénètre dans le salon où flottent des odeurs de feu de bois, de lard et de transpiration, et où la lumière du soleil trace comme des coutures à la jointure des planches qui forment les murs. Pour une bâtisse rustique – murs mal dégrossis, plancher, meubles –, il règne une impression d'ordre. Une grande table occupe la majeure partie du salon qui mène à une cuisine hors d'âge où se trouvent un poêle en fonte, une baratte, des casseroles suspendues à des clous aux murs et une étagère en bois sur laquelle sont rangées des boîtes et autres conserves de nourriture. Une envie subite de photographier ce qui l'entoure s'empare de Havens mais il ne peut se permettre de risquer d'être surpris un appareil photo à la main et préfère s'installer sur une chaise. D'emblée, les volets lui semblent curieux : fermés et attachés de l'intérieur, ils sont en plus solidement maintenus clos avec une planche. La porte d'entrée est singulière aussi : deux fois plus épaisse que les murs et renforcée d'une plaque métallique. Tandis que Havens s'efforce de comprendre à quoi servent toutes ces fortifications, il obtient sa réponse en remarquant les trois petits impacts de balle juste à droite du verrou. Un certain malaise s'empare de lui.

Il s'apprête à changer de position pour soulager son pied lorsque Massey, Buford, sa fille et un jeune homme à la peau bleue, sûrement son frère, pénètrent dans la maison, chacun surpris à sa manière de le voir debout. *Si Massey rayonne, c'est probablement à cause de la présence des enfants bleus de Buford*, songe Havens. Lequel Massey se propose carrément de pincer le nez de la petite Willow-May qui accourt vers lui.

Buford fait les présentations, mais il faut vraiment pousser Levi à serrer la main de Havens quand la jeune fille, Jubilee, s'acquitte de son devoir sans rien laisser paraître de ce qu'elle pense.

– Heureuse de vous rencontrer, monsieur Havens, déclare-t-elle.

Une statue prenant vie ne lui aurait pas fait plus d'effet. Havens prend sa main – sa poigne est ferme, note-t-il intérieurement – et lui demande d'oublier le « monsieur ». Ses yeux – d'un vert moucheté d'éclats noisette – confirment sa première impression : les points de fuite. Il s'efforce de ne pas fixer ses lèvres qu'on dirait tachées de myrtilles.

– J'ai promis à M. Buford ta pellicule, annonce Massey.

D'abord tourné vers Jubilee, puis vers son père, Havens s'exclame :

– Mais je n'ai pas pris de photos.

– Comme ça il n'y a aucun doute.

Massey saisit le Contax, quand bien même Buford s'empresse de dire qu'il croit son ami sur parole.

Havens déroule le film jusqu'au bout et l'enlève du boîtier avant de le donner à Buford. Certes cela lui laisse encore huit pellicules noir et blanc ; en revanche, il n'a plus de film couleurs. De son côté, Massey déchire plusieurs pages de son carnet qu'il tend à Jubilee, qui se détourne comme s'il s'agissait d'un bouquet de sumac vénéneux, si bien qu'il déchire le tout et flanque les lambeaux sur la table.

Ces gestes semblent grandement rassurer Buford. À l'attention de Massey, il dit :

– Voulez-vous que je vous montre mes terres ?

– Je veux venir, papa, s'exclame Willow-May, les yeux rivés sur Massey.

Buford ordonne à sa fille aînée de changer le pansement de Havens et de lui servir à manger.

– Vous feriez mieux d'y aller doucement aujourd'hui, à mon avis, ajoute-t-il à l'attention de ce dernier.

– On échangera nos infos plus tard, murmure Massey à l'oreille de Havens avant de sortir par la porte de derrière à la suite de Buford et Levi.

Trop occupé à écouter le son mélodieux de la voix de Jubilee, Havens rate le début de ce qu'elle dit mais comprend malgré tout qu'elle s'excuse d'avoir presque failli le tuer.

– Me tuer ? Mais non, vous m'avez sauvé la vie. C'est moi qui devrais m'excuser.

Jubilee apporte un bandage propre, une cuvette d'eau ainsi qu'une petite boîte en bois, et fait signe à Havens de soulever son pied.

– Ce n'est pas à vous de le faire. Je peux m'en occuper moi-même.

Elle l'ignore et commence à ôter le pansement.

Il ne peut s'empêcher de la dévisager. Il prend beaucoup trop de temps à rompre le silence.

– Avoir deux inconnus à votre poursuite a dû vous terroriser.

Elle continue d'œuvrer.

– Je regrette sincèrement si nous vous avons fait peur mais nous ne voulions pas vous faire de mal.

Comment puis-je avoir le culot de dire ça ? s'interroge intérieurement Havens ; comme si le mal n'existait que sous une seule forme.

Le ton de la jeune femme ne trahit aucun émoi.

– Les Bleus ont l'habitude d'être pourchassés et il nous en faut plus pour avoir peur.

Tout dans cette phrase inquiète Havens.

– Vous aussi vous dites « Bleu » pour parler de vous ?

Elle hausse les épaules.

– Et quand on parle de gens comme vous, on dit que vous êtes « de la bonne couleur ».

Se souvenant des propos de Ronny Gault sur la chasse au raton bleu, il a envie de l'interroger exactement sur ce qu'elle entend par ce qu'elle vient de dire, histoire qu'elle lui confirme que les impacts de balle et la couleur de sa peau n'ont aucun rapport. Il y a des dizaines de choses qu'il aimerait savoir, mais il demande :

– Pourquoi êtes-vous si gentille avec nous ?

Elle lève les yeux vers lui.

– Vous croyez qu'on n'est pas capable de savoir-vivre comme les autres ?

– Non, ce n'est pas ce que je voulais dire.

Il bredouille des excuses.

– Vous êtes très gentils. Vous êtes quelqu'un de bien.

Elle examine son pied nu, blême, deux fois plus gros que la normale, sur lequel une croûte s'est formée à l'endroit de la morsure. Gêné par l'odeur, il lui répète qu'il peut s'occuper de son pansement seul, mais elle nettoie la blessure avec un linge humide.

– M. Massey nous a dit que vous veniez de Cincinnati. C'est comment là-bas ?

– Une ville typique, j'imagine, répond-il, prenant soudain conscience qu'elle n'a peut-être aucune idée de ce qu'il entend par là. Beaucoup d'immeubles très hauts, beaucoup de monde, des rues très fréquentées, bref pas très excitant.

Elle enroule une nouvelle bande autour de la gaze propre.

– Je parie qu'on ne se sent jamais seul en ville.

– Bien au contraire.

Il voudrait lui raconter à quel point on peut se sentir invisible et ordinaire, à quel point la vie en société se charge d'étouffer dans l'œuf toute originalité.

– Là où je vis, un homme peut s'écrouler dans la rue et les gens l'enjamberont sans même s'arrêter.

– Vous le feriez ?

– Non.

– Est-ce qu'on vous l'a déjà fait ?

– Non.

Et ainsi, mine de rien, elle lui signifie que les difficultés qu'il rencontre sont insignifiantes à côté des siennes.

Jubilee remporte la cuvette à la cuisine, aide Havens à regagner la chambre et pose son appareil sur la table près de lui.

– M. Massey dit que vous gagnez votre vie avec.

– Pas des mille et des cents, mais oui. » Il n'a pas envie qu'elle parte. « Je prends aussi des photos pour moi. Parfois, je vois des choses qui m'intéressent et mon appareil m'aide à mieux les comprendre.

Elle se dirige vers la porte, se tourne et dit :

– Arrêtez de braquer votre appareil sur moi.

– Non seulement on les traite comme des lépreux alors qu'il est évident que la couleur de leur peau n'est pas contagieuse, mais en plus ils doivent faire face à des vandales.

De retour de sa promenade avec Buford, Massey décrit ce qui s'est passé dans le champ de sorgho de Buford.

– Environ un tiers de sa récolte a été saccagé, et les pieds ne faisaient même pas un mètre. J'étais prêt à aller trouver le shérif mais Buford s'est contenté d'allumer sa pipe et d'observer sa récolte comme s'il y avait belle lurette qu'il avait dépassé la colère.

– Il sait qui a fait ça ?

– Il n'a pas mentionné de noms mais j'ai l'impression qu'il sait.

Havens lui décrit les impacts de balle, la porte d'entrée blindée, et explique que Jubilee, en passant, a révélé avoir déjà été traquée.

– C'est du racisme, lâche Massey. Sauf que ce n'est ni la classe sociale ni les origines qui les motivent. C'est du racisme fondé sur une anomalie médicale.

Massey agite un doigt.

– Ça sera mon angle d'approche.

Jusqu'à cet instant, Havens avait toujours considéré qu'un journaliste se doit de se mettre au service non pas de son sujet mais plutôt du public et, au-delà du public, se mettre au service du bien commun ; la démocratie existe grâce à une presse libre et investigatrice. Il n'en est plus si sûr désormais.

– Et si nous mettons en danger cette famille en publiant cet article ? Si cette histoire devient publique, certains s'en prendront peut-être à eux ?

Massey énumère en comptant sur ses doigts :

– Un, ce n'est pas avec des *si* qu'on sort un article. Deux, chaque fois qu'un journaliste renonce à publier un papier parce qu'il veut protéger son sujet, il pactise avec ceux qui commettent les injustices, et trois, on a l'occasion d'aider cette famille en renversant le monstre et en révélant son point faible, ce qui signifie qu'il y a de fortes chances pour que les couards battent en retraite.

– Oui, mais comment être sûrs que la situation ne va pas empirer pour eux ? Tu sors une histoire, et les racistes peuvent décider qu'on les a injustement dépeints… Vers qui ils vont se retourner à ton avis ?

Massey approche sa chaise du lit et répond d'une voix encore plus basse :

– Je ne vais pas te contredire, mais on est là. Cette histoire se déroule sous nos yeux. On peut toujours mieux faire, mais en tant que professionnels on doit la raconter.

Havens n'est pas prêt à céder.

– Tu as promis à Buford d'abandonner.

– Il est comme toutes les sources réticentes. Une fois qu'il aura confiance en moi, je plaiderai pour l'article et s'il traîne toujours les pieds, je lui proposerai l'anonymat.

– Et si ça ne marche pas ?

– Allez, tu sais bien que jamais aucune source ne m'a laissé tomber.

– Et le rédacteur en chef chez Hearst qui a refusé de déclarer officiellement qu'on lui ordonnait de tout faire pour minimiser la crise économique ?

– OK, mais ce type était un abruti.

– Et le boxeur qui s'était fait soudoyer pour balancer le combat contre Primo Carnera et qui a fait machine arrière avant que l'article sorte ?

– D'accord, d'accord.

– Ça serait plus facile si ces gens ne m'avaient pas sauvé la vie, c'est tout ce que je veux dire.

– Hé, un photographe mort est encore moins utile qu'un photographe en pleine crise morale.

– En plus la fille de Buford exige que j'arrête de braquer mon appareil sur elle.

– Évidemment ; elle n'a pas confiance en toi. Laisse-lui le temps de te connaître. Ouvre-toi, parle-lui, sois toi-même.

– Ah, mon Dieu.

Havens dévisage son ami.

– Oui, tu as raison. Fais comme si tu étais moi alors.

Entendant son nom, Massey se retourne et fait signe à Willow-May.

– Vous avez dit que vous viendriez voir mes poules.

Massey se lève. Et dit à Havens :

– Quand elle t'apportera à manger, parle-lui. Ce n'est pas si difficile.

Jubilee frappe avant d'entrer, puis pose un verre d'eau sur la table de chevet et tend à Havens une assiette de pain de maïs.

– Vous voulez quelque chose contre la douleur ?

Il a l'impression qu'on lui a ébouillanté la jambe de l'orteil au genou.

– Ça va.

Comme elle s'attarde, il s'empresse de trouver quelque chose à dire :

– Je vous ai cherchée tout à l'heure. Votre mère m'a dit que vous étiez dans votre volière. Vous avez des oiseaux ?

– Seulement des oiseaux blessés. Je soigne ceux qui peuvent l'être et je les relâche dans la nature quand ils sont prêts à se débrouiller seuls. Je m'occupe aussi parfois de bêtes plus grosses.

Il sait d'expérience que les chances sont faibles de remettre sur pied une créature sauvage, et en particulier les oiseaux ; il a cessé de compter les oisillons qu'il a essayé de nourrir au biberon pour finir malheureusement par les enterrer dans son jardin. Curieusement, il n'a aucun mal à imaginer la jeune fille à l'œuvre.

– Vous avez suivi une formation ?

– J'ai appris sur le tas.

Il lui en demande plus sur les autres animaux qu'elle a soignés, et elle énumère : des renards, des lièvres, des opossums.

– J'ai même sauvé un jeune lynx. Papa a dit que je l'avais trop apprivoisé pour qu'il s'en sorte dehors, mais je vois ses empreintes de temps en temps.

– J'ai essayé de domestiquer une grenouille une fois.

Elle réprime un sourire.

– Je n'aime pas trop les grenouilles.

– Eh bien, quand on est un petit garçon malade obligé de passer encore un été au lit pendant que les copains s'amusent à l'étang, une grenouille peut très bien devenir une amie.

– Les grenouilles ne mangent pas ce qu'on leur donne ; elles mettent un point d'honneur à attraper seules leur nourriture.

– Absolument, et je l'ai découvert trop tard.

Havens désigne la chaise.

– Voulez-vous vous asseoir ?

Elle ne bouge pas d'un pouce.

– Qu'est-ce que vous avez eu ?

Les rares fois où il a évoqué les maladies de son enfance, on a toujours fini par le prendre en pitié.

– Plusieurs choses.

– Vous avez été malade longtemps ?

Havens a passé ce qui aurait dû être la plus belle partie de son enfance au lit à regarder les ombres glisser sur les murs, les feuilles tomber des arbres et les stalactites former des barreaux devant sa fenêtre. Il hausse les épaules.

– Un moment.

– Vous êtes allé à l'hôpital ?

– Deux fois, répond-il, omettant d'en compter quatre de plus.

– Je n'aime pas les médecins.

– Triste profession, oui, convient-il. La prochaine fois que je serai malade, j'insisterai pour voir un vétérinaire. Au moins, ils caressent la tête de leurs patients, leur gratouillent le menton et les félicitent d'être si courageux.

Cette fois, elle sourit.

Avant de partir, elle déclare :

– Ne racontez pas l'histoire de la grenouille à ma sœur ou vous en aurez toute une famille à sauter partout.

– Je n'aurai peut-être pas besoin d'une grenouille pour me tenir compagnie, suggère-t-il.

Après le dîner, ils entendent de la musique et Massey aide Havens à marcher le long du passage couvert pour rejoindre les Buford rassemblés sous la véranda. Le père joue du *dulcimer*, Levi de la guitare, et Jubilee, sa mère et sa grand-mère chantent tandis que Willow-May tournoie autour d'eux. Même s'il ne fait pas complètement nuit, deux lampes à huile inondent la façade de la maison d'une belle lumière dorée qui donne à chacun un aspect ambré, digne d'un autre âge.

– Prenez un banc, lance Buford.

– Là d'où je viens, tout le monde écoute la radio le soir mais ça, c'est beaucoup mieux, remarque Massey. C'était quoi cette chanson que vous jouiez ? On aurait dit quelque chose d'irlandais.

– C'est Levi qui l'a composée, répond Gladden, regardant son fils, rayonnante.

– Vous êtes compositeur ?

Levi balaie tout élan d'admiration d'un haussement des épaules.

– Il y a des compositeurs partout par ici.

Sa mère proteste.

– La plupart des gens chantent ce que leurs grands-parents chantaient, et leurs grands-parents avant eux, mais les chansons de Levi sont toutes de son cru.

– Vous voulez bien nous en chanter une autre ? demande Havens.

– Ma préférée, s'il te plaît, *Monsieur Jars chante la sérénade*, implore Willow-May.

– Tu es trop grande pour les berceuses, lui répond Levi, mais la fillette l'ignore et commence aussitôt à réciter les paroles en s'accompagnant de gestes de la main, incitant Massey à l'imiter.

– Et vous, messieurs, vous jouez ? Nous avons le vieux banjo de grand-mère à l'intérieur, si vous avez envie.

– J'ai déjà bien du mal à frapper dans mes mains. Mais Havens siffle comme personne.

Tous les yeux se tournent vers Havens et Buford lui demande de siffler quelque chose, mais il avoue d'emblée qu'il n'est pas à l'aise devant un public.

– Nous ne sommes pas un public, réplique Buford. Nous sommes des amis.

– Allez, Havens, le pousse Massey. Fais pas ton timide.

– Entendu, le morceau préféré de ma mère, acquiesce-t-il.

Et il n'a pas sifflé deux mesures de *Red River Valley* que déjà Levi se joint à lui à la guitare, et Willow-May s'empare d'une des mains de Massey pour la balancer d'un côté et de l'autre. Havens surveille du coin de l'œil Jubilee. À la fin de son humble performance, les Buford l'applaudissent. Content de lui malgré tout, Havens ose se tourner un instant vers Jubilee qui émerge en pleine lumière du coin le plus sombre de la véranda.

Jubilee

Maman empêche Jubilee de traverser la véranda :

– Tu ne feras pas entrer cet oiseau dans la maison.

Jubilee était pourtant allée de bonne heure dans sa volière précisément pour éviter cette réaction.

– Mais c'est pour distraire M. Havens. S'il te plaît, maman, je ne le ferai pas sortir de sa cage, et je le reprendrai cet après-midi.

– Si je vois la moindre fiente…

Jubilee s'engouffre en hâte dans le passage couvert et frappe plusieurs fois à la porte de la chambre avant d'être invitée à entrer.

Dressé sur un coude, Havens se frotte les yeux en souriant.

– Quel plaisir de se réveiller comme ça.

Jubilee brandit la cage.

– Voici Thomas. Il est un peu timide au début mais il ne va pas tarder à vous adopter, et c'est un bien meilleur compagnon qu'une grenouille.

M. Havens tapote sa cuisse.

– Mettez-le là. » Il regarde entre les barreaux. Un pic flamboyant, et un très beau spécimen en plus.

Il connaît les oiseaux. Elle ouvre la porte de la cage afin qu'il puisse mieux observer le volatile.

– Eh bien, tu es sacrément élégant.

M. Havens rayonne comme si Noël était arrivé en avance.

– Il ne va pas s'échapper ?

– Il pourrait s'il le voulait, mais il ne sortira pas. Il aurait pu partir il y a plusieurs semaines déjà mais je ne comprends pas pourquoi il n'essaie même pas de voler.

– Qu'est-ce qu'il lui est arrivé ?

– Il a fait une hémorragie à cause d'une plume de sang qui s'est cassée, explique-t-elle. Je crois que le nerf a été touché.

– Tu ne sais pas si tu en es encore capable, c'est ça, mon vieux ? Pas sûr que tu veuilles ressortir pour risquer de te casser une autre fois la figure, pas vrai ? Je comprends.

Jubilee dégage de la place pour poser la cage sur le bureau.

– Je vais vous laisser faire connaissance tous les deux.

Elle n'a pas fort à faire dans la maison, mais c'est pourtant ce qu'elle met en avant pour prendre congé au lieu d'avouer la vérité, à savoir qu'elle a déjà échangé avec lui beaucoup plus que ce qu'elle s'autorise d'ordinaire avec un inconnu et qu'elle ne trouve rien d'autre à ajouter.

M. Havens la remercie et dit :

– J'espère que vous reviendrez bientôt prendre de nos nouvelles.

Alors qu'elle s'attarde de l'autre côté de la porte fermée, elle l'entend murmurer à Thomas.

– Je parie que je sais pourquoi tu n'es pas parti. Tu en pinces un peu pour ton infirmière, je me trompe ?

Dehors, sous la véranda, maman reprise les chaussettes de papa, grand-mère somnole auprès d'elle dans le fauteuil à bascule et Jubilee termine de baratter le beurre. Les hommes sont là depuis quatre jours et chacun s'habitue déjà à leur présence. Papa commence à bien les aimer, en particulier M. Massey qui est sorti avec lui relever les pièges, et si M. Massey ne connaissait jusque-là rien à la chasse ni aux travaux de la ferme, il est en passe de devenir un expert. M. Havens se lève plus souvent et passe plus de temps dans le salon ou sous la véranda en compagnie de Thomas qui a obtenu l'autorisation de rester une nuit supplémentaire. Lorsqu'il ne s'occupe pas de l'oiseau, M. Havens observe tous les faits et gestes de Jubilee, même les corvées les plus insignifiantes. Est-ce qu'on ne s'occupe pas des tâches ménagères en ville ? En ce moment même, il la surveille par la fenêtre du salon. Alors qu'elle en a fini avec le barattage, elle emporte le beurre dans le garde-manger et entre dans le salon où sa petite sœur a apporté son appareil photo à M. Havens et le harcèle pour qu'il lui montre comment cela fonctionne.

– Pose ça, Willow-May !

La petite braque à la place l'appareil vers elle.

– Je vais te prendre en photo.

– Arrête, je te dis !

Jubilee s'empare du boîtier, le tend à M. Havens et ordonne à sa sœur de sortir.

– Va chercher des fourmis pour le dîner de Thomas.

– Ne vous fâchez pas contre elle, intervient M. Havens. C'est de ma faute, j'ai sorti mes photos.

Il soulève une pile de clichés posée sur la table et ajoute :

– Je pensais que ça vous intéresserait peut-être de voir à quoi ressemble une grande ville.

Elle s'approche de lui et observe la première photographie qu'il lui tend – un quai de gare d'au moins un kilomètre de long et bondé de voyageurs, avec des passagers penchés aux fenêtres des wagons et un homme hissant une malle sur un marchepied. La suivante représente un tramway tellement plein à craquer que c'est un miracle que personne ne dégringole sur le trottoir. Des bâtiments cinq fois plus hauts que n'importe quel arbre, un pont qui traverse une étendue d'eau sans aucun doute trop large pour être une rivière, et une rangée d'hommes penchés sur des machines à coudre – tout est si étranger à Jubilee.

– Est-ce que c'est une radio ?

Deux personnes âgées sont assises de part et d'autre d'une grosse boîte en bois dans un salon soigneusement rangé et recouvert de moquette.

– Oui. » M. Havens indique l'homme qui manipule le bouton de réglage. « Mon père écoute Walter Winchell et ma mère fait la moue parce qu'elle n'aime pas être photographiée.

Jubilee comprend qu'un appareil qui l'espionne pour capturer sa différence suffise à la faire fuir, mais pourquoi diable est-ce qu'une dame aussi jolie que la mère de M. Havens, avec sa robe élégante et ces ravissantes boucles d'oreilles en perle, devrait se sentir mal à l'aise devant un objectif ? Si Jubilee était de la bonne couleur et aussi bien habillée, poser pour se faire photographier serait sans doute une expérience agréable.

– Elle est bien coiffée.

Personne par ici n'a les cheveux coupés aussi court. Ça doit être beaucoup plus facile à porter. Jubilee aimerait examiner plus longuement les parents de M. Havens et leur intérieur pour en savoir plus sur leur fils, mais elle s'aperçoit soudain qu'il se tient très près d'elle ; elle sent son souffle sur sa joue et se rend compte qu'il l'observe. Elle rougit.

– M. Massey dit que vous avez gagné un prix avec une de vos photographies.

– Je ne le méritais pas.

Elle parcourt les autres photos.

– Quelle est votre préférée ? fait-elle.

Il refuse de regarder les clichés.

– Je ne l'ai pas encore prise.

Dehors, quelqu'un salue à la cantonade et Jubilee se précipite à la porte : oncle Eddie traîne la patte sur le chemin, si penché d'un côté qu'on dirait une berge sur le point de s'effondrer. Son pied gauche est à nouveau bandé à cause de la goutte, ce qui signifie qu'il va être d'une humeur encore plus massacrante que d'ordinaire, sans parler de la manière dont il pourrait traiter leurs invités ; et s'il a bu, il faudra un tracteur pour l'extraire de la maison une fois qu'il sera installé.

– Demande-lui de partir, maman. Dis-lui qu'on a des choses à faire.

– Laisse-le tranquille, c'est tout. Ne va pas le provoquer.

Maman est indulgente avec oncle Eddie car, s'ils ont été élevés comme frère et sœur, il est en vérité le fils orphelin d'Adeline, la sœur décédée de maman. Ils ont beau être de la même famille, oncle Eddie a les Bleus dans le collimateur. Selon lui, c'est la faute des Bleus si la ville se désertifie, s'il a perdu son travail, s'il n'arrive pas à se trouver de femme. Lorsque son heure sonnera, il accusera encore les Bleus de le pousser dans la tombe.

Agrippé à la rambarde de la véranda, il se hisse pour monter les quelques marches, suant et râlant sous l'effort. La méchanceté déforme son visage. Son front épais et charnu assombrit son regard déjà ténébreux et aussi dur que du bois noueux. Il a toujours un œil anormalement écarquillé comme s'il regardait ce qui l'entoure à travers un judas, et l'autre se met à loucher dès que quelqu'un prononce une parole aimable. Ses joues pendent et rougissent comme si on l'insultait. Oncle Eddie ne vient pas leur rendre visite ; il vient attiser sa colère.

Maman s'avance à sa rencontre mais il l'embrasse sans douceur. On dirait plutôt qu'il s'essuie la bouche sur un torchon. Il ignore grand-mère et reluque Jubilee pendant que maman a le dos tourné, puis ouvre brusquement la porte à moustiquaire et s'engouffre à l'intérieur.

– Qui diable êtes-vous ? lance-t-il à M. Havens.

– Voici M. Clayton Havens. Son compagnon de voyage, M. Massey, est sorti avec Del, s'empresse de répondre maman, expliquant brièvement comment les hommes sont arrivés là.

Oncle Eddie, qui fait comme s'il ne voyait pas la main que M. Havens lui tend, fixe l'appareil photo.

– Il paraît qu'il y a un photographe, ça doit être vous.

Oncle Eddie ne laisse pas l'occasion à M. Havens de répondre.

– Les gens en ville se demandaient où étaient passés les deux Yankees qui avaient subitement disparu et ils sont là, qui pactisent avec l'ennemi dans la maison de ma propre sœur, et personne ne me dit rien. On aura tout vu !

– Ils vont juste rester le temps que M. Havens se remette de sa morsure de serpent.

– Pourquoi t'es si nerveuse, Gladden ?

Oncle Eddie se vautre dans le fauteuil de papa et ordonne à Willow-May de venir s'asseoir sur ses genoux même si elle a passé l'âge de le faire.

– Prenez-nous en photo, décrète-t-il en regardant M. Havens.

– Oh oui, s'il vous plaît, monsieur Havens, s'il vous plaît.

Willow-May gigote sur les genoux d'oncle Eddie jusqu'à ce qu'il lui mette la main au collet pour qu'elle se tienne tranquille.

– J'ai fait une promesse à M. Buford, je regrette.

– Oui, Del a fait jurer à M. Havens de ne plus du tout prendre de photos, Eddie.

Oncle Eddie rétorque :

– Si je casse ma pipe, ça fera une belle jambe à Del, donc qu'est-ce que ça peut lui foutre qu'on me prenne en photo ?

D'un geste, il somme maman d'approcher.

– Il faut que Gladden soit dessus aussi.

Il dévisage M. Havens.

– Vous tirez vos photos vous-même ?

Il lui faudrait une petite chambre noire, répond M. Havens, et ses produits qui sont restés chez Sylvia Fullhart, mais oui, il développe lui-même ses photographies.

– C'est bon alors. Prenez-nous en photo, développez-la et donnez-la à Gladden pour qu'elle l'encadre et la mette sur sa cheminée.

Rien ne fera changer oncle Eddie d'idée.

– Vous êtes sûre, madame Buford ?

L'air anéanti, maman se tourne vers M. Havens tandis qu'oncle Eddie rétorque, cinglant :

– Bien sûr qu'elle est d'accord !

M. Havens installe son appareil et évalue la lumière qui vient de la fenêtre. Puis il demande à maman de s'avancer un peu et de tourner légèrement son visage vers la gauche. Il les examine un bon moment à travers son viseur, tripote les boutons. Oncle Eddie, le ventre rentré durant tout ce temps, commence à s'impatienter et s'exclame :

– Vous la prenez cette putain de photo, oui ou non ?

Comme sous l'effet d'un coup de chevrotine, maman tressaille au moment où M. Havens appuie sur le déclencheur et se rue aussitôt vers la cuisine. Oncle Eddie s'empresse de se débarrasser de Willow-May pour se mettre debout et, poitrine fièrement gonflée, exige que M. Havens le photographie seul. Au bout du compte, après plusieurs prises, M. Havens insiste pour remporter son matériel dans sa chambre.

Oncle Eddie demande à Jubilee pourquoi elle ne lui a pas encore servi un verre.

– J'ai l'impression qu'une leçon de savoir-vivre ne te ferait pas de mal.

Oncle Eddie vérifie d'abord que personne ne les regarde, puis flanque un coup de hanche à la jeune fille.

– Tu as beaucoup à apprendre sur beaucoup de choses.

– Je préférerais rester ignorante.

Avant, une fugueuse s'était mise avec oncle Eddie mais lorsque le bruit s'était répandu qu'il l'enchaînait chez lui, il l'avait emmenée à l'église et l'avait épousée devant tout le monde. Deux jours plus tard, elle avait pris la poudre d'escampette. Depuis, il a des vues sur Jubilee. Pour en faire sa prochaine servante, se dit-elle.

M. Havens revient, et oncle Eddie demande à maman pourquoi Jubilee ne porte pas son voile en présence des invités.

– Ça coupe l'appétit, avant qu'on s'y habitue, lance-t-il à M. Havens.

Grimaçant comme s'il venait de se pincer très fort, M. Havens réplique :

– Je crois que j'ai besoin d'air frais. Madame Buford, je vous prie de m'excuser.

Jubilee s'empresse de proposer de l'aider avant de se raviser – nombreux sont ceux en ville qui ont peur de se tacher ou d'être damnés ou de tomber raides morts s'ils touchent un Bleu –, mais déjà M. Havens tend le bras pour lui prendre délicatement la main comme s'il s'agissait d'une pochette en soie. La main de M. Havens est chaude, large, et lui enveloppe la paume tout entière. Il opte pour le fauteuil à bascule à l'autre bout de la véranda.

– J'ai du mal à croire que cet individu à l'intérieur puisse être de la même famille que vous.

– Je ne fais pas attention à lui. Vous devriez faire pareil.

– Quel genre d'homme faut-il être pour parler de cette façon à une femme ?

M. Havens est énervé, il n'arrête pas de parler de respect, mais Jubilee reste obsédée par un mot : *femme*. Personne n'a jamais employé ce mot-là jusqu'à présent pour parler d'elle.

– Vous savez, j'espère, que je ne suis pas du tout d'accord avec tout ce qu'il vient de dire.

Jubilee s'efforce d'empêcher ses battements de cœur d'accélérer.

– Je vous trouve magnifique.

Quelle folie de sonder les yeux d'une personne pour voir si elle dit la vérité ; ce sont les mains qui démasquent les gens, les grands gestes assurés. En la complimentant, les mains de M. Havens restent immobiles et détendues, ses poignets croisés l'un sur l'autre.

– Et maintenant, je vous mets mal à l'aise, souffle-t-il. Je suis désolé.

– Il n'a pas connu son père, et j'imagine qu'il y a de quoi devenir aigri.

Elle ne sait pourquoi elle cherche des excuses à oncle Eddie. L'hostilité entre lui et papa dure depuis des années à cause de l'héritage, explique-t-elle ; pour oncle Eddie, c'est parce que maman a eu une dot énorme qu'il n'a hérité que de la petite parcelle au fond du vallon, et papa lui rétorque tout le temps que même les terres les plus fertiles ne rapportent rien si on ne les cultive pas.

M. Havens écoute Jubilee avec attention, puis demande depuis combien de temps les Buford vivent dans la région.

– Mes arrière-grands-parents ont quitté Lexington pour s'installer ici.

« Everet Buford avait fui l'Irlande pour échapper à la Grande Famine, poursuit-elle, et ouvert une ébénisterie à Lexington, où il avait rencontré Pearl, veuve de guerre sans enfant » ; et soudain ce n'est plus seulement parce qu'elle est nerveuse qu'elle continue de parler ainsi, mais aussi parce que tout ce qu'elle raconte semble manifestement l'intéresser.

– Pourquoi ont-ils fait tout ce chemin pour venir vivre ici ?

– À cause d'Opal, leur petite fille. Elle était la première à être née bleue.

C'est sorti comme ça.

– Ses parents ont dû avoir tellement peur de la perdre.

– Tout le monde pensait qu'elle mourrait tout de suite, mais non. Les médecins ne pouvaient rien faire pour remédier à sa couleur de peau, et ils ont fini par leur conseiller d'aller vivre à la montagne parce que l'air pur la guérirait peut-être ; et comme mes arrière-grands-parents en avaient plus qu'assez des fouineurs et des médisants, ils sont partis aussi loin que possible. Et voilà.

– Opal n'est pas morte, n'est-ce pas ? devine M. Havens.

– Non, et deux ans plus tard, elle a eu un petit frère, Aubrey, qui est né de la bonne couleur ; et longtemps après, deux autres frères, tous les deux bleus.

« Everet avait ensuite écrit à Langston, son plus jeune frère, pour lui dire qu'il y avait des terres à acheter à bon prix, continue Jubilee, et Langston, qui avait perdu sa femme, les avait rejoints avec ses deux enfants, ainsi que le frère de Pearl, Arthur Price, et les siens. Les trois familles avaient ainsi vécu, cultivé la terre, et fait des enfants ; des enfants qui avaient grandi, s'étaient mariés et avaient à leur tour fait des enfants. » Cependant, ce que Jubilee s'abstient d'indiquer, c'est que maman est l'une des enfants en question, la petite-fille d'Arthur et May Price, et que papa en est un autre, le premier des quatre fils d'Opal et de, oui, Langstone, son oncle, et qu'il est le seul à être né de la bonne couleur. Maman ne parle jamais de cela et papa prétend ne rien comprendre aux liens de parenté parce que c'est trop imbriqué, mais il suffit de suivre une branche de papa pour s'apercevoir qu'elle est attachée à une branche de maman et, si on remonte encore plus loin, qu'elle est attachée à elle-même. Et Jubilee ne précisera certainement pas que c'est la raison pour laquelle les bébés bleus étaient plutôt chose courante dans les familles.

– On était nombreux avant mais maintenant il n'y a plus que nous. C'est pour ça que maman passe beaucoup de choses à oncle Eddie, je crois.

M. Havens s'enquiert du sort des autres, mais papa et M. Massey se dirigent vers la maison et Jubilee s'élance vers eux pour prévenir son père qu'oncle Eddie est là.

Lorsque oncle Eddie leur rend visite, papa a toujours subitement un trou à creuser ou une clôture à réparer, mais cette fois-ci, au lieu de faire demi-tour, il monte les marches en vitesse et se précipite à l'intérieur.

Oncle Eddie et papa ne tardent pas à hausser le ton.

– Sauf si tu as l'intention de la laisser vivre avec vous pour toujours, elle ne trouvera pas de meilleur parti que moi ! crie oncle Eddie.

Maman plaque son tablier sur sa bouche et papa secoue la tête comme le ferait un chien sortant de l'eau. Le cœur de Jubilee se soulève. Pour oncle Eddie, il n'y a rien de pire qu'un Bleu. Ce n'est pas elle qu'il veut ; il est tellement insupportable et fauché qu'il a besoin d'une alliance pour sortir de la mouise. Jubilee regarde autour d'elle et, devant l'air atterré de M. Havens, comprend qu'il a tout entendu.

Papa assure qu'il ne laissera partir sa fille avec personne, encore moins avec oncle Eddie.

– Tu ne peux même pas t'occuper de tes propres bêtes, alors une femme, arrête !

– C'est bien à toi de dire ça ! Toi qui laisses tes rejetons vagabonder.

– Je ne sais pas de quoi tu parles.

– Il paraît que ton fils traîne avec la fille du pasteur et que les ennuis ne vont pas tarder à vous tomber dessus. Pour moi, un père digne de ce nom devrait protéger sa fille et la mettre à l'abri.

Papa se tourne vers maman.

– Tu es au courant ?

Il aperçoit Jubilee dans l'embrasure de la porte et lui pose la même question.

– Il est où ton fiston là, Delbert ? T'en sais rien, pas vrai ?

Oncle Eddie continue et bafouille qu'il aurait vu Levi et Sarah chez le vieux Granger, mais papa attend la réponse de Jubilee.

Plutôt que de dénoncer son frère, elle décrète :

– Je n'épouserai jamais un homme que je n'aime pas !

Livide, papa répond à oncle Eddie qu'il va s'occuper de tout ça.

– Je ne sais pas. » Oncle Eddie pèse ses mots. « Cette situation me met dans un sacré pétrin, Delbert, comme tu sais, je suis très lié en affaires avec Urnamy Gault.

Certes Urnamy Gault et oncle Eddie gravitaient dans les mêmes cercles lorsqu'ils étaient petits garçons, mais « très lié en affaires » signifie seulement que, dès qu'il est à court d'argent, oncle Eddie vend à Gault les perches qu'il pêche dans l'étang de Granger.

– S'il apprend que je savais que mon neveu drague la chérie de son fils et que je ne lui ai rien dit, ça mettrait en péril nos arrangements commerciaux, et comment je ferais, moi, après ?

– Levi ne reverra jamais cette fille, promet papa.

Oncle Eddie vérifie que son pied gonflé n'est pas trop douloureux avant de quitter son fauteuil.

– Tenir en laisse ce morpion bleu ne suffira pas cette fois.

Oncle Eddie se dirige clopin-clopant vers la porte. En sortant, il ajoute :

– Mais mon offre pour celle-ci tient encore.

Jubilee descend les marches à sa suite.

– Ne le dis à personne pour Levi. S'il te plaît !

Il examine avec insistance ses seins.

– Un homme qui a de quoi faire à la maison n'a pas le temps de sortir bavasser avec les gens, pas vrai ?

Lorsque Levi rentre après avoir été livrer l'eau-de-vie de Soidi, papa ne lui laisse même pas le temps d'enlever son manteau. Il exige des réponses immédiates au sujet de Sarah et Levi se tourne aussitôt vers Jubilee :

– Tu ne pouvais pas la fermer, non ?

Papa répond à la place de Jubilee.

– Ta sœur n'y est pour rien. C'est Eddie qui vous a vus ensemble… lui et Dieu sait qui d'autre.

– Mais pourquoi est-ce que tu laisses Eddie mettre les pieds ici ? » Levi fulmine. « Il nous tournerait le dos pour une bière, tu le sais bien !

– Tu ne crois pas si bien dire, Levi. Si entre toi et cette fille ce n'est qu'une rencontre fortuite, il n'aura rien à raconter.

– Et s'il n'y a rien de fortuit entre Sarah et moi ?

Papa et maman se regardent, accablés. Papa frotte ses yeux rougis et se poste devant la fenêtre, face à ses prés en piteux état. Avec la même voix que celle qu'il a eue le jour où il a dû annoncer à Levi qu'il fallait soulager son chien de ses souffrances, papa déclare :

– Sarah est une trop grosse prise pour toi, mon garçon.

– Pourquoi ? Parce qu'elle est de la bonne couleur ?

– C'est quand même étonnant qu'une fille aussi jolie qui peut se trouver un bon parti…

Levi lève la main avant que maman ait pu finir sa phrase.

– C'est moi son bon parti, tu comprends pas ? Elle m'a choisi parce qu'elle peut être elle-même avec moi, parce que je ne la juge pas sur son physique ou sur ce qu'elle est censée faire avec le nom de famille qu'elle porte.

– Tu as promis à ton père de ne jamais te mettre avec une fille de la bonne couleur, intervient maman.

– Autant dire se mettre avec personne !

Furieux, Levi se tourne vers papa.

– Pourquoi on en revient toujours à la couleur ?

– Tu ne crois pas que dans cet État il y a des Noirs et des Blancs qui aimeraient bien être ensemble et qui se posent la même question ?

En d'autres termes, Levi n'échappe pas à la règle, voilà ce que veut dire papa.

– Si, mais les Noirs au moins ils peuvent rencontrer d'autres Noirs. Jubilee et moi, on est tout seuls. Si Gault apprend quoi que ce soit sur moi et Sarah, tant pis. Qu'est-ce que ça peut faire s'ils s'en prennent à moi ? Je suis prêt.

– Et comment tu sais qu'ils s'en prendront seulement à toi, et pas à Jubilee aussi ?

La remarque de papa anéantit Levi.

– Comment je fais pour protéger ta sœur, moi ? Est-ce que je dois croire Eddie et l'envoyer vivre avec lui ?

– Je ne me marierai jamais avec Eddie, s'écrie Jubilee.

– Eddie a intérêt à ne pas la toucher, proclame Levi, mais les interrogations de papa ont raison de lui. » D'une voix plus faible, il ajoute : « Je devrais être le seul concerné.

– Ce qui te concerne nous concerne tous, et nous savons que le fils Gault est toujours prêt à se battre. Sauf que cette fois, des femmes sont impliquées.

Le silence s'apparente à un pied-de-biche s'efforçant de le faire céder.

Les épaules de Levi s'affaissent.

– OK, je vais tout arrêter.

– Le plus tôt sera le mieux, souffle papa.

Maman frotte le bras de Levi.

– Ça te semble horrible et injuste, on le sait, mais avec le temps tu verras…

Levi se dégage.

– Empêche Eddie d'approcher Jubilee, c'est tout.

Jubilee devrait se sentir heureuse – sans Sarah, Levi courra moins de danger – mais maintenant quelque chose chez lui rappelle la mélancolie qui émane des portraits de M. Havens, cette conviction dans les yeux de ceux qu'il a photographiés que ce qu'ils n'ont plus ne sera jamais remplacé.

Havens

Havens a passé toute la matinée assis sous la véranda avec l'oiseau. S'il a d'abord fait mine de ne pas attendre Jubilee, il a fini par montrer clairement que c'était le cas. Mais elle ne s'est toujours pas manifestée. La visite d'Eddie hier a plongé tout le monde dans une humeur maussade, en particulier Jubilee, et avant même la tombée complète de la nuit chacun s'était retiré, Buford ayant choisi de dormir sous la véranda après avoir installé un système de fils et de boîtes de conserve autour de la maison pour donner l'alerte en cas d'intrusion. Aujourd'hui la famille a évoqué des attaques qu'ils ont subies par le passé, et maintenant ils sont à l'intérieur en train de se mettre d'accord pour que Jubilee veille désormais à ne pas s'éloigner de la maison et que Levi fasse sa dernière livraison d'eau-de-vie pour Soidi cet après-midi. Afin de rassurer une ultime fois sa femme, Buford propose d'aller rendre visite à Eddie, histoire de voir dans quelles dispositions il se trouve, ce qui soulève le débat de savoir s'il vaut mieux ou non réveiller le chat qui dort.

Quelque chose attire l'attention de Havens. À une quarantaine de mètres de la maison, la grand-mère se dirige en hâte vers le bois, tenant fermement une valise d'une main, et maintenant de l'autre sa coiffe sur sa tête. Comme il ignore son nom, Havens lance :

– Grand-mère !

Là-dessus, la vieille femme accélère le pas. Descendant les quelques marches de la véranda, Havens colle ses mains en pavillon autour de sa bouche :

– Revenez, grand-mère !

Jubilee rejoint Havens à la pompe à eau et rattrape sa grand-mère, glisse son bras autour de sa taille et l'incite à faire demi-tour.

– Où est-ce qu'elle allait ?

Havens les raccompagne vers la maison.

– Elle perd encore une fois la notion du temps. Elle se croit à l'époque où les Bleus ont commencé à disparaître, et elle veut rejoindre les familles qui ont décidé de quitter le vallon.

La vieille femme ne prononce pas un mot mais, tous les trois ou quatre mètres, tente faiblement de se défaire de Jubilee avant de lorgner à regret par-dessus son épaule vers les bois où elle pensait trouver refuge.

– Ils sont partis, grand-mère. Tu es avec nous maintenant.

– Comment ça les gens ont commencé à disparaître ? demande Havens.

– Sherman, le plus grand cousin de papa, a été le premier et on n'a plus jamais entendu parler de lui, et un des fils d'Ellis a été retrouvé noyé dans le ruisseau – c'était un cousin de papa du côté de sa sœur. L'été de la même année, les Price ont perdu leurs deux fils à la mine, soi-disant à cause d'un accident, mais tout le monde savait que ce n'était pas vrai. Ils sont morts parce qu'ils étaient bleus, c'est tout.

– Il n'y a pas eu d'enquête ?

– La police n'est jamais pressée de savoir ce qui arrive dans les familles où il y a des Bleus, réplique-t-elle. Tout le monde a compris qu'il fallait se débrouiller seul et la plupart ont choisi de partir.

– Mais pas votre père.

– Levi et moi, on n'était pas encore nés, alors papa n'a pas pensé qu'ils devaient s'exiler avec maman et ensuite, quand Levi est arrivé, ça ne semblait pas aussi urgent qu'avant. En plus, papa avait entendu dire par certains de ses proches que la situation n'était pas plus facile dans le Tennessee, parfois même pire. Et comme on sait ce qu'on perd mais pas ce qu'on trouve, papa est resté.

Elle remercie Havens de son aide et conduit sa grand-mère à l'intérieur alors que Massey, jusqu'alors terré dans la grange pour écrire, rejoint Havens sous la véranda.

– Tu entends ça ? fait-il, l'oreille tendue vers la conversation des Buford qui leur parvient par la fenêtre ouverte.

Havens opine du chef.

– Gladden est sérieuse ? murmure Massey. Elle veut recruter des paysans et quelques Noirs pour les aider à se défendre ?

– Si Ronny apprend quoi que ce soit sur Levi et Sarah, elle est convaincue qu'il enverra des gars ici.

– Ah, mais c'est quasiment certain qu'il entendra parler de cette histoire. Cet Eddie est une vraie balance.

Havens fait signe à Massey de s'asseoir près de lui, puis lui raconte la grand-mère qui a voulu s'enfuir ; Massey s'anime en écoutant les explications que Jubilee a données, pressé de corroborer les dires de la jeune femme et de faire comprendre le cœur même de son article, à savoir : si on ne lutte pas d'emblée contre la discrimination, le sang finit toujours par couler.

Havens s'interrompt.

– Il y a un moyen d'inciter Eddie à se taire.

Massey marmonne qu'ils ne devraient pas s'en mêler plus qu'ils ne le font déjà mais Havens le coupe :

– Tu vas expliquer à Eddie que tu es en train d'écrire un article qui va faire les gros titres et qu'on lui propose d'en être le héros.

Havens a beaucoup réfléchi. Compte tenu de l'effet qu'a eu son appareil photo sur Eddie, il est persuadé que le stratagème va marcher.

– L'idée d'avoir sa photo dans un magazine national avec en légende une phrase qui le présente comme le sauveur d'une famille que tout le reste de la ville persécute… ça va être du petit-lait pour lui.

– Je ne sais pas, souffle Massey.

– S'il ne nous suit pas, on lui expliquera que l'alternative, c'est de passer pour l'enflure qui a trahi sa propre famille.

Massey ressemble à un homme auquel on vient de demander de partager son héritage en cinq.

– Tu oublies une chose, je crois. L'aval de Buford.

– Il faut que tu lui parles de toute façon, alors fais-le aujourd'hui.

Havens est sur le point de suggérer de rentrer pour sonder le fermier mais Willow-May sort de la maison en traînant les pieds, sa poupée collée contre la joue. Hormis sa robe coupée dans un sac de toile, la petite ressemble à n'importe quelle enfant de Cincinnati. D'ordinaire très bavarde, elle est cette fois pensive et s'assied sur la plus haute marche de la véranda sans même faire attention à Havens et Massey.

Havens donne un petit coup de coude à Massey, désignant d'un geste du menton la fillette.

Massey comprend le message, bondit par-dessus la balustrade de la véranda et, une fois dans l'herbe devant la maison, s'adresse à l'enfant :

– Est-ce que tu sais par hasard comment on fait la roue ?

Comme Willow-May demeure silencieuse, Massey se lance dans un équilibre, laissant ses jambes osciller avant de basculer de l'autre côté et de tomber sur le dos.

La fillette colle ses petits poings sur ses lèvres pour réprimer un sourire.

– C'est pas ça, une roue.

Massey saute sur ses pieds, époussette son fond de culotte et se gratte le front. Il exécute une roulade avant, se redresse tel un ressort et fait une révérence face à son public, dont l'unique membre se tient désormais debout sur l'ultime marche de la véranda.

– Ça non plus, c'est pas une roue.

– Si. Je dirais même plus : c'est une très belle roue.

– Non. Il faut aller de côté.

Massey fait mine de réfléchir, s'allonge à plat ventre, les bras tendus devant lui, et roule sur lui-même encore et encore, ce qui finit par pousser Willow-May à installer sa poupée sur la marche avant de s'élancer sur l'herbe pour exécuter une roue.

– Comment tu fais ça ?

Massey fait celui qui n'en croit pas ses yeux.

– Regardez, je vais vous apprendre.

Massey imite chacun de ses mouvements, finissant chaque fois par terre dans une position toujours plus improbable, ce qui fait beaucoup rire la petite. Il lui tend la main pour qu'elle l'aide à se relever, au lieu de quoi il la fait tomber à ses côtés dans l'herbe et se lance dans une gigantesque séance de chatouilles. Les rires de Willow-May font sortir le reste des Buford sous la véranda.

Massey se remet debout, la fillette sur les épaules et fait mine de chanceler.

– Regardez-moi, tout le monde ! Regardez-moi !

– Descends de là avant de rompre le cou de ce pauvre homme.

Willow-May ignore l'injonction maternelle et fixe Havens.

– Prenez-moi en photo ! Prenez-moi en photo !

Massey emmène Willow-May jusqu'à la véranda mais l'enfant s'agrippe à son cou et refuse de descendre.

– S'il vous plaît, monsieur Havens, photographiez-moi. Celle que vous avez prise hier ne sera pas bien.

Gladden Buford raconte à son mari le numéro d'Eddie la veille.

– Papa, s'il te plaît, laisse-le.

– Havens peut développer les photos ici et vous les donner après, explique Massey. Il suffira simplement d'aller chercher les produits à notre pension et de faire temporairement du garde-manger une chambre noire, ajoute-il. Allez, Buford, dites oui. Havens n'arrête pas de se creuser la tête pour savoir comment vous remercier. Comme ça, vous aurez un beau portrait de votre fille.

– Il est inutile de nous remercier. Nous n'avons fait que notre devoir, réplique Buford, mais Willow-May continue de l'implorer et il finit par acquiescer.

Se trémoussant et applaudissant sur son perchoir, la fillette ordonne à Havens d'aller chercher son matériel.

Ce dernier cherche du regard Jubilee pour voir ce qu'elle pense de tout cela. Mais la jeune fille, indifférente à ce qui se déroule, marche avec Thomas vers le bain à oiseaux.

– Il va falloir que tu arrêtes de bouger, sinon tu seras toute floue, lance-t-il à Willow-May. Il prend la photo beaucoup plus vite que d'ordinaire.

– Une autre !

– Une ça suffit, Willow-May, intervient Gladden, mais la petite a l'habitude d'obtenir ce qu'elle veut. Elle glisse le long du bras de Massey et insiste auprès de Havens pour qu'il la photographie avec sa poupée.

– Il te reste combien de prises ? s'enquiert Massey.

– Environ la moitié.

– Il faut bien que tu les utilises, non ? Elles seront gâchées sinon.

Massey se tourne vers Buford.

– Et si Havens vous photographiait tous les deux avec la petite demoiselle ?

L'incertitude de Buford ne résiste pas longtemps au pouvoir de persuasion de Massey. Le fermier ajuste son chapeau à plusieurs reprises, se place comme Massey le lui indique et plisse les yeux dans la lumière, l'air sérieux, tandis que Gladden réprime un soupir, dénoue son tablier et dégage quelques mèches de son visage avant de rejoindre à contrecœur son mari. Havens fait trois prises, puis jette un coup d'œil en direction de Jubilee qui incite doucement Thomas à rentrer dans sa cage. Massey se penche vers Buford et, en aparté, lui explique qu'avec la pellicule noir et blanc la couleur de peau de ses autres enfants sera semblable à la leur et que cela vaudrait peut-être le coup d'en profiter pour les inclure. Comment refuser ?

– Pourquoi pas ? convient Buford.

– Allez, une avec tout le monde !

Levi, refusant de se laisser convaincre, s'éloigne et Massey force un peu la main de Jubilee en lui prenant la cage.

– Vous aussi, grand-mère.

Massey aide la vieille femme à s'asseoir sur le fauteuil à bascule à côté de Gladden et place sa valise sur ses cuisses. Puis il installe Willow-May à genoux, devant les deux femmes, la cage à oiseaux près d'elle, et demande à Buford et Jubilee de se mettre derrière. Jubilee pivote immédiatement sur elle-même de sorte que son père la cache presque entièrement. Mais Massey s'emploie à autre chose qu'un portrait de famille : il cherche à mettre en confiance Buford devant l'objectif et s'efforce d'apprivoiser Jubilee afin qu'elle se laisse plus tard photographier en couleurs. Dans l'immédiat, la jeune fille dissimule une partie de son visage d'une main et regarde ailleurs.

Comment Havens pourrait-il la mettre à l'aise ? Si seulement il pouvait la convaincre que sa présence dans ce cadre est tout aussi naturelle que celle d'un jeune chevreuil dans une prairie paisible.

– On laisse les mains le long de son corps, se contente-t-il de lancer.

Un quart de seconde avant qu'il appuie sur le déclencheur, Jubilee baisse les yeux.

– Fixez bien l'objectif et essayons d'être moins sérieux cette fois, suggère Havens. Lorsqu'il regarde dans son viseur, personne, hormis Willow-May qui sourit, ne semble avoir compris ce qu'il vient de dire, et Jubilee n'a carrément plus l'air concerné par ce qui se passe. Elle a les yeux à nouveau ailleurs lorsqu'il prend la photo suivante. Maintenant, il ne lui reste plus qu'une prise. Cette fois, il compte jusqu'à trois et appuie sur le bouton à quatre : chacun s'est donc détendu et les yeux de Jubilee sont braqués vers l'objectif. Havens ne se souvient pas avoir pris autant de photos en si peu de temps, mais avec ce dernier cliché il se sent plus que satisfait.

Buford a accompagné Massey en ville pour aller récupérer leurs affaires personnelles, et Massey a promis qu'à leur retour Buford aurait donné son feu vert. Ils sont partis voir Eddie avant la tombée de la nuit. Gladden, Willow-May et la vieille femme sont à l'intérieur, si bien que Havens, Jubilee et l'oiseau se retrouvent seuls sous la véranda. Comme elle lui a demandé de voir d'autres photos, il lui a donné un paquet de clichés noir et blanc en déclarant qu'elle ne les aimerait pas. Observer attentivement chaque image comme elle le fait lui donne une excuse pour l'examiner à son tour. Tout ce qu'elle ressent transparaît sur son visage, même brièvement – sa curiosité, sa bienveillance – et à présent elle fronce les sourcils devant le portrait d'un boxeur durant un combat à Cincinnati.

– On ne nous a jamais pris en photo avant, remarque-t-elle.

– J'espère que vous ne serez pas déçus du résultat. Photographier les gens, ce n'est pas mon point fort. Une fois, un patron m'a expliqué que les gens avaient l'air coincés avec moi parce que je les mets mal à l'aise, mais c'est encore pire quand je leur demande de poser pour moi.

– C'est quoi votre point fort ?

Dans la mesure où expliquer son travail sur la lumière et les contrastes ne récolte qu'un hochement de tête poli, il déclare :

– Avant, je pensais que je ne m'en tirais pas trop mal avec la nature. Mais c'était il y a longtemps.

– Les photographies d'animaux.

– Et de paysages.

Il lui parle de Charles Strasser, le tuteur que son père avait engagé pour l'aider dans son travail scolaire, et qui avait été la première personne à valoriser son aptitude à photographier la nature.

– Je ne sais pas combien d'argent il a dépensé pour m'acheter des pellicules, probablement tout ce que mon père lui donnait, mais nous partions nous promener dans la campagne et il était toujours tellement patient pendant que je photographiais la même scène encore et encore, sous différents angles, au fur et à mesure des changements de lumière. Parfois c'était une prairie, parfois un arbre ou une rangée de tournesols. Personne sauf Charles n'aimait ce que je faisais, et en fin de compte nous étions tous les deux un peu naïfs de croire que les gens achèteraient des photos d'arbres, de rochers, ou des gros plans de fleurs légèrement flous.

– Moi j'en achèterais une.

Havens se retient de prendre la main de Jubilee et de l'étreindre.

– Le mieux quand on photographie la nature, c'est que vous n'avez pas besoin de demander à une montagne ou à un arbre de poser. Il suffit d'attendre, et les sujets se révèlent à vous-même.

Elle parcourt d'autres photos et s'arrête sur celle qui représente une douzaine d'enfants dans une salle de classe. Qui semblent tous laminés par la vie.

– Plutôt triste, je sais.

Il tend le bras pour lui reprendre les clichés mais elle esquive son geste.

– J'aime bien les regarder.

– Vous êtes la seule.

– Quand on observe la photo de quelqu'un qui est triste, on se sent peut-être moins seul.

À ces mots, Havens éprouve le besoin de clarifier un point.

– Toutes ces photographies représentent les sujets tels qu'ils semblent être, et non pas tels qu'ils sont. On croit toujours que la photographie ne ment pas mais c'est faux. Les photos ne montrent pas tout, elles omettent certains aspects, et ces omissions sont beaucoup plus sournoises que des mensonges intentionnels.

Il désigne les écoliers.

– Dix minutes après avoir pris ce cliché, ces gamins couraient dans la cour en riant aux éclats.

– Pourquoi ne pas les avoir pris en photo à ce moment-là ?

– Parce que ceux qui m'emploient ont certaines idées et ils veulent des clichés qui viennent soutenir ces idées.

– Ce sont des idées préconçues dans ce cas.

Tandis qu'elle fait le tri dans le reste des photos, elle poursuit :

– Les gens par ici ont des idées préconçues aussi, et ils font comme si ce qu'ils pensaient était tangible. S'ils avaient des appareils photos, ils s'en serviraient sûrement pour obtenir des preuves.

– Heureusement qu'ils n'en ont pas, dit-il.

Leurs regards se croisent. Il aimerait tant pouvoir lui promettre qu'il ne sera pas comme ces gens.

– Un photographe attaché à la vérité ne cherche pas à documenter le premier fait qu'il croise. Par exemple, si je devais prendre une seule photo d'un arbre dénudé pour simplement souligner quelque fait irréfutable, tout le monde le prendrait pour un arbre mort ; personne ne se dirait que cet arbre pourrait à nouveau bourgeonner ou fleurir ou faire une des mille et une autres choses magnifiques qui le caractérisent.

– Il faudrait passer beaucoup de temps avec l'arbre, approuve-t-elle. Il faudrait faire beaucoup de photos, sous une multitude d'angles différents, pour vraiment le montrer comme il est.

Havens ne sait plus trop s'ils parlent encore d'arbres.

– Vous venez de décrire mon problème.

Et à supposer qu'il propose une centaine de photos d'arbres, il y a toujours un rédacteur en chef pour choisir celle de l'arbre dénudé.

– Je ne suis pas fier de ces clichés.

Il les lui prend des mains.

– Si j'étais un tant soit peu bon dans ce que je fais, on ne se dirait pas en voyant mon travail que le monde est effectivement tel qu'on le croit ; on prendrait conscience du peu de choses qu'on sait en vérité à son sujet. On s'interrogerait.

Si une image ne pousse pas à se poser des questions, elle devient aussi vaine qu'un reflet à la surface ondulée d'un étang.

Ils restent tous deux immobiles, sans même un clignement de paupières. Les iris de la jeune femme sont deux diaphragmes complètement ouverts qui évaluent ses motivations, et ceux de Havens des diaphragmes quasiment fermés qui capturent l'intense luminosité de Jubilee.

– Vous devriez peut-être recommencer à photographier ce que vous aimez, suggère-t-elle.

Il ne prête attention qu'à la pose parfaite qu'elle a adoptée, appuyée sur la balustrade de la véranda, l'épaule contre le poteau. En contre-jour, elle semble concentrée, et son envie de prendre une photo n'a jamais été aussi grande qu'en cet instant. Peu importe les arbres : ce qu'il voit incarne l'essence même de l'existence.

– Monsieur Havens ?

Dans l'éclat du ciel blanc, elle est éblouissante, et tellement inconsciente de l'être. Si seulement il pouvait faire son portrait sans exagérer ou déformer quoi que ce soit chez elle, sans que sa caractéristique si exceptionnelle ne vienne éclipser sa bienveillance, sa sensibilité, son intelligence.

Elle se redresse et lisse le tissu de sa robe.

– Les oiseaux, bafouille-t-il. J'ai toujours aimé prendre les oiseaux en photo aussi.

Elle s'avance vers le pic flamboyant.

– Et Thomas ?

Elle s'accroupit devant la cage.

– Ça ne t'ennuierait pas de te faire photographier, n'est-ce pas, petit monsieur ?

Ce que Havens désire par-dessus tout, c'est mettre une pellicule neuve dans son appareil et la photographier, elle. Sous tous les angles.

– Est-ce que vous voulez que j'aille chercher votre appareil ? s'enquiert-elle.

Tandis que Havens cadre, elle remarque :

– Quand votre pied ira un peu mieux, on pourrait aller dans ma volière et vous pourriez photographier certains de mes patients, si vous voulez. » Elle sourit. « Demain peut-être. »

Jubilee

M. Havens a convaincu maman qu'il ne pouvait la priver plus longtemps de sa propre chambre, qu'il pouvait dormir avec M. Massey dans la grange, et dans la mesure où papa et M. Massey ne rentreront que dans deux heures environ, Jubilee a proposé de déménager ses affaires et de lui faire un lit de camp pendant qu'il se lave dans la cabane de bain. Elle s'attarde près de son lit dans sa chambre. Elle a pensé à lui tout l'après-midi et trouvé de multiples raisons pour aller le voir. Le pauvre homme boit chaque tasse de café qu'elle lui apporte. Personne, pas même ses proches, n'a jamais fait aussi attention à elle, comme si tout ce qu'elle disait avait de l'importance à ses yeux.

Elle soulève son drap et pose la main sur son oreiller, encore déformé par l'empreinte de sa tête. Elle ramasse le tee-shirt blanc qui traîne par terre, le plie, et le hume. Une odeur de sciure de bois. Sur la table, elle empile les photos tout en s'interrogeant sur les existences de ces gens – ceux qu'ils aiment ou ceux qu'ils ont aimés ; ont-ils été quittés et est-ce pour cela qu'ils semblent si tristes ? Elle met de l'ordre autour de la cuvette, effleure ce qu'il a touché, et surprend son propre reflet dans la glace. Comment la prendrait-il en photo ? Que voit-il lorsqu'il la regarde ? Ce qu'elle n'est pas, ce qu'il lui manque ?

Elle s'arrête devant le placard dans lequel est suspendue sa veste. Elle se penche. Ce n'est pas la même odeur que celle du tee-shirt, plus un parfum de vieux livre cette fois. Ses doigts glissent le long d'une manche. Elle la soulève et la place sur son épaule puis, sans oublier auparavant de jeter un coup d'œil vers la porte, elle fourre ses mains dans les poches et plaque son front contre les revers. Elle sort un billet de train usagé, une plume mouchetée de taches blanches et un mouchoir en coton blanc. Elle remet le tout dans les poches à l'exception du mouchoir.

Après avoir préparé le lit dans la grange, elle place un brin de lavande sur son oreiller et sort l'épier tandis qu'assis sur le banc devant la cabane de bain il sculpte un morceau de cèdre, ramassé dans le tas de bois de papa.

– Vous savez travailler le bois ?

– Je tricote mieux.

M. Havens glisse le morceau de bois dans sa poche, range son couteau et lui fait de la place sur le banc.

– Vous tricotez ?

Maladroitement, elle s'assied trop près de lui : il sent le savon et la mousse à raser, ses cheveux hirsutes et mouillés dégoulinent sur son col. Son père lui trouvait toutes sortes d'occupations pendant qu'il était alité, explique-t-il, mais il semble particulièrement fier de tout ce qu'il a tricoté au fil des ans. Il s'apprête à proposer de lui tricoter une manique lorsqu'elle l'interrompt.

– Je me demandais si vous aimeriez prendre des photos maintenant ?

– Bien sûr. Des photos de quoi ?

– Est-ce que vous seriez capable de marcher dix minutes avec votre pied ?

Il se lève d'un bond.

– Il n'y a qu'une façon de le savoir.

Rassemblant son matériel, il lui demande ce qu'elle envisage, mais elle lui répond simplement de se dépêcher. Puis elle l'entraîne derrière la grange et ils s'engagent tous deux sur le chemin du haut, en réalité un simple sentier bordé de part et d'autre d'un rideau d'herbes hautes cuisant au soleil de la fin d'après-midi. L'ombre de la colline s'élève derrière eux et en contrebas Willow-May surgit de la maison pour se précipiter dans la grange en les appelant à tue-tête, manifestement à leur recherche. Jubilee se tourne vers M. Havens et, un doigt sur les lèvres, lui fait signe de se taire, se penchant en avant pour passer inaperçue et l'incitant à faire de même jusqu'à ce qu'ils atteignent les arbres.

La forêt est encore humide après la pluie du petit matin, l'air frais est à la fois salé et poivré, et au-delà du silence ouaté on perçoit le doux crépitement des coléoptères se hâtant vers leurs refuges, le souffle des plantes rassemblant leurs feuilles et refermant leurs pétales et le relâchement des branches s'abandonnant au reste du jour. Des nappes de lumière dorée filtrent entre les feuillages.

– Est-ce qu'il n'y a pas une vieille femme qui vit quelque part par là dans une petite maison ? Une vieille femme qui aime les petits enfants et les étrangers qui viennent de Cincinnati ? Je devrais semer des miettes de pain, non ?

Jubilee attend qu'il la rattrape. Souriante, elle dit :

– C'est de moi que vous devriez avoir peur, on ne vous a pas prévenu ?

Il rit, et elle brandit un doigt crochu.

Au lieu de bifurquer vers le chemin plus récent qui plonge dans le vallon, elle continue une cinquantaine de mètres sur le sentier d'origine, beaucoup plus étroit, avant de s'immobiliser dans une clairière, à quelques pas d'un gros rocher et d'un tronc d'arbre abattu entièrement recouverts de mousse et qui bouchent le passage.

– Vous pouvez installer votre appareil.

– Et qu'est-ce que je photographie ?

Elle désigne ce qu'il est censé cadrer.

– Un éboulement ? dit-il.

Elle avance un peu, se retourne et s'accroupit.

– Cadrez cet endroit-là.

Il doit baisser son trépied presque jusqu'au sol avant de s'agenouiller pour regarder dans son viseur et, lorsqu'il relève la tête, il semble perplexe.

– Vous êtes sûre ?

– Pas moi, voyons.

Revenant près de lui, elle l'incite à s'asseoir puis chuchote :

– Ça va peut-être prendre un certain temps, mais soyez prêt. Et essayez de ne pas faire de mouvements brusques.

Ils regardent tous deux devant eux. Lorsque son épaule effleure la sienne, elle prétend ne pas s'en rendre compte. Il se tourne vers elle comme pour dire quelque chose et elle se penche juste ce qu'il faut pour qu'il murmure à son oreille, mais il demeure silencieux, retient son souffle. Il regarde à nouveau devant lui. Moins d'une minute plus tard, il se tourne à nouveau vers elle. Elle incline encore la tête vers lui.

– Quoi ? demande-t-elle.

– Je…

– Vous préférez rentrer ?

– C'est très calme ici, chuchote-t-il dans ses cheveux.

Des picotements lui parcourent l'oreille. Elle ignore sa main posée près de son genou, ses doigts frôlant l'ourlet de sa jupe. S'ils pouvaient juste continuer de regarder droit devant eux.

Mais il n'arrête pas de se tourner vers elle.

N'a-t-il pas affirmé que c'était ce qu'il préférait avec son tuteur autrefois, attendre le bon moment pour photographier quelque chose d'unique ? Pourquoi ne tient-il pas en place ?

– Qu'est-ce qui ne va pas ? souffle-t-elle.

Dès que son regard croise celui de Jubilee, il s'immobilise. Les yeux légèrement écarquillés. Il se fige, seule sa respiration change, elle devient plus laborieuse, comme s'il manquait un peu d'air. Sous sa chemise blanche fraîchement lavée, sa poitrine se soulève et s'abaisse.

Devant eux, un mouvement attire leur attention : une tête rousse et duveteuse ornée d'oreilles en pointe émerge d'un trou sous le tronc. Lentement, Havens avance la main vers son appareil photo mais à peine a-t-il basculé le poids de son corps pour jeter un coup d'œil dans son viseur que le renardeau replonge dans sa tanière. De la portée, il est le plus téméraire, mais il ne sait trop que penser de M. Havens. Cependant, il ne tarde pas à se faufiler à nouveau dehors, renifle pour voir si Jubilee a encore apporté quelques épluchures, et fait signe à ses frères et sœurs que la voie est libre en s'asseyant sur son derrière et en se grattant avec la patte arrière. Un deuxième renardeau ne supporte pas longtemps la prédominance de son frère et, s'aventurant à son tour, vient mordiller le museau de ce dernier et provoquer une bagarre. Jubilee donne un coup de coude à M. Havens et désigne l'entrée de la tanière d'où un troisième renardeau, timide, observe les facéties de ses frères.

Les petits canidés s'habituent vite au bruit de l'appareil de M. Havens qui appuie sur le déclencheur chaque fois qu'ils cessent de se jeter l'un sur l'autre et de se bagarrer, leurs épaisses queues rousses allant et venant de part et d'autre. De son côté, elle observe surtout M. Havens qui, en réalité, n'est qu'à demi absorbé par son sujet et lui adresse de larges sourires, les yeux scintillants. Se décalant vers la droite, il l'incite à s'approcher pour jeter un coup d'œil dans le viseur et, pour sa plus grande joie, elle y distingue une scène miniature, digne d'un livre de contes. Soudain, il lui prend le poignet. Et lentement, il lui soulève la main, place le doigt de la jeune femme sur le déclencheur et juste au moment où les renardeaux se tournent vers eux, ils appuient tous deux de concert sur le bouton.

Elle libère doucement sa main. S'efforce de se comporter normalement. Si elle semble observer les renardeaux, en réalité elle s'évertue à arrêter de penser au corps de M. Havens. Il n'est pas massif comme celui de ces hommes qui trimballent des sacs de céréales toute la journée, ni sec comme ces tire-au-flanc minables qui font la queue pour l'eau-de-vie de Soidi ; elle se répète que si ses poils se dressent sur ses bras, c'est juste parce qu'il vient de la ville et que c'est nouveau, que cela n'a rien à voir avec la chaleur de sa présence. Son bras frotte le sien, et elle acquiesce à ce qu'il dit sur les renardeaux, sur la photographie ou sur quoi que ce soit d'autre, car elle a bien du mal à savoir exactement de quoi il parle.

– Je n'ai plus de pellicule.

Vient-il de répéter sa phrase ?

Ils doivent rentrer maintenant. Elle se lève, se débarrasse des feuilles collées sur ses vêtements, recule d'un pas pour lui laisser la place de plier son matériel et se prend les cheveux dans des branchages. Pire, elle ne parvient pas à se libérer. Levi l'aurait sortie de là en tirant d'un coup sec, mais M. Havens s'approche et décroche chaque mèche avec précaution, s'excusant du moindre geste un peu rude.

– Vos cheveux sont magnifiques, déclare-t-il en contemplant sa tignasse emmêlée.

Sur le chemin du retour, M. Havens se montre enjoué, il l'interroge sur ce qu'elle sait de la famille renard et lui demande s'ils pourront y retourner afin qu'il puisse photographier la mère ; *je me suis donc fait des idées*, songe-t-elle, jusqu'au moment où la main de M. Havens se pose dans le bas de son dos pour lui céder le passage sur le sentier qui rétrécit. Pour qu'il regarde autre chose que le creux de ses reins, elle désigne une rangée de champignons poussant telles des poignées de porte au pied d'un arbre et, dès que le sentier s'élargit à nouveau, elle bat en retraite et le laisse repasser devant elle. Même s'il boite de plus en plus, il refuse qu'elle l'aide à porter quoi que ce soit.

Elle se surprend à glisser ses pieds dans chacune de ses empreintes de pas.

Émergeant du bois, ils se tournent vers la ferme et aperçoivent Levi qui vient de rentrer. Après l'avoir dessellée, il ramène Lass dans le pré puis se dirige vers la porte de derrière. Ils sont loin mais voient bien qu'il semble accablé.

– Ce n'est jamais facile de se séparer d'une personne à laquelle on tient, remarque M. Havens.

Être bienveillant envers son frère revient à l'être envers elle.

– Vous avez eu à le faire ?

Il soupire profondément.

– Une fois, il y a longtemps.

Il lui parle de Virginia, la fille de son tuteur, qui les avait souvent accompagnés en balade et qui, lorsqu'elle avait eu dix-sept ans, lui avait demandé un rendez-vous galant.

– Hormis mes cousines, je n'avais jamais côtoyé de fille et je n'étais pas très sûr de moi, mais elle semblait si confiante.

Avant d'avoir le temps de réfléchir, Jubilee lance :

– Vous l'avez prise en photo ?

Il hoche la tête.

– Elle était belle, j'en suis certaine.

Derechef, il acquiesce.

– Elle avait du caractère et elle était d'humeur changeante. À l'époque, je trouvais que c'était intéressant à photographier.

Jubilee regrette d'avoir abordé le sujet. Et décide de se taire.

– Nous avions dix-neuf ans quand nous nous sommes mariés et aucun de nous deux ne savait ce à quoi nous nous engagions, poursuit-il, s'immobilisant juste avant que le chemin ne plonge vers la grange. Ensuite, nous avons appris que nous n'aurions jamais d'enfants. Une séquelle des oreillons, en fait. Pas franchement le genre de nouvelles qu'un mari a envie d'annoncer à sa jeune épouse qui désire par-dessus tout devenir mère.

– C'est pour ça que vous n'êtes plus ensemble ?

Il refuse de se laisser envahir par la tristesse.

– Il paraît qu'elle est heureuse. Elle a épousé un professeur d'histoire et elle a trois garçons.

Ils se remettent en marche. Puis il ajoute, avec une certaine légèreté :

– Et vous ? Avez-vous brisé des cœurs ?

Il lui semble raisonnable de se confier à son tour.

– Il y a eu un garçon une fois.

– Aha !

Deux étés plus tôt, Tick Hickman venait la retrouver dans la clairière, un bouquet à la main ; elle avait attendu si longtemps d'être aimée que peu importait qui serait l'heureux élu, ce qui comptait, c'était qu'on lui montre de l'affection, et Tick n'avait rien de la rudesse ni de la méchanceté des autres garçons de la ville, en tout cas pas au début.

– Ce n'était pas comme dans les chansons, si c'est à ça que vous pensez.

– Les choses ne finissent jamais bien pour les amoureux dans les chansons, n'est-ce pas ? plaisante-t-il.

– Pourquoi faut-il qu'il y en ait toujours un qui meure ?

– Ou des chansons où elle en a marre de l'entendre ronfler, de toujours ramasser ses affaires derrière lui, et où elle décide d'arrêter de le choyer en lui faisant ses petits plats préférés et de se mettre à lui servir des choux de Bruxelles et des œufs durs tous les soirs ?

Jubilee rit.

– Et à quand la chanson où il ne la regarde plus et où il écrit des ballades sur son chien à longueur de journée ?

Dans un souffle, il lâche :

– Il ne s'arrête jamais de la regarder.

Alors qu'ils se trouvent désormais devant la porte de la grange, M. Havens pose son trépied contre le mur. Ils restent tous les deux silencieux. Elle hausse les épaules.

– Bon, je vais vous…

– Si vous connaissez d'autres endroits secrets, j'adorerais les voir.

– Je pourrais vous montrer autre chose demain matin. Mais je ne sais pas si vous aimeriez le photographier… ça fait plutôt peur.

Il fait mine de frissonner.

– J'y serai ! s'exclame-t-il. Vendu.

Il s'approche d'elle et, à l'instar du renardeau timide, elle ne sait plus si elle doit faire face ou battre en retraite.

– Ne bougez pas.

Elle sent les doigts de M. Havens dans ses cheveux, puis il lui tend une brindille et fait comme s'il ne se rendait pas compte que son teint s'obscurcissait inexorablement.

– Hou-hou ! crie Soidi du bout du jardin.

Elle vient pour le dîner. Une tarte dans une main et un pichet brun dans l'autre, elle rejoint Jubilee et M. Havens devant la porte de la cuisine. Elle tend la tarte à M. Havens.

– Comment ça va, le rescapé ?

– Presque complètement remis, grâce à Jubilee.

Puis il ajoute, balbutiant :

– Et Mme Buford. Tout le monde, en fait. Tout le monde a été si gentil.

– Tiens donc !

Soidi, goguenarde, lance un coup d'œil à Jubilee avant de pénétrer dans la cuisine où M. Massey et papa sont en pleine conversation tandis que Levi chahute avec Willow-May.

Maman salue Soidi en proclamant :

– Je t'ai dit de ne plus apporter d'alcool !

Ce à quoi Soidi rétorque :

– J'arrêterai d'en apporter le jour où tu cesseras d'être aussi mal léchée.

Soidi sert un verre d'eau-de-vie à grand-mère puis, prenant de haut M. Massey, lance :

– Paraît que vous êtes encore allé traîner en ville.

Papa, répondant à la place de M. Massey, se targue que son garde-manger ressemblera bientôt à un studio de photos, et Soidi grimace comme si elle avait une graine coincée dans une dent.

– Des photos de quoi ? Quand même pas de ta tronche d'abruti, Delbert, si ?

Tandis que papa et Soidi continuent de se charrier, M. Havens attire M. Massey à part, et manifestement ils n'apprécient ni l'un ni l'autre leur échange, quel qu'il soit, mais maman invite sans plus tarder tout le monde à table et Willow-May rappelle à chacun le petit rassemblement prévu vendredi chez Soidi, invitation qui semble redonner du poil de la bête à M. Havens. Cependant M. Massey déclare :

– Je pense que nous serons partis d'ici là.

Personne n'a l'air plus déçu que papa.

– Pourquoi aussi vite ?

M. Massey jette un coup d'œil à M. Havens avant d'évoquer des impératifs professionnels.

Tout au long du dîner, papa parle de ses terres : autrefois, il produisait du chanvre, raconte-t-il, qui servait à la fabrication des cordages de navigation mais lorsque les bateaux à vapeur sont arrivés, il a décidé de cultiver le tabac. Deux verres d'eau-de-vie et il détaille par le menu l'histoire du transport de marchandises qui se faisait initialement par chariots, puis par chemin de fer, et enfin par la toute nouvelle grande route construite quelques années plus tôt. Chaque fois que Jubilee se tourne vers M. Havens pour voir ce qu'il fait, il la regarde fixement.

Selon M. Massey, les grandes routes ont conduit vers les zones urbaines les gens de la campagne, surtout les jeunes.

– Vous n'avez jamais pensé déménager ?

– Des Bleus qui partent s'installer dans une grande ville, c'est le pire cauchemar de papa.

– Non, pas le pire, réplique papa gravement, comme pour exhorter Levi à ne pas jouer avec sa patience.

– Les grandes villes pourraient vous offrir un niveau de protection que vous n'avez peut-être pas dans une bourgade loin de tout comme Chance, remarque M. Massey.

Levi ricane.

– Dans une grande ville, je passerais inaperçu, c'est ça ?

– Je ne dis pas qu'on ne vous remarquerait pas…

Là-dessus, M. Massey s'interrompt et consulte du regard M. Havens qui le dévisage, sourcils froncés.

– Mais personne ne pourrait s'en prendre à vous, vous menacer ou vous empêcher de faire valoir vos droits, du moins pas sans avoir maille à partir avec la justice et risquer de se retrouver au tribunal.

– Il en faut du culot pour faire une leçon de morale à un homme sur ses propres droits comme s'il ne savait pas à quoi s'en tenir, intervient Soidi.

Papa lui fait signe de se calmer mais elle est lancée.

– Il y a deux justices dans ce pays. La première concerne ceux qui ont de l'argent et des relations et qui sont de la bonne couleur, et la seconde s'applique à tous les autres. » Elle lève son verre, un doigt braqué vers M. Massey. « Et ne venez pas me dire que c'est différent dans le Nord.

M. Massey s'essuie le coin de la bouche, hésitant à croiser le fer avec Soidi.

– Vous avez raison. Mais si madame Justice est à deux vitesses, faut-il se contenter de le remarquer seulement ou vaut-il mieux le révéler au grand jour ?

– Oh, mon Dieu, rassurez-moi, vous n'êtes pas en train de suggérer ce que je crois ? » Soidi se tourne vers papa. « Cet homme va écrire un article sur les Bleus.

Papa s'emploie à démentir ce que vient d'affirmer Soidi lorsque M. Massey déclare :

– Beaucoup d'idées fausses circulent sur le compte de votre famille, monsieur, et inutile de vous préciser combien les idées fausses sont dangereuses.

Maman quitte la table parce qu'elle n'aime pas que l'on parle de la couleur de peau. Du bla-bla, comme elle dit. Pour elle, parler des Bleus, ce n'est pas juste parler, ça provoque toujours autre chose – on en vient aux mains parfois, il y a des coups et même des blessés.

– Vous avez sans doute entendu dire que mon fils est le fauteur de trouble mais les problèmes remontent à quand ma mère était jeune, et elle n'avait rien à se reprocher.

– Sinon d'avoir tapé dans l'œil d'un gars de la bonne couleur, riposte Levi.

– Et pas n'importe quel gars de la bonne couleur, renchérit Soidi.

Avant que Boyd Gault devienne maire, explique papa, bien avant qu'il ne devienne père d'Urnamy, il s'était entiché d'Opal et avait entrepris de lui faire la cour, mais son père avait eu vent de leur affaire.

– C'est le père de Boyd qui a décrété que les Bleus portaient malheur ou n'amenaient que maladie ou mort à ceux qui devenaient trop proches d'eux.

– Que s'est-il passé ? demande M. Massey.

Papa se gratte la joue, se pince les lèvres et soupire comme on le fait avant de relever un défi. Bien sûr le récit est partial mais que papa puisse raconter ne serait-ce qu'une partie de l'histoire semble irréel. L'alcool n'a rien à voir là-dedans ; c'est le fait de se confier à des hommes de la bonne couleur. Le fait que M. Massey l'écoute, hoche la tête et se comporte comme s'ils étaient tous égaux.

– Ils ont subi des pressions et c'est à ce moment-là que les Bleus n'ont plus eu le droit de se lier aux gens de la ville.

– Ne me dites pas qu'ils sont allés jusqu'à interdire légalement les mariages mixtes !

M. Massey a vu juste.

– Mais c'est absurde.

– Vous savez ce qui arriverait à un Noir s'il caressait ne serait-ce que l'idée de se prendre d'affection pour une Blanche ? Il n'arriverait même pas au tribunal, c'est sûr. Eh bien, pour les Bleus, c'était pareil.

– Mais imposer à une personne qui elle peut ou ne peut pas aimer, c'est de la dictature !

On aurait pu croire que c'était à M. Massey qu'on interdisait d'épouser telle ou telle personne.

– Donc on a cédé à la pression et on vit comme des lâches, ce qui est pire que la tyrannie, intervient Levi.

Papa se tourne vers lui.

– Ne va pas croire que j'ai manqué de courage quand j'étais jeune, mais si tu avais mon âge, tu saurais qu'il faut moins de courage pour se venger que pour accepter son sort.

– Intimidation, menaces et violence : ça ne s'arrête pas tout seul ce genre de choses.

M. Massey explique qu'il a une proposition à faire à papa.

– Laissez-moi écrire un papier sur les épreuves que votre famille a traversées, sur l'histoire des Buford, et celle des Price et des Ellis, en essayant de comprendre l'origine de leur couleur bleue. Je ferai des recherches sur des histoires similaires au sein d'autres familles qui ont été stigmatisées pour les mêmes raisons et je consulterai des experts médicaux…

– Et vous croyez que les gens par ici vont vous laisser leur dire combien les Bleus sont merveilleux ? coupe Soidi.

– Je ne suis pas en train de suggérer que mon article mettra fin du jour au lendemain à des années de discrimination profondément ancrée, mais deux choses en découleront : ceux qui en sont les instigateurs seront prévenus et ceux qui voient les choses différemment ou se sentent partagés, ou peut-être même ont peur de s'exprimer haut et fort, seront concrètement informés au lieu de céder à la superstition.

Soidi s'adresse à M. Havens :

– Votre ami là, il vit sur la lune ou quoi ?

– Vous oubliez une autre possibilité, dit papa. Tout ça pourrait rendre toute notre situation encore pire.

– Pire ? Comment ça pire ? rétorque Levi.

Jubilee voudrait qu'ils arrêtent de parler de ça.

– Tu as invité qui à ta fête, Soidi ?

Personne ne prête attention à elle hormis M. Havens.

M. Massey avance une autre bonne raison d'écrire son article.

– Et si quelqu'un qui sait quoi faire d'un point de vue médical est amené à lire cet article ? Et si cette personne connaît un remède ?

– Oh mon Dieu, le bonhomme croit qu'on peut en guérir maintenant ! » Soidi se ressert de l'eau-de-vie. « Quelqu'un pourrait-il éclairer sa lanterne, s'il vous plaît ?

Si papa commençait à se laisser convaincre, il change aussitôt d'optique.

– Il ne faut pas croire, on a essayé toutes sortes de médecines. Les sangsues ont presque vidé de son sang ma pauvre mère.

Pourquoi tout le monde trouve tout le temps qu'il y a un truc qui cloche avec le bleu ? Jubilee quitte la table avec son assiette pendant que papa explique qu'un médecin a même prescrit de frotter les Bleus au sel, un autre de les laver à l'ammoniaque, et un troisième de leur faire peur aussi souvent que possible comme lorsqu'on veut faire passer le hoquet à quelqu'un – comme s'ils n'étaient pas déjà morts de peur. On les a trempés, récurés, pelés, bouillis et poivrés – voilà ce qu'on a fait aux Bleus grâce au corps médical.

– Beaucoup de choses ont changé ces trente dernières années en matière de médecine, insiste M. Massey.

Aux yeux de Jubilee, peu de sujets sont aussi assommants que les traitements. Elle met de l'eau à bouillir pour la vaisselle. Alors que maman allait accoucher de Levi, Soidi avait dû appeler le Dr Eckles pour tourner le bébé dans le bon sens, mais à peine Levi était-il né que le Dr Eckles s'était mis à lui taper les fesses à tout-va pour qu'il inspire de l'air et arrête d'être si sacrément bleu jusqu'à ce que Soidi lui fasse remarquer que le bébé respirait tout à fait normalement. « Mon Dieu, ayez pitié, j'ai mis au monde un fantôme », tels ont été les mots du médecin. Et comment soigne-t-on un diagnostic pareil ? À cause des paroles de cet homme, les gens se sont cru tout permis – ils se sont mis à caillasser les Bleus pour voir si les pierres passeraient au travers, à les étrangler pour voir s'ils avaient besoin de respirer comme tout le monde, à les contraindre à vivre entre eux, à se couvrir afin que personne n'ait à supporter de voir la couleur de leur peau. Ils leur ont interdit de s'exprimer, de toucher quiconque, et surtout de se mettre en tête d'aimer qui bon leur semble.

Papa fait part de sa théorie sur le bleu. Pour lui, c'est comme les moutons, il y en aura toujours un noir parmi les blancs, ce qui ne fait qu'alimenter encore plus la discussion puisque chacun y va de son avis sur la question de savoir comment un article pourrait changer un destin aussi aléatoire. Et il y a deux fois plus d'avis que de personnes autour de la table.

Soudain, M. Havens se tient à ses côtés. Il lui ôte délicatement la lavette des mains, laissant glisser ses doigts entre les siens.

– Je vous en prie.

Elle saisit un torchon et lui adresse un bref coup d'œil. Il sourit dans le vide.

– Quelque chose vous amuse ?

– Je repense à ces petits renards, c'est tout.

Elle lui passe les assiettes et à deux reprises leurs mains se touchent dans l'eau savonneuse ; une fois elle est même certaine que le pouce de M. Havens s'accroche délibérément à son petit doigt.

Il fredonne doucement. Elle se tourne vers lui.

– Je travaille sur une ballade, déclare-t-il.

Il semble extrêmement absorbé par une assiette sale.

La chaleur rend les ongles de Jubilee gris foncé, ce qui signifie que ses joues doivent être violettes à l'heure qu'il est et ses lèvres bleu nuit. Les émotions fortes peuvent lui donner l'air d'être morte depuis dix jours. Et il lui paraît impensable qu'il la voie prendre une couleur de viande avariée : c'est comme si elle se baladait devant tout le monde la jupe relevée sans même essayer de la rabaisser. Elle devrait prendre congé. Au lieu de quoi, elle lui tend l'assiette qu'il vient de laver en lui indiquant qu'il reste des traces. Il récure l'assiette puis la remet à sécher, et une fois toute la vaisselle propre, il s'empare de la pile, immerge à nouveau le tout dans l'eau et recommence depuis le début.

– Ce n'est ni fait ni à faire, décrète-t-il, avant de se remettre à chantonner.

Lorsque vient l'heure de la tarte, il s'empresse d'aider maman à débarrasser et propose de faire le service en insistant pour que Jubilee s'asseye afin qu'il la serve en premier. Et plutôt que de s'installer sur la chaise vacante de l'autre côté de la table, il mange sa tarte debout à ses côtés.

Levi s'occupe du feu et maman retire sa valise à grand-mère qui vient de s'endormir avec sur les genoux ; elle tend le bagage à Willow-May pour qu'elle le vide. Papa et M. Massey ont abandonné leur conversation et Soidi les régale de toutes sortes d'histoires drôles sur le mari qu'elle a flanqué dehors.

– Vous êtes marié ? demande Willow-May à M. Massey.

– Moi ? Mon Dieu, non, personne ne voudrait de moi, mais Havens, lui, a une chérie. Il s'y connaît en amour.

La légèreté que pouvait éprouver Jubilee quelques instants plus tôt a désormais un goût de cendre.

M. Havens fait celui qui n'entend pas lorsque Willow-May lui demande si sa petite amie est jolie.

– Évidemment, répond à sa place M. Massey. Demande-lui de te montrer la photo qu'il a dans son portefeuille.

Willow-May assaille M. Havens pour qu'il s'exécute jusqu'à ce que Jubilee la somme de le laisser tranquille, et à cet instant M. Massey déclare « Il va l'épouser », en regardant Jubilee droit dans les yeux.

Papa félicite M. Havens, Soidi remplit les verres d'eau-de-vie et maman lui demande si la date est arrêtée ; M. Havens n'a pas l'air de savoir s'il doit continuer à fixer M. Massey ou serrer la main de papa ou se précipiter dehors. Il jette un coup d'œil à Jubilee et ouvre la bouche, mais avant qu'il ne puisse dire quoi que ce soit, elle saisit la lanterne et sort en hâte par la porte de derrière. Elle marche à grands pas vers la grange. Comment a-t-elle pu être aussi sotte ! Pourquoi s'est-elle laissée aller à penser à lui comme ça, pourquoi s'est-elle autorisée à croire qu'il pouvait éprouver quelque chose pour elle ? La cruauté des autres ne lui a-t-elle donc rien appris ? Pour lui, elle n'était que quelque chose de nouveau, c'est tout. Elle s'est ridiculisée ! Elle rentre au pas de course dans la grange, repère la cage de Thomas sur un tabouret près du lit, s'en empare et ressort aussi sec.

– Et toi, tiens-toi tranquille ! lance-t-elle à l'oiseau surpris tandis que graines et eau volent à travers les barreaux.

Et comme Thomas continue à battre des ailes, elle ouvre la cage, empoigne le volatile et déclare :

– Tu veux voler, eh bien vole, vas-y ! Vole, va-t'en, espèce d'imbécile !

Au creux de sa paume, Thomas scrute le ciel noir. Il n'a jamais été aussi vide. Jubilee s'affaisse par terre, le dos contre la cabane de bain ; elle éteint sa lanterne et pose Thomas près d'elle.

– Tu ne sais pas où aller ?

Rester seule, voilà ce qu'elle sait faire, voilà son destin. Lorsqu'on oublie ça, on se fait mal.

Thomas saute sur ses cuisses. Elle lui tend un doigt pour qu'il vienne s'y percher.

Havens

Les ténèbres sont si impénétrables que Havens ne voit pas plus loin que le halo de lumière jaunâtre de sa lanterne. C'est comme s'il avait un vaste plafond de cave obscure au-dessus de la tête et à chaque pas il a peur de dévaler le coteau, de tomber dans un trou ou de poser le pied dans un piège à mâchoire, mais il doit trouver Jubilee. Ce qu'il va lui dire, il l'ignore. Peut-être commencera-t-il par s'expliquer sur cette affreuse photographie de Betty.

Havens et Betty sont sortis ensemble cinq mois. Ils se sont rencontrés grâce à Massey ; Betty a été la copine de ce dernier pendant quelque temps et pourtant elle était tout sauf son genre de fille. Massey préférait d'ordinaire les musiciennes ou les artistes, des filles sexy au tempérament imprévisible, et Betty, avec son côté pragmatique, est plutôt du genre sténographe – elle croit aux listes, aux plans quinquennaux et aux coupons. Massey l'emmenait à des dîners ou des fêtes pour la laisser assise sur un canapé toute la soirée, et cela agaçait Havens au plus haut point. Si bien qu'un soir, il s'est permis de lui dire qu'elle méritait un compagnon plus digne d'elle. Il n'avait pas imaginé une minute qu'elle songerait à lui pour remplacer Massey. Havens a toujours éprouvé une certaine gêne avec les femmes, en particulier lorsque vient le moment de se déshabiller, mais avec Betty il s'était senti bien, voire même compétent. Elle lui avait récemment esquissé les conditions selon lesquelles elle lui permettrait d'aller jusqu'au bout et, à sa grande surprise, il les remplissait déjà, pour autant leurs ébats ne leur avaient pas semblé ni à l'un ni à l'autre mémorables, ça c'est sûr. Lorsqu'il avait appris son départ pour le Kentucky, elle lui avait suggéré de la photographier afin qu'il emporte un petit souvenir dans son portefeuille. Mais Havens n'avait pas arrêté de se trouver des excuses – la lumière était mauvaise, son objectif avait besoin d'être nettoyé, il n'avait plus de pellicule. S'il pouvait coucher avec elle, pourquoi rechignait-il à la prendre en photo ? Déterminé, il avait installé son Graflex, l'avait installée sur un tabouret et, horrifié de s'entendre, s'était exclamé : « Un petit sourire ! ». Puis il avait pris trois clichés coup sur coup, tous surexposés, il le savait. Il n'avait même jamais pris la peine de les développer. Sur le quai de la gare, Betty lui avait donc donné une photographie peu flatteuse qu'elle s'était fait faire par un autre photographe moyennant finance. La moindre des choses avait été de la glisser dans son portefeuille.

Après avoir contourné la maison, Havens fouille le jardin de derrière, il l'appelle doucement par son nom en entrebâillant les portes de la remise et de la cabane de bain, mais il n'y voit goutte dans aucun des deux cabanons et n'entend que la rumeur aiguë des insectes qui lui rappelle que la nuit est le royaume de la faune. Jubilee pourrait très bien se trouver à deux pas de lui ; il ne s'en rendrait même pas compte.

En allumant une seconde lanterne dans la grange, Havens s'aperçoit que le pic flamboyant a disparu. Il ne peut se résoudre à se coucher. Il se plante donc sur le seuil de la porte et attend. Chaque bruit le met sur le qui-vive : ça pourrait être elle. Jusqu'au dernier moment, il espère que la lanterne qui s'approche lui appartient.

– Je n'aurais pas dû parler de ta vie privée, pardon, dit Massey passant devant lui. Mais c'est sûrement mieux d'avoir percé l'abcès, pas vrai ? Jubilee aurait pu se faire de fausses idées sinon.

– Comment ça de fausses idées ?

Massey pose sa lanterne sur le bureau, déboutonne son col, ses poignets de chemise et parcourt ses notes.

– Le brave gars de la ville qui se montre tellement attentif : *voici votre part de tarte*, *laissez-moi me charger de la vaisselle*… une fille qui a été une cible toute sa vie pourrait bien commencer à te prendre pour son sauveur, c'est tout.

– Tu ne peux pas parler d'elle comme ça ; tu ne sais pas ce qu'elle pense. Tu ignores tout d'elle ! C'est toi qui te prends pour le sauveur !

Massey fait volte-face.

– Et depuis quand Levi pourrait déménager en ville pour poursuivre sa carrière musicale ? C'est pas tiré par les cheveux, ça ? dénonce Havens. Sauf que personne y a cru, donc mets-toi bien dans le crâne qu'on va rentrer avec ce que Pomeroy nous a demandé, et ensuite tu pourras peut-être faire un article sur le besoin de préserver la culture des Appalaches, le genre de truc qui excite les intellos de la presse écrite, mais c'est tout.

– Waouh ! Tout ça parce que j'ai parlé de Betty ?

Havens sort la photographie de son portefeuille et la fourre dans les mains de Massey.

– Tiens. Tu te sens tellement concerné par elle tout à coup. Prends-la !

– Ah, c'est à cause de Jubilee. C'est ça qui te bouffe.

Massey soupire profondément. Ils s'impliquent trop tous les deux avec les Buford, suggère-t-il. Lui s'attache vraiment à Willow-May. Ils devraient laisser leurs sentiments en dehors de tout ça, s'ils veulent être à la hauteur.

Havens n'est pas d'humeur à recevoir des leçons.

– Tu n'as rien compris ? Buford ne sera jamais d'accord pour ton article.

L'insolente assurance de Massey se dresse face à la colère de Havens.

– Je n'ai pas besoin de son accord. Levi me soutiendra.

– Pardon ? Est-ce qu'on était assis à la même table ?

– Sarah Tuttle va le convaincre de se mettre de notre côté.

Massey l'a rencontrée par hasard devant la poste et elle lui a demandé de l'aide. Elle lui en a dit un peu plus sur l'exclusion des Buford et des autres familles.

– Tu veux savoir comment on a empêché l'innocente Opal de se marier avec Boyd Gault ? En la forçant à épouser son oncle. *En la forçant.* Non mais imagine, être tirée du lit en pleine nuit, te faire traîner à travers champs pour épouser un de tes proches, et sous l'égide de monsieur le maire, nom de Dieu, pendant que la police détourne les yeux.

Tous les proches d'Opal, Bleus ou non, se sont vu interdire d'entrer en contact avec les habitants de la ville, ajoute Massey ; et en cas de désobéissance, même sur la base de simples rumeurs, les conséquences étaient immédiates.

– Selon Sarah, des descentes avaient lieu pour voir si chacun dormait bien dans son lit. Ces trois jeunes gens dont Jubilee t'a parlé, ceux qui ont disparu – c'était peut-être parce qu'ils étaient bleus ou peut-être parce qu'ils étaient célibataires, convoités et qu'ils sont allés pêcher en dehors de leur mare. Donc aujourd'hui, ça se traduit comment si tu es bleu ? Soit tu épouses ton ignoble oncle Eddie, soit tu disparais mystérieusement, ce qui risque d'arriver à Levi, comme le redoute Sarah, si personne n'intervient.

Consanguinité et enfants bleus : Havens imagine déjà comment l'article sera reçu chez les gens du Midwest, les gens comme sa mère.

– Tu ne peux pas raconter leurs mariages endogames. Ils seront humiliés.

– Je ne vois pas pourquoi je ne pourrais pas en parler, si ça permet à Jubilee et Levi d'avoir une alternative. » Massey s'allonge sur son lit de camp. « Ce n'est pas parce qu'on révèle les choses qu'on démolit la vie des gens ; c'est parce qu'on les dissimule.

Après une pause, Havens déclare :

– Ce ne sera plus seulement de Ronny qu'ils devront se méfier ; tous ceux qui possèdent un appareil photo viendront ici et les harcèleront.

– Peut-être, concède Massey. D'un autre côté, plus les gens de l'extérieur s'intéresseront à cette famille, mieux ils seront protégés.

Havens éteint la lumière et se glisse sous les couvertures avant de les repousser d'un coup de pied. Une créature, trop bruyante pour être une souris, court le long du mur à l'extérieur. Après un long silence, il dit :

– Si Levi te donne son accord pour l'article, on n'aura pas besoin d'une photo de Jubilee.

Massey ne répond pas.

Il est pourtant réveillé, Havens le sait.

– Sauf si Jubilee y consent, je ne la photographierai pas, c'est aussi simple que ça.

Lorsque Havens se réveille, Massey lui a laissé un message : il est parti à Chance pour envoyer un télégramme à la FSA afin d'obtenir l'autorisation de prolonger leur séjour. Havens s'habille en hâte et expédie ses ablutions matinales avant de se mettre en quête de Jubilee. En fin de compte il ne croise que Buford et Willow-May. Sur l'herbe, la fillette incite une ribambelle de poussins à entrer dans un enclos de fortune confectionné avec pierres et branchages, tandis que Buford, vêtu de son éternelle salopette, fume sa pipe sous la véranda en lisant ce qui s'avère être les notes de Massey.

– Dans pas longtemps, vous cavalerez sur ce pied, lance-t-il en guise de salut.

Remarquant que la cage n'est plus là, Havens fait un commentaire sur le temps, ce qui provoque une réponse interminable de Buford sur les saisons, les cultures et les efforts que coûtent les deux.

– Un homme exploite peut-être ses terres mais il serait faux de croire qu'il les possède. Quarante acres peuvent vous mettre sur la paille une année et vous rapporter vingt, soixante, voire cent fois plus l'année suivante, et si vous traversez ce cycle autant de fois que je l'ai fait, vous finissez par vous demander si ce n'est pas la terre qui vous possède.

Buford fait allusion à la conversation de la veille.

– Vous vous souciez de nous, et je sais que ça part d'un bon sentiment, mais ce n'est pas aussi simple que de faire une valise. Comme mon père disait toujours, on ne peut pas échapper aux emmerdes.

En scrutant son champ, il pince ses lèvres avant de faire la moue comme s'il avait soudain mal aux dents.

– C'est vrai qu'on n'a pas grand-chose. Certaines années, on se retrouve avec peau de chagrin mais, à mon avis, c'est dans les villes qu'on est le plus pauvre. Je suis allé à Cleveland une fois. J'ai vu des jeunes types, en bonne santé et tout, travailler dans des cages à lapins, avec des andouilles au-dessus d'eux à leur donner des ordres, leur dire de travailler plus vite ; et encore ceux-là n'étaient pas les plus à plaindre. Ceux des usines qui ne font rien d'autre de la journée que de serrer un boulon sur une vis. Ça, c'est être pauvre. C'est pire pour un homme que d'être attelé comme une mule. Même si Levi se faisait embaucher, il ne survivrait pas à un truc pareil.

Havens déclare qu'il n'aime pas tellement les grandes villes non plus.

– Mais beaucoup de fermiers de l'Oklahoma partent vers l'Ouest et recommencent de zéro.

– Parce que vous croyez qu'il existe un endroit dans le monde où les gens s'aiment tous ? Si ce n'est pas à cause de la couleur de leur peau, on leur cherchera des crosses à cause du dieu qu'ils prient ou de la rive sur laquelle ils ont construit leur maison.

Comment Havens pourrait-il le contredire ?

– Massey veut que j'y réfléchisse encore, mais c'est tout réfléchi, poursuit Buford. Assurez-vous qu'il ne lui vienne pas l'idée de prendre les choses en main de son côté.

Pour clore le sujet, Buford propose à Havens de l'aider à installer la chambre noire. D'un groupe électrogène à essence à l'arrière de la maison, il tire un câble jusqu'au garde-manger et le branche sur la lampe rouge de Havens. Il est content de savoir qu'ils vont rester un peu plus longtemps, claironne-t-il.

– Ça fait du bien d'avoir des bras supplémentaires dans la maison, pour sûr.

Havens pousse les conserves qui encombrent le plan de travail et dispose trois bacs à la place : le révélateur, le bain d'arrêt et le fixateur.

– Je savais pas que la photo c'était comme la lessive, raille Buford, en observant Havens tendre des fils d'un bout à l'autre du réduit avant de se concentrer sur son boîtier Kodachrome. Buford déchiffre l'étiquette :

– « Magasin Kodachrome lumière du jour. » On dirait un truc qu'on charge dans un revolver.

Affolé, Havens lui prend le boîtier des mains de peur qu'il ne lise, imprimé sur le côté, le mot « couleur ». Et le lance dans le sac de son appareil.

Lorsque tout est prêt, Buford examine la scène.

– Tout cet équipement, ça doit pas être donné.

Il s'enquiert du prix d'un appareil et Havens lui répond.

– Je pourrais m'acheter un cochon et une demi-douzaine de porcelets à ce prix-là ! s'exclame le fermier.

– Je ferais peut-être bien de troquer tout ; si ça se trouve je serais meilleur berger que photographe.

Buford tapote son bras.

– Je parie que vous faites du bon boulot. Mais avec tout l'argent que ça coûte, ça m'étonne qu'ils vous envoient ici. Quel genre de photos ils veulent exactement ?

Havens est censé revenir avec des images des habitants de l'est du Kentucky et de leur quotidien, explique-t-il, et là-dessus Buford brandit les mains, paumes ouvertes, exhibant la crasse qui les recouvre comme son existence se résumait à cela.

– La terre, c'est notre vie.

Soudain, les yeux de Buford s'illuminent.

– J'ai une idée pour votre photo. Prenez votre appareil.

Malgré son pied encore enflé, Havens peut s'appuyer dessus et il emboîte le pas de Buford qui empoigne le trépied et s'élance cahin-caha comme s'il dansait un pas de deux avec. Le fermier s'arrête au fil à linge pour aider sa femme à étendre des draps. Ces deux-là triment du matin au soir et on pourrait croire qu'ils se contenteraient d'unir leurs forces pour accomplir cette simple tâche, au lieu de quoi on sent l'affection qui circule entre eux. Chargées de secrets et de désirs, leurs ombres sont plus gracieuses que des créatures célestes.

Buford entraîne Havens au-delà du potager, sur un coteau en pente douce où la vue s'offre à eux : à gauche une étendue de jeunes pieds de maïs vert tendre et à droite un bosquet de petits chênes vert-de-gris, aux feuilles scintillant dans la fraîche brise matinale. À leurs pieds, baignées de lumière, collines verdoyantes et vallées brumeuses se succèdent.

– La terre peut briser le dos d'un homme et elle est toujours là pour nous rappeler où nous finissons tous, mais elle nous nourrit et nous rend humbles. Et quand on trouve le bon endroit, elle nous récompense et nous laisse entrevoir un coin de paradis.

Havens fixe le Contax sur le trépied, cadre, fait la mise au point, mais lorsqu'il se détourne pour inviter Buford à regarder dans le viseur, le fermier est déjà reparti vers son champ. Contrairement aux portraits, les paysages naturels ne sont jamais statiques ; l'instant suivant paraît vite d'une splendeur encore plus spectaculaire et on a tôt fait d'oublier le précédent. Un seul nuage disperse la lumière et a le pouvoir de transformer la saison ; de faire remonter le temps même et de donner l'impression d'être à l'époque des premiers colons, voire avant. Les puissants vents d'altitude bouleversent la carte du ciel avec une telle facilité que les décennies défilent en quelques secondes pour céder la place à un futur triste. Havens songe à Betty. S'il l'épouse, elle s'occupera de lui, l'aidera, le supportera, et il s'en voudra de ne pas mieux l'aimer. *C'est quoi ton problème ?* Telle sera la question qu'il se posera tous les jours.

Les amis lui recommanderont une nouvelle voiture, son patron des vacances, le médecin un fortifiant. Sa femme suggérera une seconde lune de miel et il lui fera l'amour avec l'application d'un mécanicien penché sur un moteur. Quel remède peut-on prendre pour recouvrer l'appétit lorsqu'on est invité à un banquet ? À chaque anniversaire, chaque célébration à venir, il sera rongé par le désir d'être réellement l'homme qu'il prétend être.

Havens poursuit ses réglages mais un mouvement en lisière de forêt attire soudain son attention. Il braque son appareil vers la droite, refait la mise au point et voit Jubilee qui émerge du bois. Il lui fait un signe de la main ; elle continue à marcher. Il abandonne son matériel et court vers elle mais elle ne fait qu'accélérer le pas.

– Jubilee, crie-t-il en levant encore la main.

Il a beau veiller à s'appuyer avec modération sur son pied, la douleur se réveille et il chancelle.

La jeune femme s'immobilise et il agite le bras pour la rassurer et lui faire comprendre qu'elle peut continuer sa route.

– Vous avez besoin d'aide, monsieur Havens ? demande-t-elle en s'approchant, alors qu'il s'applique tant bien que mal à faire comme si tout allait bien. La froideur de son « monsieur » n'annonce rien de bon.

– Je n'ai pas regardé où je posais les pieds. » Il sourit, penaud. « Ça va.

– Papa vous a emmené dans son endroit préféré, je vois.

– Je regrette pour hier soir. Nous n'aurions jamais dû parler de ça, lâche-t-il.

Ce matin, elle a le bleu vif des œufs de rouge-gorge. Est-ce la température ou son humeur qui modifie son teint ? Il l'ignore, mais elle lui fait autant d'effet que le paysage spectaculaire qui s'étend à perte de vue derrière elle.

– Ce n'est pas moi qui l'ai prise en photo et je ne vais pas l'épouser.

Jubilee bascule le poids de son corps d'un pied sur l'autre et fixe les collines.

– Vous n'avez pas besoin de vous justifier sur votre vie privée.

Il devrait en rester là mais il a envie qu'elle le regarde encore une fois.

– On se tient compagnie, je crois, c'est tout, comme font les gens qui se sentent seuls. En attendant mieux.

Il se sent soulagé d'avoir dit cela, de lui avoir montré au moins une de ses facettes les moins respectables. Il n'a aucune envie de continuer de la berner maintenant.

Ils se taisent tous deux un instant, puis elle se tourne vers la maison.

– Bien, je vais vous laisser travailler.

– En fait, je pensais faire une pause.

Alors qu'ils cheminent ensemble pour rentrer, Havens s'enquiert de Thomas et de ses autres oiseaux : qui revolera bientôt ? Est-ce que le bébé chouette a réessayé d'ouvrir les ailes ? Et peu à peu elle lui répond avec moins de raideur. La conversation s'engage sur les oiseaux migrateurs et bientôt, elle lui propose de ressortir après le déjeuner.

Ils montent les quelques marches de la véranda et il trébuche maladroitement en lui ouvrant la porte mais s'empresse de la suivre dans la cuisine où elle retrousse ses manches et se savonne les mains. Elle le surprend en train de la dévisager.

– Vous avez pris votre petit déjeuner ?

– Et si c'était moi qui cuisinais pour vous cette fois ? Vous aimez l'omelette ?

Il choisit des œufs dans le panier et, pendant qu'il les casse sur le rebord d'un saladier, elle s'empare du jambon et en tranche deux bons morceaux. Même le plus insignifiant de ses mouvements le fascine : son poignet qui se tourne et révèle à l'intérieur une nuance de bleu encore plus douce, ses cheveux qui tombent sur une épaule, ou sa lèvre qu'elle mordille lorsqu'elle est concentrée.

Elle lui rappelle qu'il a une poêle sur le feu.

– Vos œufs.

Après avoir mis le couvert, il l'invite à s'asseoir. Elle commence à manger et à nouveau il ne peut plus la quitter des yeux. Elle prend un morceau de pain et l'enfourne dans sa bouche avant d'essuyer délicatement les miettes sur ses lèvres. Il s'oblige à détourner le regard. Saisit brusquement sa fourchette et avale une bouchée. Il fait la moue.

– Mais ils sont trop cuits ! » Il lui prend son assiette. « Il faut vraiment être bête pour ne pas savoir faire cuire des œufs, non ?

Elle sourit, lumineuse, et il se ravise : des œufs trop cuits, ce n'est pas si nul en fin de compte.

Pour éviter le soleil de midi, Havens se repose sous la véranda où la brise le rafraîchit un peu mais n'apaise en rien son impatience. Lorsque Jubilee a fini ce qu'elle avait à faire, elle vient le chercher. Hormis quelques pauses pour soulager son pied, ils passent l'après-midi à sélectionner des sites et à installer le Graflex. Elle reste derrière l'objectif presque autant de temps que lui, mais il n'arrive qu'à deux reprises à la persuader de prendre elle-même la photo : la première fois d'une cheminée envahie de vigne, unique vestige d'une petite maison qui, insiste-t-elle, ressemble à un vieux voûté, et la seconde d'un arbre drapé de toiles d'araignées qu'il a refusé de photographier.

– C'est effrayant.

– Non, ce n'est pas effrayant, c'est beau, plaide-t-elle, contemplant à travers l'objectif le gommier noir, comme prisonnier d'un énorme cocon qui en réalité a été tissé par des milliers de chenilles et non des araignées.

– Il ne faut pas se fier aux apparences, remarque-t-elle. C'est ça que j'aime ici.

Il n'a plus de pellicule mais ils s'arrêtent malgré tout pour admirer la nature et y voir toutes sortes de trésors imaginaires : pour elle, le champignon rond ébouriffé d'aiguillons se transforme en hérisson ; pour lui, la pente couverte de feuilles mortes ressemble à la cage thoracique en décomposition d'un géant. Ils tombent par hasard sur un carré de galax aux feuilles brillantes et épaisses, il se penche, en cueille un en forme de cœur et le lui tend : ni l'un ni l'autre n'a besoin de faire marcher bien loin son imagination.

Jubilee

Les hommes reviennent du garde-manger, M. Massey comme monté sur ressort.

– Ou bien vous êtes les gens les plus photogéniques qui soient, ou bien Havens est de retour au sommet de sa forme.

Il essuie la table d'un coup de mouchoir.

– Allez, Havens, montre-leur.

M. Havens croise le regard de Jubilee avant de disposer les clichés. Il a passé presque toute la soirée en bas pendant que tout le monde, ayant reçu pour instruction de ne pas le déranger car le moindre rayon de lumière aurait ruiné ses travaux, tournait en rond dans le salon en s'efforçant de ne pas regarder la trappe. Désormais chacun se précipite pour voir le résultat. Et un soupir général d'approbation parcourt l'assistance.

Jubilee a entendu dire que certains peuples primitifs refusent d'être photographiés parce qu'ils ont l'impression d'être dépossédés d'une partie d'eux-mêmes, mais en observant ces photos, elle aurait tendance à croire au contraire que M. Havens, au lieu de voler leur image, leur offre des versions essentielles d'eux-mêmes. Grand-mère semble en partance pour un long voyage, Willow-May est assise comme si elle était juchée sur une charrette de foin et maman a l'air résigné. Papa regarde hors cadre et il paraît fier, entouré de ses proches représentés comme il l'a toujours souhaité – c'est-à-dire non pas résumés à leur couleur bleue mais s'inscrivant dans un temps et un lieu donnés comme n'importe qui. Et la voici, tout en nuances de gris, ni plus claire ni plus foncée que les autres. Au lieu de tourner les talons comme elle avait l'intention de le faire, elle triture le bouton de son chemisier, lèvres pincées pour retenir son sourire, et avec une admiration censée rester secrète elle fixe l'homme devant elle.

– Pourquoi tu fais cette tête, Juby ? proteste Willow-May.

Jubilee passe la main par-dessus l'épaule de sa sœur pour placer la photographie de papa et maman au-dessus du portrait de famille.

– Tu devrais faire encadrer celle-ci, maman.

– Tu as épousé un sacré bel homme, tu as vu ça, Glad ?

Papa plisse les yeux, examinant le cliché sous plusieurs angles comme si l'on venait de lui présenter son jumeau depuis longtemps perdu de vue ; puis il donne une petite tape sur le derrière de maman.

Celle-ci riposte d'un coup de torchon et aussitôt papa se laisse tomber au ralenti à genoux avant de rouler sur le dos, faisant mine d'avoir reçu un coup de poing.

– Arrête, Delbert, je viens de te laver ta chemise, le sermonne gentiment maman.

Papa fait rarement le clown.

Levi aussi met de côté sa morosité et interroge M. Havens sur le développement d'une photographie. Celui-ci lui parle de la sensibilité de la pellicule à la lumière, et l'invite à descendre dans le garde-manger quand il le souhaite pour lui faire une démonstration. Tandis qu'ils échangent, leur différence de couleur de peau semble complètement oubliée. Lorsque M. Havens croise à nouveau le regard de Jubilee, là aussi le bleu est absent.

Si papa avait l'habitude de recevoir des cadeaux, il se serait montré plus affable envers M. Havens. Mais pour lui les photographies ne peuvent que faire l'objet d'un troc. Aussi, il offre à M. Havens sa pipe en corne, l'une de ses quelques précieuses possessions, que M. Havens s'empresse de refuser.

– Ces images sont le moins que je puisse faire pour vous remercier de votre hospitalité.

– Vous avez rendu un grand service à Havens, intervient M. Massey. Il n'a rien produit d'aussi bon depuis des années.

– J'avais besoin de la bonne inspiration, je crois, c'est tout.

Alors que chacun examine à nouveau les photos, Havens s'autorise à la regarder.

Elle devrait faire autre chose que soutenir ainsi le regard d'un homme. Elle se connaît à peine elle-même.

– Si c'est comme ça, déclare papa en rassemblant les clichés, vous devriez en prendre plus tant que vous êtes là.

Il dispose chaque prise de vue sur le manteau de cheminée et tout le monde s'assied en cercle sur des chaises comme si les images allaient s'animer et se mouvoir parmi eux.

M. Havens incline la tête vers elle, et étale une nouvelle série de photos sur la table : Thomas sur la balustrade de la véranda, son aile blessée ouverte tel un éventail ; les renardeaux faisant des cabrioles ; un portrait de papa duquel émane une puissance biblique. M. Havens a fait de son monde une histoire : telle photo pourrait être la première page d'un roman, telle autre l'avant-dernière au moment où le lecteur brûle de savoir comment tout cela va finir.

– À quoi pensez-vous ?

Elle se tourne vers lui, admirative. Elle voudrait qu'il photographie son existence sous toutes les coutures, pour qu'elle puisse la voir avec ses yeux à lui, qu'elle puisse comprendre ce qu'il en pense. Ces photographies n'ont rien à voir avec celles de la grande ville grouillante d'activité ; Jubilee ne connaît pas la vie urbaine donc elle ne peut pas comparer avec la réalité, mais ces lieux et ces êtres incarnent le Kentucky, ils font partie intégrante de son être, et à travers la manière dont il les a photographiés, on perçoit ce qu'il ressent par rapport à eux. Par rapport à elle, même.

Content de la réaction de Jubilee, M. Havens souffle :

– Elles sont à vous.

Mais la jeune femme secoue la tête.

– Il faut que vous les gardiez.

Ainsi, elle s'inscrira dans une histoire qu'il n'oubliera jamais.

Depuis qu'il a arrêté de composer et de jouer de la guitare, Levi reste souvent seul ; il s'occupe dans la remise et répare le toit avant l'arrivée de l'hiver. Papa travaille aux champs lorsqu'il ne s'emploie pas à faire un fermier de M. Massey qui, le reste du temps, écrit dans la grange ou va en ville. De son côté, Jubilee, toujours debout avant l'aube désormais, se dépêche d'accomplir ses tâches ménagères le matin pour pouvoir ensuite emmener M. Havens dans les bois. Chaque jour il marche mieux, et ils poussent toujours un peu plus loin. Même si M. Havens est quasiment rétabli, papa a refusé de les voir s'installer à l'auberge en ville et il n'a pas pu dissimuler sa déception lorsque M. Massey a annoncé, quelques jours plus tôt, qu'ils devaient avancer leur départ. Comme tout le monde a protesté lorsqu'il a suggéré de partir le week-end suivant, il a maintenant promis qu'ils resteraient pour la fête de Soidi, voire ne lèveraient le camp que le mardi suivant. Jubilee elle aussi a cherché à retarder leur départ en suggérant à M. Havens toujours plus de sujets à photographier, ce qui en fin de compte consiste à se poster quelque part – devant nids, terriers, et autres branches où les petits opossums dorment suspendus par la queue – en attendant que quelque chose se passe. Elle l'a emmené à deux reprises dans sa volière et il a photographié plusieurs fois chaque patient ainsi que son cabanon sous différents angles. Il s'est même intéressé aux objets qui à priori ne méritent pas d'être pris en photo – son pichet d'eau, le sac de graines calé contre la barrique, la clarine suspendue à la porte. Lorsqu'il a pris assez de photos, il ne semble jamais pressé de retourner à la maison ; elle non plus. Au contraire, ils observent les changements de lumière sur la prairie, échangent parfois quelques mots, ou laissent le soin aux oiseaux de jacasser. Ils s'amusent aussi à être le premier à reconnaître à qui appartient tel ou tel cri. Elle le laisse gagner de temps à autre. Une fois, en entendant un gazouillis particulièrement enthousiaste, ils n'ont pas su quoi dire ni l'un ni l'autre. Puis M. Havens a assuré qu'il comprenait le message et que c'était du morse ; lorsqu'elle lui a demandé de le prouver, il a proclamé : « Il y a dans ce pré une jeune fille intelligente qui connaît presque autant les chants d'oiseaux que le bel homme qui se trouve à ses côtés. » Alors elle lui a donné une petite tape sur le bras.

Aujourd'hui, elle l'emmène dans son endroit préféré, son coin secret où, lui promet-elle, ils verront peut-être apparaître des anges.

Un peu avant d'arriver, elle lui prend le trépied des mains et lui demande de fermer les yeux.

– Ne trichez pas.

Il plaque une main sur ses paupières et lui tend l'autre pour qu'elle le guide.

– Et maintenant, mesdames et messieurs, déclame-t-il d'une voix théâtrale, la belle jeune fille mène le pauvre type crédule au fin fond des bois.

Ce n'est pas facile de le faire avancer dans la faille et plus d'une fois il se cogne la tête à la roche.

– Désolée, dit-elle. On y est presque.

– Vous n'êtes pas vraiment désolée si vous riez.

Quelques pas de plus et ils n'entendent plus un bruit.

– Vous pouvez ouvrir vos yeux maintenant.

Il laisse échapper un grand soupir d'admiration face au spectacle qui s'offre à lui : il est cerné de parois de granit tapissées de vert avec au centre un bassin ambré assez grand pour accueillir un autel. Par temps de pluie ou au moment de la fonte des neiges, l'eau doit s'écouler sur la roche et les branches mortes mais dans l'immédiat, seule la lumière argentée du jour ruisselle.

– Voici mon église.

S'il existe un lieu plus propice pour qu'une prière soit exaucée c'est bien ici. *Ne peut-il pas rester ?*

Pendant que M. Havens installe son appareil, elle se débarrasse de ses chaussures et d'un pas léger s'avance jusqu'au bord de l'eau où elle scrute son reflet. La couleur de sa peau n'a rien de distinctif, en tout cas rien qui puisse rebuter quelqu'un – elle est en partie pierres, en partie feuilles, en partie taches de lumière. Elle effleure l'eau du bout du pied et son image se ride. L'espace d'un instant, elle rêve qu'il va la photographier mais lorsqu'elle fait volte-face, il est assis sur un rocher à quelques mètres de son appareil, comme s'il s'était disputé avec lui.

– Tout va bien ?

Elle n'arrive pas à déchiffrer sa singulière expression.

– Oui.

– Venez goûter l'eau !

Il sourit, mais ne bouge pas.

L'eau n'arrive qu'aux tibias. Jubilee ôte de la surface une fleur de rhododendron et quelques feuilles. De l'autre côté du bassin, M. Havens observe ses faits et gestes. Elle n'a jamais emmené personne ici, pas même Levi, et elle se demande si elle n'a pas fait une erreur car M. Havens commence à ranger son appareil.

– Je ferais mieux de rentrer, je crois, souffle-t-il comme elle s'approche.

Elle ramasse ses chaussures tout en essayant de dissimuler sa déception et il ajoute :

– Vous n'êtes pas obligée de partir. Restez, profitez-en.

Déjà, son matériel sous le bras, il se dirige vers la sortie.

Tout ce qu'elle a pu souhaiter en secret l'a rendue aussi fragile qu'une figurine d'argile. Elle ferait mieux de cercler des bottes de paille au lieu d'espérer qu'il reste pour voir l'histoire de sa vie. Quelques instants plus tard, il n'est plus là, et son refuge n'a plus rien de magique. À quoi bon rester cachée ? Elle s'empare d'une poignée de cailloux et fait voler en éclats ce satané reflet.

M. Massey n'est toujours pas revenu de la ville, Levi et papa sont chez Soidi pour l'aider à préparer sa fête et, maintenant que M. Havens s'est enfermé dans le garde-manger pour développer d'autres photos, Jubilee s'aventure hors de sa chambre. Elle s'y était enfermée la veille avant le dîner et elle avait passé la matinée à soigner un mal de tête fictif afin tout simplement de l'éviter. Willow-May a fini par convaincre maman et grand-mère de jouer aux cartes avec elle et elle insiste à présent pour que Jubilee se joigne à elles. Avec sa sœur, les règles changent à chaque partie.

– Je veux bien, mais si tu ne triches pas, prévient Jubilee.

– Tu râles parce que tu ne gagnes jamais, rétorque Willow-May.

Maman lit la feuille sur laquelle grand-mère note les scores.

– C'est grand-mère qui gagne cette fois, on dirait.

Willow-May saisit la feuille, additionne de tête, inscrit de nouveaux totaux et réprimande grand-mère, qui sourit et glisse discrètement une carte sur ses genoux.

Alors que maman distribue une nouvelle main, on frappe à la porte. Elles ont déjà entendu tambouriner à leur porte, on y a aussi donné des coups de pied et on a même une fois tiré dessus, mais jamais elles n'ont entendu frapper normalement. Elles se dévisagent toutes trois.

– J'y vais, propose Willow-May mais Jubilee lui ordonne de rester où elle se trouve.

Jubilee finit par aller ouvrir et elle doit s'obliger à ne pas refermer aussi sec : même rouge, en nage et les cheveux emmêlés, Sarah Tuttle est jolie et elle a choisi une belle robe pour venir les embêter.

– Qui est-ce, Jubilee ? lance maman.

Sarah pue la cigarette et déclare sans préambule qu'elle a besoin de parler à Levi. Ni bonjour ni excusez-moi, ni s'il vous plaît ni rien.

– Tu tombes mal, répond Jubilee.

Maman demande à nouveau qui c'est.

– Il n'est pas là.

Jubilee tente de fermer la porte mais la visiteuse se met à appeler Levi à tue-tête, et maman qui accourt se retrouve nez à nez avec elle.

– Tu n'aurais pas dû venir.

Maman jette un coup d'œil derrière par-dessus l'épaule de Sarah comme pour voir si elle est venue avec une armée.

Soit Sarah est tout bonnement mal élevée, soit elle n'est plus maîtresse d'elle-même.

– Je ne partirai pas tant que je ne lui aurai pas parlé.

– Vous n'êtes pas censés vous revoir donc si tu as quelque chose à lui dire, dis-le-moi et je verrai s'il faut lui répéter.

L'air renfrogné, Sarah déclare :

– Nous ne sommes pas tous pareils, vous savez. Nous ne sommes pas tous ignorants et nous n'avons pas tous des préjugés. Nous ne sommes pas tous d'accord sur la façon dont votre famille doit être traitée, et vous, plus que quiconque, vous ne devriez pas juger une personne avant de la connaître.

Il y a quelques années maman aurait probablement été outrée en entendant une chose pareille mais ce n'est plus le cas.

– Nous ne voulons pas d'ennuis, alors pars.

Elle regarde Sarah, déterminée à attendre le temps qu'il faut pour la voir déguerpir.

– Bah, les ennuis arrivent, que vous le vouliez ou non.

Là-dessus, Sarah rebrousse chemin à grands pas et maman regagne sa place. Jubilee l'observe s'éloigner un moment avant de s'élancer à ses trousses. Lorsqu'elle la rattrape, Sarah fume une cigarette et ne prend même pas la peine de lui adresser un regard.

– Ce n'est pas qu'il ne veut pas te voir, c'est qu'il a juré de ne plus le faire.

– Laisse-moi tranquille.
– Mais c'est mieux comme ça, tu ne comprends pas ?
Sarah fait volte-face.
– Mieux pour qui ?
– À quoi bon faire comme si vous pouviez être ensemble ? Arrêtez de croire que les circonstances peuvent vous le permettre, arrêtez de faire semblant. C'est dans votre intérêt à vous deux, non ?
– De faire semblant ?
Sarah tire à nouveau sur sa cigarette et fixe la fumée avant de se tourner vers Jubilee.
– Tu crois que j'ai choisi de tomber amoureuse de Levi Buford ? Tu crois que l'amour fonctionne comme ça ? Qu'on évalue toutes ses options et qu'on choisit la plus raisonnable ? » Elle jette son mégot et l'écrase du bout du pied. « Les gens donne cinq *cents* à la quête le dimanche et ils croient que ça leur donne le droit de donner des ordres au pasteur et à sa fille aussi : chante ceci, mets cela, va voir untel, prie pour celui-là, comporte-toi mieux que n'importe quelle autre fille mais ne fais pas ton arrogante. Levi est le seul avec qui je peux être moi-même, et j'ai beau me répéter de ne pas le faire, je ne peux pas m'empêcher de l'aimer.
Contrairement à Sarah qui parle avec assurance, Jubilee hésite et réplique à mi-voix :
– Avec le temps, tu oublieras ce que tu ressens.
Sarah perd patience.
– Dis à Levi que je l'attendrai chez Granger jusqu'à ce qu'il puisse venir. Ce que j'ai à lui dire va l'intéresser.
C'est précisément là qu'oncle Eddie les a repérés, s'apprête à répondre Jubilee, mais Sarah décampe. Avec une détermination intacte. Comment peut-on être aussi sûre de son amour ?

Havens

Havens aurait préféré ne pas assister à la scène, mais lorsqu'il se lève enfin et s'achemine vers la maison, Massey a coincé Levi sous la véranda. Plus tôt, Massey l'a tiré du lit en brandissant une liasse de feuilles : la version non encore définitive de son article sur laquelle il a travaillé presque toute la nuit. « Il ne manque plus que les photos », a dit Massey avant d'insister pour qu'il l'aide à obtenir l'accord de Levi. Obtenir l'accord, c'était son job, lui a rappelé Havens.

Dieu sait depuis combien de temps Massey s'y emploie, mais Levi semble désormais moins réticent à l'idée de se faire photographier, en tout cas comparé à la semaine dernière lorsque Havens a fait leur portrait de famille.

– Vous devez raconter votre histoire, ne serait-ce que par amour pour Sarah, implore Massey. Quel avenir pouvez-vous espérer tous les deux, sinon ? Une jeune femme moins déterminée aurait tourné la page et aurait trouvé quelqu'un d'autre, mais Sarah est une battante ; elle croit en l'avenir.

Levi se frotte le front.

– Mais si mon père avait raison ? Si votre article ne fait que prouver à la ville qu'on vous a empoisonné l'esprit ?

– Ce sont eux qui ont l'esprit empoisonné, rétorque Massey. Et on ne vous traitera pas mieux si vous continuez de vous taire. Personne ne viendra vous féliciter.

Levi cède.

– OK.

– Havens peut vous prendre en photo alors ?

– Je veux lire l'article avant qu'il soit imprimé, et s'il y a quoi que ce soit que je n'aime pas…

– Si quelque chose ne vous plaît pas, ça ne sera pas publié.

– Et papa devra le lire aussi.

– Entendu ! » Massey prend Levi par les épaules. « Mais attendons pour en parler à votre père que vous ayez donné votre accord sur la version finale.

Havens installe son appareil tandis que Massey approche une chaise, et Levi ne tarde pas à réapparaître soigneusement coiffé, affublé d'une chemise blanche trop grande et boutonnée jusqu'au cou ainsi que de bretelles. Havens préférerait le photographier près du châtaignier, mais Massey place la chaise devant la maison afin que celle-ci soit en arrière-plan, le fusil calé contre le poteau de la véranda, bien en évidence. Havens propose de photographier Levi avec sa guitare mais celui-ci refuse.

Une fois le trépied positionné, Massey demande discrètement à Havens de s'approcher et lui tend le Contax chargé d'une pellicule Kodachrome couleurs en lui faisant comprendre que Levi est d'accord.

Deux minutes plus tard, le calvaire est terminé et Massey serre la main de Levi comme s'il venait de gagner un concours. Alors que Levi s'apprête à rentrer, Willow-May surgit au coin de la maison, Jubilee sur les talons.

– Photos ! crie la fillette.

Massey la prend dans les bras, la pose sur la chaise et lui ébouriffe les cheveux.

– Une seule cette fois, fripouille.

Havens et Jubilee ne se sont plus parlé depuis leur sortie de la veille et la jeune femme évite son regard. À peine a-t-il appuyé sur le déclencheur que Willow-May se précipite vers sa sœur et secoue son bras comme s'il s'agissait d'une pompe à eau.

– Maintenant une de Jubilee !

On ne peut forcer personne à se faire photographier, explique Havens en dévissant son appareil du trépied, ce qui n'empêche pas Massey d'aussitôt s'avancer vers Jubilee pour l'inciter à s'asseoir sur la chaise. Mais la jeune femme proteste.

– Elle ne veut pas être prise en photo, je te dis !

Massey frappe dans ses mains pour balayer les réticences de Havens, prétendant que la lumière ne durera pas toujours comme s'il était expert en la matière.

Jubilee a perdu l'insouciance qu'elle avait lorsqu'ils étaient ensemble dans les bois ; elle se triture les ongles à présent.

– Ne soyez pas nerveuse, mademoiselle. Ça ne mord pas.

Massey se tourne vers Willow-May.

– Pas vrai, fripouille ?

La fillette offre sa poupée à Jubilee.

– Arrête de faire ta trouillarde.

Havens colle son œil sur le viseur du Contax, dans l'espoir que Massey arrête de répéter à Jubilee qu'elle est belle. Cela la met mal à l'aise. Havens se redresse.

– Il y a une ombre…

Il tend la main vers sa joue.

Massey se rue pour rapprocher la chaise, incite Jubilee à détendre ses épaules, à oublier qu'elle pose.

– Ne regardez pas l'objectif. Concentrez-vous sur quelque chose derrière Havens, faites comme s'il n'existait pas. Aucune femme n'a trouvé ça difficile jusqu'à maintenant.

Havens fait la mise au point. Jubilee fixe la poupée sur ses genoux, plus gênée que jamais.

– Allez, détendez-vous, lui lance Massey, ce qui n'arrange rien.

Elle se raidit, puis change de position.

Havens se passe la main dans les cheveux.

– Je crois qu'on devrait recommencer.

Massey propose à Jubilee de lui montrer comment s'y prendre. Prenant place sur la chaise, il croise les jambes, glisse une main derrière sa tête et lorgne vers l'objectif, la bouche en cœur. Willow-May glousse ; Havens grimace. Jubilee ne sait comment réagir.

– Je plaisante, voyons. Vous vous en sortez très bien.

Massey claque des doigts à l'attention de Havens.

Celui-ci observe derechef la jeune femme à travers l'objectif : elle lisse l'ourlet de sa jupe, croise les pieds, les mains, décroise les pieds. Pour finir, elle lève les yeux. Il ne supporte plus de la voir ainsi contrainte.

– Non, ça ne va pas marcher, décrète-t-il.

Elle prend un air grave.

– Ce n'est pas de votre faute, ajoute Havens.

– Bien sûr que non, ronchonne Massey. Elle est parfaite. Prends-la en photo, je te dis !

– Non, rétorque Havens. Avant d'ajouter à l'attention de Jubilee : Je regrette.

Elle bondit sur ses pieds, prend la main de sa sœur et s'empresse de rentrer dans la maison, le visage d'un bleu très foncé.

Massey reste bouche bée, puis :

– Tu rigoles ou quoi ?

– Ça ne fonctionnait pas. Elle était mal à l'aise, ça se voyait.

– Qu'est-ce qui te prend de te comporter comme ça ? C'est quoi ton problème ?

Massey se tape les cuisses, contrarié.

– Elle était là, prête et d'accord.

Mâchoires serrées, Havens rectifie :

– Non, elle n'était pas d'accord ! Elle était contrainte.

– C'était la photo qu'on voulait.

– Ce n'était pas la photo que *je* voulais ! » Havens serre les poings. Il a presque envie de jeter son appareil contre un rocher. « Je ne veux pas d'un truc pris à la va-vite pour le coller dans un article !

Masse brandit les mains en l'air, paumes ouvertes.

– Waouh ! Je ne savais qu'on visait Mona Lisa.

– On n'est pas tous sur terre pour changer le monde. Certains essaient juste de créer quelque chose de spécial, quelque chose d'unique.

Quelque chose qui lui convienne.

Massey croise les bras, bascule sur ses talons et fixe ses chaussures.

– Ces gens ont été tellement gentils avec nous, Jubilee m'a sauvé la vie, et qu'est-ce qu'on leur offre en retour ? On les exploite.

– On les exploite ? On fait un article sur eux qui va aider…

– Oh, ça va ! On pourrait au moins être honnêtes l'un envers l'autre par rapport à ce qu'on fait ici, non ?

Havens rassemble son matériel et s'éloigne d'un pas raide vers les bois.

Havens écarte des branches d'eucalyptus, poursuit encore quelques centaines de mètres sur le sentier, traverse le ruisseau scintillant et arrive enfin dans la prairie isolée, adossée à une autre colline boisée. Il se glisse sous la vaste frondaison parsemée de minuscules fleurs roses bourdonnant d'abeilles et avant même d'atteindre son cabanon en bois, il l'entend chanter. Comme la première fois qu'il était tombé sur elle par hasard, il se dit qu'il devrait signaler sa présence. Mais à nouveau, il n'en fait rien. *Pourtant, en venant ici sans y être invité, c'est comme si je violais son intimité*, songe-t-il, et il devrait rebrousser chemin, mais quelque chose en lui – une part plus faible qui en fin de compte domine chacune de ses pensées et chacun de ses actes – l'incite à avancer.

Les rayons du soleil matinal filtrent par la porte ouverte. Vêtue de sa robe en coton jaune pâle et de ses bottes de travail, Jubilee nettoie les cages des mésanges et des pinsons, et avant même qu'il ait le temps de se signaler, le pic flamboyant révèle sa présence en poussant un cri d'avertissement.

Elle fait volte-face, main en visière.

– Monsieur Havens.

Il a un blanc. Comment lance-t-on une conversation déjà ?

– Les patients vont bien ? lâche-t-il.

– Ils sont tous en voie de guérison. Mais personne n'a envie d'être photographié aujourd'hui.

Elle fixe son appareil et il s'empresse de le mettre de côté.

– Je suis venu m'excuser. Nous n'aurions pas dû vous demander de vous asseoir…

– Les photos, c'est plutôt pour Willow-May, coupe-t-elle, pas pour moi.

Ce n'était pas elle le problème, tente-t-il tant bien que mal d'expliquer, mais encore une fois elle l'interrompt.

– Hier, vous avez dit très clairement pourquoi vous ne preniez pas certaines photos.

Elle ne peut que faire référence à son refus de photographier l'arbre enrubanné de toiles d'araignées. *Mon Dieu*, songe-t-il, *à cause de moi elle s'est sentie laide.*

– Jubilee, non. Ce n'est pas du tout ça !

Le dos tourné, elle continue de garnir le sol des cages de papier journal propre.

– J'ai très envie de vous prendre en photo ! Je vous en prie, il faut me croire !

Dans son désir de rétablir la vérité, il lui explique à quoi sert le cadre, pourquoi chaque détail doit se mettre au service du sujet, lui donner du contexte.

– Quand j'ai regardé dans l'objectif, tout était de travers. Rien ne vous correspondait.

Elle fait à nouveau volte-face.

– Et au bassin hier alors ? Qu'est-ce qui n'allait pas avec le cadre ?

Havens baisse la tête, vaincu. Elle a raison. Dans cette nef, il a compris qu'elle faisait partie intégrante de la nature et vice versa, et que seul un cliché illustrant cette relation pourrait lui rendre justice. Est-il capable de l'admettre devant elle ? Est-il capable d'admettre qu'il a eu, oui, une folle envie de la photographier mais qu'en même temps il a compris que s'il capturait son image à ce moment-là, plus aucun cliché ne lui résisterait, qu'il se débarrasserait à jamais de ses propres échecs, de ses doutes et de ses manques ? Cet instant si sublime qu'il fût n'aurait été au service que de ses intérêts à lui : il n'aurait fait qu'exploiter la jeune femme. La montrer ainsi aurait fait d'elle son *oiseau rare*, sa conquête, son couronnement suprême, et elle était devenue beaucoup plus que cela pour lui.

Lassée d'attendre sa réponse, elle remplit les bols de graines.

– Je voulais vraiment vous photographier hier. J'ai toujours envie de le faire.

Elle ricane.

– Parce que vous regrettez maintenant. Vous voulez que j'aie l'impression d'être une fille normale, comme celle de votre portefeuille.

Il s'empare de son appareil et le lui tend, telle une arme qu'il jetterait à ses pieds en signe de capitulation.

– Prenez-le.

Elle grimace.

Il le lui fourre malgré tout dans la main.

– Allez-y, jetez-le par terre. S'il vous plaît, cassez ce satané truc.

Surprise, elle secoue la tête et dit :

– Je ne vais pas casser votre appareil.

– Je veux vous montrer ce que j'éprouve pour vous, pas seulement ce que je vois de vous. Si vous ne me croyez pas, je ne veux pas le garder. Je le casserai moi-même. Rendez-le-moi.

– Non, réplique-t-elle en passant la bandoulière par-dessus sa tête. Un sourire presque imperceptible illumine son visage.

– Je suis un imposteur, avoue-t-il. Tout ce que je sais faire, c'est mettre en scène l'ordinaire pour le rendre extraordinaire. Mais depuis que je vous ai rencontrée, depuis que j'ai passé du temps avec vous, je voudrais m'améliorer ou redevenir ce que j'étais avant. Être avec vous m'a redonné un peu de confiance en moi, et aucune fille normale, comme vous dites, ne l'a jamais fait.

La brise fait tomber sur ses lèvres violettes une mèche de cheveux auburn, sans réfléchir il tend la main pour la lui glisser derrière l'oreille. Et ose au passage lui caresser la joue.

Plus elle le regarde, plus elle semble s'éloigner de lui. Ils restent tous deux immobiles. On dirait qu'elle l'observe à distance. Soudain elle se dérobe et sort d'un pas léger. Il la suit mais elle caracole devant. Elle se retourne vers lui et colle l'appareil sur son œil ; il lui fait signe de s'arrêter. Elle recule. Il essaie à nouveau de la dissuader, mais ne fait que la motiver un peu plus.

– Oh, allez-y, prenez-moi en photo, c'est une façon comme une autre de casser ce satané truc.

Elle cherche le bouton et approche à nouveau l'appareil de son œil. Les deux poings sur les hanches, il lève le menton.

Il entend le déclic.

– OK, c'est cassé. On peut le jeter maintenant ?

– Encore une.

– Mais je n'ai plus de pellicule après.

– Elle n'est pas terrible.

Cette fois il adopte une pose ridicule de profil. Il ferait n'importe quoi pour la voir sourire.

Il se tourne vers elle ; elle s'est approchée d'un pas. L'appareil toujours collé à l'œil, elle ne le charrie plus. Les bras ballants, il se présente à elle tel qu'il est.

Elle baisse légèrement l'appareil et l'observe.

Il voudrait déboutonner sa chemise, ouvrir sa cage thoracique et lui montrer son cœur.

L'appareil est au niveau de sa taille désormais. Sous les yeux inquisiteurs de la jeune femme, la culpabilité et la honte de Havens se craquellent ; il se sent comme lavé jusqu'à l'os. Elle fait encore un pas, puis un autre, et il ne peut que rester pétrifié, à la regarder.

Il y a si peu d'espace entre eux maintenant que seuls le vent ou les rayons du soleil pourraient passer, et encore s'ils osaient. Havens perçoit son souffle, la chaleur de son corps. Les doigts de Jubilee effleurent les siens. Si délicatement. Les yeux braqués sur lui, elle ouvre sa paume, petit à petit. Elle frôle l'intérieur de sa main et il se penche vers elle. Elle pose l'appareil dans sa main et referme ses doigts dessus.

Elle murmure :

– Photographiez-moi.

Le souffle court comme elle, il répond :

– Non.

– Allez-y.

L'air est comme immobile. Tout est figé autour d'eux. À force, l'atmosphère s'est chargée d'électricité statique. Chaque particule invisible est électrique. Ils sont électriques. Havens pourrait rester ainsi toute une vie. Le genou de la jeune femme effleure sa jambe. Instinctivement et au mépris du bon sens, il enlace Jubilee par la taille. *Qu'est-ce que je fais ? Lâche-la.* Mais son bras ne lui obéit plus, sa main n'obtempère pas, son élan ne capitule pas devant la raison. Il l'attire contre lui. Il s'enracine dans le sol. Il la tient dans ses bras, mais il pourrait supporter le poids de plusieurs immeubles. Rien ne peut l'ébranler.

Si seulement tout le monde pouvait la voir comme je la vois.

Cette femme magnifique qui soigne les créatures tout comme les inconnus.

Elle se dégage doucement.

– Prenez-moi en photo.

Une main sur le cou, elle incline la tête et le regarde.

Il serait sans aucun doute plus facile de soulever un pont que de lever son appareil encore chargé d'une pellicule couleurs, cependant il s'exécute. Il regarde dans l'objectif ; un prisme de lumière bleue le saisit.

Il ne peut plus juger de ce qu'il regarde, et la couleur de sa peau n'a plus grand-chose à voir là-dedans. Une telle beauté immaculée donnerait envie à un homme de décrocher des arcs-en-ciel pour s'en faire un collier.

Au lieu de quoi, il doit presser sur le bouton.

Comment ne pas la décevoir ?

En entendant le déclic, elle sourit, rayonnante, et se tourne.

Il appuie sur le bouton.

Il appuie sur le bouton.

Il ignore la petite voix qui lui dit d'arrêter.

Il appuie sur le bouton.

Il ne peut plus s'arrêter de la photographier. Il paraît que Monet a peint Camille tous les jours, jusqu'à ce qu'elle rende l'âme. Havens comprend cette compulsion. En rentrant de la volière, Havens apprend que Massey est parti interroger des fermiers dans le vallon voisin, et il en profite pour troquer son Contax contre son Graflex, s'emparer de quelques pellicules noir et blanc et se dépêche d'aller retrouver Jubilee. Elle est assise sur la pierre blanche et plate au coin de la maison, de dos, un brin de lilas dans les cheveux. Elle parle à Willow-May. Il règle la vitesse d'exposition. En matière de photographie, Havens a toujours été un homme patient. Il ne l'est plus. Il ne peut attendre désormais avant d'appuyer sur le déclencheur. Il appelle Jubilee et elle plisse le nez en le regardant avant de se retourner vers sa sœur. Il appuie aussitôt sur le bouton.

Pas juste un, en vérité tous les clichés qu'il a pris jusque-là sont une mystification, comparés à ceux-là. Il n'a pas besoin de les développer pour savoir qu'ils seront uniques. Sans réfléchir, il photographie, chaque fois avec le sentiment de s'impliquer un peu plus au lieu de se cantonner au rôle de témoin. À un mètre d'elle, il photographie l'inclinaison de sa tête, sa main en action. Encore plus près, il fait un gros plan sur son coude, sur ses doigts écartés, s'arrête plusieurs fois sur sa natte défaite. Il ne prend plus le temps de faire les réglages, ne vérifie plus si la ligne d'horizon est droite. Ce n'est pas seulement elle qu'il photographie, c'est l'effet qu'elle produit sur lui. Lorsqu'il la prend en photo contemplant le soleil qui glisse sous la bande de nuages tel un rouleau de corde lumineux se déployant sur la prairie, il a lui aussi l'impression que la lumière le transperce. Lorsqu'il la prend en photo penchée sur sa chaussure dont la boucle est défaite, il sent se libérer quelque chose en lui et, chaque fois qu'elle le regarde, c'est comme si elle passait la main à travers l'objectif, contraignait le diaphragme à s'ouvrir, et laissait l'empreinte de ses doigts sur le cœur de Havens. Photographie après photographie, il la laisse faire. Ce qu'il immortalise, c'est elle en train de s'emparer de son cœur. Et la voilà qui s'assied, la voleuse, riant et rejetant ses cheveux en arrière, son cœur sur les genoux.

Jubilee

Après avoir à peine dormi, Jubilee quitte son lit dès les premiers chants d'oiseaux, s'habille en hâte dans la pénombre, attrape ses chaussures et sort en catimini, à temps pour voir la lune presque pleine disparaître derrière le sommet de la colline. Elle s'arrête près de la porte de la grange et, n'entendant aucun bruit, avance à pas feutrés sur la terre humide, jusqu'aux toilettes puis jusqu'à la cabane de bain.

En sortant, elle tombe sur Havens :

– Bonjour ! souffle-t-il.

– J'avais peur que vous ne dormiez encore.

– Non, je vous attendais.

Il lui sourit en lui montrant le panier d'œufs. Toutes les poules sont en colère après moi, ajoute-t-il. Elle dépose le panier devant la porte de cuisine et ils se dépêchent de rejoindre le chemin derrière la grange, où il lui prend la main et passe devant. Elle ne bronche pas. À le voir bondir ainsi, personne ne devinerait qu'il y a tout juste deux semaines et demie il était incapable de marcher. À mi-chemin, elle s'aperçoit qu'il n'a pas son appareil photo et propose de courir le chercher.

– Non, c'est juste nous cette fois, répond-il.

Au sommet, ils dénichent une pierre plate où ils peuvent tenir à deux et il étale sa veste pour qu'elle s'installe. Épaule contre épaule, ils observent l'horizon, liseré orange festonnant une crinoline bleu pâle. Ils ont beau s'être mis d'accord hier soir pour venir jusqu'ici, elle n'a plus envie que le soleil se lève. Qu'on installe un cadenas. Qu'on menotte aussi les mains du temps qu'il représente.

– Je ne veux pas partir. » Il serre ses doigts. « Comment vais-je faire pour quitter ce lieu et vous oublier, Jubilee Buford ?

– Je vais rester et vous oublier, moi. Vous ferez pareil.

– Votre tâche est facile, la mienne est impossible.

Elle a envie de lui raconter ce à quoi elle a pensé la nuit précédente : elle s'est imaginée vieille, lorsque les mites auront mangé son passé, certes elle ne se rappellera peut-être plus le nom de ses proches ou elle oubliera que les oiseaux lui mangeaient dans la main, mais le temps épargnera cet homme parce qu'elle l'aura caché au-delà de la mémoire, entreposé dans cet endroit qui ordonne au sang de circuler, aux poumons de respirer et aux yeux de se vider de leurs larmes.

Elle sort de la poche de son tablier un mouchoir qu'elle avait prévu de lui donner lorsqu'il partirait.

– Je vous ai fait un cadeau.

– Thomas ! Et en plein vol ! s'exclame-t-il en voyant le petit oiseau brodé sur un coin du tissu, et son sourire s'estompe, peut-être à l'idée qu'il partira lui-même bientôt.

– Je ne serai pas à la maison quand viendra l'heure du départ, déclare-t-elle. Ça sera plus facile ainsi.

Après un long silence, il dit :

– Nous pourrions nous dire adieu à la fête de Soidi. Enfin, si vous m'accordez une danse…

– Si ça ne vous gêne pas de vous faire piétiner les pieds.

Une étincelle illumine soudain l'horizon de silex et dans le brasier qui s'allume chaque lève-tard se métamorphose en turbulent troubadour. Tandis que toutes les créatures leur chantent la sérénade, ce qui ne peut exister entre eux devient une évidence.

Avant de rebrousser chemin, il lui demande de fermer les yeux. Et presse quelque chose dans sa paume.

– J'aurais aimé vous donner quelque chose de précieux.

C'est un appeau sculpté en forme de nid d'oiseau et attaché à un fil.

– Il fait un son un peu perçant, je le crains. » Il glisse l'instrument autour de son cou. « Essayez-le.

Elle porte l'appeau à ses lèvres et souffle : une longue et unique note pleine d'espoir censée voyager plusieurs centaines de kilomètres vers le nord.

– Est-ce que vous l'entendrez ?

Dans la lumière dorée, elle le regarde droit dans les yeux, bleue, pleine d'audace. Comme si jamais personne ne l'avait pourchassée, comme si jamais un homme de la bonne couleur ne l'avait assaillie par surprise. Elle se tient là, à ses côtés, d'égale à égal.

Il lui soulève le poignet, examine ses doigts et frotte du bout du pouce chacun de ses ongles bleu nuit avant de presser la paume de la jeune femme contre sa poitrine.

– Vous sentez ?

Elle s'envole dans les airs avant d'atterrir sur un pied, voilà ce qu'elle sent. C'est comme si elle courait à toute allure, se débarrassait de ses chaussures, comme si l'air lui brûlait les poumons. Comme si elle était à la fois brutalement réveillée et en plein rêve.

– Je ne sais pas comment faire, ajoute-t-il.

Ils restent immobiles pour apaiser la fièvre.

– Soignez-moi, murmure-t-il.

Elle écarte les doigts et appuie du plat de la paume sur son cœur. Laisse son front se poser contre sa poitrine, respire son odeur et ferme les yeux lorsqu'il lui prend délicatement la tête entre ses mains. Il lui caresse les cheveux. Pour finir, elle relève la tête et frappe du poing contre sa poitrine, d'abord doucement, puis plus fort.

Il lui prend le poing et l'embrasse. Ses doigts s'ouvrent et elle touche ses lèvres comme pour lire ce qui lui semble trop doux d'entendre. Il embrasse ces doigts qui lui imposent le silence et elle se hisse sur la pointe des pieds afin qu'il l'embrasse sur la bouche. Il n'est pas vorace. Il l'embrasse tel un homme qui mangerait l'ultime pêche de la saison, s'arrêtant à la moitié, avant de savourer le reste.

Maman vient à la rencontre de Jubilee à la porte de derrière. Jubilee sait qu'elle est en retard pour les tâches ménagères mais maman n'attend pas qu'elle ait terminé de s'excuser.

– Où étais-tu ?

Une fraction de seconde d'hésitation et maman lui tombe dessus.

– J'ai dit à ton père que c'était une erreur de te laisser passer autant de temps avec lui. Sans personne pour te chaperonner.

– Il ne s'est rien passé, maman. Nous sommes amis.

Comme si se lier d'amitié n'était pas la chose la plus énorme qui lui soit jamais arrivée.

– Un couple, c'est comme un attelage, il faut l'équilibrer, sinon il y a toujours une bête en reste, proclame sa mère. Tu ne nous as donc pas entendus ton père et moi le répéter à Levi ?

– L'amour, ce n'est pas comme deux mules qui tirent une charrue, maman.

Sa mère la jauge froidement, et trop longtemps.

– Ne va pas croire que cet homme t'aime parce qu'il s'intéresse à toi, Jubilee Buford.

Maman dit « aime » comme s'il s'agissait d'un clou rouillé sur lequel Jubilee était sur le point de marcher.

Havens

Dans le garde-manger, Jubilee se tient aux côtés de Havens tandis qu'il verse dans trois bacs différents le révélateur, le bain d'arrêt et le fixateur, en lui expliquant chaque étape.

– Tant que je peux dire quelles photos de moi il faut jeter, insiste-t-elle.

Même s'il est impatient de voir les images apparaître, il s'applique, plongeant soigneusement les feuilles et les laissant s'imprégner le temps nécessaire avant de les tendre à Jubilee pour qu'elle les suspende. Dans la lueur rouge, ils s'émerveillent devant les clichés de nature : les arbres efflanqués bordant le ruisseau, penchés l'un vers l'autre comme de proches parents à une réunion de famille ; la lune se levant de bonne heure au-dessus des cimes pointues des pins ; un wapiti mâle émergeant du brouillard matinal – Jubilee l'avait prévenu cette fois-là que ça vaudrait la peine d'attendre.

– Elles sont si bonnes !

Il n'a jamais pris de meilleures photos.

– C'est grâce à vous.

Faire des photos avec elle lui a permis de retrouver son désir premier. Il se dépêche de développer une nouvelle série, impatient de voir les portraits de Jubilee ; il devrait retirer ce qu'il a dit auparavant par rapport au fait que la photographie ment. Tout ce qui l'entoure semble s'étirer ou se pencher vers elle pour pouvoir entrer dans le cadre à ses côtés. Il faut rendre grâce aux montagnes qui donnent un ordre de grandeur et montrent à quel point Jubilee est délicate et déterminée. Les arbres se parent d'un lustre éclatant, comme pour être solidaires de la lumière qui émane de la jeune femme, les gouttes de rosée reflètent la sincérité de ses yeux. Il faut aussi remercier l'horizon. Un homme pourrait le parcourir d'un bout à l'autre de la terre sans jamais rencontrer une telle merveille.

Il examine chaque cliché.

– Je n'ai jamais fait de photos pareilles.

Mais elle ne réagit pas et il s'inquiète, jusqu'au moment où enfin elle dissimule son sourire d'une main.

Si vous pointez un rayon de lumière sur un prisme, il deviendra en se réfractant un arc-en-ciel, l'onde lumineuse bleue étant la plus petite, mais les photographies de Havens révèlent l'inverse : Jubilee est un prisme qui absorbe toutes les couleurs avant de renvoyer dans le monde une lumière blanche éclatante. Il désigne celle où elle lui tire la langue.

– En voilà un trublion !

Elle riposte en montrant du doigt la photo qu'elle a prise de lui à la volière.

– Et là, vous êtes tellement sérieux.

– Poser, c'est sérieux.

Elle demande si elle peut la garder et il lui dit de choisir aussi celles qu'elle veut parmi les autres. Pendant qu'elle les examine toutes, il se glisse derrière elle.

– Je vais revenir vous voir pour vous donner une chance de prendre une meilleure photo de moi.

Elle détourne le visage.

– Ah bon ?

– Bientôt. Avant que vous ne changiez d'avis sur mon compte.

Il saisit sa tresse d'une main. Elle reste immobile, ne lui dit pas d'arrêter, si bien qu'il tourne le poignet, attire sa tête à lui et se penche pour lui embrasser le cou. Elle sent les feuilles humides fraîchement tombées. Il a envie de faire ce que tous les hommes depuis la nuit des temps ont envie de faire avec une femme qui leur a ravi le cœur, mais elle est unique et il voudrait aussi la respecter. Elle n'est pas n'importe quelle femme. Mais rien à faire, il ne peut résister. Il passe donc un doigt dans le décolleté de sa robe et tire doucement sur le côté ; alors qu'elle bascule légèrement vers l'arrière, il lui embrasse le creux du cou, là où sa tension se concentre. Un léger frisson la parcourt, une profonde faille s'ouvre en lui. Les lèvres écartées pour qu'elle sente son souffle, pour qu'il goûte sa peau, il remonte jusqu'à son oreille, lui embrasse le lobe. Les bras de la jeune femme se détendent de part et d'autre de son corps. Il trouve sa main droite. Elle écarte les doigts et il y entrecroise les siens.

– N'oubliez pas ce qui nous appartient.

On frappe contre la trappe au-dessus de leurs têtes.

– Havens, tu es là-dedans ?

Ils se séparent d'un bond. Jubilee se dépêche de remonter les quelques marches tandis que Massey descend, agitant un télégramme. Il attend que la trappe se referme et proclame :

– On a une offre ! On nous propose même de faire la une !

Ce n'est qu'à ce moment qu'il remarque le fil de clichés suspendus. Il siffle.

– Ô mon Dieu, elle t'obsède maintenant.

Possédé, voilà ce qu'est Havens désormais. Dépossédé. Il ne contrôle plus ses fonctions vitales. Il appartient à quelqu'un d'autre – il suffit d'interroger n'importe lequel de ses orteils, de ses artères, de ses nerfs.

Havens arrache le télégramme de la main de Massey.

– Le magazine *Look* ? Ce n'est sûrement pas un article sur la discrimination et la justice sociale qu'ils veulent.

– *Look, Time,* le *New York Times, National Geographic*... Ils sont tous intéressés !

– *Look* ne cherchera qu'à choquer, insiste Havens, ayant encore du mal à croire que Massey ait pu ne serait-ce que contacter ce genre de publications.

– On veut être sûrs de faire la une et chez *Look* ils ont été les premiers à nous le garantir. Ça va nous permettre de faire bouger les autres.

Massey ne peut s'empêcher d'observer les photographies.

– Mais tu étais censé attendre qu'on rentre à Cincinnati. Tu ne devais pas envoyer de télégramme. Et si Buford en entend parler ?

– Qui va aller lui dire ?

Massey croise les bras.

– C'est une petite ville ! Les gens parlent !

– Eh bien, ça chauffe en ville et j'ai pensé qu'on ne pouvait pas prendre le risque de reporter la sortie de l'article.

Il lève les mains en l'air comme pour s'avouer coupable.

– Tu n'as pas encore donné d'exemplaire de ton article à Levi... Et s'il se rétracte ? Ou bien tu fais encore cavalier seul ?

– Qui d'autre va se bouger sinon ? Tu peux me le dire ? Parce que tout ce que je vois c'est toi dehors en train de prendre des photos… » Il désigne d'un large geste les clichés suspendus à sécher. « Des photos d'oiseaux éclopés et de petits lapins. Donc oui, j'ai pris l'initiative !

Havens s'avance brusquement vers lui et le fait reculer.

– On retourne en ville, maintenant, et tu vas envoyer un télégramme pour dire que l'accord est annulé.

– On ne peut pas annuler. Ils enverront quelqu'un d'autre ici pour faire l'article, c'est tout, et ils ne traiteront pas notre sujet comme il le mérite.

Havens est estomaqué. Tous ces nouveaux magazines savent maintenant où vivent les Buford.

– Alors il faut qu'on dise la vérité à Levi et Buford.

Massey baisse la tête.

– Ça ne changera rien.

Ce qu'il n'a pas besoin de préciser, c'est que le consentement de Levi n'entre plus en ligne de compte.

Havens s'empare de l'avant-bras de Massey et le secoue.

– Qu'est-ce que tu as fait, bon sang ?

Massey se dégage d'un coup et somme Havens de se calmer.

– Mon père s'est plaint nuit et jour d'avoir été exploité par les chemins de fer. Il s'est fait souffler des promotions une demi-douzaine de fois par des types moins qualifiés que lui, il ne se faisait pas payer ses heures supplémentaires, et il s'est blessé plus qu'à son tour sur son lieu de travail, mais quand le syndicat s'est organisé et lui a donné l'opportunité d'améliorer sa situation, est-ce qu'il a tenté le coup ? Non. Il n'a pas voulu faire de vagues. Merde, il n'a pas voulu faire grève. Un mois plus tard, il a été gravement blessé et il a dû s'arrêter de travailler pour toujours, et est-ce que la société a essayé de l'aider ? Qu'il aille se faire foutre, Benjamin Massey, voilà ce qu'ils ont dit.

– Ça ne m'intéresse pas tes discours !

En soupirant, Massey s'assied sur la première marche et se frotte au-dessus de l'œil gauche.

– Les gens ne voient pas toujours ce qui est dans leur propre intérêt, c'est tout ce que je veux dire. Ils se mettent sans cesse en danger tout en croyant ne prendre aucun risque, jusqu'au jour où… » Massey frappe du poing dans sa paume. « Boum ! Terminé.

– Lève-toi, on va trouver un moyen de corriger le tir !

Havens agrippe le bras de Massey et tire dessus pour que son ami se bouge.

Massey se libère.

– N'arrête pas tout. Je t'en prie. J'ai besoin de cet article. Je vais me retrouver à la rue à la fin du mois.

La nouvelle surprend Havens et Massey s'affale à nouveau sur la marche.

– Ne t'inquiète pas… ils ne vont pas se séparer d'un prix Pulitzer comme ça, mais sans cet article qu'est-ce que je vais faire ? Finir par travailler pour un fabricant de cartes de vœux ? Ou pire, comme mon vieux ? » Massey implore Havens du regard. « Je n'avais pas prévu cette histoire, mais elle nous est tombée dessus. J'aurais peut-être pu mieux m'y prendre mais est-ce que c'est vraiment si terrible de penser que cet article pourrait nous sauver la peau à tous ?

Havens s'empare de son Contax, dévisse l'arrière et, alors que Massey se lève pour l'en empêcher, il ouvre le boîtier et déroule la pellicule couleurs qui se trouve à l'intérieur, exposant ainsi chaque négatif à la lumière.

Lorsque Havens remonte, la maison est vide ou presque. Tout le monde est parti à la fête de Soidi, à l'exception de Gladden qui attend que sa tarte refroidisse. Elle indique le chemin à Havens, et celui-ci se met en route. Sans photographies, Massey n'a pas d'article mais d'autres se mettront en quête de Jubilee et Levi pour voir de leurs propres yeux, c'est vrai, et seule leur couleur de peau comptera. Bleue, comme s'ils se résumaient à cela.

Jeremiah Wrightley s'est installé devant la porte de Soidi pour accueillir les convives et Havens a beau dire clairement qu'il veut voir Buford au plus vite, l'homme insiste pour examiner son pied. Il inspecte donc la trace de morsure avant de remonter prestement sa manche pour montrer ses propres cicatrices, vestiges des morsures encore plus sévères qu'il a subies. Puis il présente à Havens deux jeunes hommes en pantalon gris, chemise grise et chapeau feutre assorti debout à ses côtés.

– Voici mes rejetons, Wyatt et Ransom.

Le plus baraqué des deux porte une minerve crasseuse. Il est question des circonstances dans lesquelles il s'est fait mal mais Havens prend congé, balaie du regard le salon et s'engage dans le couloir pour aller voir les autres pièces ; dans l'une d'elles deux enfants en bas âge sont étendus sur un lit tels deux manteaux abandonnés.

Lorsqu'il regagne la véranda, un certain Chappy vient d'arriver. Il pose son enjoliveur contre la balustrade, serre vigoureusement la main de Havens et lui présente sa grand-mère, sa tante et deux cousines. Havens ne pense qu'à trouver Buford mais la grand-mère déclare :

– Asseyez-vous, monsieur. Vous tiendrez bien compagnie à une vieille dame, n'est-ce pas ?

Dans l'idée de surveiller les allées et venues, elle rapproche le fauteuil à bascule de la porte et se met à narrer comment le père de Chappy s'est fait la malle pour épouser une traînée et comment sa mère, le cœur brisé, a succombé moins d'un an plus tard ; bref, sans la bienveillance du Seigneur, Chappy serait mort de faim.

– J'ai toujours dit que cet homme n'apporterait que des ennuis. Aussi insaisissable qu'une casserole grasse. Un type pareil, c'est encore plus vaniteux qu'une bande de filles qui se tirent la bourre à un concours de beauté.

Havens aperçoit Jubilee qui s'approche de la maison, un panier couvert dans les mains ; les pistons dans sa poitrine se remettent illico en branle. Elle porte sa robe blanche à manches courtes avec un ruban jaune autour de la taille et un châle blanc découvrant une de ses épaules. Elle a lâché ses cheveux. Légère, elle semble libérée de tout souci, comme si le danger lui était étranger. Ses bras, librement, se balancent et elle lève bien haut les pieds pour ne pas trébucher dans les herbes. Si soudain elle soulevait l'ourlet de sa robe et se mettait à tournoyer sur elle-même, il n'en serait pas surpris.

Elle salue Chappy et sourit à Havens qui lui ouvre la porte à moustiquaire. Il perçoit au passage le parfum mentholé de ses cheveux. Certes il faudrait qu'il trouve d'abord Buford mais il la suit malgré tout à l'intérieur où Levi s'est installé avec sa guitare, en compagnie d'un joueur de violon, d'un joueur de banjo et d'un joueur d'accordéon. Jubilee chuchote quelque chose à l'oreille de son frère et en retour il entame une mélodie. Ce qui commence comme une chanson d'amour heureux ne tarde pas à prendre une tournure triste.

Au lever du jour elle prend congé
lui donne en guise d'adieu
une mèche enrubannée, ils gravent leurs noms
dans le sycomore en bourgeons.
Je chanterai, je chanterai, ma voix traversera
les collines et les vallons

je chanterai, je chanterai l'amour épique
de l'alouette et du garçon si mélancolique.[1]

Le morceau suivant est plus entraînant et certains commencent à danser. Des femmes, l'air grave, prennent par la main des hommes qui, à les voir s'avancer, ressemblent plus à des mules en route pour labourer un champ qu'à des personnes sur le point de danser. Havens observe Jubilee : elle déballe son panier, salue Soidi et se déniche une chaise dans un coin. Même si elle évite son regard, elle attend qu'il tienne sa promesse, il le sait. Quel mal y a-t-il à remettre à plus tard l'annonce d'une mauvaise nouvelle ?

Havens fait le tour de la pièce mais, au moment où il s'apprête à l'inviter à danser, l'adepte des serpents la lui souffle sous le nez avant de la pousser dans les bras de son fiston à la minerve qui aussitôt l'entraîne au petit trot à travers la pièce, telle une pouliche qu'il aurait voulu débourrer.

C'en est trop pour Havens. Il s'interpose.

Sa main enlace le poignet délicat de Jubilee. Elle redresse le buste et lève le menton. Il la tient avec une certaine retenue d'abord comme il est d'usage lorsqu'une femme ne vous appartient pas, mais bien vite ils se rapprochent, sans plus cacher leur attirance l'un pour l'autre. Sa main descend au creux des reins de la jeune

1. *As morning breaks she takes her leave*
A ribbon 'round a curl gives she
Nevermore to meet, they carve their names
In the budding sycamore tree.
I'll sing, sing, my voice shall ring
Through the hills and the hollers too
I'll sing, sing, the true love song
Of the lark and the boy so blue.

femme et il l'attire vers lui tant et si bien qu'elle doit glisser une de ses jambes entre les siennes, et elle se colle même encore un peu plus à lui afin de sentir son cœur tambouriner dans sa poitrine. *À moi, ne serait-ce que le temps d'une danse*, songe-t-il.

– Ce n'est pas un au revoir, remarque-t-elle, glissant ses doigts dans les plis de sa chemise.

Comment peut-il lui annoncer la nouvelle alors qu'elle est tout contre lui, alors qu'il ne s'est jamais senti aussi bien ? Peut-être dansent-ils, mais peut-être est-ce la pièce qui danse autour d'eux. Les murs en bois semblent avoir absorbé les autres convives et le sol s'est ouvert : ils dansent dans les nuages.

Il baisse la tête, pose son menton sur le front de Jubilee.

– Je suis un homme si trouble, Jubilee, et vous êtes aussi pure que l'eau claire.

– Je suis une fille, c'est tout.

– Non, pas juste une fille.

Du bout du pouce, il caresse le dos de la main de la jeune fille.

– Je regrette, ajoute-t-il. Je regrette tellement.

Elle le dévisage et comme il ne dit pas ce qu'il regrette, Jubilee pose sa main sur sa nuque, le bout de ses doigts effleure ses cheveux, et lui descend encore la sienne dans le creux de ses reins. Chacun s'appropriant l'autre un peu plus. S'efforçant de s'imbriquer, de combler les espaces.

Il s'abandonne tellement au corps si proche de la jeune fille qu'elle doit répéter ce qu'elle vient de dire.

Elle sourit.

– Je crois bien que M. Massey nous prend en photo.

Havens regarde dans la même direction qu'elle et s'écarte. En embuscade dans un coin de la cuisine,

Massey baisse le Contax qu'il braquait sur eux, tourne les talons et fonce vers la porte de derrière.

– Restez ici, souffle-t-il à Jubilee avant de s'élancer à la poursuite de Massey. Tu n'as donc aucune vergogne ? vocifère-t-il.

Massey lui lance par-dessus l'épaule un regard noir.

– C'est toi qui devrais avoir honte !

Il remarque à cet instant Jubilee qui s'est précipitée aux côtés de Havens.

– Il vous a dit ce qu'il fait ici ? ajoute-t-il.

Jubilee devient gris ardoise.

– Je vous en prie, attendez-moi à l'intérieur, l'implore Havens.

– Qui profite d'elle là, hein ? accuse Massey. J'avais confiance en toi !

Il clame avoir pris les choses en main et poursuit :

– Je savais que tu ferais foirer quelque chose, mais tu sais quoi ? J'ai acheté une autre pellicule couleurs donc je n'ai pas besoin de tes photos parce que j'ai les miennes maintenant !

– De quoi parle-t-il ? demande Jubilee.

Massey brandit l'appareil dans sa direction.

Havens lui hurle de courir et elle détale, traverse la cour et s'enfonce dans les buissons. Havens se précipite sur Massey mais il entend soudain Jubilee crier. Il fait demi-tour, se fraye un chemin dans les broussailles et tombe dans une trouée sur Jubilee aux prises avec Eddie.

– Vous cherchez quelque chose ?

Même à un mètre de distance, Eddie empeste l'alcool et, à voir le pichet dans sa main, il est venu se mettre au calme pour profiter de l'eau-de-vie de Soidi.

– Laissez-la partir !

– Elle va danser avec moi, pas vrai, sale Bleue ?

– Ne l'appelez pas comme ça !

Jubilee tente de se libérer mais Eddie l'attire à lui.

– Les Bleus, ça aime bien la poigne, hein ?

Il ricane, avant d'ajouter à l'attention de Havens :

– Allez du balai, laissez-nous…

Havens lui flanque un coup de poing en pleine bouche.

Eddie vacille mais reste debout. Son nez pisse le sang. Il lâche un petit rire satisfait et se met à insulter Jubilee. Ni une ni deux Havens se jette sur lui et le renverse par terre. Alors que Havens ne songeait qu'à repartir aux trousses de Massey, Eddie lui enserre le cou mais Havens le repousse violemment en lui écrasant d'une main la mâchoire. Ils s'empoignent au sol jusqu'à ce que Buford et Levi viennent les séparer et, à peine sont-ils debout, qu'Eddie échappe à Buford et frappe Havens au menton. C'est comme si la tête de ce dernier explosait, il perd l'équilibre. Quelqu'un le soutient, lui répète que ça va, que tout va bien, mais ce n'est pas vrai, rien ne va, c'est de mal en pis, et le pire est encore à venir. Havens regarde autour de lui et repère Jubilee de l'autre côté de la trouée. D'un revers de main, il essuie le sang et la bave sur ses lèvres.

– Il faut courir après Massey et l'arrêter.

Buford s'efforce de calmer Havens mais celui-ci répète plus fort qu'il faut mettre la main sur Massey.

– Il a une photo de Jubilee !

– Comment ça ? fait Levi.

– Il a pris une photo couleurs de Jubilee et il va la vendre à un magazine ! Il faut l'en empêcher !

En entendant la détonation, Havens songe qu'une balle vient de faire le travail. Tout le monde se fige, sauf Eddie qui chancelle, s'efforçant de mettre un pied devant l'autre.

Buford, Levi et Havens regardent à travers les buissons pour voir de quoi il retourne : à cheval et armés, Ronny Gault et son comparse, Faro, crient à Levi de sortir de sa cachette. Massey est invisible. Havens se tourne vers Jubilee qui tient fermement son frère pour l'empêcher de sortir affronter son ennemi.

– Va pas dire que je t'ai pas prévenu, Buford ! lance Eddie, plus que content de lui.

Ronny s'arrête devant la grange et proclame :

– Levi doit venir en ville et se livrer à la police.

Soidi sort sur le seuil de sa porte.

– Et pourquoi donc ?

– Ce qu'il a fait à Sarah Tuttle est un crime. S'il se rend ce soir, il échappera peut-être à la corde.

Ronny se tourne vers les broussailles comme si Levi était une caille qu'il voulait débusquer.

– Qu'est-ce qu'il lui a fait ?

Buford émerge de la végétation.

Faro s'empresse de répondre :

– Il l'a engrossée de force.

Havens fait signe à Levi de battre en retraite dans les bois avec Jubilee, au lieu de quoi le jeune homme se rue à découvert, cible parfaite, et s'exclame :

– Sarah n'a pas dit que je l'ai forcée.

– Seulement parce que tu as menacé de l'égorger. » Le visage dur, Ronny ajoute : « Tu seras pendu cette fois, Levi Buford.

Levi s'approche de Ronny, le doigt pointé vers lui.

– S'il y a quelqu'un qui l'a forcée ici, c'est toi. Rien qu'à te voir, elle en est malade alors laisse-la tranquille.

Soidi revient dans la mêlée, cette fois armée de son fusil de chasse.

– Cassez-vous maintenant, les gars !

Alors qu'elle les met en joue, elle ajoute :

– J'aurai aucun mal à tirer sur l'un de vous deux. D'ailleurs, ça me fera même très plaisir, et peu importe si je risque la potence.

Ronny pivote sur sa selle pour lui faire face.

– Vous voulez que le shérif rapplique pour s'occuper de l'affaire ?

Elle tire en l'air une fois.

– Je ne gâcherai pas la prochaine cartouche, OK ?

Tandis que les deux garçons, sur leurs chevaux apeurés, s'éloignent de la maison de Soidi, Ronny lance par-dessus son épaule :

– Tu t'en sortiras pas cette fois, sale Bleu !

Havens part à la recherche de Massey et Soidi incite tout le monde à retourner s'amuser pour donner le temps à Buford de digérer ce qu'il vient d'apprendre. Mains sur les genoux, papa est plié en deux.

– Je ne te demanderai pas de nourrir une bouche de plus si c'est ce qui te préoccupe, tente Levi. Je vais trouver un plan.

Comme s'il reprenait ses esprits, papa lève la tête.

– C'est ce que tu as l'intention de dire à son père, que le plan c'est que sa fille se mette avec un…

– Un quoi ? » Le visage de Levi a la couleur d'un ciel avant une terrible tempête. « Un raton bleu ? Vas-y, dis-le, papa. Si ça peut te faire du bien.

Maman a l'air d'une vieille femme.

– Levi, s'il te plaît.

Papa plisse les yeux et incline la tête comme pour essayer de reconnaître un bruit lointain.

– Sarah pourra éclaircir tout ça, intervient Jubilee. Elle rétablira la vérité : personne ne l'a menacée ni forcée, et je suis sûre…

– Personne ne demandera quoi que ce soit à Sarah, coupe Levi.

– Il n'y a qu'une chose à faire, déclare papa. On ira dès demain matin parler au révérend Tuttle, et après on passera voir le shérif Suggins.

Havens, qui revient vers eux à grands pas, lance à papa d'attendre, mais celui-ci grimace et se détourne. Il n'a manifestement plus du tout envie d'entendre parler de ces hommes ; pour lui, ils sont redevenus des étrangers.

– Faut vous débrouiller maintenant, marmonne-t-il à Havens qui essuie son visage plein de sueur et déjà enflé là où Eddie l'a frappé.

Jubilee refuse de le regarder. Dans ses bras, elle avait espéré, tout en sachant que jamais ils ne pourraient vivre dans une jolie petite maison à flanc de colline. Tout ce qu'elle voulait, c'était conserver les souvenirs du temps qu'ils avaient passé ensemble, jusqu'à cette valse du Kentucky, mais on les lui avait pris aussi. Que lui reste-t-il désormais ?

Après avoir inspiré profondément, Havens déclare que Massey avance avec son article et qu'il posséderait une mystérieuse pellicule de photos en couleurs. Ce que Havens raconte semble à mi-chemin entre l'invention et la mystification.

– Un magazine a proposé de publier la photo en une.

La nouvelle ébranle papa encore plus que l'annonce de la grossesse de Sarah.

Levi est le premier à comprendre ce que cela signifie vraiment :

– Tout le monde va savoir qu'on existe et ils vont tous rappliquer ici.

Havens préférerait avaler une poignée de gros clous plutôt que d'admettre que Levi a raison.

– Pourquoi vous nous faites ça ? Pourquoi nous mettre dans une situation pareille ? » Les yeux de papa semblent pleins de larmes visqueuses.

– Pour se faire du fric, réplique Levi.

Mais s'il s'agissait de profit, Havens ne serait pas là devant eux à leur faire part de la situation. Il s'adresse autant à elle qu'à papa.

– Au début, il était question de faire un article, et j'ai suivi très égoïstement. Ensuite, j'ai voulu croire que ça pourrait vous être utile mais j'aurais dû parler plus tôt.

Havens explique qu'il a détruit la pellicule couleurs avec laquelle il avait photographié Levi, et qu'il ne savait pas jusqu'à maintenant que Massey en avait acheté une autre.

– Si cet article sort, ils vont venir ici comme des chasseurs de prime, et je ne veux pas qu'on vous fasse de mal, dit-il en la regardant d'abord, avant de se tourner vers Levi, papa et maman. À aucun d'entre vous.

– Bah, il est trop tard maintenant, déclare papa.

– Nous vous avons menti et c'est impardonnable. Je ne trouve même pas les mots pour vous dire à quel point je regrette ce que nous avons fait mais le plus important dans l'immédiat, c'est d'empêcher Massey de prendre le prochain train. Si on le rattrape, on pourra peut-être encore le convaincre de laisser tomber et ça vous laissera une semaine, ou même deux, avant que les journaux envoient des gens ici. Jubilee et Levi pourront peut-être trouver un endroit où se cacher.

– Je vais prendre la jument de Soidi et couper par le ravin, décrète papa en ordonnant à Levi d'accompagner Havens au fond du vallon et les femmes de se dépêcher de rentrer dans la maison.

– Je regrette tellement, Jubilee, murmure Havens. Tellement.

Elle ne peut demander à Havens ce qu'elle désire savoir par-dessus tout : n'y a-t-il rien eu de vrai ?

Havens

Havens est à peine assis que Levi secoue les rênes pour faire avancer le cheval. Il jette un coup d'œil derrière lui. Buford selle une monture et sa femme fait avancer ses filles et la grand-mère sur le sentier. Havens prie pour que Jubilee se retourne vers lui et comme par miracle, c'est ce qu'elle fait, brièvement. Cela lui suffit.

Après avoir quitté les terres de Soidi, Levi fait tourner la carriole pour traverser un fossé boueux et s'engager sur un chemin herbeux qui mène dans les bois. Sans ralentir, la voiture zigzague à droite à gauche entre les arbres, parfois sur deux roues. Si Havens ne baissait pas la tête, les branches basses pourraient très bien le scalper. Le cheval galope sur une piste si étroite qu'on peut à peine parler de piste en tant que telle, ce qui n'empêche pas Levi de secouer les rênes sur l'encolure de la bête. L'odeur de la transpiration de l'animal prend Havens aux narines et la carriole bringuebale tant qu'il semble extraordinaire qu'elle ne perde pas une de ses roues en route. Même là où le chemin est bordé d'un côté d'une paroi de granite et de l'autre d'un précipice, ils ne ralentissent pas. Ils filent sur la caillasse, Havens fait de son mieux pour rester assis tandis que Levi s'exclame qu'il aurait dû ouvrir les yeux plus tôt.

– Toute cette histoire qu'il m'aiderait à trouver du travail, c'était bidon, pas vrai ?

Les roues frôlent le vide à quelques centimètres près et Havens se voit déjà six pieds sous terre – il y aura un petit groupe discret à son enterrement, visualise-t-il brièvement, sa mère sanglotera un peu plus que les autres dans l'espoir de s'attirer du soutien, et ensuite autour d'une part de gâteau chacun regrettera qu'il n'ait pas publié plus de photos comme *L'Orphelin*.

L'étroit ravin débouche sur une prairie. Au loin se profilent trois maisonnettes en bois, flanquées d'un champ de tabac en pagaille et d'un petit troupeau de vaches apathiques broutant non loin de là. Havens interroge :

– Nous y sommes presque, non ?

Levi garde le silence.

– Je crois que je vais descendre maintenant.

Comme Levi l'ignore et poursuit sa route, Havens se penche, saisit les rênes et arrête brusquement la carriole.

– Il ne faut pas que vous ayez des ennuis ici. Vous feriez mieux de faire demi-tour et de prendre soin de votre sœur.

– Et vous laisser prendre les choses en main ?

– Vous n'avez pas beaucoup le choix, je le crains.

En descendant, Havens ajoute :

– Vous avez toutes les raisons de me haïr mais croyez-moi, je vais faire tout ce que je peux pour protéger votre sœur.

– La parole d'un homme de la bonne couleur ne signifie pas grand-chose, réplique Levi. C'est ma sœur qui a toujours tendance à voir le bien chez les autres, et elle a intérêt à ne pas se tromper en ce qui vous concerne. » Levi désigne des taillis épais. « La voie de chemin de fer est juste de l'autre côté. Longez-la sur quatre cents mètres et vous arriverez à la gare.

Havens s'élance, dans l'espoir de ne pas arriver trop tard. Peut-être Buford est-il déjà à la gare et a-t-il parlé à Massey ? Après plusieurs jours sans la moindre gêne, la douleur se réveille dans son pied. Il s'oblige à ne pas ralentir mais malgré ses efforts cela lui prend trop de temps pour atteindre son but. Il traverse les rails en clopinant, se hisse sur le quai et balaie du regard ce qui l'entoure. Aucun signe de Massey, ni de Buford, et quasiment au bout du quai se trouve un barbu tout de noir vêtu : le chef de gare. Havens court vers lui.

Il lui décrit physiquement Massey, mais l'homme le coupe et demande d'une voix traînante :

– Vous êtes un des types qu'étaient chez Buford ?

Havens confirme.

– Mon camarade a un appareil photo, vous n'avez pas pu le rater.

L'homme jauge Havens.

– C'est vous qu'avez été mordu par un serpent ?

– Je voudrais juste savoir s'il est venu ici et s'il a pris un train. Je vous en prie, c'est important.

– Buford vous a persuadé que c'est à lui et aux siens qu'on fait du tort dans tout ça, je parie.

Havens a bien du mal à dissimuler son impatience.

– Je suis photographe, monsieur. Personne ne me persuade de rien du tout.

– Ah bon ?

Le chef de gare sort sa montre à gousset et fait un redoutable bruit de bouche.

Massey aura dû acheter un billet. Havens s'élance vers le guichet ; au même instant, une femme sort de la guérite et ferme la porte à clé.

– C'est celui qui s'est fait mordre par un serpent, Verily, lance à celle-ci le chef de gare.

La femme au corps en forme d'entonnoir est plus que ravie de se présenter : elle est la sœur du shérif Suggins. Avant d'ajouter :

– Votre ami a bien fait de quitter la ville, avec les problèmes qui s'annoncent.

Havens peste par-devers lui.

– À quelle heure est le prochain train ?

– Quatre heures vingt demain, et ce sera le seul parce que c'est samedi.

Massey ne perdra pas une minute pour livrer son article, et Havens arrivera trop tard. Il se dirige vers la sortie. Il lui faut un autre plan. Il va consulter Buford, si ça se trouve il aura une idée. Peut-être y aura-t-il quelqu'un pour l'emmener ou lui prêter un moyen de locomotion.

Verily Suggins le rejoint en trottinant.

– Certains avaient beaucoup de sympathie pour Del et Gladden quand ils sont revenus s'installer en ville pour essayer d'avoir une vie normale, mais j'ai toujours dit que ça sauterait une génération et que ça serait pire avec leurs rejetons ; et maintenant regardez ce que ce Levi Buford a fait… s'en prendre à cette pauvre Sarah Tuttle. Quand on pense que c'est la mère de Sarah qui était le plus gentille avec cette famille. » Verily Suggins porte un mouchoir à sa bouche. « Ils sont sans pitié, ces Bleus.

– Manifestement vous ne savez pas de quoi vous parlez !

Havens se dégage de son emprise et s'enfuit dans Main Street, en espérant apercevoir Buford. Il est peut-être aller voir le shérif. Traînant la patte, Havens coupe vers la prison locale mais en remarquant le bureau de poste de l'autre côté de la rue, il change de trajectoire. Est-ce que Massey a promis l'exclusivité à *Look*, ou a-t-il choisi un autre journal ? S'il parvient à savoir ce qu'il en est, il pourra envoyer un télégramme qui arrêtera tout le processus, ou du moins lui donnera le temps d'aller en personne plaider sa cause.

Mais il est dix-sept heures passées et la porte est close. Havens regarde à l'intérieur. Le receveur est encore derrière le comptoir. Havens frappe et agite les mains. Le vieil homme met un temps fou à parcourir la distance qui le sépare du retardataire. Grand, élancé, barbu, avec un visage oblong aux traits irréguliers, il porte un costume gris qui serait parfait pour habiller un cadavre. S'il est surpris de voir un inconnu pénétrer presque de force dans son bureau avec de curieuses exigences, il n'en montre rien. D'une voix hésitante, à l'instar de quelqu'un ayant subi une attaque, il confirme que Massey est venu plusieurs fois à la poste ces derniers jours, et qu'il était là il y a moins d'une heure.

– Je sais qu'il a envoyé un télégramme… Je voudrais juste savoir à qui. C'est très important.

Le receveur se montre évasif.

– Écoutez, je sais que je vous mets dans une situation un peu délicate ; je vous demande de faire une exception à la règle, c'est tout. Nous collaborons au même projet, M. Massey et moi.

Il lui montre sa carte de la FSA mais cela s'avère inutile.

– Ça me semble une drôle de collaboration tout ça.

Havens décide de jouer l'honnêteté avec le vieil homme et lui avoue que Massey projette de publier des photographies d'une famille de Chance sans leur consentement.

– Tout ce que j'essaie de faire, c'est d'empêcher qu'on fasse du mal à des innocents.

– Je n'ai jamais rien eu contre Buford et les siens, réplique le receveur, articulant chaque mot laborieusement. Il y a vingt-cinq ans, la ville m'a chargé d'informer Buford que lui et sa famille n'étaient pas les bienvenus ici. À l'époque, je croyais faire ce qu'il fallait. Je pensais que ça éviterait qu'on fasse du mal des innocents. En réalité, j'avais tort. Ostraciser ces gens a porté préjudice à cette ville.

Havens sent son moral remonter.

– Oui, et maintenant nous pouvons les aider tous les deux.

Dans l'espoir de faire comprendre à l'homme qu'il serait temps de se montrer efficace, il consulte sa montre.

– Quand on pense que les jeunes ne savent même pas que ces familles vivaient ici, à Chance, autrefois ; qu'ils faisaient partie de notre communauté. » Le receveur glisse les pouces dans son gilet. « Et ce sont les plus jeunes les plus remontés. Quand on est jeune, se trouver un ennemi peut donner un sens à la vie, si tordu que ça puisse paraître.

– Dites-moi juste, s'il vous plaît, à qui le télégramme a été adressé.

Mais l'homme poursuit avec la seconde fois où il a dû aller parler à Buford.

– Le Dr Eckles avait juré de ne plus jamais mettre au monde d'enfants chez les Buford, bleu ou pas, et j'étais censé faire admettre à Buford que c'était une folie d'avoir une famille.

Le receveur marque une longue pause, avant de reprendre :

– On pense bien traiter son voisin, et Dieu sait comment on se retrouve à lui faire un tort terrible.

– Il a été envoyé à New York peut-être ?

Abattu, le receveur répète à Havens qu'il lui est interdit de révéler ce genre d'information, tout en parcourant cependant une pile de papiers dans une bannette métallique.

– Bon, excusez-moi un instant, j'ai quelque chose à faire à l'arrière.

Havens baisse le regard et s'aperçoit que l'homme a laissé de côté un télégramme. C'est l'écriture de Massey, et c'est à l'attention des bureaux du magazine *Look* à Des Moines dans l'Iowa. L'enfoiré !

ATTENDEZ POUR COUVERTURE FILLE BLEUE. EN ROUTE AVEC PHOTOS COULEURS.

Des parasites armés d'appareils photos et de carnets ne vont pas tarder à débarquer ici, impatients de faire d'abominables portraits d'elle ; peu importe ce qu'écrit Massey, elle sera considérée comme une bête curieuse, certainement pas comme une femme avec ses peurs et ses rêves comme n'importe quelle autre. Les lecteurs se jetteront sur les magazines pour se divertir à ses dépens. Ils se serviront d'elle ; à travers elle ils croiront agir contre leurs propres faiblesses, se consoler d'avoir un sort si incroyablement ordinaire.

Havens consulte sa montre. Il est une heure de moins à Des Moines : il y aura encore quelqu'un à l'éditorial. Il appelle :

– Monsieur, pardonnez-moi ? Je voudrais envoyer un télégramme, maintenant.

Le receveur tient déjà un formulaire vierge à la main.

Sans hésiter, Havens écrit : PHOTO FILLE BLEUE = MONTAGE ! NE PAS PUBLIER. EN ROUTE AVEC PREUVE.

Être tout bonnement accusé de publier une contre-vérité peut pousser n'importe quel journal respectable à mettre la clé sous la porte, et un nouveau qui essaie encore de s'établir et cherche toujours des annonceurs ne mordra certainement pas à l'hameçon. Le vieil homme est en train de taper le message et Havens d'évaluer ce à quoi il renonce pour obtenir cette victoire lorsqu'on frappe à la porte. Le visage de Chappy se colle à la vitre, les yeux exorbités et en panique.

– C'est Jubilee ! Elle a disparu !

Jubilee

En rentrant de chez Soidi, Jubilee préférerait filer à la maison mais maman décide de s'arrêter à l'endroit où l'on enterre les morts. Chaque fois que maman sent les soucis sur le point de la submerger, elle va voir grand-père, même s'il est six pieds sous terre depuis quinze ans. Depuis que quelqu'un a tenté d'exhumer la dépouille d'Opal et de filer avec, les Bleus ne sont plus enterrés avec les autres défunts. Ils sont à l'écart, près d'un arbre, sans qu'on sache vraiment lequel, sans tombe clairement indiquée et suffisamment loin du cours d'eau pour éviter que leurs restes ne soient mis au jour en cas d'inondation.

Grand-mère oublie presque tout mais pas où repose grand-père. D'un pas lourd, elle se dirige vers l'emplacement et lâche sa valise pour aider Willow-May à cueillir des fleurs sauvages pendant que maman, accroupie, parle à grand-père comme s'il allait se pousser pour lui faire de la place.

En matière d'avenir, même d'avenir proche, Jubilee se sent perdue. Pour les Bleus, le futur a toujours été une corde lâche, un filin auquel il est difficile de s'accrocher, sauf que maintenant la ligne s'est brusquement tendue et la question n'est pas d'atteindre l'autre bout mais bien plutôt de savoir ce qu'il leur réserve.

– Il faut rentrer à la maison, maman.

Celle-ci se lève, époussette sa jupe et, le regard dur, déclare :

– Ne va pas croire que tu n'as rien à te reprocher dans tout ça.

Piquée au vif, Jubilee réplique en reprenant les mots de Sarah :

– On ne choisit pas qui on aime.

– Tu feras comme nous tous et tu l'oublieras !

Un lourd silence électrique s'installe entre mère et fille, et maman se met en marche comme si elle tirait une stèle derrière elle.

L'oublier, a dit maman. Même après ce qui s'est passé, jamais elle ne pourra.

Dans moins d'une heure il fera nuit et ni papa ni Levi ne sont encore rentrés. Maman a ôté sa belle robe et, encore en train de récurer les sols pourtant déjà propres, demande à Jubilee pourquoi Levi prend tellement de temps pour revenir. Parce qu'il est parti retrouver Sarah, voilà ce que Jubilee croit, mais le dire ne ferait qu'inquiéter maman davantage. Elle préfère donc sortir et aller dans la grange. Elle défait le drap de sa paillasse et le presse contre son visage. Comment pourra-t-elle supporter ça ? Avant l'arrivée de Havens, sa peau bleue était le plus lourd fardeau qu'elle ait jamais eu à porter mais maintenant son absence lui pèse encore plus. Elle prend l'appeau autour de son cou et souffle, doucement d'abord, puis fort.

Chappy vient voir comment elles vont et, pour éviter que maman ne s'en prenne aussi à Willow-May, elle s'empare de trois pots en verre et suggère qu'ils aillent tous les trois attraper des lucioles. Au crépuscule, elles pullulent dans le bas du champ, quand la couche de nuages est épaisse et basse et quand l'air sent la pluie. Les couleurs se sont estompées à l'exception de Willow-May qui est si jolie avec sa robe bleu barbeau et son petit bonnet rouge. Sa petite sœur agite son bocal et s'enfonce dans les herbes hautes.

– Ne va pas plus loin, lui crie Jubilee.

– Mais je n'en vois pas.

La brise humide qui jusque-là soufflait sur les chevilles s'élève soudain vers les arbres, faisant frémir les feuilles, et aussitôt Jubilee comprend : quelque chose ne tourne pas rond. Un sifflement strident confirme son intuition, un sifflement pour avertir de leur présence. Elle fait volte-face et voit deux hommes surgir des fourrés et foncer sur eux. Elle s'élance à travers les herbes en hurlant à Willow-May de revenir mais rien n'y fait, on dirait qu'elles n'arrivent pas à se rapprocher l'une de l'autre, en tout cas pas aussi vite que Ronny et Faro qui déboulent à toute allure.

– Cours, Willow-May ! Chappy !

Elle est sur le point d'atteindre sa sœur lorsque des mains dans son dos la poussent par terre. Willow-May crie et Jubilee relève la tête à temps pour voir Faro saisir sa sœur et repartir vers le bois. Ronny tire Jubilee par le bras, lui ordonne de se mettre debout. Elle se redresse tant bien que mal et lui flanque un coup de pied, même si c'est en pure perte.

– Chappy ! Chappy ! s'époumone-t-elle pendant que Ronny l'entraîne dans le bois.

Elle continue d'appeler Chappy à tue-tête, Willow-May continue de hurler elle aussi le nom de sa grande sœur et dès qu'ils arrivent à couvert sous les arbres, Ronny lâche son bras, ce qu'elle prend pour un bon signe jusqu'à ce qu'il lève son fusil et tire vers le champ où Chappy s'élance vers eux, toute sirène hurlante.

– Non !

Jubilee donne un coup sur le canon alors que Ronny tire une nouvelle fois ; la détonation lui déchire les oreilles.

– Va chercher de l'aide, Chappy ! crie-t-elle.

– Et avec ça, y en a qui disent que les ratons bleus sont durs à chasser ! s'exclame Faro, cynique.

Tandis qu'il la traîne au cœur des bois, Ronny lui ordonne d'arrêter de se débattre. Faro marche devant, Willow-May dans les bras qui vocifère à pleins poumons, gigotant comme un ver pour se libérer. Elle fait tomber le casque de mineur qu'il porte sur la tête et quand il s'efforce de la maintenir tout en récupérant son couvre-chef, il lui tord le bras et la petite hurle de douleur.

– Tu lui fais mal ! Laisse-la partir ! crie Jubilee, se débattant de plus belle et injuriant Ronny. » Elle sent son appeau contre sa poitrine, le porte à ses lèvres et souffle aussi fort qu'elle le peut mais Ronny le lui arrache du cou et le jette par terre.

Willow-May continue à lutter contre Faro qui semble sur le point de la lâcher alors qu'elle a la tête en bas. Il affiche une folle expression de méchanceté et de plaisir mêlés.

– Laisse-la ! répète Jubilee à tue-tête. Elle t'a rien fait !

Ronny crie à Faro d'accélérer le pas mais il se laisse encore plus distancer.

– Elle me mord ! gémit Faro et pour finir Ronny lui donne l'ordre de la laisser partir.

– Cours, Willow-May ! s'exclame Jubilee mais au lieu de se sauver pour se mettre à l'abri la fillette se précipite vers elle. Non, rentre à la maison !

– Juby !

Ronny pointe son fusil sur elle en la sommant de déguerpir, et Jubilee se jette sur lui en criant à

Willow-May de rentrer. Une fois la fillette disparue, il ne reste qu'un silence assourdissant. Lorsque Willow-May arrivera à la maison, soit maman se lancera à leur poursuite, soit elle ira chercher papa, mais quoi qu'il en soit il sera trop tard.

Ils l'emmènent de force en courant à travers bois. Et lorsqu'elle refuse d'avancer davantage, ils la traînent, la font glisser sur une pente escarpée et rocailleuse. Rien ne les arrête, rien ne les ralentit, et elle cesse de résister. Mieux vaut qu'ils en finissent. Elle les suit en courant, telle une mule attachée à un cheval au galop, et ils avancent ainsi jusqu'à ce que les hommes, fatigués, se mettent à marcher, Faro en tête, la lampe de son casque de mineur éclairant le chemin.

Ils poursuivent ainsi leur route et arrivent dans une clairière. La lampe de Faro révèle un surplomb rocheux et plusieurs bâches qui dissimulent sûrement l'entrée d'une grotte souterraine. Jubilee entraperçoit des queues de ratons laveurs clouées à un poteau. Faro se tourne brusquement et le rayon lumineux de sa lampe éclaire un arbre non loin d'eux. Il lance :

– Alors, tu t'es pas encore pendu, sale Bleu ?

Levi, les poings liés, est attaché à une branche au-dessus de sa tête.

– Levi !

Son frère refuse de la regarder.

Faro s'approche tout contre son visage.

– Tu crois que tu peux tripoter une des nôtres et t'en sortir comme ça ?

Levi semble ne pas voir Faro : il regarde à travers lui, l'air absent.

Alors qu'une fine brume commence à tomber, Faro éclaire Ronny pour qu'il puisse attacher les poignets de Jubilee avec une corde. À la façon dont il la reluque, elle se sent comme un vieux pont branlant, un pont certainement pas prêt à supporter le poids de ce qu'il a en tête, mais maman répète toujours qu'il ne faut pas courber l'échine si bien qu'elle s'efforce de fléchir les genoux.

– On a donné une chance à ton frère d'avouer ses saloperies mais il veut rien savoir, alors on s'est dit qu'on lui apporterait un petit quelque chose pour le persuader de parler, ricane Ronny.

Faro, avec le bout d'un bâton, pique Levi qui essaie de lui balancer en retour un coup de pied mais perd l'équilibre.

– C'est vous les salopards !

Ronny se plante devant Levi.

– Si tu avoues ce que tu as fait à Sarah, ta peine sera moins lourde, mais si tu t'entêtes, toi et ta sœur, vous allez souffrir.

– Dis-leur ce qu'ils veulent entendre, supplie Jubilee.

Au lieu de quoi, Levi crache sur Ronny.

– Je n'avouerai pas quelque chose qui est faux.

La bouche de Ronny se déforme.

– Tu as fait de Sarah une traînée, dis-le !

– Et tu as voulu lui coller un diable bleu ! renchérit Faro.

Jubilee implore son frère :

– Levi, s'il te plaît, parle.

– Écoutez-moi ça, une ratonne bleue raisonnable.

Levi lance avec mépris à Ronny :

– Tu hais les Bleus mais c'est à une moitié de toi-même que tu devrais t'en prendre.

– Levi, tais-toi ! » Jubilee tente de négocier avec Ronny. « Laisse-nous partir et on n'embêtera plus jamais qui que ce soit. Vous ne nous reverrez plus.

Mais Levi éructe :

– T'as toujours pas compris qu'Urnamy Gault est pas ton père ?

Même les insectes deviennent silencieux.

– Hé, il vient pas de traiter ta mère de pute, là ? s'exclame Faro.

– Eddie n'est pas bleu mais il est des nôtres.

Malgré les injonctions de Jubilee, Levi poursuit.

– Donc, Ronny Gault, ça fait de toi un…

– Tu mens !

Ronny se jette sur Levi qui avec ses poings liés se défend tant bien que mal mais brasse plus d'air qu'autre chose.

Après tout ce temps, Faro pige enfin de quoi il retourne.

– Attends, il dit qu'Eddie Price est ton vrai papa ?

Tandis que Ronny hurle que les Bleus sont tous des menteurs, Levi le prend au mot :

– Si tu ne me crois pas, va demander à ta mère.

Ronny lui balance un coup de pied et Levi tournoie, titube et manque de s'étrangler avec la corde ; puis, Ronny ordonne de le détacher de l'arbre. Et les deux se déchaînent sur lui. Comme si quelqu'un d'autre était sorti de terre et criait à sa place, Jubilee hurle à pleins poumons.

Après avoir lié les chevilles de Levi qui est maintenant en sang, ils se tournent vers elle.

– Laissez-la ! gémit Levi, tentant vainement de se libérer.

Les anges détournent les yeux, les spectres retournent dans leurs tombes.

Les deux acolytes déshabillent Jubilee et jettent ses vêtements plus loin comme s'ils bazardaient des épluchures pendant que Levi tente de faire diversion, s'offrant en sacrifice tel un agneau.

– Défoulez-vous sur moi, bande de lâches ! Terminez ce que vous avez commencé !

Ce dont il ne parle pas, cependant, c'est de Sarah.

Les ténèbres deviennent des guenilles sur lesquelles Jubilee essuie ses larmes.

Ils ne la violent pas. Ils se contentent de la traîner par les cheveux jusqu'à l'arbre où Levi, gesticulant comme un fou dans l'espoir de toucher Ronny, la frappe par erreur. La douleur irradie dans sa mâchoire et elle tombe à genoux. Elle pose les mains par terre pour essayer de se redresser mais le sol bascule comme une assiette qui se renverse.

Lorsqu'elle reprend ses esprits, elle a du mal à se concentrer sur autre chose que cette douleur terrible. C'est comme si sa tête était prise dans un collet et pour apaiser les palpitations qui résonnent dans son crâne, elle cherche à soulever la main mais comprend qu'elle est attachée.

– Ils sont dégoûtants, déclare Faro.

– Pire que des porcs, fait Ronny.

– C'est plus fort qu'eux, c'est leur nature.

– Restez couchés là et réfléchissez à ce qui vous arrive. Tout est de votre faute.

Ronny s'éloigne dans le noir. La lampe de Faro tremblote, puis s'éteint.

Elle n'a rien pour se couvrir et ne peut pas bouger sans traîner derrière elle le poids d'un arbre.

– Il faut qu'on trouve mon pantalon. Mon couteau est dans la poche.

Levi est quelque part, tout proche. En essayant de dégager ses bras pour se tourner et le localiser, elle sent son souffle chaud sur son épaule. Ce n'est pas d'un arbre qu'elle cherche à se libérer, c'est de lui. Ils sont attachés ensemble, collés l'un à l'autre comme des chiens après l'accouplement.

Levi lève une jambe, puis un bras.

– Allez, avance avec moi.

Il s'efforce de les faire bouger tous les deux. C'est dur ; ils basculent d'un côté, de l'autre, mais ne font que quelques centimètres, leur cible restant désespérément à cinq bons mètres d'eux.

– Imagine que tu es ailleurs, dit-il, et ils se couchent, aussi immobiles que des étagères en bois.

Il bruine désormais.

– Pourquoi est-ce que tu ne lui as pas tout simplement dit ce qu'il voulait entendre ?

– Je ne vais pas avouer ce que je n'ai pas fait et je ne veux pas salir la réputation de Sarah.

Pourquoi ne comprend-il pas qu'il n'est plus seulement question de Sarah à présent ?

– Si Ronny découvre qui est son vrai père, tu crois qu'il nous traitera mieux ?

– Ça ne peut pas être pire.

– Mais il a l'honneur de sa mère à défendre maintenant.

– Ne pleure pas, Juby ; je vais arranger ça.

Il commence à tomber des trombes d'eau.

Havens

Buford, Wrightley et ses fils, Chappy et quelques proches, ainsi que Havens constituent l'équipe de recherche et, comme si leur nombre dérisoire ne suffisait pas, ils doivent affronter les ténèbres épaisses avec une lampe torche fatiguée. Ils fouillent les environs depuis deux heures lorsqu'il se met à pleuvoir et bientôt le déluge est tel qu'ils sont contraints de se mettre à l'abri en attendant l'aube. Havens ne supporte pas d'imaginer Jubilee dehors par un temps pareil et à chaque heure qui passe, il a de plus en plus de mal à s'accrocher à l'espoir qu'elle est quelque part au sec, sous la bonne garde de son frère.

Aux premières lueurs du jour, Havens fait à nouveau équipe avec Chappy qui ne ralentit jamais sauf lorsque Havens trébuche ou traîne, ce qui arrive trop souvent. Le terrain est boueux et le vent mordant, mais il ne pleut que faiblement désormais, et ils font avec.

– Juby ! crie Chappy, encore et encore.

Havens, les mains en porte-voix, appelle dans toutes les directions :

– Jubilee !

Mais ils n'entendent en retour que le crépitement de la pluie. Ils continuent d'avancer d'un pas lourd – Havens comptant sur Chappy pour savoir s'orienter – et clament à tour de rôle son nom dans la forêt silencieuse.

– Vous avez entendu ?

Chappy pointe une zone dans les bois en contrebas.

– Jubilee ?

Ils se laissent glisser dans la pente d'un talus et partent en courant entre des arbres lugubres et chétifs en direction du cri plaintif qui résonne, pour finalement découvrir ce qui ressemble au campement d'un vagabond. En apercevant Jubilee et Levi, Havens s'oblige à contenir sa détresse. Avec Chappy, ils se débarrassent de leurs vestes et les étalent sur les deux corps nus : à cause du froid leur peau est bleu acier. Havens s'agenouille devant Jubilee et lui dégage les cheveux des yeux.

– Ça va, ça va, Jubilee, tente-t-il de la rassurer, bien que rien ne soit plus faux.

Chappy détache Levi pendant que Havens, les doigts tremblants, libère Jubilee. La corde qui liait sa taille à ses chevilles a profondément marqué sa peau. Un goût métallique lui envahit la bouche, celui de la vengeance. Il la redresse. Ses lèvres sont noires comme l'encre et ses yeux sont cernés d'ombres violet foncé. Elle n'est plus qu'ecchymoses de la tête aux pieds. Elle reste muette lorsqu'il lui demande si elle est blessée ou si elle peut marcher ou s'il y en avait d'autres avec Ronny et Faro. Il s'efforce de trouver quelque chose à dire qui la fera au moins le regarder mais il ne fait que penser à une réalité seulement à moitié vraie :

– Vous êtes en sécurité maintenant.

Pendant que Levi défait les nœuds autour de ses pieds, Chappy commence à se triturer les mains et à se balancer d'avant en arrière ; puis il hurle soudain un bruit de sirène. Aussitôt, Levi le fait taire :

– Ils pourraient revenir !

Havens tend à Jubilee sa robe souillée de boue en évitant soigneusement de regarder la jeune femme, puis l'aide à enfiler ses bras gelés dans les manches de sa veste. Des images terrifiantes lui viennent à l'esprit. Il fait de son mieux pour les chasser, pour ne pas se laisser submerger ; il doit rester clairvoyant pour pouvoir lui être utile. Jamais jusqu'en cet instant, il ne s'est senti capable de tuer quelqu'un.

Après avoir remis avec difficulté son pantalon et ses bottes, Levi s'éloigne en titubant entre les arbres.

– Où tu vas ? articule Jubilee d'une voix rauque. Levi !

Elle a dû tellement crier pour appeler à l'aide, songe amèrement Havens. Il essaie de la soutenir, lui prend le coude, mais elle a un mouvement de recul.

– Laissez-moi et allez chercher mon frère.

Maintenant vraiment diminué à cause de la douleur dans son pied, Havens suit Levi mais s'aperçoit au bout d'une minute de la futilité de l'entreprise. Il revient vers Jubilee.

– Rentrons.

– Allez le chercher, je vous en prie.

– Il est déjà loin.

Havens extrait l'enjoliveur de la boue, l'essuie autant que possible et le rend à Chappy qui n'a plus l'air de savoir quoi faire avec. Havens passe son bras autour des épaules de Jubilee.

– C'est terminé maintenant.

Frissonnante contre lui, elle prend la main de Chappy en disant :

– Non, ce n'est pas terminé.

La première maison à laquelle ils arrivent est celle de Soidi. La femme ouvre la porte d'un coup et étreint furieusement Jubilee. Même fatigué et sous le choc,

Chappy repart aussitôt chez les Buford pour dire que Jubilee est saine et sauve.

– Levi est parti et il a mis le feu aux poudres en parlant du père de Ronny, dit Jubilee à Soidi.

– Oh, mon Dieu !

– Et maintenant il s'est fait la malle. Il faut lui mettre la main dessus et le ramener à la maison.

– Il est sûrement allé voir comment va Sarah. Je te raccompagne chez toi, et après je passerai chez les Tuttle, dit Soidi.

– Il est peut-être parti la retrouver chez Granger.

Soidi promet à Jubilee d'y faire un saut aussi.

– Ne t'inquiète pas, OK ? Levi sait faire profil bas quand il faut.

Havens approuve d'un hochement de tête, même si l'expression de Levi en disparaissant dans les bois laissait plutôt penser le contraire, et s'il est un tant soit peu dans le même état d'esprit que Havens, sa sécurité personnelle est sans aucun doute le cadet de ses soucis.

Soidi emmène Jubilee dans la chambre pour qu'elle se change et Havens s'effondre sur la chaise la plus proche, enlève ses chaussures et défait son bandage. Il tire sur deux ongles d'orteils noircis. Lorsque Soidi revient, il lui rapporte le peu qu'il sait, et elle scrute par la fenêtre le ciel encore menaçant mais qui s'éclaire par endroits.

– Gladden m'a parlé de l'histoire des photos.

Il s'attend à ce qu'elle lui crie dessus ; au lieu de quoi, elle lui propose un verre en ajoutant :

– Ce que vous avez fait est sûrement impardonnable, je ne dis pas, mais la plupart des gens s'arrête à sa couleur de peau. Et vous, vous avez compris qu'elle est hors du commun.

– J'aurais dû tout arrêter beaucoup plus tôt.

Ils se tournent en entendant gémir les gonds de la porte de la chambre. Debout dans l'embrasure, Jubilee porte une robe beaucoup trop grande pour elle, ses cheveux mouillés tombant sur ses épaules. Elle ressemble à une patiente pas du tout remise d'une opération majeure. Un sourire courageux s'esquisse sur son visage ; juste pour eux.

– Viens ici près du poêle, tu vas te réchauffer, et après on se mettra en route, dit Soidi. » Elle tend à la jeune femme un verre et lui frotte le dos. « Ils vont payer pour ce qu'ils ont fait.

Le menton de Jubilee tremble mais elle ne pleure pas.

– Ils ne m'ont pas… Ils ne m'ont pas touchée comme ça.

Havens ne peut cacher son soulagement.

Lentement sa peau passe du bleu marine à un gris bleuté, plus doux. Aussi pure qu'un ciel matinal, elle se tourne vers Havens.

– Est-ce que vous avez réussi à arrêter Massey ?

Havens a l'impression d'avoir un gros morceau de caoutchouc en guise de langue. Il secoue la tête.

– Mais il ne faut plus vous inquiéter à cause des photos parce que j'ai trouvé une autre solution.

– C'est-à-dire ? intervient Soidi.

– Je dirai à tout le monde que c'est un montage.

– Mais qui vous croira alors que votre ami a la preuve du contraire ? conteste Soidi.

– Ils refuseront la photo parce que j'ai ma contre-preuve.

Pour la première fois, Havens est sur le point de révéler la vérité sur *L'Orphelin*.

– Je suis en mesure de prouver une autre mystification.

Havens raconte comment un stratagème censé au départ lui permettre de ne pas perdre son boulot a engendré une image qui a tellement touché l'opinion publique qu'elle est devenue, contre toute attente et à son plus grand désarroi, le symbole des épreuves que le pays entier traversait. Comme l'a souligné un critique, jamais une photographie n'avait su faire aussi brutalement le portrait du désespoir de notre époque.

– J'ai proposé douze dollars à la mère du petit garçon et j'ai tout mis en scène.

Il avoue désormais tout ce qu'il avait gardé secret jusque-là, chaque détail abject l'un après l'autre : la mère qui au début n'a pas compris ce que voulait Havens et s'est pointée dans la ruelle derrière leur immeuble avec son fils, manuel d'école sous le bras, arborant vêtements propres, souliers cirés, cheveux coiffés. Pour convaincre la mère de le laisser porter ses guenilles les plus crasseuses et marcher pieds nus, Havens a inventé une histoire de costume, prétendant que le portrait était une sorte d'audition. Pour jouer Oliver Twist, a-t-il affirmé, et son gamin voulait vraiment décrocher le rôle, a-t-il renchéri, en barbouillant de terre le visage et les bras du petit gars avant de lui ébouriffer les cheveux et de lui recommander de prendre son air le plus triste. Havens l'a assis devant un grillage et lui a tendu un accessoire : une boîte de conserve de haricots ouverte. « Prends-en avec les doigts », lui a ordonné Havens. Il n'avait pas prévu le chien. La bête efflanquée est venue quémander un peu de nourriture tout à fait par hasard et pendant que le gosse lui donnait quelques haricots, Havens a appuyé sur le déclencheur. Et c'était la bonne.

– La mère de l'enfant n'a pas voulu d'argent pour finir. Elle m'a dit que si je pouvais prendre une photo de son fils avec ses vêtements propres et lui donner le cliché, ça lui suffirait. Je lui ai répondu que je reviendrais le lendemain et évidemment je n'y suis jamais retourné. J'ai toujours le cliché. Voilà ma preuve.

Il fournirait aussi l'adresse du petit bonhomme pour que les journalistes puissent aller demander à la mère de confirmer ses dires.

Havens se sent lavé. Alors qu'il s'attend à voir de la réprobation dans les yeux de Jubilee, il ne perçoit que sa sollicitude habituelle.

– Peu importera ce que Massey dira, même s'il affirme que c'est lui qui a pris la photo… mais ça m'étonnerait qu'il s'éternise sur la question. Personne ne voudra faire quoi que ce soit avec cette photo.

Jubilee prend enfin la parole.

– Vous allez perdre votre travail.

– Il y a pire.

Cela mettra fin à sa carrière. Cela pourrait aussi signifier la fin de toute possibilité d'emploi : après tout, qui voudrait embaucher un escroc ? Ce qui compte le plus à ses yeux, c'est que demain à la même heure les photographies de Jubilee seront au fond d'une poubelle.

La jeune femme insiste pour qu'il trouve un autre moyen, mais le mieux que puisse faire un homme coupable, intervient Soidi, c'est de se donner une chance de se racheter.

– Laisse-le faire ça pour toi.

Sur ce, elle s'empare de son chapeau et de son fusil et précise comment elle va s'organiser pour raccompagner Jubilee chez elle et emmener Havens jusqu'à la gare.

– Feriez mieux de vous dire au revoir pendant que je prépare le chariot.

Dieu sait à quel point Havens a envie d'enlacer Jubilee, de la serrer contre lui, de ne plus jamais la laisser partir.

Elle s'avance vers la fenêtre et Havens, immobile derrière elle, remarque son dos voûté. Il voudrait toucher la peau frissonnante à l'arrière de son bras. Il voudrait glisser ses mains sur ses épaules, ses bras, sa taille. Il voudrait embrasser chacun de ses hématomes. Il ne flotte entre eux qu'une mince couche de chaleur, pourtant cela constitue déjà un obstacle ; les particules de l'air elles-mêmes les séparent.

Jubilee inspire profondément comme sur le point de plonger sous l'eau et elle se laisse aller vers l'arrière, contre lui.

– Jubilee, je regrette tellement.

Il l'enlace, enfouit son visage dans ses cheveux.

– J'aimerais tant que vous restiez, souffle-t-elle.

Ils observent Soidi qui amène le chariot devant la maison et Havens la serre un peu plus dans ses bras, la berce.

Soidi siffle pour leur signaler qu'il faut y aller.

Jubilee consulte la montre de Havens.

– Vous avez encore quatre heures avant le départ du train.

Elle lui parle d'une cabane abandonnée derrière le cimetière.

– Je pourrais attendre avec vous.

– Vous ne pouvez pas ressortir. Il faut rester avec votre famille.

Elle se tourne pour lui faire face.

– Je veux être avec vous. Encore un tout petit peu.

– Vous venez de…

Elle presse ses doigts sur sa bouche.

– Si nous étions certains d'avoir des années devant nous, je vous dirais au revoir maintenant, mais s'il ne nous reste que ces quelques heures, non ?

Havens voudrait s'engager pour des années mais elle ajoute :

– Promettez-moi de me retrouver là-bas.

N'importe quel homme raisonnable insisterait pour qu'elle s'efforce tout de suite de l'oublier, mais cela fait longtemps qu'il n'est plus raisonnable. Il s'est perdu en elle. S'est égaré. Loin, très loin. Certes il ne sait plus qui il est, mais il ne peut rien lui refuser.

– Promis.

Jubilee

Papa, Jeremiah Wrightley et Chappy arrivent à la maison quasiment trois heures après le départ de Soidi et Havens pour la ville et durant tout ce temps maman n'a pas quitté d'une semelle Jubilee et Willow-May comme si un vent violent pouvait s'engouffrer dans la pièce et lui voler ses deux filles. Ils se regroupent tous devant la porte, sous la véranda ; on dirait que papa vient de perdre toute sa récolte à cause d'une invasion d'insectes et maman de comprendre qu'il ne lui reste plus que des chutes de cuir pour nourrir sa progéniture. Une fois que papa a fini de la serrer dans ses bras, de l'examiner et de l'interroger, Jubilee explique que Ronny est sûrement en train de se renseigner sur son vrai père, ce qui rend papa encore plus blafard. Les dernières lueurs dans les yeux de maman s'évanouissent et papa fixe les terres qui lui ont appris que les choses ne fleurissent pas, ne mûrissent pas aussi facilement qu'on le croit.

Jeremiah Wrightley déclare :

– Bon, ça ne va pas être commode avec Urnamy.

– Estil niera certainement tout en bloc et ça suffira peut-être, remarque papa.

Pour donner à son père un peu d'espoir, Jubilee annonce que Havens a changé ses plans pour contrecarrer les intentions de Massey.

– Ma pire erreur a été d'accueillir ces deux hommes chez moi.

Ignore-t-il que c'est beaucoup pour un homme de révéler ses mensonges au grand jour ?

– Il va perdre son gagne-pain, papa.

– Je ne veux plus jamais t'entendre parler d'eux, lui intime-t-il.

Avant que les hommes ne repartent chercher Levi, Chappy informe la jeune femme que son cousin Edgar a fermé sa station-service pour la journée et rassemblé des amis et des proches pour aller ratisser les collines ; Edgar était dans le 92e régiment d'infanterie, des soldats connus pour leur ténacité et leur endurance, lui rappelle-t-il.

– Personne ne peut se cacher bien longtemps avec Edgar, conclut Chappy.

Hormis la grand-mère de Chappy, Jubilee ne connaît pas très bien les autres membres de sa famille. Comme elle et les siens ont appris à le faire, comme tous ceux qui sont cibles de haine le feraient, ils vivent entre eux, et qu'ils participent aujourd'hui aux recherches pour retrouver Levi lui donne à réfléchir : ceux de la bonne couleur en ville n'arriveront peut-être jamais à leurs fins si les Noirs, les Bleus et tous ceux qu'ils estiment inférieurs à eux décident de ne pas rester « à leur place ».

Avec maman et Willow-May, elle rejoint grand-mère à l'intérieur. Le train va arriver dans moins d'une heure et maman insiste pour qu'elle mange ce qu'elle a devant elle. Après avoir avalé deux bouchées à la va-vite, Jubilee se dirige vers l'évier, son assiette à moitié pleine, annonçant qu'elle doit aller à la volière s'occuper de ses oiseaux.

– Après ce qui s'est passé, tu ne vas nulle part. Tu restes ici.

– Personne ne les a nourris depuis deux jours, maman.

– Ils peuvent se débrouiller.

Mais Jubilee saisit son voile et promet d'être de retour dans moins d'une heure. Elle se précipite dehors, et part en direction du chemin qui la mènera au plus vite à Havens. Discrètement, elle file dans la prairie du Vallon des Lucioles et vérifie bien qu'il n'y a personne avant de traverser le haut des terres de Jeremiah Wrightley. Pendant un bon moment, les arbres et les broussailles lui permettent de rester à couvert. Si elle court vraiment vite, elle peut atteindre en dix minutes le croisement qui mène au cimetière et au prochain bois qui lui permettra de se mettre à l'abri, sinon il faut qu'elle rebrousse chemin jusqu'au ruisseau pour passer par l'étang de Granger, ce qui signifie qu'elle n'arrivera jamais à temps à la cabane. Elle se voile et s'élance.

Dès qu'elle entend le moteur, elle fonce vers ce qui était autrefois la station-service, ouvre la porte de derrière, qui tient debout grâce aux toiles d'araignées plus qu'à ses gonds, et s'engouffre à l'intérieur. Une bande de corneilles, surprises, s'envole dans un épais nuage de poussières. Jubilee rampe sous le tas de bois, vestiges du comptoir, et tend l'oreille : le bruit du moteur s'intensifie. Le véhicule se rapproche, encore et encore, au point que Jubilee a presque l'impression qu'il va pénétrer directement dans le bâtiment. Rien ne lui semble plus terrifiant qu'une voiture dérapant pour s'arrêter. *Partez, je vous en prie, partez*. Le conducteur coupe le moteur. À l'affût, elle tente de distinguer des voix, des pas, quoi que ce soit signifiant que quelqu'un approcherait, et après plusieurs longues minutes, elle entend :

– Chut !

Ne respire pas. Ne bouge pas. Combien faut-il de temps à la poussière pour retomber ?

Dehors, sous la véranda, les lattes de bois craquent. Quelqu'un marche avec précaution. Marque une pause devant la fenêtre brisée. Murmure. Et soudain se précipite sur le côté du bâtiment. Puis silence surréaliste.

Tout à coup, les portes de derrière et de devant s'ouvrent en même temps et des bottes se ruent vers elle.

– Faut croire que vous autres les Bleus, vous comprenez jamais rien !

Ronny écarte une planche et empoigne le voile de Jubilee.

– Debout !

À ses côtés, Faro lance :

– Tu viens en ville pour te battre avec nous comme ton frère, ou pour nous dénoncer ?

– Ce fils de pute a été assez con pour croire qu'il pouvait venir en ville raconter à tout le monde que je suis le bâtard d'Eddie Price.

– Levi ne ferait jamais ça, proteste Jubilee.

– Tu m'étonnes. Plus maintenant.

Il y a quelque chose d'obscur dans ce que vient de dire Faro.

– Où est-il ?

Jubilee a beau les supplier de lui répondre, ils n'en font rien, si bien qu'elle les implore de la libérer.

– Laissez-moi partir, je vous en prie. J'ai un ami qui m'attend.

– Les Bleus n'ont pas d'amis, rétorque Faro.

Le visage renfrogné de Ronny s'éclaire soudain :

– Attends, tu veux dire le journaliste ?

Ronny et Faro échangent un regard.

– Elle va pousser ce type à écrire des mensonges sur toi et ta mère dans son journal, proclame Faro.

Nier ne change rien, au contraire.

– On peut y aller ensemble si tu veux, suggère-t-elle à Ronny. Il ne publiera rien sur toi, il te le dira lui-même.

– Va pas croire que tu peux négocier avec moi ! On n'est pas égaux !

Ronny l'attrape par les cheveux, la traîne à l'extérieur et l'oblige à monter sur le plateau d'une camionnette. Tick est au volant et Jubilee lui demande de l'aide mais il l'ignore et, sur l'ordre de Ronny, il démarre.

– On s'est débarrassé du premier et maintenant on va se débarrasser de l'autre, s'exclame Ronny comme la camionnette s'élance.

– Comment ça ? Qu'est-ce que vous avez fait à mon frère ? Vous lui avez fait du mal ?

Ronny hurle à Tick d'accélérer.

– Où est Levi ? Dis-le-moi !

Il doit bluffer. Ils cherchent à lui faire peur, c'est tout. Levi doit être avec Sarah quelque part.

– Il est né lâche, il a vécu lâche et il est mort lâche.

Si seulement Ronny était moins brutal.

Jubilee voudrait lui crier qu'il ment mais sa mâchoire se verrouille et son corps se fige soudain. Elle scrute son visage, puis ses mains ; ses doigts écorchés et maculés de sang. Il s'est battu. Elle voit ses coudes entaillés, son pantalon déchiré, son bras couvert de boue plaqué contre ses côtes. Des crépitements gelés résonnent aux oreilles de la jeune femme. Des larmes glacées lui inondent les yeux. Elle ne peut imaginer Levi, pas comme ils le décrivent.

La camionnette vient à peine de s'arrêter lorsque Ronny la pousse hors du plateau. Elle comprend vite qu'ils sont sur le chemin de graviers au nord de la ville. Ronny et Faro la traînent vers les rails ; elle ne comprend pas ce qu'ils disent. Elle ne sent plus ses pieds ni ses mains.

– Je crois bien que t'es la dernière des ratons bleus, déclare Faro.

Le sifflet du train retentit. Il ajoute quelque chose, mais elle est concentrée sur les bottes qu'il porte : elles sont vieilles et cirées, elles appartiennent à quelqu'un qui sait prendre soin du cuir, qui sait qu'il ne peut pas aller en ville s'acheter une nouvelle paire car personne ne veut vendre à un Bleu.

Rassemblant toutes ses forces, Jubilee lance :

– Ce sont les bottes de mon frère !

– Pas du tout, réplique Faro.

Ronny sort quelques pièces de sa poche.

– Bientôt elle va nous accuser de lui avoir piqué son fric à ce sale Bleu.

L'argent de Soidi que Levi a récupéré en livrant de l'eau-de-vie aux fermiers des environs hier ! Le cœur de Jubilee se pétrifie.

Ils regardent tous les trois la voie ferrée tandis que le train amorce le virage, roues crissant à tout rompre ; Faro et Ronny lui serrent un peu plus les bras. La locomotive fonce vers eux en sifflant.

– À trois ! crie Ronny.

Elle se débat, le vacarme s'intensifie.

– Tick ! S'il te plaît ! À l'aide !

Elle n'entend plus rien à présent, ne voit plus rien sinon Levi couché quelque part, livide. Le train s'approche, un violent courant d'air leur parvient ; elle résiste et se démène et les deux compères prennent leur élan.

– Un, deux…

Le convoi arrive sur eux.

– Trois !

Havens

En attendant Jubilee, Havens peaufine son plan. Calcule le temps qu'il lui faudra pour récupérer ces satanées photographies et se rendre dans les bureaux de *Look*. Ça marchera. Ça doit marcher.

Près du cimetière, dans la cabane délabrée et qui sent le moisi, il va et vient, se persuadant qu'elle est en route, qu'elle va arriver, mais plus le temps passe, plus l'angoisse le gagne. Il sort sur la route pour la guetter et, déçu, revient à l'intérieur, marche encore, attend, s'inquiète. Il consulte pour la énième fois sa montre. Il reste à peine plus d'une demi-heure avant l'arrivée du train. Soit il part maintenant, et ça ira – il sera à l'entrée des bureaux du magazine avant la fin de la journée du lendemain –, soit il tient sa promesse et il l'attend ici. Il sort encore une fois pour vérifier si elle arrive. Pourquoi lui faut-il autant de temps ? De là où il est, il surplombe un peu la ville et aperçoit une partie de la gare. Très bientôt, le sifflet du train signalera qu'il approche. C'est par égoïsme qu'il a accepté de la retrouver ici.

Elle est en route. Elle sera là d'une minute à l'autre. Et si elle arrive juste après qu'il sera parti ? Elle sera déçue qu'il n'ait pas tenu sa promesse, non ? Elle ne lui a demandé qu'une seule chose.

Diable de montre ! Pourquoi elle accélère ?

Bien sûr qu'elle ne viendra pas. Comment le pourrait-elle ? Après la nuit qu'elle a passée, elle a dû s'endormir. S'effondrer dans son lit. Les Buford ont insisté pour qu'elle se repose. Levi est rentré et la famille essaie de se rassembler.

Elle ne viendra pas, mais c'est pour une tout autre raison : elle a changé d'avis. Elle ne veut plus jamais le revoir.

Il scrute les collines une dernière fois avant de cueillir une poignée de fleurs des champs près de la porte de la cabane et de les disposer par terre en forme de cœur. Puis il file.

Chaque plante grimpante, chaque pierre, chaque buisson ralentit sa course jusqu'à la gare et en traversant le ruisseau, qui charrie désormais beaucoup d'eau, il perd l'équilibre. En arrivant sur le quai, il est trempé, maculé de boue et exténué. Avec ce qui lui reste d'argent, il achète un billet de première classe ; aussitôt le train en gare, il embarque, se dirige en tête de wagon, et malgré son pardessus dégoulinant s'assied sur un siège près de la vitre. Comme il aurait voulu pouvoir la serrer dans ses bras une dernière fois, avoir un ultime moment avec elle, même fugace, pour lui ouvrir son cœur, lui dire au revoir. C'est peut-être mieux ainsi.

Le contrôleur s'arrête à sa hauteur, poinçonne son billet et lui rappelle qu'il doit changer de train à Lexington.

– Il y a un wagon-restaurant réservé aux passagers de première classe, monsieur, mais on joue aux cartes d'ordinaire en seconde, si vous cherchez de la compagnie.

Havens n'a envie de voir personne sauf elle.

Il bouchonne sa veste et la coince contre la vitre pour s'en faire un coussin. Puis il ferme les yeux. Il a laissé dans le garde-manger des Buford tous les clichés noir et blanc qu'il a pris d'elle. Ces portraits, si irrésistibles soient-ils, ne serviront jamais à prouver quoi que ce soit.

Jubilee

En même temps que Ronny et Faro, Jubilee tombe à la renverse et roule au sol. Tick vient de se jeter sur ses ravisseurs.

Le train file à toute vapeur devant eux.

Faro empoigne la cheville de Jubilee et l'empêche de détaler dans les fourrés.

– Tu vas pas filer comme ça !

Ronny et Tick se disputent sur son sort, Tick hurlant qu'elle ne mérite pas de mourir.

– C'est pas juste, Ronny !

– T'as une meilleure idée pour te débarrasser d'elle ?

Ils continuent de se chamailler, mais à l'écart pour qu'elle n'entende pas. Elle ne comprend pas pourquoi ils se donnent tant de mal ; ça tambourine tellement dans ses oreilles qu'elle est devenue sourde, et rien chez elle ne fonctionne comme cela devrait. Si c'était le cas, elle devrait pouvoir bouger ses jambes et voir clair. Mais elle ne sent plus ses mollets, elle ne sent plus ses pieds. Elle croit son calvaire en partie terminé lorsque Tick s'approche pour la redresser. Il lui parle doucement, lui fait promettre de ne pas souffler mot de ce qui s'est passé à quiconque.

– Je ne dirai jamais rien.

– Surtout pas aux journalistes, quels qu'ils soient.

Elle doit faire ce qu'il faut car il retourne vers Ronny et Faro et leur fait vider leurs poches. Une fois qu'il a rassemblé toutes les pièces, Tick traverse la voie et se hisse sur le quai.

Ronny lui lance :

– T'as de la chance aujourd'hui, sale Bleue !

Levi est mort et elle est censée trouver qu'elle a de la chance ?

Lorsque Tick revient vers eux à la hâte, ils s'ébranlent à leur tour – Ronny a dû se faire mal, il boitille – pour le rejoindre derrière le dernier wagon. Tick brandit un billet :

– Louisville, c'est assez loin, Ronny ?

Ronny parle, Faro aussi mais elle ne distingue que des mouvements de lèvres, des visages flottant autour d'elle, jusqu'à ce que Ronny lui crie de mettre son voile sur sa tête. Il ordonne à Faro d'enlever ses bottes et de lui donner ses chaussettes.

– Les bottes de mon frère, marmonne Jubilee.

Ronny fourre les chaussettes sales et humides dans sa main.

– Mets-les !

Elle ne comprend pas.

Ronny lui enfile les mains dedans. Ça lui fait des moignons maintenant. Elle pleure et il lui dit de se taire – comme si elle pouvait contrôler ses larmes –, mais c'est pour son bien, lui explique Tick, il faut qu'elle coopère sinon Ronny ne s'arrêtera pas la prochaine fois. Les ultimes passagers sur le quai sont sur le point de monter à bord et elle scrute l'entrée de la gare, dans l'espoir désespéré de voir apparaître Havens. Il était censé prendre ce train, alors pourquoi n'est-il pas ici ? Il ne l'attend plus là-bas, ce n'est pas possible. Mais pourquoi lui a-t-elle fait promettre de l'attendre à la cabane ?

Ronny la cache jusqu'à ce que tout le monde ait embarqué puis il la pousse vers le marchepied à l'arrière du wagon, la hisse à bord et s'engouffre à sa suite, lui promettant de l'éventrer d'un coup de couteau si elle pousse le moindre gémissement.

C'est le couteau de Levi, celui que papa lui a donné il y a longtemps.

– Le couteau de mon frère.

Comme si tout ce qu'elle pouvait faire désormais pour son frère, c'était de nommer ce qui lui appartient, ce qui ne lui appartient plus.

Ronny ajuste son voile et la pousse dans un siège au fond. Il n'y a que trois passagers dans la voiture : deux hommes plongés dans leur journal et une femme qui refuse de lever les yeux vers eux. Dehors, sur le quai, Faro et Tick parlent au chef de gare qui passe juste sous la fenêtre, visage de marbre, et souffle dans son sifflet. Elle continue à chercher Havens. Il va arriver. Il va franchir ces portes à toute allure, foncer dans ce wagon et la serrer dans ses bras. Il va la consoler, lui prendre la main et raconter au shérif ce qui est arrivé à Levi. Un à-coup secoue le train. Elle presse ses moignons sur la vitre. Toujours pas là. *Laisse-lui encore une minute.* Une autre secousse, et lentement le convoi s'ébranle. Elle se lève ; elle ne peut rester là.

Ronny lui montre le couteau et elle le supplie.

– Il faut que je rentre chez moi. Il faut que je prévienne mes parents. Je t'en prie. Tu n'entendras plus jamais parler de moi.

Il ricane méchamment.

Elle négocie, promet, tire sur la chemise de Ronny avec ses moignons.

Il la repousse.

– Écoute bien. Si tu reviens ici, tu finiras comme ton frère. Si tu vas raconter quoi que ce soit à qui que ce soit, même tarif.

Le train prend de la vitesse, les roues crissent, geignent. Ce n'est pas trop tard. Si Havens arrive maintenant et fonce, il pourra encore monter à bord. Jubilee tressaille en entendant le sifflet du train. Dans quelques secondes, ils iront tellement vite que rien ne pourra les rattraper.

Ronny quitte brusquement son siège et chancelle jusqu'à la plateforme. Elle le suit. Il ouvre la portière, fait volte-face et la pousse si fort qu'elle tombe en arrière, les quatre fers en l'air. Elle le regarde sauter dans le vide. Elle se relève, se précipite à la portière et s'appuie sur la rambarde. Arbres et fourrés défilent, flous. *Saute*, se dit-elle – blessée, mutilée ou morte, ce sera toujours mieux que ce qu'elle vit maintenant. Son voile lui fouette le visage à cause du vent. Elle soulève l'ourlet de sa robe, plie les genoux ; une main froide lui saisit le coude.

– Tout va bien, mademoiselle ?

L'homme en uniforme noir la fait pivoter et lui demande de regagner son siège. Il attend qu'elle s'exécute. Elle s'affale à sa place, regarde par la fenêtre. De la fumée passe. La pente escarpée est couverte de lauriers. L'homme se tient toujours près d'elle et répète quelque chose qu'elle ne comprend pas.

– Je dois poinçonner votre billet.

– Je n'ai… je…

Il tend la main vers son poignet où le billet est coincé sous le bord de la chaussette. Pourquoi ne voit-il pas que quelque chose ne tourne pas rond ? *Soulève ton voile, montre-lui.* Mais il posera des questions, exigera des réponses, non ? Est-ce qu'il appellera la police au prochain arrêt et lui demandera des noms ?

– Louisville. Vous en avez pour dix heures et demie, plus s'il y a du retard. Vous feriez mieux de vous installer confortablement.

Il fait un trou dans le billet et le lui rend.

Levi est quelque part. Papa le cherche encore. Maman est à la maison, assise devant des assiettes froides. Havens tient sa promesse. Et elle, elle est ici. Quand est-ce que quelqu'un va penser à la chercher ? Combien de temps faudra-t-il encore avant qu'on s'aperçoive qu'elle a disparu ? Et qu'est-ce que cela changera ? Elle a perdu tous ceux qu'elle aimait. Au lieu de se sentir vide, elle se sent gonflée et ballonnée comme une carcasse en décomposition. Elle pourrait sûrement attirer les mouches. Elle ne pleure pas. Des haut-le-cœur la secouent, encore et encore.

Rester droite l'épuise. Un air épais, terrible, l'entoure. Des gens la poussent en passant, s'asseyent, se lèvent. Elle reste là, avec ses moignons, se fait toute petite, insignifiante. La dernière des Bleus.

Septembre 1972

Après avoir quitté le cimetière et pris le chemin du retour en jetant constamment un coup d'œil dans le rétroviseur pour s'assurer que le morveux sorti de nulle part ne le suivait pas, Havens gare son pick-up près de son atelier et reste assis, mains cramponnées au volant. Il soupire profondément. Les choses n'auraient pas pu plus mal se passer. Au lieu de chasser l'inconnu ou d'essayer de mieux comprendre ses intentions, il s'était coltiné cette vieille bique et son éternelle rancune. Trente-cinq ans qu'elle rumine et sa rancœur est tellement monstrueuse maintenant qu'elle est incontrôlable. Il n'y a plus que ça qui la fait vivre. Il n'empêche, Havens aurait pu attendre que l'inconnu regagne sa voiture de location au lieu de foncer à travers le cimetière pour le choper, et déranger ce faisant tous ceux venus rendre hommage à leurs défunts pour Decoration Day. Si jusque-là les morts reposaient en paix, ils étaient à présent complètement réveillés, on pouvait en être sûr, et le jeune homme, quelle que soit son identité, était probablement en train de se faire raconter dans le détail ce que certains appellent à tort « la folie meurtrière du Vallon des Lucioles ».

Finalement, Havens sort du pick-up, ramasse un bâton assez long pour chasser les serpents des broussailles et commence à grimper la pente derrière la maison, les jambes en coton. Les feuilles mortes craquent sous ses pieds tandis que de grandes branches de peuplier et d'érable semblent se pencher vers lui comme pour le soulever. Son esprit commence aussitôt à s'éclaircir. Même si la forêt peut tuer un homme adulte d'une centaine de manières différentes, peu de choses l'apaisent autant. Quelques pas sur le sentier lui suffisent pour avoir l'impression de se blottir au sein de la nature.

Sans cesser de gesticuler pour empêcher les taons de le piquer, il longe les orties qui arrivent à hauteur de poitrine et sont parsemées de minuscules fleurs blanches, en faisant bien attention à ne pas les toucher, puis il enjambe un massif d'actées à grappes avant de grimper à l'échelle qui mène à la cabane qu'il a construite dans les arbres il y a des années. Il se penche pour passer sous la poutre et se hisse sur la plateforme sur laquelle la lumière filtrant à travers les branchages dessine des spirales jaunes. Avec des planches récupérées dans la grange, il a monté trois murs, mais du côté nord il a installé une rambarde afin de profiter des collines bleues et boisées qui s'étendent à perte de vue, et auxquelles s'accrochent, comme maintenant, quelques nuages clairsemés. Havens s'appuie sur la balustrade, la brise souffle ; il lève le visage et cherche du regard un point précis, cette légère déclivité dans la ligne de crête, son point de repère pour localiser l'endroit exact où elle habitait. Comme il aurait aimé qu'elle soit là ce matin, même si elle n'aurait pas approuvé la manière dont il a géré les choses, il le sait. Elle aurait su comment réagir.

Un grondement sourd le dérange dans ses pensées. Des mois passent d'ordinaire sans que quiconque lui rende visite et là, deux arrivées inopinées le même jour, et il n'est même pas midi. Il descend de la cabane, coupe à travers le bosquet de jeunes sassafras et traverse à grands pas un champ de trèfles. Dans sa hâte à éviter quelques bûches tombées d'un tas de bois, il perd l'équilibre, heurte l'établi de jardin et envoie valdinguer la cage qui attendait d'être réparée, ce qui ne l'empêche pas d'arriver devant son garage à temps pour voir la Ford Fairlane blanche s'arrêter là où le chemin se sépare en deux pour aller de l'autre côté à la grange. Le conducteur doit voir parfaitement Havens mais ce dernier est ébloui par la lumière du soleil qui se réfléchit sur le pare-brise. Au lieu de se remettre en route, la voiture reste au point mort. Havens se plante dans le sol et attend. Le gamin est peut-être accompagné cette fois, si ça se trouve il est venu avec quelqu'un du cimetière et les deux discutent pour savoir quoi faire. Cette sorcière sur le siège passager doit lui hurler ses instructions, Havens en mettrait sa main au feu, et son fauteuil roulant est prêt à surgir du coffre pour s'élancer à sa poursuite et lui rouler dessus. Ce ne serait pas la première fois qu'elle vient jusqu'ici assoiffée de vengeance. Chaque fois qu'un journaliste se pointe, c'est qu'elle a joué du téléphone, Havens le sait, et si elle n'arrive pas à appâter les écrivains de *true crime*, elle contacte un autre genre de sangsues, ceux qui aiment écrire sur les supposées apparitions de Bigfoot, des monstres lacustres, ou du visage de la Vierge dans les marques de cuisson des pancakes.

Même si Havens n'a pas la force pour un nouvel affrontement, il avance d'un pas lourd vers la voiture, se penche pour regarder par la vitre du conducteur et, ne voyant aucun passager, fait signe au gamin de descendre.

– Tu as peur que je te tire dessus ?

Havens lève ses mains vides.

Le jeune homme obtempère.

– Tu es tenace, on ne peut pas dire, remarque Havens.

– Personne ne veut me parler.

À ce moment-là, Havens s'aperçoit qu'en fin de compte plus rien ne le surprend. Il glisse les mains dans ses poches et, plus que satisfait d'avoir l'avantage, il déclare :

– Eh bien, il y a d'autres moyens pour faire ton article : la bibliothèque du comté à Smoke Hole, par exemple, conserve les archives des journaux de cette époque.

– Je n'arrête pas de dire à tout le monde que je ne suis pas ici pour écrire un article. Mais à cause des gens sur cette photo et ce qu'ils…

Havens songe qu'il est grand temps qu'il jette un coup d'œil à ce cliché.

– Tu sais quoi ? Donne-moi cette photographie et en échange je te raconterai ce que je sais, OK ?

– C'est une photo de ma mère ; je ne vous la donnerai pas !

– Ah, dans ce cas, dis-moi pourquoi ta mère t'a entraîné là-dedans pour commencer ?

– Elle m'a entraîné dans rien du tout, ma mère. Elle est morte !

Le gamin est gonflé à bloc maintenant ; et Havens cherche à comprendre.

– Est-ce que je connais ta mère ?

Le jeune homme le fixe et prononce un nom : Hannah Ashe. Cela ne dit rien à Havens. Elle est morte il y a quinze jours, poursuit son interlocuteur.

– J'ai vu cette photo pour la première fois le jour de son enterrement et tout ce que je sais, c'est que les gens dessus devaient représenter quelque chose pour elle ; mais on dirait que c'est interdit par la loi d'apprendre quoi que ce soit à leur sujet.

Havens fait signe au gamin de se calmer – comme il le fait avec son mulet lorsque celui-ci s'énerve et donne des coups de sabot dans la porte de son box.

– Tout doux, petit, OK ?

– Ma mère était très pudique. Elle n'aimait pas parler du passé. Maintenant elle est morte, et je commence à apprendre des choses qu'elle a gardées pour elle toute sa vie. Je croyais la connaître, ma mère. Elle n'était peut-être pas aussi forte que les autres mères, peut-être plus nerveuse, mais elle me faisait des petits plats, elle me chantait des chansons ; elle m'a même flanqué une gifle un jour parce que j'avais triché à l'école. Je croyais la connaître.

Là-dessus, comme pour s'assurer d'être bien compris, il lève un doigt et ajoute plus doucement :

– Mais c'était une bonne mère, hein, une très bonne mère.

Assommé par le soleil et la gorge sèche, Havens aimerait bien se mettre dans un endroit frais pour pouvoir réfléchir.

– Oui, j'en suis sûr.

– Ma vie a changé depuis qu'elle est morte. Rien n'est pareil. Rien.

Le gamin pince les lèvres pour contrôler leur tremblement et secoue la tête. Il ne pourrait pas avoir l'air plus malheureux.

– Et si tu rentrais dans la maison cinq minutes, histoire de te poser ? La matinée a été pas mal chargée.

En vérité, Havens s'en veut de s'être montré si peu prévenant avec un jeune homme qui vient de perdre sa mère.

Marchant avec précaution comme pour éviter des pièges, le gamin emboîte le pas de Havens.

– On devrait reprendre depuis le début et revenir aux présentations. Bon, toi, tu connais mon nom.

– Rory Ashe, répond le jeune homme.

Havens tend la main et après une seconde d'hésitation, le gamin la lui serre brièvement. D'une voix douce comme pour négocier avec un preneur d'otage, Havens demande :

– Et t'habites où, Rory ?

– À Lexington.

Havens ne connaît personne de là-bas. Il emmène Rory dans la véranda fermée à l'arrière de la maison, et le petit se poste entre la chaise à bascule et la cage à oiseaux et se met à parler au pigeon.

– Fais attention à lui, prévient Havens. Il a un sacré caractère.

Rory remarque le bandage du volatile et Havens lui raconte que c'est le patient le moins coopératif dont il ait eu à s'occuper, rien à voir avec le geai bleu et l'oiseau moqueur. Il explique ensuite pourquoi il soigne ces créatures.

– En fait, vous êtes une espèce de Croix-Rouge pour les oiseaux.

Havens sourit.

– On peut résumer ça comme ça.

Il a parfois des cages partout, poursuit-il.

– Cette vieille dame au cimetière a dit que vous étiez diabolique.

– Eh bien, il faut croire que le diable aussi aime avoir de la compagnie.

Havens tend à Rory le bocal de graines de tournesol et lui fait signe de remplir la coupelle de Lord Byron.

– Finalement, vous me faites beaucoup moins peur que mon patron.

– Ne le répète à personne ! J'ai ma réputation à protéger.

Havens commence à apprécier ce garçon.

– Tu veux bien me remontrer cette photo maintenant ?

Rory plonge la main dans la poche de sa veste et tend le cliché à Havens.

– Il n'y a pas de noms indiqués derrière. C'est seulement écrit : *Chance, Kentucky*. C'est pour ça que j'ai eu l'idée de venir ici.

Havens regarde à peine et plaque aussitôt la photographie contre sa poitrine. Le portrait de famille, noir et blanc. Il s'approche de la petite table pour prendre ses lunettes et examine plus attentivement l'image. Jubilee est au fond, face à l'objectif, même si elle ne le regarde pas directement. Elle ne sourit pas non plus vraiment. Mais elle est là : beauté vraie et pure, avec ses yeux envoûtants – qui l'aspirent comme l'entrée ou la fin d'un tunnel, allez savoir, et qui le désarment encore aujourd'hui. Il scrute son visage : jeune, et non moins empreint de sagesse. Elle est si rayonnante sur cette photo que l'on ne devinerait jamais le fardeau qui était le sien à l'époque. Havens ôte ses lunettes, rend le cliché à Rory et baisse le regard comme si sa force l'avait quitté et stagnait à ses pieds telle une flaque.

– Vous vous souvenez l'avoir prise ? s'enquiert le jeune homme.

– Comme si c'était hier.

Il se rappelle aussi l'avoir développée dans le garde-manger de Del Buford et s'être senti à la fois fourbe et excité. Puis la fierté l'avait emporté lorsqu'il la leur avait offerte. Le portrait était resté quelque temps sur le manteau de cheminée et quelque trente ans plus tard il se trouvait manifestement dans les mains de ce jeune homme.

– Il leur est arrivé quelque chose d'atroce, non ? C'est pour ça que vous m'avez chassé et que personne ne veut me parler.

Jubilee saurait quoi dire sur cette photo. Elle raconterait parfaitement l'histoire. Pour Havens, il y aurait une demi-douzaine de manières de le faire, en fonction de celui ou celle qui écoute – un shérif, un juge, un prêtre –, et chaque version serait truffée de mensonges par omission et d'inexactitudes, mais que dire à ce jeune homme ?

Une idée vient de toute évidence de germer dans l'esprit de Rory car il fixe Havens, les yeux écarquillés, et demande :

– Quand la vieille dame au cimetière a dit que vous étiez diabolique… c'était en rapport avec ces gens… » Rory hésite. « Ce n'est pas vous qui… enfin, vous n'êtes pas l'homme qui…

– Doucement ! Doucement ! » Havens secoue les mains. « Petit, il faut faire attention où tu vises avant de dégainer comme ça.

Havens balaie d'un revers de la main les excuses de son interlocuteur et part dans la cuisine. Il rince deux tasses et par la fenêtre s'aperçoit que quelques nuages voilent désormais le soleil de midi. Lorsqu'il regagne la véranda, Lord Byron est perché sur la main de Rory, non seulement perché mais même en train de se lisser les plumes.

– Comment tu as fait ?

Havens pose les tasses, remonte une de ses manches et montre les marques de coups de bec reçus le matin même.

– Rien à voir avec un oiseau apprivoisé, pas vrai ?

Le pigeon refuse de retourner dans sa cage et préfère gravir le bras de Rory pour aller se jucher sur son épaule.

– Incroyable !

Havens incite le jeune homme à affirmer son autorité s'il ne veut pas être couvert de fientes.

– Ça va, j'aime bien les animaux.

L'air beaucoup moins triste, Rory boit une gorgée.

– Le monsieur du magasin en ville m'a dit que vous étiez un photographe mondialement célèbre. Aussi célèbre qu'Ansel Adams, il paraît.

– Ce qui explique mon luxueux train de vie ! réplique Havens, désignant d'un large geste la pièce encombrée de meubles dépareillés, de pots de fleurs fêlés et de tapis où les chats ont fait leurs griffes.

Il demande au jeune homme ce qu'il fait dans la vie.

– Je travaille dans un magasin de disques, mais je joue dans un groupe le week-end. C'est ça mon vrai boulot.

Rory doit expliquer ce qu'est un synthétiseur, après quoi Havens a du mal à savoir à quoi s'en tenir et décide de ne pas poser plus de questions sur le mot *psychédélique*.

Avec un intérêt accru, le gamin en revient à la photo.

– C'est vrai qu'ils étaient bleus ? C'est ce que le monsieur au magasin m'a dit.

Havens s'y attendait. Il inspire profondément.

– Tu sais ce que je préfère dans la photo noir et blanc ? C'est que les couleurs n'entrent pas en ligne de compte. Parce que si c'est le bleu que tu cherches à voir absolument, tu t'arrêtes à ça, et c'est tout. Tu rates ce qui fait qu'une personne te ressemble ou est différente de toi ; tu rates ce qui la rend unique.

Havens consulte sa montre, impatient de passer à autre chose.

– Parlons de ta mère une minute.

Havens indique le nom de chaque personne présente sur la photo, en commençant par Del Buford et en finissant par Willow-May.

– Est-ce que ta mère a mentionné ces noms devant toi à un moment ou un autre ?

Rory secoue la tête.

– Est-ce qu'elle a habité ici ? Ou est-ce qu'elle a eu des amis ou des proches qui vivaient ici ?

– Pas que je sache. » Rory s'efforce de trouver un lien. « Et les Buford ? Est-ce qu'ils ont vécu dans la région ? À Lexington peut-être ?

À cause du métier de son père, ingénieur, ils ont beaucoup déménagé, explique Rory.

– Ma mère les a peut-être rencontrés quand elle faisait du bénévolat…

Il évoque deux villes, dont Johnson City où il était à l'école élémentaire, puis il s'exclame :

– Et Louisville ? On y a habité un an quand j'étais tout petit. » Rory se penche vers Havens, incline la tête. « Louisville ? Ils sont partis à Louisville ?

Havens n'écoute plus son interlocuteur. Il paraît qu'une odeur peut vous faire remonter le temps mais les sons – le sifflet obsédant de ce train, le rythme effréné des roues sur les rails – vous plongent dans ce qui semble prédestiné.

– Ça va, monsieur Havens ? Je peux faire quelque chose ?

Rory revient avec un verre d'eau et un torchon mouillé.

Ce que l'on n'explique jamais au sujet des trains, c'est que, quelle que soit leur destination, la personne qui monte à bord n'est plus la même que celle qui en descend.

Septembre 1937

Jubilee

Le train s'engage dans le dernier virage avant Chance et le rythme des roues ralentit à l'approche de la gare, tandis que celui de ses battements de cœur s'emballe. Jubilee inspire profondément plusieurs fois, se répète intérieurement que tout va bien se passer, très bien même. Que la vie sera différente pour elle maintenant, pour maman et papa et pour tous les autres aussi.

Cela fait quatre mois qu'elle est partie et tant de choses ont changé ; et à commencer par la manière dont elle voyage à bord de ce train. À l'aller, elle avait été parquée au fond d'un wagon de troisième classe, en paria, et au retour, elle est dans un compartiment de première, debout, valise à la main, et elle ajuste sa petite coiffe en satin. Elle était la dernière à embarquer il y a quatre mois. Cette fois, elle est la première à descendre.

Ce qu'elle voit ne correspond pas à son souvenir, pas exactement. D'abord, l'échelle n'est plus bonne. La gare semble avoir rétréci. Jambes flageolantes, Jubilee longe le quai pour se diriger vers la sortie. Là, elle hésite, observe : Main Street est beaucoup moins longue, la ville entière semble avoir rapetissé, comme dominée par les collines qui l'entourent. En revanche, l'air n'a pas changé. La jeune femme inspire profondément, serre la poignée de sa valise et s'engage sur le trottoir où elle manque de heurter Verily Suggins, la tante de Faro. Durant tout le trajet, Jubilee a réfléchi à la meilleure façon de se comporter en arrivant. Elle s'est préparée à toutes sortes de réactions de la part des habitants. Mais tout ce qu'elle a pu envisager ne lui est guère utile à cet instant car elle se pétrifie, place sa valise entre elle et la femme comme pour se protéger en attendant que Verily pointe un doigt sur elle et lui demande ce qu'elle fait là. Jubilee se serait vraiment sentie chez elle si la femme l'avait rabrouée, voire menacée, au lieu de quoi celle-ci, avec une extrême politesse, dit :

– Pardon, mademoiselle.

Après cette première expérience, Jubilee opte pour le côté ensoleillé de la rue. Elle a encore du mal à s'habituer à marcher sans voile ni gants. Un homme arrive à sa rencontre. Il effleure le bord de son chapeau en guise de salut et passe son chemin. Elle croise ensuite un autre homme, puis une femme, et elle examine leurs visages, leurs épaules, leurs démarches : rien ne change chez eux lorsqu'ils la voient. Un groupe de jeunes gens se trouve soudain à sa hauteur mais chacun se contente de la contourner comme si elle était un lampadaire. Jubilee se sent un peu prise de vertige. La joie de marcher, c'est tout. S'y habituera-t-elle un jour ?

Elle s'arrête devant la vitrine de Rakestraw et lit les panneaux. MÂCHER COPENHAGEN, C'EST UN PLAISIR. GROSSES POMMES DE TERRE NOUVELLES 23 cents/3 kg. DÉLICIEUSES POMMES 25 cents/2 kg.

M. Rakestraw sort avec des pommes dans un seau, qu'il dispose sur l'étal en bois.

– Le temps est plus frais, c'est agréable, n'est-ce pas ?

Il lustre une pomme et la tend à Jubilee. Il refuse sa pièce et remarque alors sa valise.

– C’est pas souvent qu’on a des visiteurs à Chance. Est-ce que vous êtes la nouvelle maîtresse ?

– Non.

– Vous venez voir de la famille ?

– Merci pour la pomme, réplique la jeune femme.

– Pas de quoi, mademoiselle.

M. Rakestraw continue de la regarder tandis qu’elle s’éloigne, elle le sent, et elle décide de retraverser la rue, attentive à ne pas presser le pas comme les Bleus le font toujours lorsqu’ils vont quelque part. Son retour mérite qu’elle prenne le temps, avec assurance.

Il a plu il n’y a pas très longtemps et tout miroite – les flaques, les pare-chocs en acier chromé des voitures garées. Même l’air semble étinceler. En évitant les quelques personnes rassemblées devant Caldon Enterprise, Jubilee aperçoit les nouvelles placardées en vitrine : LE PRINCE INTERROGE ROOSEVELT, LES ITALIENS SOMMENT MUSSOLINI DE PARTIR. Une fillette en robe bleue fait des allers et retours en sautant à la corde sur le trottoir ; son père, debout, l’attend un peu plus loin. Alors que la petite, queue-de-cheval au vent, langue sortie au coin de la bouche en une moue appliquée, avance vers Jubilee, celle-ci sent malgré elle son cou se serrer et elle se déporte sur le côté en détournant le visage. Mais l’enfant poursuit son chemin en claironnant :

– Excusez-moi, merci.

Quelques mètres plus loin, au niveau de la mairie, ça recommence. Cinq garçons jouent à se tirer dessus avec des pistolets en bois et aucun d’entre eux ne songe à la viser. Vouloir être remarquée est décidemment une chose à laquelle elle a du mal à s’habituer.

Puis elle repère Chappy, sur sa place de parking habituelle au bout du pâté de maisons devant la poste, en train de lire sa sempiternelle page de journal. Elle accélère un peu le pas.

– Salut, Chappy !

Il lève les yeux. Et un sourire inonde son visage. Il se met à gesticuler pour la saluer comme si elle se trouvait à des kilomètres, et non juste devant lui. Ou comme s'il était pieds nus sur des pierres chauffées à blanc.

– Juby !

Elle pose sa valise afin qu'ils puissent faire leur petite danse pour se dire bonjour comme ils le faisaient avant.

– T'es pas pareille !

Il lui touche la joue comme pour voir si elle est bien réelle.

– Je me suis coupé les cheveux aussi.

Il l'inspecte sous tous les angles.

– Et c'est pas tes vêtements.

Elle lisse les plis de sa jupe.

– Ils appartenaient à une dame très belle. Elle me les a donnés.

Il désigne ses chaussures.

– Ça, c'est à toi.

Elle rit.

– J'en ai une paire plus jolie dans ma valise, mais j'ai du mal à marcher avec.

L'air soudain timide, Chappy la regarde en coin :

– T'inquiète pas, Juby… T'es quand même belle.

– Hé. » Elle lui donne une petite tape sur le bras. « Je suis toujours moi.

Ce qui n'est qu'en partie vrai. Il lui faudra encore un peu de temps pour comprendre ce qui a changé en elle et ce qui peut encore changer.

– Et toi, t'es toujours toi ?

En entendant cette question qui lui semble absurde, Chappy grimace et elle se reprend et demande :

– Tu as travaillé sur ta voiture ces derniers temps ?

– Elle a de nouveaux freins et j'ai révisé le moteur la semaine dernière.

Et elle, qu'est-ce qu'elle fait ? veut savoir Chappy.

Elle est arrivée à Louisville et repartie de Louisville ; et comme il ne lui semble pas très intéressant d'énumérer les endroits où elle n'a passé qu'une ou deux semaines entre-temps, elle répond :

– Louisville.

Chappy claque le journal contre sa cuisse.

– Louisville ! Ils ont toutes sortes d'automobiles là-bas !

Jubilee passe sous silence le jour où elle est sortie, chancelante, d'Union Station pour se retrouver sur Preston Street où une centaine de voitures roulaient à toute allure dans les deux sens. La ville lui a fait l'effet d'un énorme cri strident et elle s'est agenouillée, oreilles bouchées et sans bouger, jusqu'à ce que quelqu'un lui jette une pièce.

– Tes roues sont beaucoup mieux, s'exclame-t-elle.

Chappy lui effleure le bras du bout des doigts.

– Alors, je te ramène chez toi ?

– Et comment !

Le garçon tortille son chapeau :

– Heureusement que j'ai fait le plein ce matin.

D'une main, il s'empare de son enjoliveur et de l'autre de la valise de Jubilee, puis d'un signe de tête désigne le vide à côté de lui.

– Viens devant.

Ils se mettent en route et Chappy remarque :

– Ça fait longtemps que tu es partie.

Avant, Jubilee trouvait le temps interminable et pourtant, maintenant qu'elle est de retour, quatre mois, cela lui paraît très court.

La camionnette qui arrive à leur hauteur est celle de Ronny, mais seul Faro est à bord. Il se penche par la vitre ouverte et siffle Jubilee, sans la reconnaître. La jeune femme sent ses genoux se verrouiller et regarde ailleurs, dans l'espoir de se faire oublier. Faro bafouille quelques mots à Chappy, mais seules les menaces de Ronny résonnent aux oreilles de la jeune femme et les larmes lui montent aux yeux en pensant à Levi. Elle veut rentrer à la maison. Se blottir dans les bras de maman.

– J'appuie sur le champignon, Juby, OK ? dit Chappy dès que la camionnette s'éloigne ; et ils foncent tous deux à travers la ville, passent devant la vieille station-service où Ronny et Faro l'avaient trouvée, tournent dans le virage qui mène aux maisons des mineurs. À pleine vitesse, ils doublent Willy et ses deux sœurs sur leur charrette.

Chappy agite éperdument la main et clame :

– Jubby est de retour !

– Jubilee ?

Willy arrête sa mule.

La jeune femme lui fait signe mais continue de courir aux côtés de Chappy.

– Mieux vaut ne rien dire à personne encore.

– Bien sûr, Juby.

Ils passent en trombe devant la maison des métayers, où les trois mêmes gamins hirsutes traînent devant le portail, et ils filent sur le chemin de terre qui contourne l'étang du moulin où les frères Wrightley pêchent des perches. Les garçons marquent un temps d'arrêt tandis que Chappy et Jubilee s'éloignent dans le virage.

Ils ralentissent un peu dans la côte et encore un peu plus en traversant le cimetière. Alors qu'ils sont sur le point d'arriver au Vallon des Lucioles, Jubilee n'en peut plus. Ça tombe bien qu'ils aient un pneu crevé, lui dit

Chappy, elle va pouvoir se reposer ; et il désigne un tronc couché non loin de là qui servira de banc. Elle l'observe sortir une clé de serrage de sa poche arrière, s'accroupir et se mettre à brasser l'air.

– Tu as vu ma famille ces derniers temps ?

Dos tourné, il répond :

– Tu vas trouver ton papa un peu changé.

Il évoque l'époque où sa propre grand-mère avait appris que son fils, Leroy, ne reviendrait pas de la guerre.

– Il a le même air.

– Et maman ?

Chappy pince les lèvres.

Là-bas, tous les matins, Jubilee se réveillait brusquement, suppliant du bout des lèvres que Levi soit en sécurité quelque part, avant de se rappeler où elle se trouvait et comment elle était arrivée là. Il lui fallait alors reprendre conscience de la mort de son frère, et lorsque la lumière du jour s'infiltrait par les interstices des parois de la roulotte, que son souffle court s'apaisait peu à peu et que le poids dans sa poitrine s'allégeait suffisamment, elle pouvait se lever et aller sous le chapiteau. Si le deuil l'a mise dans cet état, elle ne peut qu'imaginer ce qu'il a coûté à maman.

Après toutes ces semaines, l'air résonne enfin comme il se doit : les chants d'oiseaux et d'insectes qui bavardent répondent aux arbres qui craquent comme s'ils cherchaient une position plus confortable.

– Au fait, t'as eu des nouvelles du monsieur qu'a été piqué par une vipère ?

Rien qu'en entendant Chappy évoquer son existence, Jubilee sent la main de Havens sur sa joue et entend sa voix lui promettre qu'il l'attendra à la cabane.

– Non, pourquoi ?

Chappy s'essuie les mains avec un chiffon, se lève et flanque un coup de pied dans un pneu imaginaire.

– Il en pinçait pour toi, ça oui. J'avais jamais vu un bonhomme aussi fasciné par une dame, pas même Otis quand il est venu pour ma sœur.

– C'était peut-être le bleu qui le fascinait, c'est tout.

– T'as toujours eu un truc à part, bleue ou pas bleue, et il le savait lui.

Chappy s'éponge le front et se tourne vers l'est où les montagnes s'élèvent tel un rempart végétal entre elle et Havens.

– Quand on vous cherchait, toi et Levi, ce matin-là, il a dit que t'étais la personne la plus douce qu'il avait jamais rencontrée et que tu méritais d'être toujours bien traitée. À cause de la pluie, on devait s'abriter, mais lui il voulait continuer. Il était épuisé. Ensuite le soleil s'est levé, il s'est assis sur un gros rocher et il s'est mis à pleurer en disant que tout était de sa faute. J'ai jamais vu un homme plus heureux que lui quand on t'a retrouvée, Juby.

Elle saisit sa valise et s'installe près de Chappy.

– Ça t'embête si on arrête de parler de ce jour-là, Chappy, et je préférerais aussi qu'on ne parle plus de lui non plus.

– Bien sûr, Juby.

Il attrape son enjoliveur, fait un bruit de moteur et les voilà repartis.

À peine vingt mètres plus loin, Chappy déclare :

– Comme j'ai dit, il en pinçait vraiment pour toi.

– Chappy, s'il te plaît.

Ils se taisent. Mais une minute seulement.

– C'était un homme très bien.

– Chappy !

– Pardon.

Il lui lance un coup d'œil oblique et hausse les épaules, puis klaxonne à tout rompre tant et si bien qu'il effraie une nuée de merles nichés dans un cornouiller.

Bien après le bout de son champ, là où le terrain commence à être pente, un vieil homme voûté, main en visière, semble guetter l'arrivée de quelqu'un en retard depuis longtemps, comme s'il avait entraîné ses yeux à résister aux assauts des insectes, comme si ses oreilles pouvaient percevoir les sons venant du Tennessee.

Jubilee agite le bras.

Rien.

Chappy crie dans le vent :

– Jubilee… est… de… retour.

Mais la jeune femme ignore ce que papa a pu comprendre de là où il se trouve car il ne bouge pas d'un pouce, à croire qu'il attend les rois mages. Jubilee remonte sa jupe et s'élance, et papa se ressaisit ; tête nue, il se précipite vers elle. Mais soudain, comme s'il sentait une plaque de verglas sous ses pieds, il se fige, plaque ses mains sur sa tête, ouvre la bouche et, sans prononcer un seul mot, il lâche un énorme sanglot.

Elle sait, parce qu'elle a soigné des animaux blessés, qu'il faut y aller doucement.

– Bonjour, papa.

En larmes, papa tend les mains vers elle et tombe à genoux. Elle se penche pour le soutenir et il s'assied, l'attire contre son épaule.

– Ma fille, ma petite fille.

Ils s'étreignent, longuement.

– Pourquoi ? répète-t-il à plusieurs reprises. » Pour finir, il la regarde et dit : « Je te croyais… » Il la serre encore dans ses bras. « Où étais-tu ?

– À Louisville, la plupart du temps.

Jubilee se demande si son père, pour vraiment intégrer ce qu'il apprend, va l'étreindre à chaque fois qu'elle lui dit quelque chose.

Il sourit entre ses larmes.

– Tu as trouvé un médecin ?

– Un médecin m'a trouvée.

Le long trajet jusqu'à la maison lui donne le temps d'en dire plus sur la couleur de sa peau. Il s'agit d'un traitement, insiste-t-elle, car papa ne cesse de parler de « remède », mais il n'y a pas de remède pour la guérir de sa peau bleue. Elle lui répète ce que le Dr Fordsworth a expliqué à son patron.

– Je suis une patiente sous traitement, papa.

Elle sort un flacon et le tend à son père qui dévisse le bouchon et observe les petits cachets bleus d'un œil inquisiteur, comme s'il examinait les excréments d'un animal à la chasse, avant d'en prendre quelques-uns dans le creux de sa main pour les sentir et les faire rouler entre ses doigts.

– Que le diable m'emporte ! s'exclame-t-il comme s'il s'agissait de haricots magiques.

Jubilee

La chambre de maman sent l'aigre. La lumière du jour filtrant à travers les volets n'arrive qu'au pied du lit, comme s'il était plus sage de ne pas s'aventurer trop loin.

Jubilee s'adresse à ce qui ressemble à une couverture roulée sur elle-même.

– Bonjour, maman.

La forme bouge.

– Gladden, regarde qui est là, dit papa, lui-même encore secoué par le coup de tonnerre que représente le retour de Jubilee.

D'une main tremblante, comme tout à l'heure lorsqu'il a pris sa fille dans ses bras, il se penche pour soutenir maman. Mais on dirait qu'il fait le lit plutôt que d'aider quelqu'un à s'asseoir et, si simple que soit la tâche, il lui faut longtemps pour s'en sortir. Jubilee est effrayée de voir à quel point sa mère a besoin d'assistance.

– Et voilà.

Une petite femme frêle qui ressemble à une parente éloignée de maman se tient au bord du lit, les yeux rivés au sol.

Jubilee s'approche, s'immobilise devant sa mère, et observe le sommet de sa tête. Elle s'est dégarnie. Jubilee serre les poings pour ne pas pleurer.

– Bonjour, maman, tente-t-elle à nouveau.

Papa répète très fort dans l'oreille de sa femme :

– Tu vois, c'est Jubilee.

– Maman ? » Jubilee désespère de voir sa mère la reconnaître. « C'est moi. Je suis rentrée.

Tels deux cure-pipes, les bras maigres de maman enveloppent les genoux de Jubilee, puis elle l'attire à elle, sans bruit, et presse sa tête contre les jambes de sa fille. Contre toute attente ces bras faméliques aident Jubilee à ne pas s'effondrer. Maman ne dit mot, ne lève pas la tête. Elle ne voit que les chaussures de Jubilee, ses bas marron et l'ourlet de son onéreuse jupe d'occasion, cela lui suffit.

– Jubilee a une surprise pour toi, Gladden. Regarde ! s'exclame papa trop fort.

Les bras de maman desserrent un peu leur étreinte et elle lève les yeux. Afin d'éviter que sa mère ne se fasse un torticolis en plus du reste, Jubilee s'accroupit.

Maman inspire si profondément que c'est à se demander comment il peut rester la moindre bouffée d'air pour les autres. Vu son regard stupéfait, on pourrait croire que le ruisseau charrie de la mélasse, ou que le champ est planté d'arbres de mai plutôt que de maïs.

– Je suis réparée, maman.

Enfin, en partie. Le reste est bel et bien cassé.

Maman dégage les cheveux du front de sa fille, prend son visage entre ses mains osseuses et l'examine. Son sourcil est si arqué que Jubilee ne serait pas surprise si elle lui demandait qui elle était. Ses yeux glissent vers les mains de Jubilee – ses ongles rose pâle et ses doigts comme les siens lorsqu'elle les sort de l'eau tiède. Maman scrute ses poignets, blêmes telle une feuille de papier, ses bras, et pour finir son visage encore une fois.

Jubilee sait ce que sa mère voit : une Jubilee entièrement lavée de son bleu et injectée de nectar de pêche.

Maman observe les paumes de sa fille, où le destin ne s'inscrit plus comme avant. Elles ne sont plus striées de lignes noires mais brodées de minuscules points roses. Jubilee comprend désormais pourquoi les gens parlent de lignes de vie. Maman tourne ses mains dans un sens et dans l'autre, comme si c'étaient des gants à essayer.

– Un médecin à Louisville a trouvé un remède, Gladden.

Maman n'écoute pas papa. Elle continue de fixer Jubilee.

– Tu aimes, maman ?

Une charnière rouillée de porte fermée, voilà à quoi lui fait penser la bouche de maman. Pourquoi ne parle-t-elle pas ? Tout ce que Jubilee obtient, c'est ce regard interrogateur, comme si maman était prisonnière d'une bouteille vide.

– Papa, est-ce qu'elle nous entend ?

Maman caresse la main de Jubilee, puis y colle sa joue.

– Elle entend très bien, crie-t-il. Pas vrai, Glad ?

Il se tourne vers Jubilee et ajoute plus bas :

– Elle ne parle presque plus depuis que toi et ton frère…

Papa ne finit pas sa phrase.

– C'est incroyable, hein, Gladden ? Jubilee est de retour, et guérie par-dessus le marché ! Elle est ravissante, tu ne trouves pas ?

Maman lisse les cheveux de Jubilee avant de poser ses doigts de part et d'autre du visage de la jeune femme et de presser ses joues.

– Tu crois que tu peux venir t'asseoir avec nous dans le salon ? Jubilee a plein de choses à nous raconter et je n'en ai entendu que la moitié. Je lui ai demandé d'attendre pour que tu puisses écouter toi aussi.

Les paroles de papa résonnent dans le silence tandis que maman se tourne vers son oreiller. Ses mains lâchent Jubilee tels des roseaux engloutis dans un cours d'eau.

– OK, on va te laisser te reposer un peu alors, dit papa. Je vais préparer vite fait un truc pour Jubilee et on reviendra voir si ça te dit de manger un morceau.

Papa tire la couverture sur maman et elle reprend la forme d'un sac de couchage. En quittant la pièce, Jubilee se tourne : deux yeux brillants clignent et la regardent.

Grand-mère est assise au coin de feu, sa valise sur les genoux, et elle regarde Jubilee d'un air renfrogné, tout comme lorsque la jeune femme a passé la porte d'entrée tout à l'heure. Grand-mère ne la reconnaît pas du tout.

– C'est Jubilee, maman.

Mais papa ne la convainc toujours pas.

Jubilee le suit dans la cuisine, mais il semble avoir oublié où sont rangés les ustensiles, si bien qu'elle lui sort un saladier, lui indique le pot de farine et, à chaque étape, il marque une pause pour l'admirer à nouveau. Il est conquis par la couleur.

Jubilee s'empare du fouet et lui tend un œuf.

– Tu veux que je le fasse, papa ?

– Non, non, assieds-toi.

Il se met à pétrir de la pâte pour faire des petits pains, sans cesser de la contempler.

– Tu es resplendissante. On dirait qu'il y a une lumière en toi.

À ce rythme, ils ne mangeront jamais. Jubilee commence à frire du bacon.

– Alors comme ça, Willow-May vit avec Soidi ?

– Cette maison n'était plus faite pour une enfant.

Papa explique que maman, grand-mère et Willow-May avaient déménagé chez Soidi pendant qu'il cherchait Jubilee et, lorsque Soidi les a ramenées, Willow-May a refusé de rester ; elle vient les voir un jour sur deux maintenant. Papa raconte ensuite qu'il partait pendant plusieurs jours d'affilée, assez longtemps pour que maman finisse par le croire mort lui aussi.

– Je t'ai cherchée partout dans les collines et jamais je n'ai pensé que tu pouvais être partie aussi loin, sinon j'y serais allé. » Papa s'efforce de ne pas pleurer. « Je regrette de ne pas t'avoir trouvée, ma chérie.

– Non, papa. C'est moi qui regrette de ne pas avoir pu te prévenir.

Elle lui tapote le dos. Tous les jours là-bas, elle avait voulu finir la lettre qu'elle avait commencé à leur écrire, au moins pour leur dire qu'elle était en vie, mais après deux ou trois lignes elle songeait qu'il serait moins douloureux pour eux de la croire morte plutôt que de la savoir dans cet endroit. Elle ne pouvait se résoudre à raconter à quiconque ce qu'elle faisait de ses journées, encore moins à son père.

– Tu es rentrée maintenant, c'est ce qui compte, déclare-t-il, se ressaisissant. Et demain, j'irai chercher Willow-May.

En ce qui concerne l'état de maman, tout ce qu'il trouve à dire c'est :

– Il y a quelque chose qui ne tourne pas rond dans son circuit.

Comme si elle était une installation électrique et non une maman en chair et en os ayant besoin de se lever et de dire à Jubilee que sa couleur de peau allait tout remettre en ordre.

Papa lui enlace les épaules.

– Ne t'inquiète de rien. Maintenant que tu es rentrée, elle va redevenir elle-même en un clin d'œil.

Il s'exprime d'une voix forte, comme s'il déclamait un discours ; à croire que parler avec assurance allait suffire à leur rendre leur vie d'avant.

Jubilee met la table mais ne peut se résigner à laisser la place de Levi vide si bien qu'elle descend dans le garde-manger prendre une bougie neuve, s'efforçant d'ignorer le fil à linge où ont séché il n'y a pas si longtemps des photos d'elle, et en remontant elle ne peut s'empêcher de jeter un coup d'œil à la cheminée, au cas où les portraits de famille y soient toujours. Mais non.

Maman ne se lèvera pas et grand-mère a renoncé à son repas pour refaire une nouvelle fois sa valise ; Jubilee et papa passent donc à table, en compagnie du souvenir de Levi. Picorant à peine, papa encourage sa fille à raconter son histoire en commençant où bon lui semble.

Pour se débarrasser du sujet de Ronny, Jubilee explique d'abord avoir été jetée dans le train et, parce que papa du coup se lève, fait les cent pas et s'agite, elle décide de passer sous silence les détails de son voyage pour se concentrer sur les inconnus bienveillants qui l'ont aidée à son arrivée à Louisville, les quelques âmes en détresse avec lesquelles elle s'est liée et les gens charitables qui lui ont permis de gagner un peu d'argent en leur rendant de menus services.

– Tu as trouvé du travail ?

Elle réfléchit : serait-il plus supportable pour papa de croire qu'elle a vécu tout du long comme elle a commencé, à savoir comme une clocharde, ou de connaître au moins en partie la vérité ? Un instant d'hésitation suffit à inquiéter son père, elle répond donc tout à trac :

– J'ai trouvé une place à la grande foire du Kentucky.

Aussitôt, papa semble soulagé.

– Tu as aidé avec le bétail ? Parce que je sais qu'ils traitent très bien les animaux dans ces grosses fêtes foraines. Ils ont des vétérinaires sous la main nuit et jour, pas vrai ?

Il serait si aisé d'acquiescer mais elle ne veut pas commencer sur le mauvais pied sa nouvelle vie de femme de la bonne couleur. Alors elle souffle :

– Je sais que tu voudrais en savoir plus, papa, mais c'était une période très difficile que je préférerais laisser derrière moi. Ça remue le couteau dans la plaie quand j'en parle.

– C'est comme pour ta maman avec Levi.

Afin que papa ne se fasse pas de mauvais sang à imaginer l'enfer qu'elle a vécu du début à la fin, elle évoque ce qui l'intéressera le plus, elle le sait :

– C'est à la foire que j'ai rencontré le médecin.

Voûté comme s'il avait passé son existence à retourner des pierres pour voir en dessous, le Dr Fordsworth avait débarqué sans prévenir par un après-midi chaud et humide, après qu'un de ses étudiants lui avait montré un prospectus. Et même s'il s'était avoué sceptique étant donné le genre d'opération à laquelle elle participait, il avait ausculté son visage, son cou et ses bras, mécaniquement, comme si elle n'était pas un véritable être vivant. Une fois son examen terminé, il a eu l'air d'un petit garçon heureux auquel on venait d'offrir une pomme d'amour.

– Le Dr Fordsworth est un célèbre spécialiste du sang à l'université de Louisville, précise-t-elle à papa. Il en sait plus sur le sang que n'importe qui dans le pays.

– Sur le sang, d'accord, mais sur le bleu ? fait papa.

– Le bleu et le sang, c'est lié.

Jubilee comprend la perplexité de papa. Le Dr Fordsworth avait dû lui expliquer longuement le rôle du sang par rapport à sa couleur de peau ; en fin de compte il avait pris un stylo et une feuille de papier pour lui dessiner des globules et l'enzyme qui semblait beaucoup compter pour lui. Mais même après, tout cela avait paru improbable à Jubilee.

– Il avait entendu parler du bleu avant de te rencontrer ?

Jubilee opine du chef.

– Mais que dans les livres. La médecine n'avait identifié que six autres personnes bleues, et trois étaient issues d'une tribu en Alaska.

C'est comme si elle avait parlé de la lune. Papa demande :

– Et il y a un nom pour ça ?

– La méthémoglobinémie.

– C'est sacrément difficile à prononcer.

Papa s'empare du crayon de la jeune femme et lui fait signe de l'écrire. Après avoir essayé trois fois de répéter le terme, il abandonne :

– Et il a su que tu avais ce truc juste en te regardant ?

Le médecin avait d'abord ausculté sa poitrine, explique Jubilee, pour évacuer tout problème pulmonaire ou cardiaque avant de lui prélever du sang, tout un flacon en verre, pour faire des tests.

– On aurait dit de l'huile.

Périmée. Mais lorsqu'elle en avait fait la remarque au médecin, il avait doucement objecté en lui parlant d'un « déficit d'enzyme ».

– Il est revenu trois jours plus tard pour me dire que je n'avais pas de diaphorase, c'est un enzyme, dans le sang.

– C'est quoi un enzyme ?

Jubilee sait expliquer avec tous les termes scientifiques car elle a étudié les papiers que le Dr Fordsworth lui a donnés, et pour aider papa à comprendre, elle va les chercher dans sa valise. Lorsqu'elle revient dans la cuisine, papa est en train de se servir un verre d'eau-de-vie de Soidi. Jubilee pose les papiers sur la table et papa les fixe, les yeux plissés.

– Tu n'as qu'à me les lire.

Plutôt que de commencer par l'introduction, Jubilee se concentre tout de suite sur les passages qu'elle a soulignés.

– *Le premier cas de méthémoglobinémie congénitale a été identifié en 1845 par le Dr François, un médecin français dont le patient souffrait d'une cyanose sans présenter toutefois d'insuffisance respiratoire ou cardiaque. En 1932, K. Hitzenberger a conclu que la cyanose idiopathique était une maladie héréditaire.*

Papa l'interrompt.

– C'est à propos du bleu ?

– « Cyanose » dans le jargon médical, c'est une manière de dire bleu, et « héréditaire » signifie que ta théorie du mouton noir n'est pas si à côté de la plaque que ça, mais j'aime bien cette partie parce qu'il y est clairement indiqué que la première personne bleue a été signalée en France il y a plus de cent ans.

– Et nous qui croyions que ta grand-mère Opal était la première !

Papa effleure du bout des doigts un autre passage. *La méthémoglobine est un composant du sang qui ne fixe pas l'oxygène, ce qui explique sa coloration bleutée. La méthémoglobine se transforme ensuite en hémoglobine, qui prend une couleur rouge, et c'est la diaphorase qui permet cette réaction biologique.*

– Ne me dis pas que tu comprends ce que ça veut dire ce charabia.

Jubilee s'intéresse à un croquis du Dr Fordsworth : des bulles plus ou moins grosses accompagnées de flèches allant dans tous les sens censées représenter la manière dont les globules sont rouges quand ils transportent l'oxygène et bleus si ce n'est pas le cas, et ensemble, père et fille relient chaque bulle avec la légende correspondante. Papa désigne les bulles de gauche et tente :

– Méthémoglobine.

Il regarde Jubilee pour avoir son approbation avant de montrer celles de droite et de faire :

– Hémoglobine ?

– Exactement.

– Ah, diaphorase ! » Papa tapote un nuage de petites taches. « Ce que ton sang n'a pas.

C'est comme s'il venait de découvrir l'emplacement d'un trésor sur une carte.

– Et c'est pour ça que mon sang a trop de ça.

Elle montre les bulles intitulées MÉTHÉMOGLOBINE.

– Alors ce docteur Fordsworth t'a donné un remède ?

– Pas un remède, papa.

Jubilee lit son passage favori.

– *En 1928, Harrop et Baron ont démontré qu'en injectant du bleu de méthylène dans le sang d'un patient atteint de méthémoglobinémie congénitale, la méthémoglobine se transformait complètement en hémoglobine.*

Papa l'interrompt une nouvelle fois.

– Tu peux me dire tout ça clairement ?

Cela ne faisait que quatre jours que le Dr Fordsworth avait sorti de sa sacoche noire un petit flacon rempli de liquide bleu. L'agent réducteur, selon ses termes.

– Le bleu de méthylène est juste un colorant bleu et cent milligrammes suffisent à réduire les symptômes, c'est ce qu'il m'a dit.

– Il voulait mettre plus de bleu en toi ? demande papa.

– Ça ne m'a pas paru logique non plus.

Jubilee avait été mise en garde bien longtemps avant de rencontrer le Dr Fordsworth : certains médecins viendraient de temps à autre la voir pour expérimenter leurs dernières découvertes, se servir d'elle comme cobaye. Elle avait donc hésité soudain à croire le Dr Fordsworth puisque ce qu'il proposait semblait contradictoire.

– Je n'arrêtais pas de penser que le colorant bleu allait me rendre malade alors j'ai refusé d'en prendre.

Papa écarquille les yeux.

– Mais il a trouvé le moyen de me convaincre. Il a remonté sa manche et s'en injecté lui-même.

Déconcertée, elle l'avait observé un bon moment et pour finir elle n'avait plus eu de raison de résister. Il avait nettoyé son bras à l'alcool, explique-t-elle à son père, avant de la piquer et après, lentement, il avait injecté le colorant et affirmé que les effets seraient visibles en une vingtaine ou une trentaine de minutes.

– Au bout de vingt minutes, j'ai regardé mon bras et il était aussi bleu qu'avant.

Ses mains étaient bleues, ses ongles avaient toujours l'air vernis au charbon. Quelle idée avait-elle eue ?

– Soudain, le Dr Fordsworth a eu une réaction vraiment bizarre, dit-elle.

Il était devenu tout rouge, comme sur le point de perdre connaissance.

– J'ai cru que j'allais avoir la même chose mais en fait j'ai compris qu'il était surpris, c'est tout.

Elle avait hurlé au médecin de lui dire ce qui n'allait pas et pour toute réponse il lui avait pris la main et la lui avait collée sous les yeux. C'était bien la sienne, s'était répété Jubilee, même si elle ignorait comment cela était possible. Sa peau n'avait plus la moindre ombre bleutée. Ses bras étaient pareils, sans aucune trace de bleu. Tout à coup, elle était passée du crépuscule à l'aube.

Jubilee écarte sa chaise de la table, retire ses bottes et ôte ses bas pour montrer à papa ses petits pieds, de la même teinte que des fleurs de cornouiller, et ses plantes pareilles à l'écorce d'un virgilier à bois jaune.

Papa saisit ses orteils et les chatouille.

– Mes petits vers de terre !

Le Dr Fordsworth lui avait donné le colorant sous forme de cachet, poursuit-elle, précisant que les effets n'étaient pas permanents.

– Au bout de vingt-quatre heures environ, mon organisme a éliminé tout le bleu de méthylène et il faut que j'en reprenne.

– Alors tu es toujours bleue ?

– C'est pour ça qu'on ne peut pas parler de remède. Il va falloir que je fasse ça tous les jours jusqu'à la fin de ma vie.

– Et quand tu n'auras plus de cachets ?

Elle en a une provision pour trois mois, explique-t-elle à papa, et avec l'ordonnance du Dr Fordsworth n'importe quel pharmacien lui en donnera d'autres, même un pharmacien de campagne.

– Mais ça coûte cher sûrement.

Autant qu'une parcelle de terre fertile, doit penser papa.

– Cent cachets coûtent presque le prix d'un tube de dentifrice. C'est juste un colorant, papa.

Son père se rassied et parcourt à nouveau les papiers. Au bout d'un moment, il déclare :

– Si seulement ton frère était encore vivant pour voir ça.

Et il y a cette absence qu'une peau de la bonne couleur ne parviendra jamais à faire oublier.

Après avoir lavé et rangé la vaisselle, papa dit à Jubilee de remettre ses bottes pour venir se promener avec lui parce qu'il veut lui montrer ce qui l'a aidé à surmonter toute cette épreuve. À peine quittent-ils le chemin principal pour continuer sur le sentier, qu'elle comprend : ils se dirigent vers sa volière. Même si elle était entourée d'une ribambelle de gens dans la grande ville, elle n'avait rien pour combattre la solitude la nuit, et donc pour se réconforter, Jubilee écartait les bras sur les draps froids de sa banquette et laissait son esprit s'envoler au-delà des immeubles et des dédales de rues, au-dessus des collines boisées où elle finissait par se glisser entre des arbres pour atterrir dans sa volière. Les premières fois, ses oiseaux battaient des ailes, sautillaient d'un perchoir à l'autre et se demandaient pourquoi elle ne remplissait pas leurs mangeoires, pourquoi elle ne prenait pas soin d'eux. À la fin, les oiseaux étaient moins nombreux et une nuit en arrivant, elle n'avait plus trouvé que des cages vides. Un spectacle qu'elle n'a aucune envie de revoir, si bien qu'elle demande à papa si cela ne pourrait pas attendre.

– Viens, insiste-t-il.

Une fois devant la volière, papa l'incite à entrer en premier.

Elle ouvre la porte en grand et, au lieu de trouver les lieux à l'abandon, elle regarde émerveillée les oiseaux dans leurs cages. Elle n'en connaît aucun sauf un.

– Thomas ! s'exclame-t-elle, soulevant le couvercle, et aussitôt l'oiseau grimpe sur sa main. Que tu es gros ! Comment veux-tu voler avec ce bidon ?

Elle s'accroupit pour lui faire un nid dans sa jupe, et siffle et roucoule à l'attention des autres.

– Tu t'en es occupé à ma place !

– C'était le seul endroit où je me sentais près de toi. Je suis venu ici tous les jours, et on parlait de toi, pas vrai, les gars ? Celui-là… » Il désigne Thomas. « Il a même fait quelques vols de reconnaissance pour aller te chercher. Il a toujours su que tu reviendrais.

Papa lui présente les autres pensionnaires, lui raconte comment il les a trouvés et quels noms il leur a donnés.

– Quand le bruit va se répandre que tu es de retour, on va être envahis. Faudra sûrement qu'on s'agrandisse.

Jubilee change l'eau et rajoute quelques cuillerées de graines de tournesol fraîches, et soudain la présence de Havens devient incontournable. La jeune femme se rappelle comment il se comportait lorsqu'il la prenait en photo : on l'aurait dit en train d'écouter une histoire qu'il voulait interminable. S'il la mettait en danger en la photographiant, il se mettait en danger dans un sens lorsqu'il cessait de le faire. Aujourd'hui elle se soigne et demain elle se soignera, et ainsi de suite jour après jour, et quel genre d'arrière-plan choisirait-il désormais pour la photographier ? À la maison, lorsque papa sera aux champs, elle regardera les photos noir et blanc que Havens a laissées – celles de la famille, celles de Thomas et de ses autres oiseaux et celle qu'elle a prise de lui.

Havens

Contrairement à ces derniers mois, Havens se réveille pour une fois déterminé, habité d'une agitation qui, adolescent, l'assaillait tandis qu'il était cloué précisément dans ce même lit. Il ne peut passer un jour de plus à se demander s'il doit ou non retourner à Chance. Il ira la voir. Il lui dira qu'il s'est occupé de la photo et que l'article ne sortira jamais. Il lui dira d'autres choses, qu'il pense tout le temps à elle, aux collines, aux gens qu'il a rencontrés, au pic flamboyant, aux renards, et même à ce sinistre arbre bardé de toiles d'araignées qui doit être plein de papillons à l'heure qu'il est. En revanche, il ne lui dira pas qu'il a perdu son boulot, qu'il s'est fait expulser pour loyer impayé et qu'il a dû rentrer à Dayton pour vivre chez ses parents. Il passera aussi sous silence qu'il n'a plus touché son appareil photo depuis des semaines. Certes, il a essayé de prendre quelques clichés après avoir quitté Chance, mais à peine installait-il son Graflex que la lumière devenait mauvaise ou, si elle était bonne, sa main se mettait à trembler ou son esprit à vagabonder ailleurs. Chaque paysage, chaque nature morte était sous-exposé ou surexposé ou flou ou sans point de fuite, rien à voir avec les photographies qu'il a prises d'elle ou de la nature à laquelle elle appartient.

Il glisse une main sous l'oreiller et sort le seul cliché qu'il possède d'elle, le portrait noir et blanc qu'il a mis dans sa poche de chemise pendant qu'ils étaient dans le garde-manger tous les deux. Il le tient comme s'il s'agissait d'une carte maîtresse dans une main gagnante. Il y a tout juste assez de lumière ce matin pour distinguer sa clavicule qu'il a effleurée du bout du doigt ce jour-là, la faisant frissonner ; le creux de son bras, où elle l'a laissé blottir sa main pendant qu'ils rentraient de la volière ; ses yeux, qui l'ont envoûté. Sa bouche ! Il retourne la photo, la plaque contre sa poitrine. Malgré ce qu'on croit communément, les photographies ne conservent pas les souvenirs ; elles les étiolent. En se concentrant sur le quart de seconde correspondant à l'image elle-même, on néglige les moments qui ont mené jusque-là et tous ceux, poignants, qui ont suivi. Lorsqu'on examine trop une photo, on oblitère – et plus vite que ça – les odeurs, les caresses, les battements de cœur.

Havens imagine sa main se faufilant sous le chemisier de la jeune femme, caressant la peau bleu ciel de son ventre et glissant au creux de ses reins pour l'attirer à lui. Être avec elle, c'était comme redonner vie à ses sens, et rien ne peut compenser son désir de la retrouver. Il a pourtant essayé de la laisser derrière lui, mais il ne peut s'empêcher de faire revivre chacun des souvenirs qu'il a d'elle et même de s'en créer de nouveaux.

Havens repousse les couvertures – et s'il partait aujourd'hui ? –, mais avant même de poser le pied par terre, la voix obstinée de la raison entreprend de saper ses résolutions. Si elle n'est pas venue à la cabane, ce n'est pas pour rien. Il a beau vouloir croire que ses parents l'ont retenue, il ne peut se libérer de l'idée qu'elle ait changé d'avis et que son absence signifiait clairement qu'il devait tourner la page tout comme elle se préparait à le faire.

Mais ne devrait-il pas néanmoins aller la voir, même si c'est pour se faire congédier ?

Après s'être habillé, il se dirige vers la cuisine et s'immobilise en entendant sa mère se plaindre à quelqu'un, la voisine d'à côté sûrement.

– Il se morfond toute la journée et ça fait des mois que ça dure, depuis qu'il est revenu en fait. Il n'essaie même pas de s'en sortir. C'était pareil quand il était plus jeune. À mon avis, toute cette histoire avec la photo, ce n'est qu'une excuse pour ne pas mettre le nez dehors. La photographie, je n'y ai jamais cru, je l'ai dit à son père. Pour commencer, il n'allait jamais en vivre, je le savais. Je lui ai dit tout net : « Comment veux-tu qu'une fille s'intéresse à toi si tu es tout le temps fauché ? » Mais est-ce qu'il m'a écoutée ? Ensuite, vous voyez bien, son mariage n'a pas fonctionné et après il est resté collé à cet appareil jour et nuit, et maintenant il ne veut même plus en entendre parler.

Pourquoi sa mère raconte-t-elle tout cela à la voisine ?

– Je vais vous dire, il a de la chance d'avoir quelqu'un comme vous, quelqu'un qui fait tout le chemin depuis Cincinnati pour prendre de ses nouvelles.

Betty ? L'idée le pétrifie.

– C'est toi, Clayton ? appelle sa mère. Clayton ?

Un glacier bougerait plus vite que lui.

– Ah, le voilà. Bah, ne reste pas planté là, Clayton, pour l'amour de ciel !

Tandis que Betty se lève et s'avance, Havens marmonne quelques mots de bienvenue et lui tend une main sans savoir quoi en faire.

Betty se sent mal à l'aise dans ses bras. Elle a l'impression d'être un objet, une commode par exemple où l'on flanque sa menue monnaie. Le baiser de la jeune femme tombe maladroitement sur le menton de Havens. Cependant, elle murmure :

– Bonjour, Clayton.

– C'est... je ne savais même pas si... Comment vas-tu ?

La dernière fois qu'il a vu Betty, c'était deux jours après s'être rendu aux bureaux du magazine *Look*. Elle semblait avoir bien pris la rupture, elle n'avait pas posé plus de questions.

– Ta mère disait que tu avais besoin de retrouver le sourire.

Havens enfonce ses mains dans ses poches et affiche ce qu'il croit être un air satisfait.

– Je ne sais pas pourquoi.

Se tournant vers Betty, sa mère demande :

– Vous avez lu ce qu'ils ont dit sur lui dans le journal ?

– Maman, s'il te plaît, ça fait des mois. Est-ce qu'on peut arrêter d'en parler toutes les cinq minutes ?

Sa mère souffle et prétend prendre le chemin de la cuisine, même s'il est plus que probable qu'elle s'arrête derrière la porte.

– Ça a dû être très dur pour toi, compatit Betty. Pour toute ta famille.

Havens aimerait tellement qu'elle cesse de l'observer avec autant de pitié.

– Ça aurait pu être pire. L'article est sorti en page 8.

– J'ai appris qu'ils t'ont retiré le Pulitzer.

Et alors ? Il s'en fiche. Tout comme peu lui importe que Pomeroy ait longuement déclaré dans la presse que la FSA trouvait regrettables ses agissements qui bien sûr ne reflétaient en rien le profond désir du gouvernement de dresser un bilan objectif des conditions de vie des familles de travailleurs honnêtes à travers le pays. Curieusement, l'unique voix charitable avait été celle de la mère du soi-disant orphelin qui, d'après les journalistes, ne comprenait pas pourquoi on faisait tant de foin de cette histoire. « Ce n'est pas comme s'il n'y avait pas d'enfants pauvres et affamés. » Seule la dernière ligne de l'article avait fait état d'une autre mystification évitée de justesse, sans plus de détails, et jamais personne ne le lui avait posé d'autres questions à ce sujet jusqu'à ce jour.

– C'était l'idée d'Ulys, n'est-ce pas, de faire une autre photo truquée ? s'enquiert Betty.

Il secoue la tête.

– Arrête de me défendre, Betty.

La mère de Havens revient avec un verre de thé glacé pour la jeune femme.

– Clayton, tu as perdu tes bonnes manières ? Invite donc ton invitée à s'asseoir.

– Et si nous allions dehors ? suggère-t-il.

Il est content que la vérité sur *L'Orphelin* ait été révélée, content que ce mensonge qui l'avait mis en porte à faux avec lui-même soit devenu le prix à payer pour la tranquillité et la sécurité de Jubilee – si seulement on pouvait tirer ainsi parti de chaque erreur.

Betty s'assied sur le banc près de la glycine fanée.

– Bon, je suis venue te dire qu'Ulys a une autre idée loufoque, et cette fois il pourrait bien y laisser sa peau.

Massey a tourné le dos à tous ses vieux amis qui s'inquiètent pour lui, raconte-t-elle, pour s'acoquiner avec une bande de marxistes obsédés par la guerre civile espagnole.

– Ulys part la semaine prochaine pour aller combattre là-bas et j'ai pensé que tu pourrais peut-être lui parler pour l'en dissuader.

D'une certaine façon, l'enrôlement de Massey dans un conflit étranger ne surprend pas Havens.

– Tu sais qu'il n'écoute aucun conseil, et encore moins ceux qui viennent de moi.

Sans parler du fait que Havens n'a nullement envie d'affronter encore Massey.

– Est-ce qu'il t'a parlé de Chance ?

– Il se sent mal après ce qui t'est arrivé, je le sais, répond-elle. Mais tu connais Ulys ; il ne peut pas le formuler comme ça, directement. Ça lui ressemble beaucoup plus de l'exprimer en se lançant dans une entreprise héroïque.

Massey s'est chargé de la page nécrologique de la *Tribune* et il a fait quelques piges à droite à gauche, poursuit Betty ; il a bien eu du mal à joindre les deux bouts.

– Vous avez traversé des hauts et des bas tous les deux, mais vous êtes amis depuis longtemps et je sais que tu t'en voudrais s'il lui arrivait quoi que ce soit là-bas sans que vous ayez mis les choses à plat entre vous avant.

– Peut-être. Mais certaines choses sont irrémédiables aussi.

Il remercie Betty d'être venue jusque-là pour le tenir au courant, et elle insiste pour qu'il réfléchisse en lui tendant un papier avec les coordonnées de Massey. Elle tapote le banc pour l'inviter à s'asseoir près d'elle.

– Je suis sûre que tout le monde oubliera les photos bientôt. Tu te remettras en selle, et plus vite que ça.

Il émet un son dubitatif.

– Tu avais besoin de temps pour toi, je comprends, mais maintenant on peut essayer de mettre toute cette tension derrière nous, non ?

Betty a-t-elle cru que leur rupture était à mettre sur le compte du scandale ?

– Je ne me suis pas exprimé clairement, je crois, la dernière fois qu'on s'est vus…

– Ça arrive à tout le monde de regretter un jour ou l'autre quelque chose, coupe-t-elle. Personne n'est parfait.

– Pardonne-moi, Betty. Je ne peux pas.

– Ce n'était qu'une photographie, c'est tout. C'est terminé maintenant… c'est du passé.

Elle balaie l'air de la main pour montrer combien le passé est fugace, combien il est insignifiant, trivial comparé à l'avenir infini qu'elle s'imagine, et Havens comprend pourquoi elle ne s'est pas contentée de lui téléphoner pour lui parler de Massey, pourquoi elle a fait le chemin jusqu'à lui.

– Je ne peux plus être avec toi, Betty.

Elle attend qu'il reconsidère ce qu'il vient de dire, au lieu de quoi il ajoute :

– Ce n'était pas simplement la photo.

Elle pose son verre par terre, lisse sa jupe et déclare de but en blanc comme elle sait le faire :

– Il y a quelqu'un d'autre.

Pourquoi nier ?

– Oui.

– Depuis combien de temps ça dure ?

– Ça n'aurait jamais marché entre toi et moi de toute façon.

Elle se lève.

– Bon, elle ne doit pas beaucoup tenir à toi si elle te laisse dans cet état.

Betty désigne d'un geste désabusé l'allure négligée de Havens.

– Je n'ai jamais voulu te faire de mal, je t'en prie, il faut me croire.

– Tu n'as jamais voulu faire de mal à personne, pas vrai ? Et pourtant, c'est exactement ce que tu as fait. » Elle agrippe son sac. « Salut, Clay.

La voiture de Betty recule dans l'allée du garage lorsque la mère de Havens déboule avec une assiette de cookies aux amandes.

– Tu vas finir vieux et malheureux, tu t'en rends compte ?

Deux coups de feu retentissent à deux pas de la maison et une kyrielle d'étourneaux s'envole dans le ciel.

– Ah, va dire à ton père d'arrêter avant qu'un voisin appelle la police. Il ne manquerait plus que ça… une voiture de patrouille devant chez nous.

Havens trouve son père dans le jardin, en train de recharger sa carabine.

– Ces sacrés oiseaux voulaient encore se percher dans mon pommier.

Havens songe à Jubilee et sa volière.

– Tu ne peux pas leur tirer dessus, papa.

– Est-ce que tu as vu un seul merlebleu depuis que t'es rentré ? Non, parce que les étourneaux les ont chassés. Ils n'ont rien à faire là, ces fichus intrus.

Havens laisse son père monter la garde près de son arbre et retourne au salon où il saisit le téléphone et demande à l'opératrice de le mettre en relation avec le numéro que Betty a griffonné sur le bout de papier.

Havens se mêle au flot de passagers qui débarquent du train, se pressent sur le quai, s'engouffrent dans le souterrain et débouchent pour finir dans le grand hall de la gare de Cincinnati. Il a prévu d'arriver ici bien avant l'heure du rendez-vous pour se donner le temps de rassembler ses esprits et d'asseoir son assurance, mais le train a pris du retard après Dayton et Havens, tel un petit garçon en retard pour l'école, se hâte désormais de rejoindre la salle d'attente. Il repère Massey devant un stand de hot-dogs et songe à nouveau qu'il aurait mieux fait de ne pas venir. Massey n'aurait pas pu avoir un ton plus indifférent au téléphone, et c'était son idée de se retrouver à la gare plutôt que chez lui.

– Bonjour, Massey.

– Mon Dieu, tu as une tête.

Massey commande un second hot-dog avec double dose de sauce, comme Havens les aime, et refuse l'argent de ce dernier.

Se dirigeant vers le coin opposé de la salle d'attente, Massey demande :

– Alors, toi et Betty, c'est fini, il paraît ?

– Ça fait plusieurs mois.

– Et pourtant, te voilà, encore à lui obéir au doigt et à l'œil.

Massey agite sa serviette dans la direction de Havens.

– Je rigole.

Il s'installe dans un fauteuil en cuir.

– Betty a recruté tout ce qui bouge pour tenter de me dissuader d'aller en Espagne, mais comme je t'ai dit au téléphone, rien ne m'arrêtera.

– Personne n'a jamais pu t'arrêter de faire quoi que ce soit de toute manière.

Massey hausse un sourcil et, s'adressant à un passant, lance :

– Il oublie vite, non ?

Mais au lieu de s'attarder sur la photographie de Jubilee, il enchaîne sur la guerre et comment le combat contre les nationalistes en Espagne a provoqué des dissensions dans les rangs républicains.

– Orwell a combattu là-bas, tu sais. Il était caporal. Il y serait encore si l'ennemi ne lui avait pas tiré dans le cou.

– Orwell ?

Ce nom dit quelque chose à Havens.

– Tu n'as pas lu *Le Quai de Wigan* ? Une lecture nécessaire si on a un tant soit peu de conscience politique.

Massey résume cette chronique de l'écrivain britannique sur les mines de charbon du Yorkshire et évoque l'amitié épistolaire née entre eux deux.

– Hemingway, Neruda, Dos Passos et une poignée d'autres écrivains sont déjà partis se battre là-bas, alors je suis peut-être fou mais je serai en très bonne compagnie.

– Je ne crois pas que ce soit fou de vouloir prendre part à quelque chose qui compte.

Cette dernière remarque semble plaire à Massey.

– Tous ceux que je connais pensent que c'est n'importe quoi, genre pour qui je me prends d'aller affronter Franco, mais c'est le plus important combat du siècle. S'il était question de territoire ou de possession, je m'en ficherais, mais il s'agit de se battre pour des idées, et il faut les défendre coûte que coûte.

Havens se souvient avoir lu dans la presse que des gangs d'hommes armés rôdaient dans Barcelone et qu'il y avait plus d'un kilomètre de file d'attente à la Soupe populaire. Mais Massey dit qu'il ira plutôt sur le front d'Aragon.

– Dans les tranchées ?

– Tu sais ce qu'on dit… Si ce que vous écrivez n'est pas assez bon, c'est que vous n'êtes pas assez près.

– C'est la même chose pour les photos sûrement, suggère Havens.

Ils restent tous deux silencieux un moment.

Massey fixe un jeune couple qui vient de s'asseoir en face d'eux.

– Ce n'était pas mon heure de gloire, observe-t-il.

Il fait référence aux Buford, Havens le sait.

– La mienne non plus.

Les amis observent les nuques des deux jeunes gens.

– Je croyais qu'on viendrait frapper à ma porte pour me demander mon point de vue mais tu n'as jamais mentionné mon nom dans les journaux. Tu aurais pu me rendre la monnaie de ma pièce. Pourquoi tu ne l'as pas fait ?

– Peut-être que j'attends une meilleure occasion, qu'est-ce que tu en sais ?

Massey se frappe la poitrine, comme pour provoquer Havens, au lieu de quoi ce dernier lui lance sa serviette en papier chiffonnée.

– Tu n'as plus entendu parler d'eux, j'imagine ?

Havens secoue la tête.

– Mais je pense que je vais y retourner. Ils méritent de savoir que l'article n'a pas été publié.

– Ils ont dû le comprendre maintenant, tu ne crois pas ?

Havens lui raconte les événements affreux qui se sont déroulés avant qu'il parte et il avoue qu'elle n'est pas venue à leur ultime rendez-vous.

– À ton avis, c'est égoïste de ma part de vouloir y retourner ? Je ne ferai que semer encore une fois la zizanie, tu crois ?

Si Massey pensait que Havens devrait y aller, il le dirait. Au lieu de quoi, il prend un air compatissant comme si Havens participait à un match où il était largement mené sans avoir aucune chance de revenir au score.

Ce qui n'empêche pas Havens de poursuivre :

– Je me disais que ça serait bien de leur rendre visite une dernière fois, histoire de leur dire au revoir comme il faut au moins, même si on doit se faire rembarrer... je ne sais pas, quelque chose.

Alors que Havens s'attend à ce que Massey l'en dissuade, ce dernier se met au garde-à-vous et déclare :

– Allez, adieu et au front... Puissions-nous revenir grandis de nos croisades.

Havens serre la main qu'il lui tend.

– Tu pars quand ?

– Le bateau appareille après-demain. Tu veux que je dise à Betty que tu as vraiment essayé de me raisonner ?

Havens sourit.

– À un de ces quatre, Havens.

Massey le salue.

– Oui, à bientôt, Massey.

– Ah, encore une chose.

Massey plonge la main dans sa sacoche et lui donne une enveloppe en papier Kraft. Qui renferme toutes les photos noir et blanc que Havens a prises à Chance.

– Pas la peine de me remercier... je ne savais pas si j'en aurais besoin ou non pour l'article.

Après quoi, Massey glisse la main dans la poche poitrine de sa veste et en sort un cliché couleurs de Jubilee dans les bras de Havens, pris à leur insu.

– Il faut que tu aies celle-là aussi.

Lorsque Havens lève le nez pour le remercier, Massey a déjà disparu dans la foule.

Durant le trajet retour, Havens examine la photographie. Même si son envie d'être avec elle ne fait que s'intensifier, il ne peut nier l'évidence : sa présence à lui semble tellement incongrue à côté d'elle qui a l'air exactement à sa place. Havens se remémore les oiseaux dans le pommier de son père. Lorsqu'on s'introduit dans un lieu où l'on n'a rien à faire, que l'on ait ou non l'intention de faire du mal, ceux qui habitent là se sentent menacés. Depuis le début, Jubilee savait ce qu'il ne voulait pas s'avouer à lui-même : étourneaux et merlebleus ne peuvent nicher dans le même arbre.

Jubilee

Jubilee se réveille en sursaut, mains sur le visage : elle rêvait qu'elle était devenue de la bonne couleur et qu'elle était rentrée chez elle. Elle regarde autour d'elle et s'aperçoit qu'elle est dans sa chambre. Elle jette un coup d'œil à ses mains pour vérifier ça aussi. Peau d'emprunt, parce que le bleu est revenu en surface. Elle tend la main vers le flacon, avale un cachet et attend. Le moment venu, le changement se produit d'un coup, partout en même temps. Elle est bleue et l'instant d'après, elle rayonne. Sa peau prend par endroits la couleur d'une pêche, par endroits celle d'une belle planche en bois de pin, ou par endroits encore celle du beurre frais. Elle baisse les yeux vers sa poitrine sous sa chemise de nuit. Les deux cercles foncés sont maintenant rose pâle. Elle glisse ses mains sous le tissu et soulève délicatement ses seins telles deux petites tasses en porcelaine chinoise. Son ventre est clair comme les fleurs de laurier. Elle regarde plus bas et détourne les yeux, sourire aux lèvres. Belle à croquer, partout, maintenant.

S'habiller lui prend deux fois plus longtemps à présent car son reflet dans le miroir attire constamment son regard. Il lui faut s'habituer à cette jumelle à la peau couleur d'aurore, la fille de ses rêves : les mêmes cheveux roux frisés ; les mêmes yeux verts et inquiets ;

le nez, les joues et le menton à leur place mais parsemés de taches de rousseur et non de taches d'encre comme avant ; et les lèvres non plus grises comme la mort mais d'une belle teinte rosée comme une chose bien vivante. Son double lui sourit. Gencives claires, langue églantine. On dirait qu'elle a mangé des fleurs hier soir. Que tout son être vient de voir le jour.

Elle se sent différente, aussi, avec ce nouvel épiderme ; plus soyeuse quelque part. Elle frissonne beaucoup, elle est plus chatouilleuse et s'il lui arrive de se cogner ou se pincer, c'est comme si elle arborait une parure au lieu d'une contusion. Elle ne trouve pas les mots pour décrire cette couleur : « de la bonne couleur » n'est même pas à la hauteur. Il faudrait dire « d'une couleur parfaite » plutôt.

Parmi les nombreuses jupes d'occasion qu'elle a dans sa valise, elle choisit celle avec les fleurs multicolores, puis tourne devant le miroir. Une autre idée lui vient. Sous son matelas, presque hors de portée, elle a glissé la chemise que Havens a oubliée. Elle enlève sa jupe, enfile la chemise et la boutonne jusqu'au col. Le vêtement lui tombe quasiment aux genoux et les manches sont beaucoup trop longues. La jeune femme enlace son propre corps.

Elle se sentait si insouciante et belle avec Havens. Souvent, elle le surprenait en train de la regarder, et elle faisait mine de se concentrer sur quelque chose au loin pour qu'il puisse la contempler aussi longtemps qu'il le désirait. Elle l'encourageait même à le faire en multipliant toutes sortes de gestes – se passer du liniment sur les mains par exemple, ou tripoter ses cheveux. C'est vrai, elle a essayé de l'envoûter, comme ils accusent les Bleus de le faire. Elle mettait son tablier plus bas ; se prélassait sous la pluie battante pour voir si bleue, détrempée et frissonnante il la trouvait aussi jolie ; dans la lumière de fin d'après-midi, elle se confectionnait des colliers de marguerites pour ses cheveux, faisait bouffer sa jupe et chantait toutes les ballades qu'elle connaissait. Elle avait tellement envie qu'il continue à la regarder. Tellement envie que leurs sentiments se concrétisent. Elle désirait tant de choses impossibles, qu'elle désire toujours en vérité ; et encore plus avec cette nouvelle couleur.

– Oh, mon Dieu ! s'exclame une voix dans son dos.

Jubilee fait volte-face.

Bouche bée, Soidi est plantée dans l'embrasure de la porte. Au lieu de formuler une vraie question, Soidi bafouille :

– Mais comment… Où… Depuis quand ?

S'emparant de la jupe par terre, Jubilee se réfugie derrière la porte du placard pour se changer. Lorsqu'elle se montre à nouveau, c'est comme si l'ange Gabriel venait d'apparaître à Soidi qui, pétrifiée, semble se demander s'il va la maudire ou la bénir. Alors que Jubilee s'apprête à lui expliquer ce qu'elle sait sur les globules, elle remarque Willow-May dissimulée derrière Soidi. La fillette veut jouer comme elle le faisait avant avec sa grande sœur, donc Jubilee déclare :

– Quel dommage que tu ne sois pas venue avec Willow-May. Enfin, elle n'aimera pas de toute façon le cadeau que je lui ai apporté.

Et parce que Willow-May ne bouge pas d'un pouce, Jubilee bondit, s'empare d'elle et la chatouille.

Willow-May se dégage, effrayée, et se cache derechef.

– Qui c'est qui boude ce matin ? » Soidi tend la main derrière elle pour inciter Willow-May à se montrer. « Va serrer ta sœur dans tes bras.

Jubilee s'accroupit et tend les mains :

– C'est juste moi… Juby.

Willow-May s'enfuit dans le couloir.

– Il faut qu'elle s'habitue à… cette… il faut qu'elle s'habitue à toi.

Soidi saisit les épaules de la jeune fille et l'examine de la tête aux pieds, la fait tourner sur elle-même, pour finir par la serrer dans ses gros bras.

– Peu importe le remède, il faut remplumer ce petit corps.

Elle l'interroge sur Louisville et Jubilee lui raconte rapidement : le Dr Fordsworth et les cachets, le terme interminable, *méthémoglobinémie*, et le traitement qu'elle a commencé il y a un peu plus d'une semaine.

– Il n'y a pas grand-chose à dire de plus.

– Et ça, c'est du vernis ?

Il est trop tard pour cacher ses ongles, même si le vernis rouge est presque complètement parti. Jubilee s'active donc à faire son lit car nul ne peut soutenir le regard de Soidi sans trahir ses propres secrets.

– Tu avais raison : le vaste monde n'est pas si génial que ça.

Lorsque Soidi lui disait ça auparavant, Jubilee pensait toujours que c'était parce qu'elle n'en connaissait qu'une infime partie, la côte de Floride où habite sa sœur, mais désormais Jubilee sait qu'il n'est pas nécessaire d'aller aux quatre coins de la planète pour parvenir à la même conclusion. Il suffit d'être attentif aux gens pour percevoir les fragments du monde qu'ils portent en eux.

Soidi ramasse la chemise de Havens, la plie et le tend à Jubilee.

– Il ne faut pas que ta maman voie ça.

Jubilee fourre la chemise au fond de son placard.

– Est-ce qu'il est au courant ?

– Comment le serait-il ?

– Tu ne lui as pas écrit de là-bas ?

Écrit ? Non.

– Il ne m'a jamais donné son adresse.

– Bah, ils ont distribué leurs cartes à la moitié de la ville. Ton père en a une. J'en ai une. Au cas où tu…

– Je ne vais pas lui écrire ! Pour dire quoi ?

Lui annoncer la mort de Levi ? Lui dire que maman est au bord du précipice ? Il faudrait parler de tout cela avant d'aborder la question de sa peau.

– Et à quoi bon de toute façon ?

– Si j'étais à sa place, je serais contente de savoir que tu vas bien.

– Si tu étais à sa place, tu trouverais le moyen de répondre à cette question toi-même.

Jubilee clôt le débat en mettant le sujet de Ronny sur la table, ce qu'elle avait hésité à faire avec papa.

– Tu ne seras pas surprise d'apprendre qu'aucune charge n'a été retenue contre lui.

Le shérif Suggin avait mené une enquête en dépit du bon sens, pendant que papa fouillait les collines et les vallons, lui raconte Soidi. Maman était incapable de confirmer quoi que ce soit sur la chronologie des événements et les mobiles des uns et des autres.

– Ronny a prétendu que c'était de la légitime défense et ton père a décidé de faire appel. L'homme qu'il a engagé pour s'occuper du dossier est un petit jeunot mais il est aussi tenace qu'une tique.

– Comment papa va le payer ?

– Avec ce qui reste des gains des récoltes, et on sera plusieurs à mettre la main à la poche pour la prochaine facture, mais pas un mot à ton père, hein ?

– Ronny ne sera jamais condamné.

– Toi et moi on le sait, mais le procès a donné de l'espoir à ton père et c'est grâce à l'espoir qu'il se lève tous les matins.

Les affaires d'Urnamy Gault ont du plomb dans l'aile, se réjouit Soidi, et le bruit court que les gens voteront pour un nouveau maire aux prochaines élections.

– Et par-dessus le marché, il a fallu qu'il démente les rumeurs sur Estil et Eddie quand tout le monde sait qu'elles sont fondées.

Quant à Ronny, poursuit Soidi, il reste collé dans les jupes de sa mère maintenant.

– Estil ne sort plus du tout, mais si tu veux mon avis, elle est bien vaniteuse de croire qu'on passe notre temps à parler d'elle et Eddie. Seigneur Dieu, qu'est-ce qu'il y a à dire de plus sur cette sale histoire sinon que Ronny est la preuve vivante qu'on ne répare pas une injustice par une autre ?

– Et quand Ronny va apprendre que je suis rentrée ?

Soidi fait asseoir Jubilee à côté d'elle sur le lit, lui serre si fort la main que la jeune femme a l'impression que ses phalanges en éclateraient presque, et dit :

– Mon plus grand regret, c'est de ne pas avoir tiré sur Ronny quand j'en ai eu l'occasion, mais écoute-moi bien, s'il croit une seconde qu'il peut encore fourrer son nez dans tes affaires, je ne ferai pas deux fois la même erreur.

Puis, d'une voix plus douce, Soidi ajoute qu'elle pense emmener Willow-May le lendemain à la foire de Smoke Hole.

– Viens avec nous. Elle pourra se réhabituer à toi ailleurs qu'à la maison, ça sera bien pour elle.

En entendant le mot « foire », Jubilee se raidit. Après ce qu'elle a traversé, c'est le dernier endroit où elle a envie d'être, mais Soidi ne veut rien entendre :

– À quoi bon tout ça, fait-elle, désignant la peau de Jubilee, si tu continues de rester enfermée ?

Après le départ de Soidi, Jubilee se regarde à nouveau dans le miroir. Elle est tel un faon, telle une créature sans ombre. Tout est lumineux autour d'elle. Comme nimbé d'or et d'argent.

La foire s'est installée dans le pré à côté de la maison rouge qui fait office d'école. Parmi les rangées de stands et de tables qui exposent objets artisanaux et autres victuailles, des musiciens rivalisent de virtuosité sur leurs instruments à cordes. Gens de la ville, fermiers et familles de mineurs déambulent d'étal en étal, le plus tranquillement du monde, donnant leur avis sur les manches de hachettes et les courtepointes en passant par les collections de minéraux, tandis que des gamins turbulents jouent à chat, se faufilant sous les tables, frôlant les jambes des dames et esquivant de justesse les mains adultes qui cherchent à modérer leurs ardeurs.

Soidi, Willow-May et Jubilee sont venues avec Jeremiah Wrightley qui est maintenant parti avec son plus jeune fils se renseigner sur les événements sportifs, laissant Wyatt toujours hypnotisé par Jubilee. Durant les vingt kilomètres du trajet en camionnette, il n'a pourtant pas cessé de la dévisager mais manifestement il n'a pas l'air rassasié.

– T'es pas censé te préparer pour un tournoi de fer à cheval, Wyatt ? lui lance Soidi.

Il s'éloigne enfin d'un pas lourd, non sans avoir une dernière fois jeté un coup d'œil par-dessus son épaule.

Willow-May, en revanche, n'a pas dit un mot à Jubilee et garde ses distances en se servant de Soidi comme barrière de protection. Devant une table de conserves, elle s'empresse d'accepter une portion de gelée de groseille qu'une femme avec coiffe et tablier lui tend.

– Tu aimes les pêches au sirop ? demande la femme en se tournant vers Jubilee. Parce que le sirop de celles-là, il n'y en a pas de meilleur.

Jubilee ne sait que répondre. Et il en va ainsi à chaque stand : elle reste muette face à la gentillesse des autres. Willow-May ne cache pas que Jubilee lui paraît bizarre.

– Qu'est-ce qu'elle a qui va pas ? demande-t-elle à Soidi. Pourquoi elle est pas comme avant ?

Comme Willow-May veut caresser les bébés animaux, elles se fient à leur odorat et se dirigent vers l'extrémité du champ. Là, un fermier apporte un porcelet à la fillette. Être avec du monde ne pose aucun problème à Willow-May, elle pose des dizaines de questions sur la couvaison, l'élevage et l'abattage. Jubilee de son côté n'arrive pas à prendre le coup de main. Elle reste en retrait et remarque un jeune homme qu'elles ont déjà croisé quelques minutes auparavant et qui la salue une seconde fois, soulevant légèrement son chapeau.

Après que Willow-May a dorloté tous les animaux de l'enclos, elles consultent leurs programmes pour décider quoi faire et Soidi pointe le doigt sur ce qui s'intitule « Reliques et curiosités » ; aussitôt Jubilee se retrouve à Louisville avec les odeurs de sciure, de fumée et de cacahuètes grillées, et la voix d'Arnold, l'aboyeur, qui crie dans son porte-voix devant le chapiteau : « Approchez, mesdames et messieurs, approchez. » Jubilee croyait qu'ils seraient bienveillants – les gens de la ville n'étaient pas censés être aussi obtus que les montagnards –, mais ils lui avaient posé toutes sortes de questions, des choses qu'une personne convenable ne se permettrait jamais de demander à quiconque. « Z'êtes bleue partout ? » avait une fois osé un homme.

– Continuez toutes les deux, je vais me mettre un peu à l'ombre.

Je vous rattraperai, assure Jubilee à Soidi, avant de se diriger vers une balle de foin libre. Combien de temps lui faudra-t-il pour se libérer des choses d'avant ? Avec Levi, ils évoquaient parfois comment ce serait de marcher où ils en avaient envie, de faire ce qu'ils voulaient, et maintenant elle s'interroge : la liberté d'un individu ne se rapporte-t-elle pas davantage à ce qu'il a fait et à ce qu'il est capable de faire, en particulier les pires choses, plutôt qu'au simple fait de marcher et faire comme bon lui semble ? Elle inspire profondément à plusieurs reprises pour apaiser son inquiétude, s'évente avec son programme et observe la couleur de ses mains.

– Ça va, mademoiselle ? » L'homme qu'elle a remarqué tout à l'heure soulève son chapeau. Il a l'âge de Levi environ, les vêtements et les manières de quelqu'un d'instruit. « J'ai cru que vous alliez vous évanouir.

– Non, ça va, merci.

Jubilee fait mine d'examiner le programme.

– Voulez-vous que j'aille vous chercher une limonade ?

Elle secoue la tête.

Il désigne la foule.

– Il n'y a jamais eu autant de monde à la foire.

Pourquoi ne part-il pas ?

– Vous n'êtes pas d'ici, n'est-ce pas ?

Dans l'espoir de mettre un terme à la conversation, Jubilee répond :

– Je viens de Chance.

– Je savais que je ne vous avais jamais vue par ici. Je m'en serais souvenu.

L'homme est sur le point de se présenter lorsque Jubilee se lève et fend la foule en direction de l'école où, à son grand soulagement, elle s'aperçoit que

« curiosités » ne signifie pas « bizarreries humaines » et « erreurs de la nature » comme elle le craignait, mais qu'il s'agit essentiellement d'armes des guerres passées et autres vieux pistolets. À l'entrée de la salle, Willow-May est en extase devant un étalage de minuscules boîtes abritant des figurines pas plus grosses que des grains de riz. PUCES COSTUMÉES DU MEXIQUE, annonce le panneau.

– Elles sont mortes, mais ce sont de vraies puces ! » Willow-May tend la loupe à Soidi. « Regarde ces deux-là… Elles se marient ! Leurs vêtements sont tellement chics, pas vrai ?

– Et voilà un fermier et sa femme.

Willow-May inspecte la boîte de Jubilee avant d'acquiescer.

– Comme papa et maman.

On dira ce qu'on voudra, ces puces mortes si prodigieusement costumées aident les deux sœurs à renouer.

Après avoir mangé une génoise et bu un soda à la cerise en guise de déjeuner, Jubilee suggère de trouver le magasin de jouets, histoire de se rabibocher encore un peu plus avec sa petite sœur, et elles descendent toutes les trois la rue principale qui est deux fois plus longue que celle de Chance. Elles passent devant la pharmacie, la quincaillerie et la cordonnerie. Soidi fait un saut dans la boutique de corsets tandis que Jubilee et Willow-May poursuivent jusqu'au magasin de jouets à deux pas de là. À l'intérieur, Willow-May papillonne de jouet en jouet, s'extasiant sur tout – un jeu de dames chinois, un jeu de lancer d'anneaux, un kit d'ustensiles à pâtisserie miniatures, un service à thé –, et lorsqu'elle arrive devant l'étagère des poupées, elle devient muette. Même un porcelet replet et grogneur ne lui a pas fait cet effet.

Jubilee lui tend une des poupées.

– Celle-ci te plairait ?

Willow-May caresse les cheveux de la poupée et opine du chef. Sa sœur l'entraîne alors vers le comptoir où le vendeur enregistre l'achat dans sa caisse en déclarant :

– Ah, c'est celle qu'on vend le plus ! Elle pleure et fait pipi.

Jubilee sent une bouffée de chaleur lui monter au visage. Soidi elle-même ne saurait certainement pas quoi répondre à ce genre de déclaration.

– Regarde ce que Juby m'a acheté !

Si Soidi se demande d'où Jubilee sort assez d'argent pour se permettre un tel article de luxe, elle ne pose aucune question, mais lorsque la jeune femme choisit ensuite un châle en crochet pour sa mère, un sachet de tabac à la vanille pour son père et une nouvelle coiffe pour sa grand-mère, elle ne peut s'empêcher de commenter :

– T'as pas encore vidé ta bourse ?

– Oh, Juby a beaucoup d'argent là-dedans.

Soidi hausse les sourcils.

– Dans ce cas, tu devrais t'acheter quelque chose pour toi, tu ne crois pas ?

Willow-May refuse que sa sœur se contente d'une part de crumble aux pêches.

– Il faut que tu te trouves quelque chose de beau, Juby. Une robe !

Jubilee a toujours porté des vêtements faits maison ou d'occasion.

– Mais quand est-ce que je la porterai ?

– Viens avec moi.

Soidi leur fait traverser la rue, tout en affirmant à Jubilee que si elle montre le moindre intérêt pour quoi que ce soit la vendeuse cherchera à lui vendre sa robe la plus chère et qu'elle essaiera ensuite de lui soutirer un peu plus d'argent en essayant de la convaincre de faire des retouches.

– Tu lui dis que tu regardes, c'est tout, comme si rien ne t'intéressait, et quoi qu'il arrive, tu n'essaies pas, même si elle insiste.

Dans le magasin, une dame les salue d'un grand geste comme si elles se connaissaient depuis longtemps. Jubilee n'a jamais vu autant de robes ; il y en a assez pour habiller trois fois toutes les femmes de Chance. Une robe jaune longue et évasée attire tout de suite son regard et la femme se précipite pour lui dire que le modèle existe en six tailles différentes. Différentes tailles ? Chez les Buford, il n'y a qu'une taille de robe – si c'est trop grand, on met une ceinture, et si c'est trop petit, on agrandit les côtés ou on mange moins de purée de pommes de terre.

La dame suggère à Jubilee de l'appeler Margaret. Elle tient la robe devant le corps de la jeune fille.

– Vous avez de la chance, le jaune n'est pas toujours facile à porter, mais tout vous va de toute façon, j'imagine.

Soidi lance à Jubilee un coup d'œil sévère et la jeune fille s'efforce de prendre un air impassible ; mais comment faire alors que cette femme ne cesse de répéter que son teint est parfait ?

Margaret lui conseille d'essayer.

– Non, je ne crois pas.

– Ah, mais si.

Et elle pousse Jubilee dans un petit espace pas plus grand qu'un placard, équipé d'un rideau en guise de porte et d'un grand miroir ovale au fond. Jubilee enlève ses chaussures, se débarrasse de sa robe et encore une fois est surprise par son propre reflet. Comme Margaret lui demande si tout va bien, elle se souvient soudain de la robe jaune qu'elle est censée essayer, robe qui en réalité semble taillée pour elle.

– Sortez, qu'on puisse vous voir, mademoiselle.

Jubilee écarte le rideau.

Une main sur la hanche, Soidi secoue la tête, émerveillée, l'air de penser que Jubilee méritait de gagner haut la main un concours de beauté, et Willow-May sautille comme un cabri, s'exclamant :

– Prends-la, prends-la, prends-la !

Margaret, mains croisées sous le menton tel un nœud papillon, déclare :

– Oh, vous êtes ravissante là-dedans. Vous aimez, n'est-ce pas ?

Prenant Jubilee par la taille, elle la fait pivoter vers le miroir, et la jeune femme se demande si elle s'habituera un jour aux façons de faire de ceux de la bonne couleur.

– Dieu que vous êtes menue.

Rougir donne toujours aux femmes de la bonne couleur une touche de beauté supplémentaire, mais sur Jubilee cela semble trop voyant, sa peau s'empourpre jusque dans son cou, et elle a beau vouloir se contrôler, rien n'y fait.

– Notre couturière n'aura qu'à faire quelques petites retouches ici et là, et ça sera tout simplement parfait.

Soidi s'éclaircit la gorge et Jubilee réplique :

– Je vais la prendre comme ça.

– Garde-la sur toi, intervient Willow-May. Et à peine Jubilee a-t-elle payé que sa petite sœur lui prend la main et l'entraîne dehors en sautant d'un pied sur l'autre.

Au coin de la rue, une femme observe l'air désapprobateur les vieilles chaussures de Jubilee. Auparavant, Jubilee était celle qui n'avait pas la bonne couleur de peau, dorénavant elle est celle qui n'a pas les bonnes chaussures. Bonnes chaussures ou non, plus elle avance avec Willow-May à ses côtés, plus elle sent Louisville s'éloigner, et peu à peu une certaine normalité la gagne. Mais tandis qu'elles cheminent pour aller retrouver les Wrightley et rentrer à la maison, quelque chose attire le regard de Jubilee et elle tourne la tête. Appuyé à un lampadaire à quelques mètres de là, se tient Faro Suggins. À la manière dont il la regarde, il n'y a aucun doute possible : cette fois il l'a reconnue.

Jubilee

Aujourd'hui le ciel est bas. Il va pleuvoir. Les pieds de maïs couchés tapissent le sol, une odeur de moisi flotte dans l'air et l'automne précoce a déjà donné aux feuilles d'érable une belle couleur orange. C'est un jour comme un autre pour aller avec papa voir Levi, là où il repose. Ils passent devant les eucalyptus, traversent le cours d'eau et papa coupe en ligne droite vers l'épicéa qui, autrefois si touffu, semble aujourd'hui avoir bien vécu.

Jubilee aurait marché sur la tombe de Levi si papa ne lui avait pas pris le bras. C'est une sépulture typique pour un Bleu, sans rien pour indiquer son emplacement sinon la distance par rapport à des repères précis, pour ceux qui savent. Papa a compté le nombre exact de pas depuis l'épicéa et les rochers à gauche. Et plutôt que des fleurs, ils déposent par terre une pierre chacun.

– Tu te souviens de la fois où ton frère est resté coincé dans l'arbre ?

Levi cherchait toujours à prendre de la hauteur, que ce soit dans un arbre, sur le toit de la grange ou au sommet d'une colline.

– Il a toujours été intrépide.

Dégageant quelques feuilles jaunies, papa s'agenouille et les souvenirs lui reviennent.

– Je suis content que ce soit moi qui l'ai trouvé en premier et qui l'ai ramené à la maison. Pas quelqu'un d'autre.

Jubilee acquiesce.

– Je voulais le laver et panser ses blessures avant que maman le voie mais je n'ai pas pu l'arrêter. Il va lui falloir un moment pour s'en remettre, tu comprends…

Perdre quelqu'un, c'est comme être emporté par une crue, on manque de se noyer et on part à la dérive ; on ne choisit pas le moment où l'on retouche terre.

– Maman va reprendre pied.

Papa semble soulagé.

– Elle est contente de te retrouver, faut pas croire…

Durant un moment, ils demeurent silencieux, puis papa lâche :

– Ronny prétend que c'était de la légitime défense, mais tu peux me dire comment à deux contre un c'est de la légitime défense ?

Papa s'adresse aux arbres, comme s'il avait l'habitude de leur parler, songe Jubilee.

– J'ai essayé, Juby. J'ai vraiment essayé de faire entendre raison à Levi. Mais il a toujours géré les choses comme il l'entendait. J'aurais dû insister. Si j'étais tout de suite allé voir Gault, peut-être que…

Avoir toujours eu peur pour Levi n'a jamais empêché Jubilee d'espérer qu'il s'en sorte, et à l'époque cet espoir lui semblait louable, mais désormais comment ne pas admettre qu'elle aurait dû agir ? À quoi bon espérer s'il n'y a aucune volonté, aucune action derrière ? Là où les regrets de papa s'estompent ceux de Jubilee prennent la relève : elle aurait dû prévenir son père le jour où elle a vu Levi et Sarah au ruisseau.

– Il me manque tellement. Mon fils.

Jubilee n'a jamais vu papa pleurer. Elle s'écarte un peu pour lui laisser l'espace de se ressaisir, au lieu de quoi ses sanglots ne font que redoubler, si bien que la jeune femme s'approche et pose une main sur son épaule, sur l'épaule de ce père qui avoue qu'il ne sait comment continuer de vivre parfois.

Jubilee ferme les yeux, décidée à prier, mais aucun mot ne lui vient. Nul n'est censé décider d'arrêter de prier, à ce qu'on dit. C'est dans l'autre sens que ça se passe : c'est la prière qui s'arrête.

Papa s'essuie les yeux d'un revers de manche, puis se mouche dans son mouchoir.

– Ton frère a toujours rendu coup pour coup, et je ne peux pas en dire autant.

Ils prennent le chemin le plus long pour rentrer, ce qui permet à Jubilee de méditer : sa transformation change au fond si peu de choses. Au lieu de porter le fardeau de leur couleur de peau, les Buford portent désormais celui du deuil, et si avoir la peau bleue était quelque chose qu'ils partageaient tous – ils s'étaient tous habitués à ce que cela impliquait –, le deuil leur impose à présent de porter chacun leur croix, ce qui les désunit pour ainsi dire.

Papa et Jubilee ne sont pas encore arrivés à la maison lorsqu'ils aperçoivent un chariot qui longe le champ en direction de la véranda.

– Eddie, marmonne papa. » Ils accélèrent le pas.

Une femme tient les rênes, oncle Eddie avachi sur son épaule.

– C'est qui avec lui ? demande Jubilee.

– Ça alors ! laisse échapper papa. » Il n'aurait pas été plus surpris s'il avait vu la Vierge.

Sarah Tuttle. La dernière fois que Jubilee l'a vue, elle était maigre comme un manche à balai ; maintenant, c'est une barrique. Jubilee l'a toujours trouvée m'as-tu-vu, mais cette fois ses cheveux en pagaille dépassent d'un vieux chapeau de soleil et elle n'est pas du tout maquillée contrairement à son habitude. Si Jubilee ne la connaissait pas, elle lui donnerait vingt ans de plus que son âge. Sarah évite le regard de papa lorsque celui-ci l'aide à descendre du chariot, mais elle ne peut dissimuler sa stupéfaction en voyant Jubilee. Oncle Eddie doit lui répéter trois fois de lui donner un coup de main pour descendre. Après lui avoir servi d'appui, elle contourne le cheval et jette encore un coup d'œil à Jubilee.

Oncle Eddie est dans un triste état à cause de la goutte, encore pire qu'à la fête de Soidi, et il empeste toujours l'eau-de-vie.

– Alors c'est bien vrai, t'es plus une ratonne.

D'ordinaire, papa ne prend jamais de front oncle Eddie mais là il lui saute dessus :

– Si tu commences comme ça tu peux repartir, parce que c'est terminé ce genre de propos, Eddie.

Papa rate le plus important : des bruits courent sur son compte.

Oncle Eddie calme le jeu en prétendant que papa n'a pas besoin de s'énerver.

– En plus, c'est comme ça qu'on traite un homme qui vient vous présenter sa fiancée ?

Papa et Jubilee échangent un regard et papa, s'empressant de changer de sujet, s'extasie sur le nouveau cheval d'oncle Eddie.

– Je l'ai eu avec la reine de Saba, là.

Le visage de Sarah se couvre de plaques rougeâtres avant de devenir blême. Elle a besoin d'aller aux toilettes, souffle-t-elle, et Jubilee se précipite pour l'accompagner tandis qu'oncle Eddie claironne qu'il ne va pas tarder à perdre son pied.

En sortant des toilettes, une main sous le ventre, Sarah n'a pas l'air mieux ; Jubilee l'emmène vers la cabane de bain où elle remplit une bassine d'eau, mouille un gant et le lui tend.

– C'est pour quand ?

– Normalement, j'ai encore quelques semaines mais je crois qu'il va arriver avant.

Sarah se pose sur le tabouret et applique le gant humide sur sa nuque.

– Tu aurais pu aller n'importe où et tu es revenue ici ? À ta place, j'aurais filé à Lexington, ou à New York, ou peut-être même en Asie, n'importe où ailleurs que ce trou paumé.

– J'ai ma famille ici.

– Eh bien, si ton frère avait eu l'occasion d'avoir une vie meilleure, il aurait sauté dessus, c'est sûr.

À Louisville, Jubilee refusait parfois de croire que Levi était mort, et d'autres fois la disparition de son frère devenait une si triste réalité que faire ce qu'on lui demandait de faire lui semblait facile, mais pas un jour ne passait sans qu'elle ait le désir de le faire revivre.

– J'aurais donné n'importe quoi pour qu'il ait cette chance… que vous l'ayez tous les deux, réplique Jubilee.

Le visage de Sarah s'adoucit imperceptiblement.

– Je sais ce que tu penses, à me voir avec Eddie et tout, mais qui aurait laissé son église à un pasteur avec une fille-mère à la maison ?

Aucun des garçons qui lui couraient après avant ne voulait plus entendre parler d'elle, poursuit Sarah. Il n'y avait eu qu'Eddie pour la demander en mariage. La voix brisée, elle ajoute :

– Quand je pense à ce que Levi dirait s'il voyait ça…

– N'y pense pas. » Jubilee s'accroupit devant Sarah et pose une main sur un des genoux de la jeune femme.

« Levi savait mieux que quiconque ce que signifie avoir à choisir entre le mal et le pire.

Jubilee, elle, avait dû choisir entre faire la manche ou travailler dans une foire, entre la rue ou le chapiteau.

– Je peux t'aider, si tu veux, affirme-t-elle.

Sarah la regarde l'air de dire : comment pourrais-tu m'aider ?

– Ce n'est pas comme si j'étais la première femme à cuisiner et faire le ménage pour un homme qu'elle ne supporte pas. » Sarah surprend son reflet dans le miroir que papa utilise pour se raser. « Levi prendrait ses jambes à son cou s'il me voyait maintenant.

– Non, ce n'est pas vrai.

Jubilee s'empare du peigne et demande à Sarah la permission avant d'ôter son chapeau et de démêler ses cheveux.

– Le cœur ne se casse pas aussi nettement que les os, dit Sarah. Quand il se brise, les morceaux se ressoudent petit à petit.

– Il faut laisser cicatriser paraît-il, sans gratter. Mais comment est-ce qu'on fait quand la blessure est béante, que rien ne peut se refermer, et encore moins guérir ?

Jubilee savait qu'il lui faudrait longtemps pour laisser Havens derrière elle, peut-être même n'y parviendrait-elle jamais.

À peine sont-elles de retour sous la véranda qu'Eddie traite Sarah de fainéante et se plaint d'avoir à lui répéter sans cesse ce qu'une bonne épouse se doit de faire.

– Si je n'étais pas un homme de parole, je la renverrais chez son père.

Sarah s'installe sur une chaise et Jubilee se baisse pour délacer ses bottes afin de soulager ses pieds enflés. En rentrant pour aller chercher de la limonade, Jubilee trouve sa mère cachée derrière la porte, frissonnante et en nage comme si elle venait d'essuyer une averse. *Comment un être si mal en point peut-il encore tenir debout ?* songe Jubilee.

– C'est elle, pas vrai ? » Agitée, maman attire Jubilee vers elle et lui éructe à l'oreille : « Je ne veux pas d'elle ici !

Tenter de faire taire maman est peine perdue.

– Dis à cette fille qu'on ne veut pas d'elle ici ! C'est à cause d'elle si Levi n'est plus là !

Jubilee raccompagne maman dans sa chambre, enjoint à grand-mère de rester avec elle, puis elle revient avec la limonade sous la véranda où oncle Eddie est en train d'expliquer la véritable raison de sa visite. Désignant le ventre de Sarah, il fait :

– Donc si le moutard est bleu comme son père, est-ce que Jubilee pourra le désenvoûter ?

– Ce n'est pas un sortilège, proteste Jubilee, mais avant qu'elle s'explique plus avant, la porte à moustiquaire s'ouvre brusquement et maman surgit comme si elle traversait à gué des rapides.

– La ferme, Eddie !

On dirait que maman puise ses dernières forces à l'instar des mourants qui se redressent soudain sur leur lit de mort pour révéler un secret trop longtemps caché.

– Tu n'arrives pas à la cheville de Levi ! Va-t'en d'ici, je ne veux plus jamais te voir. Ni elle non plus !

Maman empoigne le balai calé contre le mur et le brandit vers eux.

Oncle Eddie l'insulte et proteste, jurant qu'ils le regretteront tous, mais Sarah, le regard vide, ne bronche pas, comme si ça ne valait pas la peine d'éviter les coups.

Alors qu'oncle Eddie se hisse sur le chariot, Sarah se tourne vers Jubilee :

– Tu dois aimer être normale, mais attends d'avoir été normale aussi longtemps que nous. C'est pas un conte de fées, tu verras.

Avant que le chariot n'ait tourné au bout du champ, maman, de l'intérieur de la maison, ordonne à papa de faire un brin de toilette parce qu'elle prépare du poulet frit pour le dîner. Papa regarde, stupéfait, maman avec son tablier, tout comme il l'a été en voyant Jubilee rentrer à la maison de la bonne couleur, mais dix minutes plus tard, maman est toujours debout devant un saladier vide, cuillère en bois à la main. Papa dénoue son tablier, l'incite à s'asseoir sur une chaise et déclare :

– Tu as prononcé son nom, c'est bien, Glad. C'est un bon début.

Maman se blottit contre lui et pleure ; il lui caresse les cheveux. Au bout d'un moment, elle se redresse et, le regard vide, se tourne vers la fenêtre.

– Oh, regarde, dit-elle, on va avoir un beau coucher de soleil.

Mais le soleil est encore haut dans le ciel.

Tout le monde est couché depuis longtemps lorsque Jubilee saisit une lampe et se met en quête des photographies, celle qu'elle a prise de lui en particulier. Mais elle a beau chercher partout, elle ne trouve rien. Contrariée, elle retourne au lit et songe à Sarah et sa situation difficile, et à Levi gisant dans sa tombe. Elle a de plus en plus de mal à considérer les choses comme elles étaient avant. La pleine lune se lève au-dessus des collines et sa clarté inonde la chambre. Les grenouilles-taureaux coassent bruyamment du côté du ruisseau et une chouette effraie hulule dans les arbres qui bruissent. Comme Havens aimerait photographier tout cela ! Pourquoi n'arrive-t-elle pas à l'oublier ? On lui a appris à ne jamais rien demander à personne, à étouffer ses besoins et ses désirs avant même qu'ils ne prennent trop de place, et pour une bonne raison, car il suffit de voir où elle en est à présent : avec sa nouvelle peau, elle ne peut s'empêcher d'imaginer ce que Havens penserait d'elle.

Sa porte de chambre s'entrouvre en grinçant et quelqu'un renifle. Se redressant sur un coude, Jubilee chuchote :

– Willow-May ?

Une petite silhouette pénètre dans la pièce.

– Qu'est-ce qui ne va pas ?

Elle tend les mains vers sa petite sœur et lui caresse la tête. C'est la première fois depuis longtemps que la fillette revient dormir à la maison.

– Tu as fait un cauchemar ?

– J'ai peur.

– Tu veux dormir avec moi ?

Willow-May grimpe dans le lit de Jubilee et la fixe :

– Tu as l'air normal maintenant.

Son teint est gris, voilà ce que Willow-May veut dire. Le bleu est revenu.

– Juby ?

– Chut. Ferme tes yeux, il faut te rendormir.

– Est-ce qu'on pourra jouer un peu demain matin avant que tu prennes ton cachet ?

– Bien sûr, répond Jubilee. On se tait maintenant.

Quelques instants plus tard, Willow-May murmure :

– Juby ?

– Je dors.

– Je n'ai pas envie qu'il arrive quelque chose de mal.

– Il n'arrivera rien de mal, promet Jubilee.

– Tu ne vas pas repartir, n'est-ce pas ?

– Jamais.

Havens

Assis dans le sous-sol, Havens ne se demande plus s'il frise la dépression, il sait maintenant qu'il est au fond du trou. Il ne sort plus depuis plusieurs jours, une semaine peut-être, et il pue. Sa mère ne lui reproche même plus sa barbe qu'il laisse pousser. Elle s'évertue à lui rappeler de composer différents numéros de téléphone : celui de Gerald, le fils du Dr Friedman, qui d'après sa mère a repris le flambeau familial et serait plus que ravi de venir lui rendre visite ; celui aussi des studios Stedman qui cherchent un technicien de laboratoire à temps partiel, et le plus récent, celui de la cousine de la sœur de Beth, la voisine d'en face, qui a terminé son école d'esthéticienne et monte sa propre affaire de vente de produits Avon.

Ses parents s'inquiètent pour lui ; voilà pourquoi il faudrait qu'il déménage. Il y a quinze jours, il a donné quelques pièces à un type qui jouait auparavant avec les Reds et qui maintenant vit à Hooverville, à l'autre bout de la ville, et n'est pas vagabond mais presque. La pauvreté n'a jamais gêné Havens. Plus rien ne le tourmente aujourd'hui, sauf les souvenirs qu'il a d'elle. Il a écrit aux Buford deux mois plus tôt dans le vain espoir de recevoir une réponse. Se faire rembarrer peut permettre à un homme de retrouver son équilibre, mais le silence est un abîme sans fond dans lequel il dégringole à l'infini.

La sacoche de l'appareil de Havens est posée entre ses pieds. Il l'ouvre et en sort le colt de son père. L'arme pèse à peu près autant que son Contax. Il la tient fermement, et la crosse se réchauffe rapidement ; comme si le revolver, au lieu d'être un objet inerte, était une extension de son bras. Sa main ne tremble pas comme elle le faisait ces derniers temps lorsqu'il tentait de regarder dans le viseur de son appareil. Elle est stable, déterminée. Havens n'a pas l'intention de se faire exploser la cervelle mais il a besoin de se faire peur. Son esprit a commencé à effacer une partie des souvenirs qu'il a d'elle. Seuls des fragments lui reviennent mais il ne la voit plus en entier, et c'est une chose qu'il n'avait pas prévue. Sa mémoire était censée compenser l'avenir qu'il ne pouvait partager avec elle, mais à présent même les photographies ne parviennent pas à la faire revivre complètement. Chaque jour il la perd un peu plus. Ce n'est donc plus qu'une question de temps avant qu'elle ne tombe entièrement aux oubliettes. Les gens désespérés savent que seule la menace d'une arme peut leur permettre d'obtenir ce qu'ils veulent et Havens est résolu à mettre à l'épreuve sa volonté. Comme s'il dirigeait son poing vers sa tempe et non le canon d'un revolver, il braque l'arme sur lui.

Pense à elle ! Rappelle-toi chaque détail.

Son esprit semble s'éclaircir un peu. La peau est ce qui lui revient en premier, mais pas celle de la jeune femme – la sienne. Il se souvient de la première fois qu'elle l'a touché. Il se souvient exactement de la douceur de ses doigts, de ce qu'il a ressenti lorsqu'elle les a passés dans ses cheveux. C'est à son contact qu'il a compris pour la première fois à quel point il avait besoin d'être touché, à quel point il avait besoin de tendresse, besoin que l'on s'occupe de lui. Havens respire plus vite. La chair de poule lui parcourt les bras.

Continue de te souvenir !

Il visualise un être magique. Elle attrape un éclair dans sa main.

Havens pousse le canon contre sa tempe. *Arrête de délirer, nom de Dieu !*

Son esprit lui joue des tours. Elle frappe dans ses mains pour rassembler les nuages, comme si elle endossait les responsabilités célestes.

Non, rappelle-toi la vraie Jubilee !

Mais son esprit le ramène à ce matin horrible dans la clairière où elle gisait nue, attachée à son frère.

Non, pas ça, rappelle-toi autre chose !

Le moment où elle a éclos et où il s'est senti renaître : pourquoi son esprit ne ravive-t-il pas ce souvenir plutôt ? Pourquoi ne peut-il se la remémorer comme elle était ce jour-là dans sa volière, ou lorsqu'il la tenait contre lui la seule et unique fois où ils ont dansé ensemble, ou le jour où elle l'a imploré de la retrouver à la cabane ? Elle aurait l'air heureux alors qu'il ne parvient qu'à se souvenir d'elle angoissée.

Des pas résonnent dans l'escalier et il fourre le revolver dans la sacoche qu'il a juste le temps de fermer avant que la lumière n'inonde brusquement la pièce.

Sa mère tient un panier de linge.

– Bon sang, Clayton ! J'ai failli avoir une attaque !

Havens se lève bruyamment.

– Qu'est-ce que tu fabriques dans le noir ?

Sa mère balaie la pièce du regard et remarque la sacoche de l'appareil.

– Qu'est-ce que tu trimballes là-dedans ?

– Rien.

Il passe la bandoulière du sac sur son épaule mais elle lui bloque le passage.

– Arrête ton char.

Et s'il avait appuyé sur la gâchette ? C'est elle qui l'aurait trouvé. Pour cette simple raison, il est content de ne pas l'avoir fait.

– Tu ne te drogues pas au moins ? Parce qu'il est hors de question que j'endure ce que cette pauvre Doris à côté a traversé avec son fils.

Il s'efforce de la rassurer.

– Je ne prends pas de drogue, maman.

– Tu te comportes tellement bizarrement ces temps-ci.

Qu'elle se laisse aller à le prendre dans ses bras est si inattendu qu'il croit d'abord qu'elle va lui flanquer une gifle.

– Tu es un bon garçon, Clayton. Viens par là.

Et elle lui tape le dos comme pour lui libérer les bronches.

– Quand la vie nous désarçonne, il suffit de remonter en selle, fiston.

– Ça va, maman, je te promets.

Elle ramasse son panier et déclare :

– Au fait, il y a une lettre pour toi. » À sa voix cassante, elle désapprouve, de toute évidence. « Ça vient de cette ville où tu es allé, celle au milieu de nulle part.

Havens monte l'escalier quatre à quatre.

Jubilee

Avec la lumière déclinante de l'automne, les jours devraient passer plus vite, mais non, le matin semble parfois interminable et l'après-midi avance à pas de fourmi. Cependant, rien n'est plus long que la nuit. Durant les heures qui s'étirent entre minuit et l'aube, le Monde des Curiosités la hantera souvent. Les phénomènes de foire comme on les appelle. Pour attirer le chaland sous le chapiteau où elle se trouvait, de vagues portraits d'elle et des autres étaient peints sur de grandes toiles et proclamaient : ERREURS DE LA NATURE, L'IMPENSABLE, et C'EST QUOI ? Après s'être cachée toute sa vie, elle devait s'exhiber. Elle n'était plus pourchassée mais enfermée comme un animal. Attendre que les badauds viennent jusqu'à sa petite stalle, c'était comme entendre un nuage de sauterelles s'approcher et espérer que les bestioles trouvent un autre pré pour se gaver. On ne peut pas dire que les visiteurs la regardaient fixement. Les yeux peuvent juger, condamner, s'apitoyer. Ils peuvent être suffisamment menaçants pour que l'on soit content d'être assis là devant eux plutôt qu'en train de marcher dans une ruelle sombre. Quels que soient les regards qu'on lui adressait, Jubilee avait toujours l'impression d'être une prédiction réalisée.

À l'aube, la jeune femme prend le flacon et avale un cachet. S'il venait à lui pousser de douces plumes blanches, cela n'en serait pas moins miraculeux, mais aujourd'hui elle observe le changement avec moins d'admiration, avec plus de distance. Entre elle et sa nouvelle peau, il existe une séparation qu'elle ne peut plus nier. Et qui provient peut-être du fossé qui se creuse entre elle et Willow-May chaque fois que le bleu cède la place à la bonne couleur, ou de l'éloignement persistant entre elle et grand-mère, entre elle et maman. Cela est peut-être aussi dû au fait que Jubilee ne partage pas de souvenirs avec sa nouvelle peau – elles ne vivent ensemble que depuis quelques semaines après tout. En arrivant au Monde des Curiosités, lorsqu'il a été question de mettre sur pied son numéro, son ami, celui qu'ils appelaient M. Lézard, a dit à Jubilee, avant qu'elle n'enfile le costume de momie qu'on lui avait donné : « Ce n'est pas parce que quelque chose te va que tu deviens cette chose. » À présent, elle se demande si cela n'est pas vrai aussi pour la peau.

Au lieu de prendre des poses féminines devant le miroir, elle enfile une vieille robe et part à la cuisine. Elle y prépare le café et les petits pains qu'elle enfournera lorsque maman et grand-mère seront réveillées, même si maman se laisse rarement persuader d'avaler autre chose qu'un verre de lait et que grand-mère ne mange qu'une fois seule.

Dehors, papa ramasse un tas de feuilles mortes et refuse l'aide que lui propose Jubilee comme si elle était trop élégamment habillée pour se salir. Papa a peut-être tort de croire que tout va s'arranger. Trois semaines ont passé et peu de choses sont redevenues comme avant, l'état de maman surtout ne s'améliore pas. Jubilee donnerait tant pour que maman se rapproche d'elle, ne serait-ce qu'un chouia – cela la réconforterait –, mais maman se terre dans sa chambre. Jubilee a essayé de lui parler mais elle reste de marbre maintenant. Faites bouillir une pierre et la chaleur disparaîtra dès que vous la sortirez de l'eau.

Jubilee rapporte de l'eau du puits derrière la maison lorsqu'elle entend les bruits de klaxon de Chappy au bout du chemin. Jamais il ne vient aussi tôt, elle comprend immédiatement qu'il s'est produit quelque chose et elle énumère intérieurement la liste de ceux qui ont pu mourir dans la nuit.

– M. Havens est là ! s'écrie-t-il, et Jubilee lâche aussitôt son seau.

S'efforçant de reprendre son souffle, Chappy répète ce qu'il vient de dire et ajoute :

– Il est arrivé en train hier soir !

Jubilee essaie de garder son sang-froid mais elle sent son cœur chavirer.

Havens a pris une chambre chez Sylvia Fullhart, poursuit Chappy.

– Il a dit qu'il viendrait te voir aujourd'hui.

Le sol manque de se dérober sous ses pieds.

– Il ne peut pas venir ici, Chappy.

Pas après ce qui s'est passé, surtout pas après la réaction de maman à la présence de Sarah. Papa a aussi très clairement établi qu'il ne voulait plus jamais entendre parler de lui, et encore moins avoir à lui ouvrir une nouvelle fois sa porte.

– Il faut que tu lui dises qu'il ne peut pas venir.

– Il ne pense qu'à te voir, Juby. Même l'armée d'un pharaon ne pourra pas l'arrêter.

Et si elle le retrouvait quelque part ? Elle élimine d'emblée la cabane du cimetière compte tenu de la dernière fois, sa volière – trop près –, et la maison de Soidi car Willow-May s'y rend tous les matins pour que la vieille femme lui fasse classe.

– Est-ce que je pourrais le voir chez toi ? Ça dérangerait ta grand-mère ?

– Pourquoi tu ne vas pas le retrouver là où il est ? réplique Chappy.

Jubilee réfléchit. Si elle part maintenant, elle pourrait arriver avant que les magasins n'ouvrent et que les gens s'affairent à droite à gauche. Elle demande à Chappy de l'attendre et elle file dans la maison.

Il est peut-être venu à cause de la photographie – si ça se trouve, elle a été publiée. Ou serait-il possible qu'il ait entendu parler d'une diablesse bleue à la foire du Kentucky ? Si c'est ça, comment devra-t-elle réagir ? Que va-t-il penser du fait que les gens aient fait la queue pour la voir ? Est-ce que cela rendra la chose plus facile à accepter si elle lui précise que la plupart du temps l'effet de surprise se dissipait rapidement et les curieux s'en allaient, déçus de ne pas en avoir plus pour leur argent ? Elle pourrait aussi tout nier en bloc ou n'évoquer que les aspects positifs – elle était logée, nourrie, on lui lavait ses vêtements et elle n'avait rien à faire sinon rester assise toute la journée pour gagner en une semaine plus qu'une ouvrière à l'usine en un mois. Mais peut-être est-il venu pour une tout autre raison ? La voir comme il avait promis de le faire, s'autorise-t-elle à songer.

Elle choisit la robe jaune qu'elle a achetée à Smoke Hole, se brosse les cheveux, les attache avec des barrettes sur les côtés comme le font les femmes à la mode en ville, et se met un peu de rouge sur les lèvres. Qu'elle enlève aussitôt. Avant d'en remettre quand même. La maison est encore silencieuse lorsqu'elle sort en catimini. Papa lui fait un petit signe d'au revoir en la voyant partir avec Chappy.

– Je te l'ai dit qu'il en pinçait pour toi, souffle Chappy.

Sylvia Fullhart entrouvre la porte et lance :

– C'est un peu tôt pour une visite, non ?

Jubilee ne peut s'empêcher de sourire. C'est nouveau : être rabrouée pour autre chose que le fait d'être bleue. Elle demande à voir Havens mais les mots sortent à la va-vite de sa bouche comme si elle était un peu éméchée, aussi plus sérieusement elle ajoute :

– S'il vous plaît, c'est important.

La commère ne cache pas qu'elle trouve Jubilee bizarre. Elle recule de quelques pas dans le couloir et crie en direction de l'escalier :

– Havens, une visite pour vous !

Puis elle fait signe à Jubilee d'entrer.

– Le salon, c'est par là.

Comment ceux de la bonne couleur se comportent-ils lorsqu'ils pénètrent chez quelqu'un ? Certainement pas comme elle est en train de le faire, persuadée que des inconnus vont lui fondre dessus et la jeter dehors. Elle n'a jamais vu de salon pareil, avec autant de sièges pour commencer, tous recouverts de tissu avec leurs petits coussins assortis, et un tapis à fleurs sur lequel elle n'ose marcher de peur de les écraser. Elle examine sur le manteau de cheminée la pendule qui décompte bruyamment les secondes. Jubilee n'a absolument aucune idée de l'heure qu'il est. Elle se souvient du premier matin où elle a vu Havens de près, debout à la fenêtre de la chambre de maman, les cheveux en pagaille, avec une telle bonté dans les yeux.

Elle entend des pas dans l'escalier. Devrait-elle rester là où elle est, s'asseoir ou aller à sa rencontre ? S'il y avait auparavant une seule Jubilee, il y en a maintenant deux. La première devrait courir se cacher, et la seconde cesser de se comporter comme une Bleue pour rester maîtresse d'elle-même. Elle somme son cœur de s'apaiser sinon elle va tout bonnement s'écrouler.

– Une jeune demoiselle pour vous, glisse Sylvia Fullhart à Havens. Une étourdie, si vous voulez mon avis.

Avant d'ajouter qu'elle ne va pas tarder à préparer le petit déjeuner, même s'il ne faut pas qu'il s'imagine qu'elle va servir du thé ou du café à cette heure.

Le sang de la bonne couleur circule plus vite que celui des Bleus. *Ressaisis-toi, exprime-toi clairement, tiens-toi tranquille.* Jubilee est encore en train de chercher où se mettre pour être à son avantage lorsqu'il pénètre dans le salon.

– Bonjour ? articule-t-il d'une voix à moitié endormie.

Le cœur de Jubilee bat à tout rompre. Elle se tourne pour lui faire face. Une mèche de cheveux lui tombe sur les yeux et elle l'écarte.

Il devient blanc comme un linge, il n'y a pas d'autre façon de le dire. Épouvanter quelqu'un n'est pas drôle, mais elle ne peut s'en empêcher :

– Bonjour, Havens !

On dirait qu'il vient de tomber de cheval et de heurter un poteau. Il est assommé, pétrifié, bouche bée ; ses yeux ne sont plus que deux fentes dans lesquelles on pourrait glisser une pièce. *Faites qu'il dise quelque chose*, songe-t-elle. *N'importe quoi.* Elle aurait dû envoyer Chappy en premier pour le prévenir.

– J'ai rencontré un médecin il y a quelques semaines, commence-t-elle. » Elle hausse et relâche ses épaules pour évacuer la tension. *Laisse-le parler*, se sermonne-t-elle.

Il fait un pas vers elle, mais sans entrain, plus comme s'il craignait de poser le pied sur un râteau et de se le prendre en pleine face.

– Le médecin a compris ce que j'avais et il m'a donné des cachets.

Les événements lui viennent dans le désordre si bien qu'elle lui parle de la teinture bleue avant de commencer par la prise de sang initiale. Elle oublie trop d'éléments significatifs pour se perdre dans des détails sans importance et au bout du compte son récit semble sans queue ni tête. Ce ne sont pas du tout les retrouvailles qu'elle s'était imaginées. Elle avait plutôt cru qu'elle s'élancerait dans ses bras, qu'il lui prendrait le visage dans les mains. Un don du ciel, voilà ce qu'il se dirait en la voyant, avait-elle rêvé ; au lieu de quoi, il semble terrorisé comme s'il avait devant lui une morte-vivante sortant de sa tombe.

Ses mains tremblent.

– C'est… vous… le changement…

Il ne l'aime pas comme ça.

Un peu trop fort, elle s'exclame :

– Eh oui, c'est bien moi.

Lentement, il écarte les bras ; à croire qu'il est perché sur une poutre étroite et qu'il cherche à garder son équilibre. Il observe le reste de son corps. Selon quels critères l'évalue-t-il ? L'absence de bleu ne se mesure pas en centimètres, ne se soupèse pas en grammes. Ou en ce qu'on utilise pour estimer la gravité ou la profondeur océanique.

– En tout cas, ce n'est pas un remède, c'est un traitement. Je dois prendre un cachet tous les jours.

Pourquoi continue-t-elle à parler de ça ?

Il grimace, plisse à nouveau les yeux, avant de cligner des paupières. Son expression ravive brutalement les souvenirs. Un jour, au Monde des Curiosités, un homme a crié au scandale en désignant le cou de Jubilee où il prétendait voir la peinture s'effacer. L'air plus triste que jamais, Jubilee s'était efforcée de le convaincre que la tragédie qu'elle vivait était bien réelle mais le type était allé se plaindre à l'aboyeur : il n'avait pas payé pour voir une imposture et il exigeait d'être remboursé. Elle veut bien qu'on la traite d'être surnaturel ou démoniaque, de sorcière, de charogne, ou de malédiction, mais pas d'imposture. Ce mot, c'est comme se faire écorcher vive. Et en l'occurrence, il est en train de se dire qu'elle lui joue ce genre de sale tour, elle en est persuadée.

– Il paraît que vous vouliez venir nous voir mais ma mère ne se sent pas bien. Votre visite la contrarierait beaucoup.

– Oui, bien sûr. J'aurais répondu à votre lettre mais je ne voulais pas attendre.

– Quelle lettre ?

Une lettre est arrivée à son ancienne adresse à Cincinnati, balbutie-t-il, et on lui a fait suivre chez ses parents, mais elle ne comprend pas pourquoi il lui parle du cachet de la poste.

– Qui vous l'a envoyée ?

– Soidi. Je pensais que vous saviez.

Tout va de travers. Il est venu parce qu'on le lui a demandé ? Parce qu'il s'est senti obligé ? Qu'est-ce que Soidi a bien pu lui écrire ?

– Elle m'a dit que je vous trouverais changée, poursuit-il. Elle a peut-être pensé qu'il valait mieux partager ce genre de nouvelle de vive voix.

– Levi est mort.

C'est le genre de nouvelle qu'on annonce plutôt de vive voix, non ? Il passe d'un état de choc à l'autre lorsqu'elle ajoute :

– Ronny l'a tué.

Havens continue à secouer la tête, à répéter qu'il est désolé, à la regarder comme si elle allait retirer tout ce qu'elle vient de lui expliquer et redevenir la fille qu'il connaît, mais elle n'est pas si différente de cette fille, quand est-ce qu'il va le comprendre ?

– Soidi n'aurait pas dû vous écrire.

Il tend la main comme s'il cherchait à sortir un chien blessé, réfugié dans le vide sanitaire d'une véranda.

– Ne dites pas ça, je vous en prie. J'attendais une lettre.

Il ne savait pas s'il devait revenir, poursuit-il, il avait peur qu'elle ne veuille plus le revoir et en même temps il était si inquiet pour elle ; mais pourquoi ne dit-il rien sur sa peau, bon sang ! Lorsqu'un papillon sort de sa chrysalide sous vos yeux, vous tendez le doigt pour voir s'il va venir se poser dessus, non ?

– Eh bien, vous n'aviez pas besoin de venir. Je vais très bien.

Les mots parfois sortent plus vite qu'on ne le voudrait et dépassent la pensée.

– Je dois rentrer à la maison, ajoute-t-elle.

Il tente de l'arrêter alors qu'elle se dirige vers la porte, mais cette fois il regarde sa main lui toucher la peau.

– Attendez. S'il vous plaît, ne partez pas encore.

Il la suit jusque sur le trottoir où elle fait signe à Chappy, qui l'attend de l'autre côté de la chaussée, de vaquer à ses affaires. Havens emboîte le pas de Jubilee.

– Je vous ai contrariée. Pardonnez-moi. Je ne voulais pas que les choses se passent ainsi.

S'il est déçu de ce qu'il voit en surface, ce qui se trouve en dessous va le consterner.

Alors que la route goudronnée cède la place à un chemin de terre, elle se tourne vers lui :

– Si vous vouliez vraiment revenir, vous n'auriez pas attendu qu'on vous dise de le faire.

Sa mémoire lui joue peut-être des tours, mais elle a bien l'impression qu'il a changé lui aussi, et pas forcément dans le bon sens. Son pardessus et son pantalon sont informes, sa barbe est hors d'âge et il traîne le pied comme s'il venait de se faire mordre par un serpent.

– Vous n'êtes pas venue me retrouver à la cabane et ensuite vous n'avez pas répondu à ma lettre… C'est quand même une façon assez claire de me dire de rester loin de vous, non ?

– Vous m'avez écrit ?

– Il y a deux mois.

Il avait libellé sa lettre à l'intention de son père, explique-t-il, même si ce qu'elle contenait s'adressait à elle en réalité, puis il l'avait expédiée aux bons soins de M. Combs, le receveur des postes, qui avait eu l'amabilité de lui confirmer avoir délivré lui-même la missive. La main de Havens se tend vers elle comme s'il suffisait qu'elle la prenne pour traverser le fossé qui les sépare, mais à cause de la honte et parce qu'on ne peut pas revenir en arrière, ce fossé est large et profond.

– Je ne suis pas venu ici parce que Soidi m'a dit de le faire.

– Il faut que j'y aille.

– J'ai tout gâché, exactement comme je le craignais. J'ai tant de choses à vous dire pourtant. Donnez-moi encore une chance, c'est tout ce que je vous demande.

Il a réglé sa chambre pour deux semaines, ajoute-t-il.

– Je serai ici tous les jours, donc rien ne presse. Nous pourrions nous revoir demain ou dans une semaine, quand vous voulez.

– Vous ne pouvez pas venir chez moi.

– Non, bien sûr. Je pourrais vous retrouver ailleurs, n'importe où. Chappy pourrait être votre messager et me dire où et quand.

Elle l'observe longuement, pesant le pour – son envie d'accepter de le revoir – et le contre – la peur qu'il regrette d'avoir décidé de revenir.

– Je dois y aller.

Elle se dirige vers le bois.

– Ça veut dire que vous êtes d'accord ? lui crie-t-il. Jubilee ? Jubilee !

– Oui, oui, j'arrive ! s'exclame Soidi tandis que Jubilee continue à tambouriner à sa porte. Quand le battant s'ouvre enfin, l'air revêche de Soidi cède aussitôt la place à une mine coupable.

– Tu n'as pas pensé à me prévenir ?

Jubilee tremble encore de tous ses membres.

– J'aurais dû te le dire, pardonne-moi, mais je n'étais pas certaine qu'il vienne et je ne supportais pas l'idée de te voir déçue si ça avait été le cas. » Soidi ne peut s'empêcher d'exprimer son enthousiasme. « Mais il est là ! C'est le plus important !

– Et tu as cru qu'on se tomberait dans les bras l'un de l'autre, c'est ça ?

L'élan de Soidi s'éteint soudain.

– Oh, ma chérie.

Jubilee recule pour échapper à son étreinte. Elle ne veut pas sa pitié, elle ne veut plus de la pitié de personne. Et s'il était possible d'être inconsolable ?

– Tu savais donc qu'il m'avait écrit ?

– Levi n'était plus là et tu étais partie ; quand Combs est venu donner la lettre, ton papa l'a prise et l'a flanquée au feu avec toutes les photographies. Il ne l'a même pas lue.

Jubilee se laisse choir sur les marches de Soidi fraîchement peintes en orange, puis se décale pour lui faire de la place avant de repousser sa main alors que celle-ci essaie de dompter une de ses mèches rebelles.

– Ta peau est belle, il n'y a rien à dire là-dessus ; c'est ce qui se passe à l'intérieur qui m'inquiète. Et ce ne sont pas seulement les lettres qui te contrarient, devine Soidi. Tu ne te sentirais pas mieux si tu vidais ton sac ?

Sa détermination à garder le silence ne tarde pas à s'étioler.

– Ma couleur ne fait que cacher ce qui s'est passé.

Jubilee évoque le Monde des Curiosités, avoue enfin que les gens s'agglutinaient autour d'elle comme des mouches sur une vache morte.

– S'il savait ce à quoi je me suis abaissée, il disparaîtrait pour en rester là.

Soidi saisit la main de Jubilee.

– Nous faisons tous un jour ou l'autre des choses dont nous ne sommes pas fiers. Et ce sont précisément ces choses qui nous rendent tous égaux. Même si à mon avis, il faudrait que tu tombes encore bien plus bas pour arriver à notre niveau.

– Alors je devrais le voir, tu crois ?

– Les choses sont restées en plan entre toi et le rescapé, et il faut que tu t'en occupes, quelle qu'en soit l'issue.

Tandis qu'elles contemplent toutes deux les ombres qui s'étirent, le silence s'installe, comme après une pluie battante venue mettre en terme à une longue période de sécheresse.

Havens

Dix heures, et le soleil n'a pas encore percé le brouillard. Un rideau d'arbres sépare la prairie du reste du vallon, et le coteau brumeux se dresse au loin, tel un chaperon chevronné. Hormis un pic qui s'affaire quelque part sur un tronc, le silence est absolu. On entendrait presque les brins d'herbe ployer sous le poids de la rosée. Havens marche avec précaution, attentif à ne pas écraser les fines toiles d'araignées, et arrive à la volière deux heures plus tôt que ce qui est convenu. Attendre ne fait qu'exacerber sa nervosité et son anxiété tant il redoute que le scénario de leur dernier rendez-vous ne se reproduise. À deux reprises, il s'élance vers une silhouette, persuadé que c'est elle, avant de s'apercevoir qu'il ne s'agit que d'un arbuste.

Havens n'a éprouvé ce genre de sentiments qu'une fois seulement. Au fil des ans, il était devenu facile de dire que c'était à cause des enfants si Virginia et lui s'éloignaient, au lieu de regarder en face un autre problème dont il était aussi responsable. En effet, à l'époque, le jeune homme de dix-neuf ans qu'il était faisait tout pour ressembler au compagnon idéal – du moins à ce qui définissait le compagnon idéal pour Virginia d'après les signes qu'il avait perçus, mais qui au fond n'étaient peut-être que des fausses pistes ou des passades au gré de ses humeurs changeantes. Il avait tout fait pour se montrer constamment à la hauteur de cette image mentale qui, au bout du compte, ne convenait pas du tout à Virginia. Bien sûr, elle avait été déçue. Comme en aurait-il pu têtre autrement ? Trente ans plus tard, Havens aimerait être plus attrayant, avoir accompli plus de choses, et la tentation est grande de présenter à Jubilee une version rêvée de lui-même dans l'espoir de s'y conformer un jour ; mais il est bel et bien décidé à ne rien lui cacher, en particulier ses faiblesses, même si cela signifie se faire congédier plus tôt que prévu.

Il la repère à l'instant où elle émerge à la lisière du bois encore voilé de brume. Chappy marche à ses côtés mais s'arrête à l'arbre de Judée et elle poursuit son chemin seule, l'air soucieux comme si elle était porteuse d'une mauvaise nouvelle. C'est une turbine qui tourne à tout-va dans la poitrine de Havens, non un cœur qui bat, et l'emballement bringuebalant de l'engin menace de terrasser tout son être. Ce qu'il voulait dire se volatilise de son esprit au moment même où elle le rejoint, et il reste pétrifié un peu comme la première fois où il l'a aperçue au bord du ruisseau, sauf que là elle ne tourne pas les talons ni ne semble surprise. Comme si rien ne pouvait plus la surprendre. Avec sa robe rose pâle et son châle blanc jeté sur les épaules, sa peau ressemble à la chair d'une pomme, mais il n'y a pas que cela : ses cheveux auburn ont changé aussi – plus courts et ondulés, ils lui arrivent juste sous les épaules –, et sa taille et ses épaules sont encore plus menues qu'avant. Havens réprime l'envie de l'enlacer.

– Merci d'accepter de me voir.

Il lui tend un petit bouquet de lilas, puis ôte son chapeau avant d'en tordre le bord encore et encore comme s'il s'agissait d'un volant qu'il manœuvrait pour éviter les obstacles. Il ne veut pas trop en faire.

– Je ne peux pas rester longtemps.

Elle tripote le coin de son châle.

– C'est si merveilleux de vous voir, d'être ici, avec vous. Ça semble irréel, non ?

Il s'excuse de s'être comporté comme il l'a fait la veille à l'auberge, et avoue n'avoir pas fermé l'œil de la nuit.

Les yeux de Jubilee sont gris dans cette lumière, quasiment sans aucune trace de vert, et pourtant son regard continue de le subjuguer. Elle semble sur ses gardes, une distance qui n'a rien à voir avec la méfiance qu'il avait perçue chez elle lors de leur première rencontre.

– Voulez-vous vous asseoir ?

Il désigne un rondin de bois tout proche, mais elle ne bouge pas d'un pouce et un silence gêné s'installe. Il ne reste rien du bien-être et de l'aisance qui étaient les leurs les dernières fois qu'ils étaient ensemble. Comme est-ce possible ? Comment la faire se sentir comme avant ?

– Votre pied n'est pas complètement remis.

Son pied ?

– Ah, oui. J'en fais trop parfois, et il ne manque jamais de me le rappeler. D'après le médecin, il faut du temps mais je finirai par arrêter de boiter.

Pourquoi parler de ça ?

– Ils n'ont pas publié ma photo, n'est-ce pas ? s'enquiert-elle.

Il a mis la main sur la photographie, lui raconte-t-il brièvement, et a fait en sorte que l'article ne voie jamais le jour.

– Vous avez perdu votre travail ?

– Ce que j'ai perdu n'est rien comparé à ce que vous avez traversé.

La veille, Sylvia Fullhart lui a dit que Ronny affirmait avoir tué Levi par légitime défense et que peu de gens le croyaient.

– Je devrais me consoler en me disant que Levi a trouvé l'amour avant de mourir.

Elle bascule la tête en arrière et lève ses yeux humides vers le ciel. Après un long silence, elle poursuit :

– Tout le monde prétend que le temps guérit les blessures, mais je ne crois pas. Pour moi, le temps ne fait que me voler Levi un peu plus.

Elle peine à se souvenir du son de sa voix, explique-t-elle, des paroles de ses chansons.

– Parfois, je ne me rappelle même plus son visage. Je l'ai perdu, et en quelque sorte je continue de le perdre. Le plus dingue, c'est que j'aimerais que vous ayez encore cette photo de lui parce que je pourrais le voir.

Havens se souvient parfaitement du moment où il a photographié Levi – sous la véranda par une soirée humide au cœur de l'été ; il grattait sa guitare en battant du talon le rythme sur le plancher et en chantant d'une voix mélancolique, claire et tranchante.

– Je donnerais n'importe quoi pour remonter dans le temps.

– Remonter jusqu'où ? Parce que si vous voulez que tout le monde soit sain et sauf, il faudrait remonter à bien avant ma naissance.

Il tend la main vers les doigts tremblants de la jeune fille et sent son cœur enfler dans sa poitrine alors qu'elle le laisse les étreindre. Peut-être arrêterait-il le temps tout simplement maintenant, en fait.

– Vous faites encore des photos ?

Havens élude la question.

– J'ai été complètement perdu depuis que je suis parti.

– Et je ne suis plus celle que j'étais.

– Je ne m'attendais pas à ce que vous soyez exactement la même. Moi aussi, j'ai changé.

Dans un souci de transparence, il lui raconte à quel point il s'est traîné ces derniers mois, à la fois indécis et triste. Malgré tout, elle ne l'éconduit pas sur-le-champ. Il caresse du bout du pouce le dos de sa main, soudain pleinement conscient de la tension qui habite la jeune femme – son cou raide, sa respiration courte, son corps crispé.

– Vous m'avez tellement manqué, Jubilee.

Tellement qu'il pourrait l'écraser en la serrant contre lui. Il se rapproche de quelques centimètres et ajoute :

– Pas une seule journée n'est passée sans que je pense à vous.

– J'ai cru que vous poursuiviez votre vie. Je n'ai pas pensé que vous reviendriez.

Havens lui montre la photographie en couleurs que Massey lui a donnée. Même si ce n'est pas lui qui est au cœur du cadre, son attitude et son expression parlent pour lui.

– Vous croyez que j'ai l'air d'un homme qui va oublier la femme qu'il tient dans les bras pour poursuivre sa vie sans elle ?

Il rêvait d'elle, précise-t-il.

– Vous m'apparaissiez aussi réelle que je vous vois maintenant.

Parfois, il se réveillait, regardait par la fenêtre et la voyait marcher vers lui, ce qui était doublement cruel car l'instant était si fugace.

– Tout me ramenait sans cesse à vous. Je ne pouvais pas voir un pigeon sans penser à vous en train de soigner vos oiseaux.

Il lui montre le mouchoir qu'elle lui a brodé.

– Je l'emporte partout. Comme ça, je vous ai toujours avec moi.

Elle sourit, l'espace d'un instant, et il est sur le point de faire un tour d'honneur dans le pré pour célébrer sa victoire !

Elle désigne du menton la volière.

– Thomas est toujours là.

– Bien sûr. Il faudrait être fou pour partir.

– Voulez-vous lui dire bonjour ?

À peine sont-ils entrés que le pic flamboyant quitte son perchoir pour atterrir sur le bras de la jeune femme avant de gonfler fièrement ses plumes. Et d'accueillir le salut de Havens avec indifférence. Après quoi, Havens et Jubilee nettoient ensemble les cages et remplissent les mangeoires de graines fraîches pour les oiseaux convalescents. Ce faisant, Havens répond aux questions de la jeune fille sur sa vie quotidienne à Dayton et sur les gens qu'il y côtoie : le chauffeur de bus qui lui donne toujours des conseils financiers, le cireur de chaussures qui chante les titres de Cab Calloway et l'ancienne reine de beauté au distributeur de soda qui est la marieuse du quartier.

– Elle sait tout de vous.

– Ah bon ?

– À mon avis, je reviendrai dans ses bonnes grâces quand elle saura que je suis venu ici pour vous voir.

– Je sais à quoi ressemble une ville maintenant, remarque Jubilee, en changeant de ton et baissant les yeux derechef. Je ne peux pas dire que ça me plaise vraiment.

Dos tourné, elle reste dans l'embrasure de la porte. Ses épaules se lèvent et s'affaissent. Il a certes hâte d'en savoir plus sur cette partie de son histoire, par exemple si elle a été admise à l'hôpital à Louisville ou si elle a rencontré un médecin d'une autre façon, mais il perçoit son anxiété et sait qu'il faut la laisser aller à son rythme.

– C'est à cause de Ronny que je me suis retrouvée à Louisville.

Elle fait volte-face et lui raconte. Comment elle est tombée dans une embuscade alors qu'elle partait le retrouver à la cabane, comment elle a découvert à l'arrière de la camionnette ce qui était arrivé à Levi et comment ils l'ont jetée dans le train de 4 h 20. Havens ne cesse de serrer et desserrer les poings.

– J'étais dans ce train ! J'aurais dû vous trouver !

Il la suit dehors jusqu'au rondin de bois, inquiet d'entendre la suite, mais il ajoute malgré tout :

– Rien ne changera mes sentiments pour vous.

Comme si elle se trouvait au bord d'un précipice, elle hésite. Avant de finalement inspirer profondément et d'avouer, l'air déterminé, avoir trouvé un emploi au Monde des Curiosités.

– J'étais la diablesse bleue. Les gens payaient pour me voir assise sur une chaise débiter des gros mots.

Havens est sidéré. Il a du mal à suivre ce qu'elle dit. Toutes sortes d'images affreuses lui traversent l'esprit. Il voudrait pouvoir dissimuler sa surprise et rester de marbre mais il doit poser les mains sur ses genoux pour encaisser.

– Pendant combien de temps ?

Pourvu que cela n'ait duré qu'une journée, prie-t-il intérieurement.

Elle entrelace ses doigts.

– Quatre mois.

Il secoue la tête. Il serre le poing et le plaque sur sa bouche comme pour s'enfoncer les dents. Il fait deux grands pas vers la droite, puis vers la gauche tandis qu'elle poursuit : elle a suivi la troupe dans deux petites villes avant de passer presque six semaines à la grande foire du Kentucky. Une danseuse myope lui a confectionné un costume et appris à se maquiller.

– Vous deviez porter un costume ?

– On peut se cacher derrière un costume, réplique-t-elle.

Havens se laisse choir près d'elle sur le rondin et sonde le visage de Jubilee en quête d'une autre fin.

– Ce n'était pas si terrible. Je me suis fait des amis.

Elle évoque un certain M. Lézard qui lui aussi avait des problèmes de peau d'une certaine façon et qui l'a prise sous son aile ; il lui a expliqué que tout le monde a ses imperfections. Avec tendresse, elle parle de l'homme cannibale, qui ne mangeait jamais de viande ; d'une femme aux proportions plus que généreuses prénommée Lotta et de la femme à barbe qui était en réalité un homme. Qu'elle ait pu être si injustement traitée est la seule chose qui l'obsède. Ça et l'envie de tuer Ronny. Ceux qui lui ont fait du mal méritent de payer pour leurs méfaits, et cela vaut pour l'homme qui l'a mise dans ce chapiteau et tous les curieux qui ont payé pour la voir.

Elle lui touche l'épaule et attend qu'il se reprenne avant de lui parler du médecin.

Lorsque Chappy réapparaît, le soleil brille dans le ciel, les derniers lambeaux de brouillard se sont dissipés, les oiseaux chantent un peu partout et Jubilee et Havens, enfin défaits de leurs idées noires respectives, sont penchés l'un vers l'autre, tête contre tête.

– Vous ne pouvez pas rester un peu plus ? implore Havens, alors qu'elle se lève.

Il répugne à lui lâcher la main.

– Je peux revenir demain. Si je ne vous ai pas fait trop peur.

– Le seule chose qui me fait peur, c’est d’être loin de vous.

Il se souvient soudain du nouvel appeau qu’il a façonné pour elle.

– Une version améliorée.

Jubilee souffle doucement dans l’instrument et une fauvette sur une branche non loin de là répond. Avant que la jeune fille ne tourne les talons, Havens lui effleure la joue du bout des lèvres.

– Revenez vite.

Il la regarde disparaître entre les arbres et fixe le vide auquel elle a cédé la place et qui luit de manière irréelle. Jubilee est déjà loin lorsqu’il entend siffler l’appeau.

Jubilee

Ces trois derniers jours, elle a retrouvé Havens à la volière et à chaque fois elle est rentrée à la maison un peu plus tard et un peu plus soulagée de lui avoir raconté d'autres détails sur le Monde des Curiosités. Toute la nuit, elle se tourne et se retourne. Elle oublie de manger. Elle a beau faire, le temps passe lentement. Si papa remarque ses absences prolongées, il n'en dit mot, et maman et grand-mère restent perdues dans leurs mondes. Ce qu'elle oublie cependant, c'est la capacité de sa sœur à fourrer son nez partout. Willow-May l'a suivie toute la matinée, du poulailler à la grange, et maintenant elle est dans la chambre, avec elle, à la regarder se coiffer.

– Est-ce que tu as un petit ami ?

Jubilee pose sa brosse.

– Qu'est-ce qui te fait dire ça ?

– Ce truc.

Willow-May plonge la main dans la poche du tablier de Jubilee et brandit un rouge à lèvres.

– Donne-moi ça !

Willow-May fait un bond jusqu'au lit, soulève l'oreiller de sa sœur et s'empare de l'appeau caché dessous.

– Et ça.

– Qui a dit que tu pouvais fouiner dans mes affaires ?

Willow-May met les mains sur ses hanches.

– Et aussi parce que tu te comportes bizarrement.
– Pas du tout.
– Tu fredonnes tout le temps.
– Mais non.
– Tu étais triste avant, et maintenant tu es joyeuse.
– Tu n'as pas école chez Soidi aujourd'hui ?
– Je ne me sens pas très bien. » Willow-May s'oblige à tousser. « Est-ce qu'il est mignon ton petit ami ?
– Willow-May, je n'ai pas de petit ami, maintenant ça suffit.

Jubilee tente d'atteindre les côtes de sa petite sœur.
– C'est Wyatt Wrightley ?
– Non !

Willow-May pousse un soupir de soulagement.
– S'il est gentil, tu devrais l'épouser.
– Ça suffit. File !

Jubilee pousse Willow-May dehors. Au lieu d'enfiler une plus jolie robe, ce qui ne ferait qu'attiser les soupçons de la fillette, Jubilee préfère feindre d'avoir tout son temps pour repriser, faire le ménage, puis jouer à cache-cache et, lorsqu'elle parvient enfin à se libérer de Willow-May pour se rendre à la volière, l'après-midi est déjà bien avancé. Havens, qui l'attend depuis des heures, balaie d'un revers de main ses excuses, d'un bras lui enlace les épaules et l'entraîne vers la cabane où il a installé deux caisses en bois et un tonneau en guise de chaises et de table. Il gratte une allumette et allume une bougie.
– Imaginez-vous que vous êtes dans un cinq étoiles maintenant.

Il désigne ses oiseaux.
– Ne vous occupez pas des autres convives ; ils sont jaloux, c'est tout, parce c'est avec moi que vous dînez, et pas eux.

Elle remarque la couverture sur l'étagère, et il confesse avoir passé la nuit sur place.

– Je voulais être près de vous.

Même s'il est évident qu'il manque de sommeil, ses épaules en trois jours sont moins voûtées et les rides sur son front moins marquées. Sa présence, sa manière de se mouvoir autour d'elle, n'ont pas changé, et ses yeux l'observent avec la même bienveillante compréhension.

– Vous avez froid ?

– Un peu peut-être.

Il ôte sa veste, l'invite à l'enfiler, s'empressant de lui prendre la main au sortir de chaque manche, comme s'il craignait que ses bras ne disparaissent dans le tissu. Il se penche vers ses cheveux.

– Vous êtes belle.

Il avance une caisse afin qu'elle puisse s'asseoir.

– Avez-vous faim ?

Il sort d'un sac deux Coca, deux sandwiches, une pomme, une banane, une orange et une barre chocolatée.

– Je ne savais pas ce qui vous ferait plaisir.

Elle regarde l'orange et il la lui épluche avant de lui tendre un à un les quartiers. Est-ce ainsi qu'on se sent lorsqu'on est une reine ?

– Willow-May sait que j'ai un petit ami.

– Elle est futée, cette petite, dit Havens avant d'ajouter qu'il aimerait bien la revoir.

– Si maman n'était pas si mal, je pourrais suggérer l'idée que vous veniez nous…

– Je refuse que vous vous sentiez obligée à quoi que ce soit, coupe-t-il.

– Mais je ne veux pas que vous partiez.

Il lui caresse la joue.

– Qui a dit que je partais ?

– Vous ne pouvez pas rester ici pour toujours.

– Et pourquoi pas ? » Il se tourne vers les cages. « Je ne suis pas le pire des colocataires, pas vrai, les amis ?

Le pic flamboyant sort sa tête de sous l'aile, ce qui la fait rire.

Elle se penche vers Havens, pose son front contre son épaule et respire son odeur. S'approche plus près de son cou. Elle plaque la main sur sa poitrine, glisse le bout d'un doigt entre les boutons de sa chemise, touche sa peau, et la main de Havens lui effleure la nuque avant de glisser dans le creux de sa gorge, comme si son cou n'avait jamais été empoigné, étranglé ou malmené. Les doigts de Havens descendent jusqu'à son décolleté.

Jamais elle n'a eu autant envie d'être aimée. Elle dégrafe son premier bouton. Les deux pouces de Havens écartent le tissu, et un léger soupir lui échappe alors qu'elle retient son souffle. Ses doigts se faufilent sous sa combinaison et s'arrête sur son soutien-gorge. Jubilee presse la main de Havens, et celui-ci serre son sein. D'un recoin secret en elle surgit l'audace, et la timide créature qu'elle était devient une femme vibrante de désir.

Dès que les visages goguenards des badauds à la foire lui viennent à l'esprit, elle ferme les yeux. « Z'êtes bleue partout ? » résonne encore la voix. D'autres visages s'agglutinent, tous avides, rouges et perlés de sueur ; elle ouvre brusquement les paupières, dans l'espoir de les chasser. Mais dès qu'elle les referme, les visages rappliquent. Ne peut-elle donc pas être autre chose qu'un monstre assis sous le regard inquisiteur d'autrui ?

Sentant son désarroi, Havens l'observe.

– Je regrette.

– Non.

Il lui touche la joue.

– C'est de ma faute.

Il reboutonne sa robe, s'empare de la couverture et lui enveloppe les épaules.

– Je ne suis qu'un imbécile.

– Non, c'est moi. C'est ma tête. Les choses s'emmêlent parfois.

– Je l'aime cette tête, moi.

Il lui dépose sur la tempe le plus doux des baisers.

– J'aime bien le reste aussi.

Les visages effrayants l'assaillent à nouveau. Elle entrouvre la couverture pour qu'il s'y glisse avec elle.

– C'est parfait, comme ça, souffle-t-il.

Drapés tous les deux au chaud, ils boivent tour à tour quelques gorgées de Coca. Ils parlent, et l'après-midi s'écoule sans même qu'ils s'en rendent compte.

Elle consulte sa montre.

– Ces engins ne sont pas fiables, déclare-t-il.

Aucun des deux n'a envie de quitter l'autre.

– Je ne veux pas partir.

– Moi non plus. » Il lui embrasse le visage. « Partir, ça ne vous va pas du tout.

Il se lève, mais seulement pour l'imiter, et aucun des deux ne se débarrasse de la couverture qui leur fait un cocon. Ensemble, ils se dirigent en traînant les pieds vers la porte.

– Vous dansez avec moi ou quoi ?

– Pas mal, hein ? fanfaronne-t-il.

Ils se resserrent l'un contre l'autre pour franchir le seuil, leurs genoux se heurtant et leurs coudes s'enfonçant dans les côtes de l'autre, mais sans se départir de leur couverture ; et sans vraiment savoir pourquoi, elle trouve cela drôle, peut-être parce qu'elle se demande ce que peuvent penser les oiseaux de leur petit manège. En tout cas, la voilà prise d'un fou rire.

– On pourrait gagner des courses en sac, remarque Havens tandis qu'ils s'éloignent de la cabane.

Elle rit.

– On lancerait un nouveau championnat : la course en couverture longue distance.

Ils avancent de concert jusque dans la prairie.

– Le cross en couverture.

Et pendant qu'elle rit à gorge déployée, elle se rend compte que rien ne lui a jamais été plus agréable que de sentir son corps contre le sien. Sans tomber, ils atteignent les arbres. Il lui embrasse les paupières, puis les lèvres ; elle lui tend alors le menton et il l'embrasse encore, cette fois lentement et avec plus d'assurance.

– Je viendrai de bonne heure demain matin, promet-elle. Papa va à la chasse, donc nous aurons la journée.

Après l'avoir laissée sortir de leur cocon, il se drape dans la couverture.

– Je serai là.

Il la regarde partir et, lorsqu'elle jette un coup d'œil par-dessus son épaule avant de s'enfoncer dans le bois, il la salue de la main, à nouveau inquiet de ne plus la revoir.

Elle décide de rentrer par le chemin le plus long, c'est-à-dire en traversant le ravin et en longeant la vieille carrière pour relever les pièges de papa ; tandis qu'elle savoure encore les sensations sur sa peau, les picotements qui perdurent là où Havens l'a touchée, elle sursaute en entendant le cri d'un renard. Inquiète qu'une femelle ne soit coincée dans un piège, elle se précipite en direction du son, sans toutefois voir quoi que ce soit. La petite clairière est cernée d'érables efflanqués, sauf en face de Jubilee où s'élève un grand arbre ; et c'est de là que semble provenir le cri.

Elle se trompe : ce n'est ni un renard ni un coyote. Elle avance de quelques pas et plus rien : le silence règne à nouveau. Elle regarde autour d'elle pour savoir si elle n'est pas victime d'une blague. Personne ne saute à bas des rochers, ni ne surgit de derrière un fourré, si bien qu'elle fait deux pas de plus et aperçoit une forme dans un creux du grand arbre. Elle s'approche encore d'un pas : le petit paquet bouge un peu. Ce n'est pas un sac de chatons.

– Il y a quelqu'un ? crie-t-elle en direction de la falaise.

L'écho prend son temps pour lui parvenir, comme s'il préférait lui aussi être ailleurs.

– Il n'y a personne ?

Elle guette un quelconque signe d'embuscade, mais non, rien, si bien qu'elle s'accroupit, tend les mains vers le trou et soulève le paquet avant d'entrouvrir la toile ; et ce qu'elle découvre alors est insensé. À peine plus gros qu'un pigeon, elle tient dans ses mains un bébé. Un petit garçon. Vêtu seulement d'un gilet blanc. Il a les lèvres pincées, les yeux pleins de larmes et il est bleu à cause…

Non, pas du froid.

Après un moment qui lui semble une éternité, Jubilee comprend qu'elle a devant elle un autre Bleu, le bébé de Sarah et Levi. Elle couvre le nourrisson, le blottit contre sa poitrine et le berce.

– Ça va aller, bébé. Je t'ai trouvé.

Qu'est-ce qu'il fait là ? Qui l'a laissé comme ça ? Est-ce que l'on va revenir le chercher ?

– Il y a quelqu'un ?

Mais les mots de la jeune femme résonnent dans le vide.

Il est si mignon, si content apparemment contre son sein.

Elle ne sait pas quoi faire. Est-ce que Sarah a posé son bébé pour aller chercher de quoi le nourrir et, si c'est le cas, pourquoi n'est-elle pas encore revenue ? Il lui est peut-être arrivé quelque chose. Jubilee marche en rond, élargissant un peu plus son périmètre à chaque tour, cherchant Sarah du regard et répétant à la cantonade son nom : « J'ai trouvé ton bébé. »

Même les oiseaux ont peur de répondre.

Jubilee attend et attend que l'on vienne le chercher, en vain. Quelqu'un aurait dû se manifester depuis le temps. Il paraît qu'il faut remettre les oisillons dans leur nid.

– Je ne vais pas prendre ce bébé, vous entendez ? Je vais le remettre où je l'ai trouvé.

Avec des feuilles et le sac, elle lui fait un petit lit et l'enveloppe dans son pull. Il proteste dès qu'elle le pose par terre, mais au lieu de le calmer, elle lui dit de crier autant qu'il veut, elle ne le reprendra pas. Et elle part se cacher derrière un buisson pour attendre que sa mère ou n'importe qui fasse son apparition. Elle a vu des agents fédéraux parcourir parfois ces bois en quête de distilleries clandestines, une fois un recenseur, une autre fois un cartographe, et il y a ce qui ressemble à une éternité deux hommes en mission pour le président Roosevelt. Il faut bien que quelqu'un vienne prendre cet enfant qui pleure quand même.

Personne n'entend sa détresse ? Pourquoi personne ne vient ?

N'en pouvant finalement plus d'attendre, elle se précipite et ramasse l'enfant qu'elle blottit à nouveau contre sa poitrine en lui faisant téter le bout de son petit doigt. Elle observe encore ses jambes et ses bras. Il est d'un bleu beaucoup plus clair qu'elle et Levi, mais il a le nez des Buford et le menton rentré de Levi. Elle caresse le duvet roux au sommet de son crâne.

– Tu es un petit bonhomme, pas vrai ?

Elle desserre un de ses petits poings. Il est magnifique et parfait, et l'amour qu'elle ressent pour lui la fait suffoquer. C'est comme si une part de Levi lui était rendue.

– Ça va aller, petit bonhomme.

Le temps d'arriver à la maison, le bébé s'est endormi.

Maman se détourne de la fenêtre de cuisine devant laquelle elle est postée et c'est comme si quelque chose en elle revenait à la réalité. Elle secoue la tête et lance :

– Tu ne peux pas ramener de bestiole dans cette maison, combien de fois il faut te le dire ?

– Ce n'est pas une bestiole, maman.

Ce que maman perçoit dans le regard de sa fille la fait s'approcher lentement, pas à pas, avec précaution.

– Qu'est-ce que c'est que ça ?

Si Jubilee avait rapporté une étoile filante à la maison il aurait fallu en quelque sorte préparer maman à l'impact, mais en l'occurrence que peut faire d'autre la jeune fille que dégager un peu son pull pour que sa mère voie le bébé et puisse, elle aussi, être éblouie ?

Maman se détourne. Comme si elle n'en croyait pas ses yeux. Puis elle regarde encore et plaque une main sur sa bouche. Pas besoin de lui dire que c'est le fils de Levi. Elle tend les mains :

– Donne.

En lui mettant l'enfant dans les bras, Jubilee a l'impression de lui passer à la fois les problèmes et le salut. Maman ne semble pas du tout intéressée de savoir où et comment Jubilee l'a trouvé.

– Tu ressembles comme deux gouttes d'eau à ton papa, lui chuchote-t-elle, soulevant le pull et comptant les orteils.

Elle s'installe dans le fauteuil à bascule et indique à Jubilee où trouver la boîte dans laquelle elle a rangé le vieux biberon de Willow-May, puis lui ordonne de mettre du lait à chauffer. Mais avant de s'exécuter, Jubilee court prévenir papa, en train de vidanger les toilettes, que le bébé de Levi est dans la maison.

– C'est maman qui l'a, ajoute-t-elle pour qu'il se dépêche.

Devant maman et le bébé, papa se fige comme la pierre.

– Il est beau, n'est-ce pas, Del ?

On dirait que maman émerge d'un mauvais sort.

D'une voix aiguë, papa lâche :

– Mais il vient de naître.

– Il est petit, mais costaud.

Maman montre le petit poing serré du bébé sur son doigt.

– Pas vrai, petit gars ? Exactement comme ton papa.

Blême d'inquiétude, papa demande à Jubilee de seller Lass.

– Je vais aller jusque chez Eddie et le rendre à sa mère.

Maman lève brusquement la tête.

– Tu n'emmènes cet enfant nulle part, encore moins dans ce taudis. Tu n'as pas entendu ce que Jubilee vient de dire ? Il était abandonné dans les bois. Ils ne veulent pas de lui.

– Gladden, il faut le rendre à Sarah au plus vite.

– Ce qu'elle a fait est impardonnable et le remettre entre leurs mains serait aussi impardonnable.

– On ne sait pas dans quelles circonstances il a été laissé là.

– Comment ça, on ne sait pas ? Il a été laissé là pour mourir. Parce qu'il est bleu. » Maman somme Jubilee de ne pas rester plantée les bras ballants et de préparer un biberon.

Accroupi, papa s'adresse à maman comme lorsqu'il parle à ses vaches sur le point de vêler.

– Glad, il faut qu'on rende ce bébé à sa famille légitime ; nous n'avons pas le choix.

– C'est ton petit-fils, Delbert. C'est nous, sa famille légitime. Et arrête de me parler comme si je ne savais pas ce que voulait dire un bébé né bleu. Ces gens nous ont chassés à cause de nos gamins bleus et maintenant ils rejettent celui-là. C'est nous qui allons nous occuper de lui.

Abattu, papa baisse la tête, et le bébé se met aussitôt à pleurer.

– Il est prêt ce lait ou il faut que je me lève pour m'en charger moi-même ? lance maman à l'intention de Jubilee.

Celle-ci finit de préparer le biberon et le refroidit dans une cuvette d'eau fraîche. Elle le tend à maman, et c'est comme si elle passait un terrible pacte avec elle.

Maman fait couler quelques gouttes sur son poignet avant de proposer la tétine au petit, qui immédiatement s'apaise, et la statue qui ressemble à papa articule :

– Dès qu'il a fini de manger, d'accord, Gladden ?

Maman fait clairement comprendre qu'elle ne veut plus les entendre, et papa et Jubilee se réfugient dans un coin de la pièce comme la suie s'agglutine après un incendie. Au lieu d'amener le bébé ici, Jubilee aurait dû aller chez Soidi. Celle-ci aurait su quoi faire.

– Je suis désolée, papa, murmure-t-elle. Je n'ai pas réfléchi.

Papa est trop occupé à surveiller maman pour faire attention à sa fille.

Lorsque le nourrisson a terminé son biberon, maman se lève, le cale contre son épaule et arpente avec lui le salon, lui tapotant le dos et le félicitant à chaque rot ; une fois qu'il s'est assoupi, elle se réinstalle avec lui dans le fauteuil à bascule. Au bout d'un moment, papa s'approche.

– Glad, je ne veux pas prendre le risque de descendre avec lui dans le vallon s'il fait nuit.

Maman le fixe.

– On m'a pris un garçon, et qu'est-ce qui s'est passé ? On l'a laissé mourir tout seul, là dehors. Jamais je ne permettrai que ça recommence.

Les yeux de papa se remplissent de larmes.

Pour venir en aide à papa, Jubilee s'exclame :

– On ne peut pas le garder, maman. Ça ne nous apportera que des problèmes, surtout si les gens commencent à se dire qu'on l'a enlevé.

– Tu te crois où pour donner ton avis ? Tu changes de couleur de peau et tu te comportes comme eux, c'est ça ?

– Gladden.

Maman n'a jusqu'à présent rien trouvé à redire sur la nouvelle couleur de peau de Jubilee – elle a d'ailleurs à peine regardé sa fille –, mais désormais on ne peut plus l'arrêter.

– Levi n'a jamais eu honte d'avoir la peau bleue, mais c'est pas assez bien pour toi, hein ?

Papa essaie d'éloigner Jubilee en l'envoyant faire quelque chose et il implore aussitôt maman de parler autrement à sa propre fille, mais alors que la jeune femme s'éloigne, maman lui lance :

– Tu n'as qu'à aller vivre avec eux si tu aimes tant être de la bonne couleur !

– Gladden !

Jubilee revient sur ses pas et se plante devant sa mère qui accorde à ce bébé l'affection à laquelle elle aspire tant depuis son retour.

– Je croyais que tu serais heureuse de ma couleur.

– Heureuse ? » Maman ricane et fait un signe de tête à papa, comme si on lui demandait de raisonner avec un navet. « Depuis quand le bonheur a quelque chose à voir avec la couleur de peau ?

– Tu ne sais pas de quoi tu parles parce que tu n'as jamais été bleue.

– Et te mettre au monde, ça compte pour rien, c'est ça ? Aimer les Bleus, avoir pour peur pour eux et les pleurer, ça compte pour rien ? Comment oses-tu me dire que je ne sais pas de quoi je parle ?

– Tu n'as plus à t'inquiéter de peau bleue maintenant, c'est tout ce que je veux dire.

– Tu fais comme si tu étais quelqu'un d'autre, et je suis censée ne plus m'inquiéter ? » Elle émet un claquement de langue. « Fais ce qui te chante, mais ne viens pas me dire que c'est pour moi que tu as changé d'apparence.

Ce n'est qu'à la nuit tombée que Jubilee se résout à rentrer. Assis à table, le menton dans une main, papa en appelle à la loi et maman, tel un malfrat, défie le shérif Suggins, le juge et la ville entière de venir se mesurer à elle.

– Ce bébé compense ce qu'ils nous ont volé. Ce bébé n'est que justice. Pourquoi tu pleures, Delbert ? Pour l'amour de Dieu, c'est un beau jour. Un beau jour, tu ne comprends donc pas ? Une seconde chance s'offre à nous.

Maman est peut-être folle certes, mais elle rayonne. Mon Dieu, comme elle rayonne.

Jubilee

Ce que sa nouvelle couleur de peau n'a pas réussi à accomplir pour les Buford, le bébé y parvient du jour au lendemain. Grand-mère oublie sa valise et cesse de regarder Jubilee comme si elle était sur le point de dérober les objets de valeur de la maison, Willow-May distribue à qui veut des instruments de musique en affirmant que les bébés aiment chanter, et maman semble revivre. En plus, maintenant, on la croirait franchement au paradis. Ce matin, un parfum de lait chaud et de pain frais flotte dans la maison, les femmes roucoulent telles des colombes et l'éclat d'un trésor volé imprègne la maisonnée.

Hier, en ramenant l'enfant de Levi, Jubilee l'avait sauvé ; aujourd'hui, c'est comme s'ils l'avaient tout bonnement enlevé.

Papa et Jubilee se retrouvent à table, tous deux gênés, tandis que maman s'affaire dans la cuisine, le bébé au creux du bras. Comme pour regagner son affection et faire amende honorable après leur échange houleux de la veille, Jubilee n'a pas pris son cachet aujourd'hui et elle est surprise d'avoir le sentiment de se retrouver en quelque sorte. Être à nouveau bleue revient à enfiler ses vieux vêtements préférés et se rendre compte que la robe de bal, qui de toute façon ne lui allait pas très bien, n'était vraiment pas confortable.

Willow-May saute sur Jubilee :

– Guimbarde ou cuillères ?

Maman ne réagit pas à la couleur de Jubilee mais elle lui tend le bébé et lui demande de le changer, désignant la pile de couches qu'elle a découpées dans un vieux drap de coton. Jubilee en prend une et allonge le nourrisson sur la table. C'est un petit gars éveillé, on dirait qu'il a trop peur de rater quelque chose et qu'il comprend tout ce que Jubilee lui dit.

– Je crois qu'on devrait l'appeler Lenny, déclare maman. En souvenir de ton père, Del.

– Ce n'est pas à nous de choisir son prénom, réplique papa, maussade.

– Et qui va lui trouver un prénom selon toi ? On va attendre qu'il soit assez grand pour nous dire comment il voudrait qu'on l'appelle, c'est ça ?

– On a décidé de ne le garder qu'une nuit, Glad.

– Non, *tu* as décidé.

Maman n'était pas du genre à montrer ses émotions mais sa colère a surgi aussi facilement que le revolver d'un ivrogne se décharge.

– S'il le faut, j'élèverai cet enfant moi-même, Delbert ; je le jure devant Dieu, je le ferai !

Continuant de faire profil bas, Jubilee défait les langes du bébé et est surprise car la couleur de l'enfant semble s'estomper. La peau derrière les genoux et au creux des coudes est même presque rose. Est-ce que maman l'a remarqué ? Elle tente d'attirer l'attention de papa, mais maman s'empare du petit et envoie Jubilee dehors avec le seau de couches sales.

Tandis que la jeune femme lave les couches, papa s'approche d'elle, traînant les pieds.

– Qu'est-ce qu'on va faire, papa ? Elle ne renoncera pas au bébé.

Maman les surveille sur le seuil de la porte à l'arrière de la maison, ignorant royalement papa qui lui fait signe de rentrer à l'intérieur.

– Je pensais aller chez Eddie à la première heure pour me renseigner, mais ta maman me colle tout le temps.

– Je pourrais y aller.

Papa ne veut pas en entendre parler.

– Hors de question que tu t'approches d'Eddie. En plus, si tu prends le bébé, ça ne fera que dégrader encore plus ta relation avec ta mère.

S'il y arrive, il ira chez Eddie avant le déjeuner, poursuit-il, mais d'ici là il va continuer d'essayer de convaincre maman.

– Elle va s'y résoudre.

Si papa est tellement persuadé qu'ils peuvent garder un enfant qui ne leur appartient pas sans que personne n'en entende parler, et que d'ici midi tout sera rentré dans l'ordre, pourquoi est-ce qu'il va dans la grange prendre sa boîte de munitions ?

Vu la tournure des événements, Jubilee ne peut aller retrouver Havens, et elle sait qu'il ne va pas tarder à s'inquiéter. Dès que papa partira avec le bébé, elle foncera à sa volière.

Lorsque Jubilee rentre à la maison, maman a enrôlé Willow-May dans son délire et est en train de lui décrire le rôle d'une grande sœur :

– Le plus important : tu dois le surveiller tout le temps… Tu ne dois pas le quitter des yeux, en fait.

Willow-May inscrit cette dernière remarque sur son tableau noir.

Jubilee ramasse une feuille de papier, saisit la boîte de boutons et de grains de maïs et propose à sa sœur de faire un jeu, mais celle-ci ne veut pas se laisser convaincre. Et à chaque fois que papa tente d'éloigner maman du bébé, il n'y a rien à faire. Mais pour la première fois depuis le retour de Jubilee, tout le monde se retrouve à table pour déjeuner.

Vers la fin de l'après-midi, Jubilee prend papa à part une nouvelle fois et il lui chuchote qu'il a un autre plan : d'après ce qu'elle comprend, il prévoit de voir jusqu'où maman peut aller. Pour s'occuper au lieu de rester à se ronger les ongles, Jubilee sort chercher le linge qui sèche sur le fil. Avec le faible soleil qu'il y a eu aujourd'hui, tout sera encore humide et elle va devoir l'étendre sur les meubles. Elle détache une à une les couches, songeant à la vitesse avec laquelle la vie peut se transformer, lorsqu'une silhouette solitaire au loin sur le chemin attire son attention. D'emblée, elle redoute qu'on ne vienne pour le bébé, mais ces épaules voûtées, ces pieds qui traînent comme s'ils avaient des sacs de sable attachés aux chevilles ne peuvent appartenir qu'à un homme : Havens. Son cœur devient instantanément une cloche au marteau surdimensionné. Elle tente de lui faire signe de s'arrêter mais il accélère le pas. Elle soulève sa jupe et court vers lui.

Il enlève son chapeau. Il est rouge, en nage, dans tous ses états. D'une voix rauque, il s'exclame :

– Dieu merci, vous êtes là ! Je me suis tellement inquiété ! Ça va ? Est-ce que tout va bien ?

Jubilee lance un coup d'œil vers la maison.

– Je ne devrais pas être ici, je sais. Pardonnez-moi. Je voulais envoyer Chappy mais je ne l'ai pas trouvé, et je ne pouvais pas attendre plus longtemps. Vous n'imaginez pas ce qui m'a traversé la tête. » Il inspire profondément avant de lâcher un long soupir. « Je suis tellement soulagé de vous trouver ici. Je ne sais pas ce que j'aurais fait…

Elle a envie de le prendre dans ses bras mais se refuse à prendre le risque.

– Tout va bien, mais il faut que vous repartiez. Je vous expliquerai demain.

– Que s'est-il passé ? Est-ce que quelqu'un vous a fait quelque chose ?

– Non, non, ce n'est pas ça. C'est au sujet de maman, c'est tout.

Cela prend encore un bon moment à Jubilee pour le convaincre de s'éclipser et il s'apprête à remettre son chapeau lorsqu'il s'immobilise et sourit.

– Vous êtes…

– Bleue, oui.

Que va-t-il penser d'elle : bleue, pas bleue, et puis bleue encore ?

– Belle, j'allais dire belle. D'une beauté à couper le souffle.

Son expression change et Jubilee se tourne pour comprendre : maman marche vers eux. On la dirait déterminée à chasser une horde de corbeaux d'un champ de maïs.

– Elle est malade, s'empresse de souffler Jubilee.

Havens se hâte de rentrer sa chemise dans son pantalon et lisse ses cheveux.

– Il fallait bien que ça arrive.

Il lance un coup d'œil qui se veut rassurant à Jubilee.

Maman s'arrête entre sa fille et Havens.

– Bonjour, madame Buford.

Maman plisse les yeux.

– Vous croyez pouvoir venir ici avec ce qui s'est passé ?

Havens est sur le point de lui adresser toutes ses condoléances lorsqu'elle ajoute :

– Vous venez encore lui faire les yeux doux, c'est ça ? Une fois c'était pas assez ? Laissez-nous tranquilles et allez trouver quelqu'un d'autre à humilier avec vos photographies.

Jubilee ne reconnaît même pas la voix de sa mère. Elle parle comme un bûcheron, quelqu'un habitué à tenir tête aux troncs tenaces.

– Maman, s'il te plaît.

D'humeur égale, Havens déclare :

– Je ne peux pas humilier ce qui me semble incarner la perfection.

– La perfection, voyez-vous ça ? Vous la trouvez parfaite avec un frère mort ?

Là-dessus, papa arrive, sourcils froncés comme lorsqu'il vient de rassembler ses pièces et se rend compte qu'il n'a pas assez d'argent pour faire face à ses soucis financiers.

– Qu'est-ce que vous faites là ?

– Je suis revenu à Chance pour faire la cour à votre fille, monsieur.

Maman enchaîne aussitôt sur la couleur, accusant d'abord Havens de s'intéresser à Jubilee uniquement parce qu'elle est bleue, puis lui reprochant de ne chercher qu'à en savoir plus sur son traitement. Cette fois, c'est Havens qui conteste :

– Bleue ou pas, c'est à Jubilee de choisir. Pour moi, c'est absolument sans importance.

Havens s'exprime avec sérénité.

– La vérité, c'est que je l'aime et si elle m'y autorise, je suis prêt à vous prouver que je suis digne de son affection.

Papa, l'air aux abois comme si on venait de lui saisir sa terre, se tourne vers Jubilee et articule :

– Tu ne veux pas de lui. Dis-lui.

– S'il te plaît, papa, ne m'oblige pas à choisir.

– C'est invraisemblable ! s'exclame maman. Jamais nous ne le permettrons !

– Partez, ordonne papa.

– Je comprends parfaitement votre appréhension. À votre place, je ressentirais la même chose. » Havens met son chapeau. « Cependant, c'est à Jubilee de décider. » Il la regarde et se tapote le cœur. « Vous savez où me trouver.

– Comment ça à ta place ? Qu'est-ce qu'il en sait ? remarque maman tout en observant Havens se mettre en marche.

Il l'aime. Elle a l'impression d'être emportée par le vent.

De retour à la maison, inutile d'essayer de mentir à papa et maman, donc elle leur avoue tout à trac où elle a passé ces quelques derniers jours, qu'elle a l'intention de le revoir et qu'elle s'est promise à lui. Ils se figent tous deux, aussi immobiles que des statues de sel.

– Ton frère a déjà fait cette erreur, tu as oublié ? lance papa ; ce à quoi maman répond aussitôt que Levi n'a pas commis d'erreur et que la faute n'incombe qu'à Sarah Tuttle. Jubilee se demande pourquoi ses parents n'arrivent pas à comprendre leur fille, et pour la première fois elle se dit qu'elle mérite d'être aimée par un homme gentil et mérite aussi d'avoir le droit de choisir de l'aimer en retour.

– L'amour n'est jamais une erreur, insiste-t-elle.

Maman s'empare du bébé, en claquant la langue.

– Tu es sûre de souffrir, déclare papa.

Pourquoi ne s'intéresse-t-il pas à maman et à la souffrance qui lui est promise si elle garde ce bébé ? Pourquoi ne s'occupe-t-il pas de ramener cet enfant, au lieu de rester là et de dire à Jubilee qu'elle va souffrir ?

– C'est pour ça que tu m'as caché l'arrivée de sa lettre ?

– Laisse ton père tranquille ; il sait mieux que toi ce qu'il faut pour ton bien, la houspille maman.

– Comment veux-tu que je passe le reste de mes jours, papa ? Cachée ? Parce que se cacher, c'est pas une solution… Ça ne fait qu'empirer les choses. On s'est cachés si longtemps qu'on s'est perdus.

– Je sais exactement où je suis, intervient maman.

– Personne ne dit que tu devrais te cacher, riposte papa. Tu as tes comprimés maintenant, donc tu n'as plus besoin de te cacher. Tout ce qu'on dit, c'est que ce n'est pas l'homme qu'il te faut. Il en existe forcément un autre qui te conviendrait mieux.

– Tu ne crois pas qu'avec ces comprimés je me cache aussi ? le défie Jubilee. Je les prends, je vais à Smoke Hole et tout ce que les gens voient c'est une belle peau. Un autre homme ? Quel homme est prêt à se coucher avec une fille de la bonne couleur pour se réveiller le lendemain matin à côté d'une Bleue ?

– C'est n'importe quoi ! s'écrie maman.

– Tu dis toi-même que je fais comme si j'étais quelqu'un d'autre, maman, et c'est vrai. J'ai cru que si je pouvais avoir l'air d'être quelqu'un d'autre, tout irait bien, mais j'ai pris ces cachets et en fin de compte j'ai eu l'impression de me perdre moi-même. Je me suis construite bleue, et aucun cachet ne peut rien y changer. Mais cet homme contre lequel tu es tellement remontée est le seul à m'aimer telle que je suis, et si je ne m'autorise pas à l'aimer en retour, je suis condamnée à être lâche, exactement comme Levi le disait.

– Et les enfants ?

Répondre à papa qu'il n'a pas à s'inquiéter de voir naître d'autres enfants bleus ne le réconforte guère.

– On peut très bien former une famille à deux, affirme Jubilee.

Elle avance vers la porte :

– Je vais lui donner ma réponse maintenant.

Sur la tombe de Levi, papa a assuré que les morts ne restaient pas dans leur sépulture mais Jubilee en doute. Dans la mesure où elle aura donné son cœur à quelqu'un de bien vivant, elle remerciera chaleureusement le Seigneur lorsque l'heure sera venue pour son âme d'entreprendre son ultime voyage et choisira plutôt de rester dans sa tombe jusqu'à ce que sa douce moitié l'y rejoigne, et même s'il n'est pas croyant, même s'il paraît que les non-croyants ne sont pas les bienvenus au Paradis, elle l'attendra jusqu'à ce que la terre se désagrège, que leurs cendres se mêlent et qu'un grand vent les emporte dans les nuages.

Au crépuscule, une brise inattendue se lève ; Havens est assis, dos contre la volière, visage tourné vers la prairie. Il bondit sur ses pieds dès qu'il voit la jeune femme arriver. Cette fois, il ne lui fait pas signe, ne s'élance pas vers elle. Il la laisse venir à lui, lui donne le temps de changer d'avis au besoin. Il veut qu'elle soit sûre de ce qu'elle fait.

Aimer quelqu'un, c'est le protéger, c'est ce que Jubilee croyait ; c'est ainsi qu'elle aimait Levi, c'est ainsi que Sarah aurait dû l'aimer aussi. Mais en fin de compte, aimer et protéger, cela n'a peut-être pas grand-chose à voir ? Et si au nom de l'amour, on s'exposait au contraire, on s'exposait dangereusement ?

En arrivant devant Havens, elle n'a plus aucun doute. Il lui prend le poignet comme s'il s'agissait d'une rame de canoë échouée et la fait entrer dans la volière avant de refermer la porte du bout du pied.

Il l'embrasse.

– Je n'ai jamais... Vous savez...

Pour toute réponse, il blottit son visage dans son cou. Ses lèvres glissent jusqu'à son oreille et goûtent son lobe. Son souffle resserre chaque couture de son être, puis elle se détend ; ce que la peur et la honte avaient imprimé en elle durant toutes ces années ne résiste pas au contact de ses doigts. Elle ôte les épingles de son chignon et il lui passe la main dans les cheveux, il les respire. Il lui découvre une épaule, embrasse sa peau et elle fait glisser l'autre manche, laissant sa robe disparaître telle une ombre.

– Vous êtes si charmante, Jubilee, si belle. » Longuement, il admire ce qu'il a sous les yeux. « Vous ne vous en rendez pas compte, n'est-ce pas ?

Elle frissonne.

– Puis-je vous montrer ?

– Oui.

Doucement, sans hâte, sa main suit les contours de son corps, épousant ici une courbe, glissant là dans un recoin soyeux. Elle croit en son amour. La fierté renaît en elle grâce à lui et pour la première fois elle se sent pleinement elle-même.

Avec une couverture et ses vêtements, il leur prépare un lit. Il roule sa veste pour lui faire un oreiller, avant de l'allonger.

C'est ainsi que la forêt pousse lorsque personne ne regarde. D'épaisses racines s'entremêlent, les plantes grimpantes s'enchevêtrent et s'accrochent aux branches, l'écorce frémit lorsque la mousse s'éclipse, se détricote d'un coup, et l'arbre frissonne – et pendant ce temps le sol s'assouplit, se cambre, et la rivière, autrefois retenue par un barrage, surgit plus bas, dans le lit du ruisseau qui l'attendait.

Dehors, le bois sombre monte la garde, les étoiles commencent à briller entre les branches telles des guirlandes et la lune, à l'instar d'une pièce lancée dans un puits sacré, luit.

Jubilee

Le jour se lève et elle n'a pas fermé l'œil. Elle pense encore à Havens, se remémore sa main parcourant son corps qui semble métamorphosé maintenant qu'il l'a aimé. Tout son être vibre. Elle ne peut s'arrêter de fredonner. Dès qu'elle entend le bébé pleurer, elle se lève et s'habille à toute allure. Pourquoi papa ne s'est-il toujours pas occupé de cette histoire ?

Maman est penchée sur l'enfant en larmes dans la valise de grand-mère qui lui sert de berceau.

– C'est de ta faute ! professe-t-elle à l'encontre de Jubilee, en prenant l'enfant dans ses bras pour montrer à sa fille l'ampleur de son crime. Il n'est plus du tout bleu. Tu lui as donné tes cachets !

– Mais non.

Assurer à maman qu'elle n'y est pour rien est peine perdue.

Cheveux emmêlés et yeux plissés, maman est un quart Gladden, trois quarts sorcière. Elle crie :

– Sors d'ici !

Jubilee trouve papa dans la grange en train de seller Lass. Pour savoir de quelle humeur il est, il suffit en général de regarder comment il porte son chapeau. Si ce dernier est placé à l'arrière de son crâne, découvrant son visage jusqu'à la naissance de ses cheveux, cela signifie qu'il est bien disposé et engagera volontiers la conversation ; s'il est enfoncé au point de lui décoller un peu les oreilles, c'est qu'il préférerait qu'on ne l'interrompe pas ; et s'il est légèrement incliné, on peut s'attendre à une chansonnette ou une blague ; mais lorsqu'il le porte comme c'est le cas en ce moment, le rebord baissé sur les yeux, il vaut mieux changer de trajectoire et garder ses distances. Jubilee aborde néanmoins le sujet de la couleur du bébé et papa réplique qu'il est déjà au courant. L'état d'esprit de maman a empiré, admet-il aussi.

– Elle n'a pas du tout l'intention de se séparer du petit, déclare Jubilee.

– Voilà pourquoi je vais me charger de faire avancer les choses.

Dès qu'elle posera Lenny, poursuit papa, il le prendra. Et il baisse un peu plus son chapeau lorsque Jubilee lui propose de l'aider.

En rentrant un fagot de bois dans la maison Jubilee comprend que papa a raté son coup. Du lait bout sur le feu, papa s'efforce de trouver un arrangement, maman, poings fermés, lui frappe la poitrine en lui hurlant qu'il devra enjamber son cadavre s'il veut lui prendre l'enfant, et Lenny, couché dans sa valise-berceau, se demande si quelqu'un va un jour penser à lui donner à manger. Il n'y a qu'une solution pour mettre fin à la situation. Jubilee s'empare de Lenny, sort en courant de la maison, dévale les marches de la véranda et détache Lass de la balustrade.

Maman se précipite à ses trousses en vociférant :

– Rends-moi Levi !

– Ce n'est pas Levi, maman. C'est le bébé de Sarah.

Le bébé fermement calé contre elle, Jubilee presse les flancs de Lass qui se met en route, tandis que maman lui hurle de s'arrêter, papa à ses trousses. Elle a eu si rarement le sentiment de faire ce qu'il fallait ; et pourtant au fond, elle a envie de faire demi-tour et de donner à maman ce qu'elle désire par-dessus tout.

Oncle Eddie habite là où le vallon s'aplatit et s'élargit. Au galop, Lass pourrait les y emmener en vingt minutes mais avec le bébé, Jubilee préfère ralentir l'allure, surtout dans les pentes raides. Il fait froid et humide, et leurs souffles se condensent ; un fin filet de vapeur pour Lenny. Le nourrisson est complètement réveillé, attentif à tout.

La petite maison d'oncle Eddie se trouve sur un terrain aride, poussiéreux et jonché de broussailles. Un vieil épandeur à fumier rouillé est abandonné là, depuis la seule et unique fois où oncle Eddie a cru pouvoir tirer quelque chose de sa terre. Son bétail est mort de faim depuis belle lurette, même la dernière chèvre qui lui restait a disparu, et désormais le poney du révérend Tuttle est seul dans l'enclos. La pauvre créature n'est plus que l'ombre d'elle-même. La maison d'oncle Eddie est à moitié enterrée dans le sol ; ainsi, lorsque Jubilee s'approche de la porte, elle aperçoit les mauvaises herbes qui poussent sur le toit.

Elle frappe à plusieurs reprises.

– Sarah ?

Jubilee contourne la bicoque. La cuisine extérieure se résume à une plaque de tôle ondulée, deux bâches en guise de toit et de murs, et un portemanteau auquel sont suspendues des casseroles. Mais Sarah n'est ni là, ni dehors sur le terrain. Comme elle entend soudain des gémissements, Jubilee enjambe un baquet de pommes de terre en décomposition et pénètre dans la maison par l'arrière. Il n'y a pour ainsi dire pas de lumière à l'intérieur.

– Sarah ?

Les murs sont tapissés de boîtes de céréales aplaties, un jeu de fléchettes tout neuf est suspendu au-dessus de la cheminée et la table est encombrée de cartes, de fléchettes et de bouteilles de bière vides. La seule touche féminine est un délicat rideau en dentelle blanche fixé à la fenêtre au-dessus du lit métallique, sur lequel oncle Eddie est vautré, enveloppé dans des couvertures militaires. Une odeur nauséabonde émane du pied du lit où un fût sert manifestement de pot de chambre.

– J'ai plus de pied.

Oncle Eddie tire sur les couvertures, une nuée de mouches s'envolent et un moignon bandé surgit, imbibé de sang. Jubilee doit se couvrir le nez pour éviter le haut-le-cœur. Oncle Eddie regarde les mouches se reposer sur son pansement.

– Alors comme ça, t'es redevenue bleue. T'étais pas à la hauteur pour être des nôtres, pas vrai ?

– Où est Sarah ? demande Jubilee.

Il tourne brusquement la tête et son regard vaseux croise les yeux de la jeune femme.

– Où est mon pied, c'est ça que je voudrais savoir.

Il s'empare de la bouteille près de son oreiller et boit une lampée.

– Ça s'enterre un pied ? Ou ils le passent à la moulinette et le filent à bouffer aux cochons ?

Oncle Eddie semble content de lui jusqu'au moment où il remarque ce que Jubilee tient dans les bras.

– C'est un bébé ?

Reculant d'un pas, la jeune femme répond :

– C'est l'enfant de Sarah. Il faut que je le lui donne.

Oncle Eddie ricane.

– Te fous pas de moi. Son bébé est mort depuis longtemps.

Ces paroles la glacent.

– C'est toi qui as laissé cet enfant dans la forêt pour qu'il meure ?

– Tu crois que je peux marcher sur cette jambe ?

Oncle Eddie se tourne sur le côté et s'assoupit instantanément.

Jubilee lui donne un petit coup pour le réveiller.

Les yeux du bonhomme s'ouvrent aussitôt.

– Ils voulaient me couper la jambe jusque sous les roubignoles.

– Qui a pris le bébé de Sarah ? Elle était d'accord ?

– Tu as toujours été une petite fouineuse.

Agité, oncle Eddie tente de s'asseoir et propulse sa bonne jambe hors du lit avant de tendre la main vers son moignon.

– Passe-moi le seau, s'exclame-t-il pour farfouiller aussitôt dans son pantalon. Vite !

Jubilee pousse le fût du pied et se détourne tandis qu'oncle Eddie se penche en avant et vise.

– Qui a laissé cet enfant dehors dans les bois ?

– Pourquoi tu me harcèles avec cette histoire ?

– Qui ?

– Et pourquoi je te le dirais ? Tu m'as jamais aidé. Ton père m'a jamais aidé. Il m'a volé mon héritage, c'est tout. Mais j'ai mon gars maintenant. Il va m'aider à remettre les choses en marche et l'été prochain, tu verras, il n'y aura plus que du tabac ici, et alors là c'est ton père qui viendra me voir en tendant la main.

– C'est Ronny qui a pris le bébé de Sarah ?

– Oh, il va pas tarder à arriver. Et il va pas être très content.

Oncle Eddie commence à tousser, puis il est pris de nausées. Si elle ne le laisse pas suffoquer dans son vomi, c'est uniquement parce que lui seul peut lui dire ce qu'est devenue Sarah. Serait-elle allongée dehors, quelque part ?

– Qu'est-ce que tu as fait à Sarah ? Où est-elle ?

– Elle est partie et c'est tant mieux. Son père a qu'à s'occuper de toutes ses chialeries.

Jubilee n'a pas de temps à perdre. Pendant qu'oncle Eddie vocifère qu'il y a plus d'une façon de faire taire un témoin, Jubilee se dépêche de quitter le taudis, enfourche Lass et s'élance au galop. Une Bleue en route pour la ville va au-devant des problèmes, mais la peau ne vaut vraiment pas grand-chose si on ne la risque pas au moins pour sauver celle d'autrui.

– Viens, petit bout ; allons chercher ta maman.

Après avoir traversé le cours d'eau, plus moyen de faire demi-tour. Ils rejoignent la route : il n'y a plus d'arbres protecteurs, Beaver Creek coule sur leur gauche, et Lass devient nerveuse, comme si elle savait qu'avec la peau bleue, on n'est pas censé aller en ville, encore moins lorsqu'on tient dans ses bras le bébé kidnappé de quelqu'un d'autre.

– Encore un peu plus loin, souffle-t-elle à Lenny comme ils passent devant la station-service de Rudy qui ne serait qu'un tas de décombres si le panneau publicitaire vantant la bière Regal ne continuait de maintenir debout l'édifice. Sous la véranda décatie sont assis quatre membres de la famille de Chappy. Ils effleurent leurs chapeaux en guise de salut en les regardant passer.

Alors qu'ils atteignent le premier des poteaux électriques au carrefour, à plus d'un kilomètre de la ville, elle entend des chevaux dans son dos ; elle se tourne sur sa selle et voit Ronny et Faro avancer vers elle. Elle songe à partir au triple galop vers la ville, mais Lass ne fait pas le poids contre l'étalon de Ronny et elle préfère camoufler Lenny sous son chemisier, fermer son manteau par-dessus et continuer de trotter, attendant qu'ils arrivent à sa hauteur.

– Tu te tais, petit gars, OK ?

La malveillance lustre le visage de Ronny. Il fait une volte autour de Lass.

– Tu as envie de mourir, ou quoi ?

Jubilee presse les flancs de Lass mais Ronny arrête son cheval en travers de la route et leur bloque le passage. Jubilee se répète intérieurement qu'elle a un homme qui l'aime et un petit être qui lui a donné un but dépassant de loin la méchanceté de Ronny. Elle aperçoit enfin la ville, regarde droit devant elle, tient fermement Lenny et contourne l'étalon.

Ronny demande à Faro :

– Je n'ai pas été assez clair la dernière fois que je l'ai vue ?

– Oh, t'as été très clair, au contraire.

– C'était équitable ce que je lui demandais, pas vrai ?

– Plus qu'équitable à mon avis.

Ronny lui barre à nouveau la route. Jubilee sait qu'elle ne devrait pas mais les mots sortent de sa bouche avant qu'elle puisse les retenir :

– Tu as tué mon frère, Ronny, et je ne t'ai rien promis.

Le jeune homme croasse :

– C'est de sa faute, s'il est mort ! Faut être cinglé pour s'attaquer à deux types plus costauds que soi avec un couteau minuscule, non ?

Jubilee refuse d'en entendre davantage. Elle donne un coup de bride, mais Ronny empêche Lass d'aller vers la droite ; Jubilee tire alors sa rêne gauche mais il bloque aussi le passage de ce côté.

– La pauvre Mme Gault va finir par mourir à cause de ton frère !

Ronny rabroue Faro qui lâche tout à trac que puisque Levi n'est plus là, c'est justice que Jubilee devienne responsable pour Mme Gault, parce que personne ne lui parlera plus maintenant, pas même ses amies ni son propre mari, et elle n'a jamais demandé à Eddie de lui faire un bébé, elle n'a jamais rien demandé à Eddie d'ailleurs.

– C'est pas juste non plus qu'Eddie t'oblige à faire son sale boulot. Tout ça pour qu'il arrête de baver sur ta mère.

– Ferme ta gueule, Faro ! crie Ronny.

Jubilee comprend qu'elle n'a plus seulement affaire à la méchanceté de Ronny. Il cherche la vengeance désormais.

Ronny se penche vers elle. Il sent le lard trop vieux.

– Ce que tu as fait à ma mère te pose aucun problème, c'est ça ? Et maintenant, tu viens en ville lui mettre le nez dedans.

Si Jubilee a appris quelque chose au Monde des Curiosités, c'est de faire comme si votre adversaire avait disparu.

– Mon Dieu, quelle tête de pioche, pas vrai ?

Soudain Lenny gémit.

– C'est un bébé ?

– Mais qui est assez bête pour engrosser une Bleue ? s'interroge Faro.

Remarquant un passage entre leurs deux chevaux, Jubilee reprend ses rênes et lance Lass au galop. Elle claque la langue pour pousser la jument mais celle-ci ne tarde pas à être rattrapée par les deux compères qui mettent fin à la course-poursuite.

Les yeux d'une vipère exprimeraient plus de sentiments que ceux de Ronny.

– C'est pas le tien, c'est ça ?

Des gens marchent dans la rue maintenant ; et si Ronny entreprend quoi que ce soit, il devra le faire aux yeux de tous.

– Je sais ce que tu as fait, Ronny.

– Donne-le !

– Personne ne te pardonnera autant de haine, même ceux qui ne supportent pas les Bleus.

Ronny tente de s'emparer de Lenny, mais Jubilee secoue ses rênes et Lass s'élance comme si un loup venait de lui mordre les postérieurs.

Au lieu de la poursuivre, Ronny et Faro quittent la route pour prendre la direction du chemin qui longe la voie ferrée.

Lass ralentit en arrivant sur Main Street, secoue la queue et remue les oreilles. Puis elle s'arrête à une centaine de mètres de la première maisonnette, verrouille ses genoux et prend un air obstiné, tête basse.

– Allez, Lass.

Elle renâcle, comme pour dire qu'elle flaire le danger et ne bougera plus d'un pouce.

– Lass, avance.

Jubilee presse les flancs de la jument qui consent à faire deux pas avant de s'immobiliser à nouveau. À cette allure, elles atteindront la maison de Sarah à Noël. Lenny toujours serré contre elle, Jubilee met pied à terre et tire sur les rênes de Lass pour la faire marcher à ses côtés. Mais celle-ci donne des coups de tête en arrière.

– Moi non plus, je n'aime pas être ici, OK ?

Jubilee n'a aucune envie de traverser la ville ainsi, en tirant sur les rênes d'un cheval borné. Elle aurait voulu que chacun la voie déterminée, fière d'agir comme il se doit, fière aussi d'être bleue.

Les Tuttle habitent dans le sud de la ville, sur le chemin de terre qui mène jusqu'à l'église. Si elle passe par le centre, impossible de savoir quelle sera la réaction des gens, elle entraîne donc Lass sur la route couverte de graviers qui part sur la droite vers le moulin d'Anderson.

Lenny gémit et geint.

– On y est presque.

Elle chantonne, même si on ne peut pas vraiment parler de mélodie.

Un homme dans son jardin la regarde passer et se met à les suivre, en compagnie de deux autres types et d'un garçon à bicyclette. Deux femmes la doublent avant de tourner les talons pour rejoindre les hommes. Jubilee a sa robe qui lui colle aux jambes à cause de la sueur. *Continue à marcher*. Un groupe la suit désormais, et d'autres avancent dans sa direction de toutes parts, chacun la scrute ; elle sent les regards lui transpercer le dos. Alors qu'elle est à trois maisons de son but, Verily Suggins déboule de nulle part en lui criant qu'elle est sur une propriété privée. Puis sans prévenir, elle tire sur son manteau, révélant aux yeux de tous ce que Jubilee voulait dissimuler. Lenny se met aussitôt à pleurer à pleins poumons.

On peut passer toute sa vie à fuir et se cacher et se croire condamné à s'inquiéter d'être bleu, mais Jubilee est au-delà de toute inquiétude.

– C'est le bébé de Sarah Tuttle et je viens lui rendre, donc tu ferais mieux de me laisser passer.

Comme si on venait de lui plonger la tête sous l'eau, Verily hoquette et crie à la foule :

– Elle l'a déterré ! Elle a profané la tombe ! Allez chercher le shérif Suggins !

Jubilee se prépare à foncer sur quiconque osera se planter devant elle mais la foule s'écarte soudain, et elle ne sait ce qui les a convaincus le plus de réagir ainsi : la présence de Lenny ou le fait qu'une Bleue ne se laisse pas faire.

Jubilee attache Lass au poteau prévu à cet effet dans le jardin des Tuttle et se précipite vers la porte. Elle frappe mais personne ne répond ; elle appelle donc à la fenêtre.

– Sarah, je t'ai ramené ton bébé ! » Jubilee frappe à une autre fenêtre. « Sarah, ton bébé est là et il a besoin de toi !

Le rideau de dentelle s'écarte et un visage émacié surgit derrière le carreau.

– Regarde.

Jubilee tend Lenny vers la fenêtre.

La porte d'entrée s'entrouvre et Sarah pousse son père pour sortir. Elle est si frêle. On a du mal à voir que c'est une femme. Mais il lui suffit d'un regard vers le petit pour reprendre vie :

– Mon bébé !

Jubilee dépose le nourrisson dans les bras de Sarah. Il s'y loge si parfaitement. C'est ce qu'elle dira à maman lorsqu'elle sera prête à l'entendre.

Mme Tuttle s'approche de sa fille avec une couverture de bébé, et le révérend Tuttle se penche sur son petit-fils pour le voir tandis que Jubilee leur raconte où elle l'a trouvé, pourquoi elle l'a ramené chez elle car elle ne savait pas quoi faire. Elle est vraiment désolée de ne pas être venue chez eux immédiatement, ajoute-t-elle. Au lieu d'évoquer maman, elle explique qu'ils l'ont tous aussitôt aimé, qu'il est un petit garçon très mignon et qu'ils l'ont pour l'instant appelé Lenny, mais que naturellement c'est à Sarah de choisir son nom.

– Tu as agi avec beaucoup de courage aujourd'hui.

Le révérend Tuttle la remercie mais elle préférerait qu'il exprime son respect envers la mémoire de Levi.

– Mon frère voulait épouser Sarah. Il aurait tout fait pour qu'ils soient heureux et il aurait appris à cet enfant à aimer son prochain.

– Tu as été si courageux dehors dans la forêt tout seul, murmure Sarah à Lenny. Ton papa aurait été si fier de toi.

Jamais un membre de la famille Buford ne s'est senti aussi content.

– Il ressemble à Levi, tu ne trouves pas ? demande Sarah à Jubilee. » Mais son visage s'assombrit. « Il était bleu quand il est né et Eddie est devenu fou. Il m'a frappée, très fort, et quand j'ai repris mes esprits il a dit que mon bébé était mort et avait été enterré. Qu'il fallait que j'accepte : il était mort-né et je devais tourner la page.

Elle retient ses larmes tandis qu'elle raconte avoir retourné la maison de fond en comble à la recherche de son enfant en espérant qu'Eddie lui avait menti, mais qu'en fin de compte elle avait dû abandonner.

– Je me suis dit que c'était mieux qu'il soit avec son papa au paradis plutôt que dans ce monde affreux.

Pour s'empêcher de pleurer, Jubilee touche le délicat visage de Lenny et ramène Sarah à ce qui compte maintenant.

Sarah rapporte sa dispute avec Ronny.

– C'était l'idée d'Eddie mais c'est Ronny qui s'en est chargé, même si je suis sûre qu'on va trouver le moyen de me mettre ça sur le dos.

– Je parlerai au shérif Suggins, promet le révérend Tuttle.

– Il n'a absolument rien fait pour le meurtre de Levi !

Mme Tuttle pose une main sur l'épaule de Sarah, mais cette dernière refuse de se calmer.

– On a laissé Ronny s'en sortir alors qu'il a tué un homme innocent ; est-ce qu'on va le laisser remettre ça alors qu'il a tenté de tuer un enfant cette fois ? Quand est-ce qu'on va l'arrêter ?

Le révérend Tuttle a l'air d'un homme tombé au fond d'un puits auquel on vient de lancer une corde trop courte.

– Le conseil municipal doit se réunir la semaine prochaine. Je pourrai suggérer de faire remplacer le shérif Suggins.

– Et tu ne crois pas qu'ils pourraient bien te remplacer, toi ? rétorque Sarah.

– Bon, je crois que je vais y aller, intervient Jubilee, effleurant la crête de petits cheveux de Lenny et lui caressant la joue. Salut, petit coq.

Quel bel enfant. Il est parfait, et donne un tel sens à l'existence.

– Depuis que tu es né, ce monde semble moins mauvais.

Sarah emboîte le pas de Jubilee.

– Pourquoi est-ce qu'il n'est plus bleu ?

– Je ne sais pas, mais tu verras quand il pleure, ça revient un peu sur ses lèvres et ses ongles.

Il sera toujours temps plus tard de dire tout ce que Jubilee a appris sur la couleur bleue, mais dans l'immédiat elle lui parle du Dr Fordsworth, qui sera sûrement ravi si Sarah lui écrit à ce sujet ; il répondra volontiers sans aucun doute et lui expliquera pourquoi la couleur de Lenny s'estompe et s'il est possible que cela revienne.

– Jamais je ne pourrai assez te remercier. » Le port de tête de Sarah est différent à présent. « Je pourrais venir te voir, si ta maman le permet ?

– Nous serions tous très heureux de le revoir.

Le révérend Tuttle accompagne Jubilee jusqu'à sa jument, il la remercie et répète qu'il est vraiment navré pour Levi.

– La seule chose que je puisse te promettre, c'est que son fils ne manquera jamais de rien. Je m'assurerai qu'il grandisse entouré de musique.

– Pas seulement de la musique sacrée, hein ? raille Jubilee une fois en selle. Il ne faudra pas oublier la musique comme celle de Sarah et Levi.

Le révérend Tuttle mène Lass par la bride et au niveau du portail s'arrête, lève les yeux vers Jubilee et déclare, assez fort pour que la foule rassemblée là puisse l'entendre :

– Le Seigneur approuve ceux qui prennent le chemin de la vertu.

Et Jubilee a le sentiment de contredire Dieu lui-même lorsqu'elle réplique :

– Approuver c'est bien, rendre justice c'est mieux.

La foule s'écarte sur son passage, alors que Verily crie aux gens de faire attention, d'éviter qu'elle ne les touche ou ne s'adresse à eux d'une quelconque façon, mais le révérend Tuttle la sermonne aussitôt sévèrement :

– Personne ne veut entendre ce genre de propos, Verily !

Ce qu'a accompli Jubilee ne répare pas tout, et en premier lieu pas le cœur de maman, mais n'est-il pas vrai qu'un être enlevé a été restitué à qui de droit et qu'un prisonnier a été libéré ? Tout ce temps, Jubilee a cru que l'année de grâce du Seigneur se manifesterait par une avalanche de captifs libérés en même temps, toutes les dettes acquittées, les péchés pardonnés d'un seul coup, mais en vérité l'année du jubilé commence modestement, une bonne action après l'autre.

Jubilee

À peine passé la scierie, Faro lui tombe dessus. Il désarçonne Jubilee et claque les flancs de Lass qui s'enfuit au galop sur la route.

– Il est temps de donner une leçon à la sorcière.

Ronny attend derrière le hangar de la scierie. Les yeux de Faro vont et viennent telles des billes sur une soucoupe fendue, mais ceux de Ronny sont fixes et écarquillés.

– Il n'y avait plus de Bleus et maintenant on est remonté à deux. Bientôt, ils seront trois, et puis quatre, et toute la putain de ville en sera infestée.

– On est des gens, Ronny. On a des noms.

Ils l'entraînent sur la zone herbeuse de l'autre côté de la haie de salsepareille, où un pneu de voiture est posé contre un tonneau. Dès qu'elle comprend qu'ils vont la coincer à l'intérieur, elle se débat et attaque Ronny, mais cela ne la mène nulle part et elle finit par s'effondrer, accroupie, ce qui ne fait que faciliter la tâche à Faro qui lui jette le pneu par-dessus la tête. Ronny l'oblige à se mettre debout afin que Faro puisse tirer sur le pneu et faire passer ses épaules pour bien lui coincer les bras le long du corps.

Elle s'élance vers la route mais le poids du pneu lui fait perdre l'équilibre. Elle appelle à l'aide.

– Relève-la.

Voir la jeune femme paniquer n'a fait que rendre Ronny plus patient.

Faro hisse Jubilee sur ses pieds, empoigne le pneu et la fait tourner sur elle-même encore et encore avant de lâcher prise. La jeune femme vacille à gauche, puis à droite, s'efforçant de ne pas tomber, mais finit par mordre la poussière. Le rire de Faro résonne comme des coups de bec de buse dans une carcasse fraîche.

Réprimant son envie de vomir, elle se redresse à nouveau.

– Tu ne vas pas t'en sortir cette fois, Ronny. La vérité va éclater et tout le monde le saura si tu t'en prends à moi.

– Les gens me remercieront.

– Non. Ce n'est pas vrai.

– Qu'elle se taise !

Et il ordonne à Faro de la bâillonner.

En voyant Faro se diriger vers un jerrican d'essence, elle secoue violemment la tête, les implorant d'arrêter.

Faro l'imite :

– Mmmm, mmm, mmm, mmm, tout en aspergeant les chaussures de Jubilee d'essence.

S'il vous plaît, pas ça.

Les vapeurs lui picotent le nez et les yeux, et elle déguerpit, mais courir à-la-va-comme-je-te-pousse ne l'emmène pas bien loin. Elle s'écroule encore une fois, pauvre scarabée impuissant.

Faro la ramène dans la flaque d'essence ; elle lui flanque des coups de pied, parvient à se débarrasser du chiffon qui lui obstrue la bouche et hurle au secours. Pourquoi est-ce que personne ne vient ? Personne ne l'entend donc ? Elle continue à s'époumoner jusqu'à ce que Faro lui frappe la tempe. Des points blancs et noirs surgissent autour d'elle. Il lui enfonce à nouveau le bâillon dans la bouche. Elle a toutes les peines du monde à fixer son regard. À trois mètres d'elle, Ronny sort une boîte d'allumettes et s'amuse à longuement en faire tourner une entre ses doigts avant d'allumer finalement une cigarette.

– Une dernière volonté ? suggère Faro, et Ronny souffle sur son allumette. Il fait signe à son acolyte d'enlever le chiffon de la bouche de Jubilee.

– À l'aide ! Quelqu'un, à l'aide ! À l'aide…

Faro la bâillonne encore une fois.

Ronny sort une nouvelle allumette. Rien dans toute la création ne fait plus de bruit qu'une allumette qui s'enflamme, ni un arbre qui s'abat, ni une mine qui s'écroule. La terre pourrait se scinder en deux, le son ne serait pas aussi retentissant que celui de cette flammèche qui s'allume.

– Vas-y ! s'exclame Faro.

– Rendez-vous en enfer, sorcière.

D'une pichenette, Ronny se débarrasse de l'allumette.

Le sol semble reculer mais l'allumette qui tombe dans le vide finit par le rattraper, et la flamme minuscule se transforme instantanément en un mur ardent qui se dirige vers elle. Jubilee trébuche en arrière, tente d'écraser les flammes qui gagnent ses chaussures. L'ourlet de sa robe se consume sous l'effet de la chaleur et la jeune femme se penche pour éteindre le feu en tentant tant bien que mal de couvrir la partie dénudée de son corps.

À sa droite, quelqu'un hurle soudain :

– Arrêtez ! Arrêtez !

Elle se tourne. Comment a-t-elle pu oublier cet homme, ne serait-ce qu'une minute ? Havens fonce vers elle, avec son pied boiteux, peu importe, le visage tordu d'effroi, et l'espace d'un instant elle se dit qu'elle préférerait qu'il ne la voie pas ainsi. Il vaudrait mieux qu'il se souvienne d'elle heureuse après l'amour, qu'il se souvienne d'elle étendue sur lui, dessinant des cœurs sur sa poitrine avec une de ses mèches de cheveux. Qu'il se souvienne d'elle libre.

Havens

En nage, il se réveille brusquement dans la chambre de Sylvia Fullhart et se redresse dans son lit, une odeur d'essence, de cheveux et de chair brûlés lui flottant aux narines, la peur lui étreignant la poitrine et l'écho d'un coup de feu résonnant encore dans ses oreilles. Cela fait deux jours qu'il a vu les flammes avaler les bottines de Jubilee, vu ses mains coincées contre son corps, qu'il l'a vue se tourner vers lui avec cette expression terriblement résignée, et ce regard lui a brisé le cœur sur le moment et le lui brise encore. Il ne lui a certainement fallu que quelques secondes pour l'atteindre, la débarrasser du pneu et se jeter sur elle avec son manteau ouvert pour éteindre les flammes. En tout, le supplice du feu n'a pas dû durer plus de deux minutes, mais cela a semblé une éternité car s'il y a une chose que le feu anéantit, c'est bien toute notion de temps. Lorsqu'il repense à ce qui s'est passé, il tressaille au son de la détonation et revoit Faro se prendre une décharge de chevrotine en pleine poitrine et s'effondrer comme un misérable tas de linge sale. Une folle en robe de chambre crasseuse avance, recharge son fusil et le pointe vers la silhouette de Ronny qui bat en retraite avant de s'agenouiller. Il faut que la femme arrive à hauteur de Jubilee et Havens pour que ce dernier reconnaisse Gladden Buford.

Havens écarte les couvertures, s'assied au bord du lit et attend que sa respiration s'apaise, que la pièce retrouve sa véritable dimension, même si la mécanique de sa mémoire continue de brasser ces ultimes moments.

Il s'est adressé à Jubilee avec une voix très calme même s'il ne savait pas trop si elle pouvait l'entendre ou le comprendre.

– Ça va aller, je suis là.

Il l'a soulevée, en colère de ne voir aucune trace de brûlé par terre. Dans ses bras, elle a semblé partir à la dérive, très loin.

– Restez avec moi, a-t-il insisté, en remarquant que Ronny s'était relevé et titubait en direction des buissons.

Havens a honte aujourd'hui d'avoir songé un quart de seconde à poser Jubilee pour le rattraper. Mais avec Gladden Buford à ses côtés, il a porté Jubilee jusque chez le docteur, terrifié à l'idée de la perdre si elle s'évanouissait ne serait-ce qu'un instant. Il n'a jeté qu'un seul coup d'œil aux jambes de Jubilee, mais elle ne lui a pas demandé dans quel état elles étaient et il n'a pas eu besoin de mentir. Il a ignoré la foule massée devant le cabinet du médecin, la sympathie de ces gens arrivait trop tard, ignoré aussi les questions du shérif, et même le médecin qui a soigné les brûlures de Jubilee et lui a demandé d'attendre derrière le rideau. Il a calculé jusqu'où Ronny avait pu aller, blessé comme il l'était, et a conclu que s'il courait maintenant, il pourrait le rattraper.

– Je reviens tout de suite, a-t-il murmuré à l'oreille de la jeune femme.

Elle a fermé les yeux et a dit :

– S'il vous plaît, ne me laissez pas.

Et que pouvait-il faire sinon lui promettre de rester avec elle ? Il avait si désespérément envie de la toucher, mais il ne trouvait nul endroit où mettre sa main sans risquer de lui faire mal, si bien qu'il a posé son front tout contre le sien.

Il lui faut retraverser intérieurement tout cela pour mettre de côté ses amères pensées de vengeance et de colère, évacuer sa faiblesse physique, se mettre en marche pour tenir sa promesse mais malgré tout il se lève, partagé. Une part de lui-même aimerait se précipiter dans les bureaux, frapper du poing sur les tables et insister pour que l'on étoffe l'équipe de recherche, et une autre part préférerait passer personnellement les bois au peigne fin en quête de Ronny ; cependant, ce qu'il désire par-dessus tout, c'est être avec elle.

Havens n'a jamais vraiment fait attention à son apparence jusque-là et, même s'il pouvait abréger sa toilette pour se dépêcher de la rejoindre, il prend son temps afin de se présenter au mieux devant elle. Il se rase méticuleusement, nettoie ses ongles et se coiffe. Il emprunte du cirage à Sylvia Fullhart pour cirer ses chaussures et il enfile la chemise humide mais propre qu'il a lavée la veille. Déterminé, il sort et prend le chemin du vallon.

À cheval, Buford est sur le point de partir lorsque Havens arrive. Même s'il y a consenti, Buford n'arrive pas à s'habituer aux visites quotidiennes de Havens. Il s'arrête à la hauteur de ce dernier, qui met pied à terre et attache sa monture à la balustrade de la véranda.

– C'est la jument de Tuttle ?

– Oui, monsieur.

– Vous n'en avez pas assez de crapahuter dans ce vallon ?

– Non, monsieur.

Certes il est reconnaissant de pouvoir venir à cheval mais il ramperait à genoux ou à plat ventre pour la voir s'il le fallait.

– Il paraît que Combs vous engage à la poste.

Havens confirme son nouvel emploi, ajoutant qu'il ne travaillera qu'à mi-temps au début.

– Je pourrai continuer de venir ici tous les jours.

– Vous prévoyez donc de rester.

– J'aime Jubilee. Je comprends que vous ne parveniez pas à y croire, mais je vais faire en sorte que Jubilee n'en doute jamais.

Buford ajuste son chapeau.

– Je n'ai pas eu l'impression que vous étiez homme à vous fixer des objectifs et à aller au bout, mais je me trompe peut-être.

– Si on fait abstraction de mes erreurs, je ne serai jamais à la hauteur de ce que mérite Jubilee, on le sait tous les deux.

Soit Buford asticote encore sa molaire douloureuse, soit il réprime un sourire.

– Le shérif est venu hier après votre départ.

– Est-ce que Jubilee lui a parlé ? s'enquiert Havens. » Pour autant qu'il le sache, Jubilee n'a pas encore parlé à qui que ce soit, pas même à lui jusqu'à maintenant.

– Elle n'a pas dit un mot. Soidi pense que c'est à cause du choc et Gladden que c'est la faute du sirop que le docteur lui a administré contre la douleur, mais je crois que c'est parce que Ronny est encore en liberté quelque part. Elle a peur que ses paroles ne lui reviennent aux oreilles d'une manière ou d'une autre.

Havens demande si l'état de Jubilee s'est amélioré un tant soit peu.

– Presque comme hier. Elle tremble un peu moins, peut-être.

Il a beau avoir hâte d'entrer pour la retrouver, Havens veut savoir s'il est vrai que les poursuites vont être abandonnées contre Gladden, et Buford acquiesce.

– Mais je ne crois pas qu'elle redeviendra la Gladden qu'elle était. Je me dis de profiter des moments de lucidité, c'est tout.

Malgré leurs différences, les deux hommes ont fini par comprendre que l'amour n'insiste pas en quelque sorte. L'amour va au rythme de celui qui est le plus blessé.

D'une voix presque trop basse pour se faire entendre, Buford ajoute :

– C'est moi qui aurais dû aller rendre le bébé. Je ne sais pas ce que je vais faire si Jubilee…

– Jubilee va s'en sortir, vous verrez.

Un vent d'ouest froid soulève une traînée de petites feuilles jaunes et une fine bruine se met à tomber. Havens propose de rapporter des provisions de Chance pour éviter un voyage à Buford mais le fermier répond qu'il ne va pas en ville.

– Si Ronny est encore en vie, il ferait mieux de prier que quelqu'un le trouve avant moi.

Sur le seuil de la porte, avant de pénétrer dans la chambre, Havens l'observe. Il y a ce qui semble être des années, c'est lui qui était alité. Buford a suivi son conseil et déplacé le lit près de la fenêtre afin qu'elle puisse profiter de la vue, comme elle est précisément en train de le faire. Ses yeux semblent empreints d'une telle nostalgie que son regard pourrait faire voler en éclats le carreau. Havens s'émerveille devant la beauté couchée devant lui, remarque le rayon du soleil qui baigne son épaule. Le sol gondolé, les murs décrépits, le plafond fissuré, tout ne fait que souligner la perfection de celle qui peut éclaircir les ombres et arrondir les angles. Même la lumière semble nerveuse autour d'elle.

Le chignon de la jeune femme s'est défait et des mèches de cheveux lui couvrent une partie du visage et du cou.

Remarquant sa présence, elle se tourne et le regarde avec douceur.

Il a tellement envie de la toucher, même ses plaies.

– Bonjour, ma chérie.

Il se presse vers le lit et pose sur ses cuisses son exemplaire des *Oiseaux d'Amérique* de Jean-Jacques Audubon. Elle caresse la couverture, puis feuillette les pages.

– J'ai indiqué les oiseaux que vous pouvez voir à cette époque de l'année.

Il désigne le troglodyte des forêts.

– Demain, je vais suspendre une mangeoire dehors donc vous aurez de la compagnie, et j'ai pensé que je viendrais avec Thomas.

Avec Buford et Soidi, ils se relaient pour s'occuper des oiseaux.

En silence, elle lit quelques paragraphes avant de fermer les yeux.

Il l'observe endormie.

À deux reprises, Gladden apparaît dans l'embrasure de la porte, la première fois avec des assiettes pour lui et Jubilee, même si pour sa part il ne fait que toucher la nourriture du bout de sa fourchette, et la deuxième fois avec Willow-May qui n'est plus trop sûre de vouloir montrer à Jubilee le coq qu'elle a dessiné. Havens accompagne la fillette dehors et lui propose de jouer à chat ; alors qu'il dépasse le potager en courant, Willow-May à ses trousses, le révérend Tuttle et Sarah arrivent en charrette. Le temps que Havens revienne sous la véranda, Gladden, le pasteur et sa fille ont eu le loisir d'échanger quelques mots et Sarah confie déjà le bébé à Gladden avant de se glisser à l'intérieur de la maison.

– Comme il a bien grossi, remarque Gladden.

– Il ne fait que manger, précise le révérend Tuttle.

Ils contemplent tous deux l'enfant, incapables de le quitter des yeux.

Sarah est assise au bord du lit, à côté de Jubilee, et Havens évoque le silence de la jeune femme.

– Elle parlera quand elle sera prête, déclare Sarah.

Jubilee ne manque pas une miette de ce que Sarah raconte au sujet de Lenny, mais dès qu'il est question de la terrible épreuve, elle se détourne. En entendant le nom de son agresseur, elle se remet à trembler.

– Ne parlons pas de ça maintenant, dit Havens.

– Non, c'est pour ça que je suis venue.

Sarah se penche vers Jubilee, écarte les cheveux de son visage. En entendant ce qu'elle lui murmure à l'oreille, Jubilee se fige, les yeux écarquillés. Elle remonte la couverture sur sa bouche.

Sarah, pendant ce temps, les yeux gonflés, demeure imperturbable.

– Tu comprends ?

Pour toute réponse, Jubilee pose sa main bandée sur la cuisse de Sarah.

Celle-ci lui promet de revenir la voir dans quelques jours et ajoute :

– Cet homme est bon, Jubilee. Laisse-le prendre soin de toi.

Havens arrête Sarah dans le passage couvert qui traverse la maison.

– Qu'est-ce que vous lui avez dit au sujet de Ronny ?

– Qu'elle n'a plus à s'inquiéter de lui maintenant, c'est tout.

– Pourquoi ? Est-ce qu'il s'est fait prendre ?

Havens songe aussitôt à Buford qui n'est pas encore revenu.

Sarah voit son père lui faire signe de venir et sans un mot de plus, elle court vers lui. Le révérend prend le bébé des bras de Gladden et le tend à sa fille.

Aujourd'hui, lorsque Havens arrive chez les Buford, Jubilee est assise dans un fauteuil près du châtaignier, son pied bandé posé sur un tabouret. Elle est tournée vers l'est, la tête inclinée vers le doux soleil matinal, les cheveux lâchés et brillants. Havens met pied à terre, attache sa monture et se retient de courir vers elle. Elle tourne ses yeux vert pâle dans sa direction et la joie l'inonde.

Il lui tend le sac en toile qu'il tient à la main.

– Je vous ai apporté quelque chose.

– C'est quoi ?

Dans un élan d'optimisme, il a envie de dire : *ma chérie, mon amour, ta voix m'a tant manqué, tu es si belle, j'ai eu si peur que tu ne changes d'avis à mon sujet* ; mais il faut aller doucement, il le sait.

– Regardez.

Les doigts de la jeune fille effleurent les siens en prenant le présent. Elle jette un coup d'œil à l'intérieur.

– Des bulbes.

– Des bulbes de hyacinthes, précise-t-il. Il suffit de les planter.

Elle le remercie et pose le sac sur ses genoux.

– Je ne suis pas de très bonne compagnie, j'en ai bien peur.

Reconnaissant, léger et à nouveau confiant, il dit :

– Nous n'avons pas besoin de parler. Je pourrais m'asseoir près de vous un moment, c'est tout.

Parce qu'elle n'émet aucune objection, il se dépêche d'aller chercher un fauteuil sous la véranda où Buford change les cordes de la guitare de Levi.

– Tuttle a demandé si nous serions d'accord pour la donner au petit gars. Ils vont lui faire apprendre la musique à ce pauvre gosse, qu'il le veuille ou non.

Il n'y a plus la moindre trace de l'humeur vindicative de la veille. Ronny court toujours, malgré ce que Sarah a laissé entendre, et Havens demande à Buford ce qu'il en pense. Tout ce que ce dernier déclare à ce sujet, c'est :

– Il ne va pas tarder à refaire surface.

Havens retourne auprès de Jubilee. En silence, il s'assied. Et regarde ce qu'elle regarde. Deux fois, elle se tourne vers lui et deux fois, il s'empresse de la regarder aussi, ne baissant les yeux que lorsqu'elle détourne elle-même les siens. Peu à peu les ombres raccourcissent et Jubilee finit par ouvrir la bouche :

– Willow-May a commencé l'école aujourd'hui.

– Quelle merveilleuse nouvelle ! Est-ce qu'elle avait peur ?

– On avait tous peur sauf elle. Elle était gonflée à bloc, prête à y aller avant même le lever du soleil. Papa lui a dit qu'ils n'avaient pas besoin d'arriver à l'école une heure avant la maîtresse, mais ils sont quand même partis sacrément en avance.

Il aime le son de sa voix. Elle pourrait lui lire l'almanach des fermiers, il en resterait tout autant fasciné.

Elle repart dans ses pensées, puis au bout d'un moment demande :

– Pourriez-vous m'aider à rentrer ?

Elle est si légère dans ses bras.

– Votre main, dit-elle, songeant aux brûlures de Havens.

– Tout ce qui se rapporte à vous n'est que du bonheur, réplique-t-il.

Il l'étend sur son lit et elle murmure :

– Au revoir, Havens.
– À demain, Jubilee, répond-il.

Ainsi se déroule le reste de la semaine. Chaque jour, il vient chez elle et ils s'asseyent tous deux sous le châtaignier, dont les dernières feuilles mortes tapissent l'herbe sous leurs pieds. Tout comme l'on ne peut soupeser les notes d'une symphonie pour déterminer le poids de la musique, on ne peut mesurer l'intensité de leurs échanges durant ces longs et paisibles silences matinaux. Pour quelqu'un de l'extérieur, la seule chose visible, c'est la distance entre leurs fauteuils qui varie : à chaque visite, Havens place son fauteuil un peu plus près de celui de Jubilee jusqu'au moment où leurs accoudoirs finissent par se toucher. Ce jour-là, il lui prend la main et elle se laisse faire.

Elle lui parle des oiseaux qu'elle observe et des aventures de Willow-May à l'école, il lui raconte comment il apprend les ficelles du métier à la poste. Pas une seule fois elle ne revient sur cette journée funeste et Havens ne fait aucune allusion à Ronny ni à l'enquête en cours. Mais aujourd'hui, il est partagé. Avant de quitter l'auberge ce matin, Havens a été appelé dans le salon pour répondre encore une fois aux questions du shérif Suggins, bien qu'il se soit déjà rendu par deux fois au bureau du shérif, la première pour témoigner en détail de ce à quoi il avait assisté, la seconde pour se tenir informé des avancements éventuels de l'enquête. Aujourd'hui, le shérif est venu l'interroger sur son emploi du temps depuis le jour où il a vu Ronny pour la dernière fois jusqu'à aujourd'hui. Et c'est pour cela que Havens sait que quelque chose a changé.

– Est-ce que j'ai fait quelque chose de mal ? demande-t-il au shérif.

– C'est à vous de me le dire.

Le shérif Suggins explique que le corps de Ronny a été retrouvé à l'aube.

– Il paraît que vous saviez où se trouvait son repaire.

Ce que le shérif appelle le repaire de Ronny correspond à l'endroit où, avec Chappy, Havens a trouvé Jubilee et Levi attachés ensemble près de cinq mois plus tôt.

– Et vous croyez que je suis capable de retrouver le chemin pour m'y rendre ?

D'autres en ville savaient où ce repaire se trouvait, mais dès que Havens soulève cette éventualité, le shérif rétorque :

– Les autres n'ont pas un mobile comme le vôtre.

– Pour faire quoi exactement ?

– Retrouver Ronny et lui loger une balle dans le cou.

Prenant la défense de Havens, Sylvia Fullhart déclare que tout le monde à Chance est armé et qu'il n'est pas difficile de penser à un certain nombre de personnes capables d'appuyer sur la gâchette.

– C'est vraiment dommage que le coup de feu de Gladden ne lui ait pas tout de suite réglé son compte.

Toutes sortes d'éléments ressurgissent brusquement dans l'esprit de Havens : les paroles énigmatiques et pleines d'assurance de Sarah, l'étrange expression du révérend Tuttle lorsque sa fille était revenue à ses côtés, et l'allure de Buford, fusil glissé derrière la selle. Et Soidi elle-même n'avait-elle pas mené une battue en compagnie d'autres fermiers, tous avides de toucher la récompense qu'elle promettait en échange de la peau de Ronny ?

– Je ne possède même pas de pistolet, dit Havens au shérif. Ne pas avoir d'alibi solide reste toutefois plus problématique aux yeux de la loi, que de ne pas avoir d'arme à feu.

S'ils se trouvaient à Dayton ou à Cincinnati ou dans n'importe quelle grande ville, une accusation de meurtre se fonderait sur des faits, des preuves et des témoignages. Ici, si l'on remonte cent ou deux cents ans en arrière en matière de maintien de l'ordre et de justice, la police se résume à un homme unique arborant un insigne terni, se fiant à sa prétendue intuition et sa profonde méfiance des inconnus qui, selon ses propres termes, sont des « hommes sans réputation ».

Si Havens disait à Jubilee qu'il est désormais suspect numéro un dans le meurtre de Ronny Gault, cela ne ferait qu'accentuer sa détresse ; il préfère donc lui demander si elle a déjà songé à vivre ailleurs. Tant qu'ils sont ensemble, Havens pourrait tout aussi bien habiter au milieu des cactus, voire des igloos.

– Avec Levi, on s'allongeait parfois sous les arbres et on rêvait aux endroits où on aurait aimé vivre. Il imaginait toujours des coins avec des châteaux, ou des immeubles qui touchaient le ciel, ou des villes qui flottaient en plein océan. Moi, je pensais toujours à des endroits plus ou moins comme ici. Ça le rendait fou et il me disait de voir les choses en grand, alors je faisais un effort et j'imaginais une écurie avec une centaine de chevaux à l'intérieur, ou un grand étang, ou je rêvais que l'hiver n'existait plus et que les oies n'avaient plus besoin de migrer.

Havens tourne le regard dans la même direction que celui de Jubilee. La lumière blafarde a effacé les contrastes et les collines sont devenues une palette pastel dépourvue de misère. Ce qui autrefois paraissait reculé et inconnu semble désormais familier, attirant même.

– Mes racines sont ici, poursuit-elle. Ma famille vit ici. Levi est enterré ici, et maintenant ce petit bonhomme est là. Je suis chez moi ici.

– Eh bien, le sujet est clos, dans ce cas.

Le shérif va certainement identifier le fusil dont provient la balle. Mais que se passera-t-il si la balle le mène jusqu'à une des armes de Buford ?

– Vous semblez préoccupé, remarque Jubilee. J'ai peur que ce genre d'existence ne soit trop solitaire pour vous. Votre famille, votre vie citadine ne vont-elles pas vous manquer ?

Il ne supporte pas de la voir inquiète.

– Voilà ce qu'on va faire : on va se trouver un terrain et convaincre la communauté de nous aider à bâtir une grange – je n'arrête pas d'entendre dire que ça se fait. On y mettra tous les chevaux trop vieux ou boiteux de la région, ensuite je creuserai un étang aussi grand que le lac Michigan. Bon, je ne sais pas encore comment je vais faire pour l'hiver, mais vous venez juste de m'en parler alors donnez-moi un peu de temps pour trouver une solution.

– Et vous allez vous remettre à la photographie ?

– On prendra des photos ensemble.

Elle sourit à présent.

– On prendra un nouveau départ ici, ajoute-t-il.

Jubilee

S'ils vivent leur année de grâce, ce n'est sûrement pas le calendrier qui le leur indique mais bien la nouvelle tournure des événements. Les choses ne suivent plus la pente de la haine, cette pente si facile et vieille comme le monde. Au contraire, c'est le désir de faire amende honorable qui semble prévaloir désormais. Tout le monde cherche l'apaisement, tout le monde sauf Soidi qui a proposé de liquider Verily Suggins qui raconte n'importe quoi au shérif Suggins, ainsi que tous ceux qui ont voté pour Urnamy Gault, même s'il a été battu à plate couture dans la course à la mairie de la ville. Ainsi, lorsque papa annonce qu'il va inviter tout le monde à faire de la mélasse, Soidi râle de plus belle comme s'il lui avait déversé une brouette de fumier sur ses bottes. Mais papa a raison – bien que sa dernière récolte de sorgho ait été modeste – de commencer avec ce qui était jadis un événement annuel pour les Price et les Ellis lorsqu'ils vivaient tous ici. Maman affirme qu'elle n'est ni pour ni contre tant qu'on ne lui demande pas de rester plantée derrière un chaudron toute la journée, et Jubilee admet que cela pourrait remonter le moral général et raccommoder les gens. Cependant elle ne prendra pas ses cachets, elle le dit haut et fort, donc ceux qui viendront auront intérêt à ne pas avoir de problème avec la peau bleue, sinon ils n'auront qu'à rester chez eux.

Ainsi les gens sont venus, ceux-là mêmes qui traquaient les Bleus ou envoyaient leurs fils à leurs trousses, ou leur tournaient le dos alors qu'ils avaient besoin d'aide. Ceux-là mêmes qui ne supportaient pas les Buford sont venus jusqu'à eux. Papa jure qu'il a bien expliqué, mais certains ont attribué aux supposés pouvoirs surnaturels de Jubilee le fait qu'elle ait été de la bonne couleur durant quelque temps et que le bébé de Sarah soit un petit gars vigoureux aux joues roses au lieu d'être un nourrisson mort et enterré. C'est pourquoi parmi les convives, il y a des malades et des estropiés qui espèrent guérir. Quoi qu'il en soit, chacun arrive à cheval ou en charrette, parfois à pied, les bras chargés de tartes aux fruits, de poulets vivants, voire d'objets de famille.

Certains laissent leur cheval paître dans le pré et tout le monde se réunit derrière la maison où, dans l'air automnal frais, flottent un voile de fumée et une odeur de bonbon. Papa a installé le long du cabanon un avant-toit de fortune sous lequel sont installés sur des feux de camp deux barils métalliques dans lesquels bouillonne une mixture verte. Soidi et la grand-mère de Chappy contrôlent les opérations devant l'un des tonneaux, tournant à tour de rôle, ôtant la mousse de la surface et évoquant le bon vieux temps, et le révérend Tuttle, en compagnie de deux fermiers, s'occupe du second fût. Ce soir, ce jus de canne transformé en mélasse rivalisera avec le miracle de Cana, lorsque l'eau se transforme en vin.

Jeremiah Wrightley fait marcher Lass en cercle autour du petit moulin pendant que ses deux fils lancent des tiges de sorgho entre les meules de pierre, et

Willow-May et deux copines d'école avec des couettes applaudissent en poussant de petits cris de joie lorsque le jus s'écoule dans la marmite.

Jubilee a demandé à papa de l'asseoir au soleil près de Sarah. Certes celle-ci n'est plus la fille dont Levi était tombé amoureux, mais elle semble habitée désormais d'une résistance intérieure. Elle aide Jubilee à poser ses jambes bandées sur le tabouret de traite et lui tend le bébé.

– Quand est-ce qu'on va t'enlever tes pansements ?

– Bientôt.

– Tu dois en avoir marre d'être assise tout le temps.

Être assise comme elle l'est à présent l'aide à faire la paix avec ce qu'on lui demandait de faire sous le chapiteau.

Sarah brandit une enveloppe.

– Le Dr Fordsworth m'a répondu.

Elle lit à haute voix. Le médecin profite d'abord de sa missive pour saluer chaleureusement Jubilee, puis il dit à Sarah qu'il serait très heureux de les recevoir, elle et sa famille, en consultation dans son cabinet quand ils le souhaitent. Si la couleur de Lenny s'estompe, continue-t-il, c'est que le petit garçon n'est porteur que d'un gène bleu et non de deux. Ainsi Sarah n'a pas à s'inquiéter : la peau de son bébé ne redeviendra pas bleue. Tandis que Sarah poursuit sa lecture des explications complexes du Dr Fordsworth, Jubilee s'emploie à faire sourire Lenny.

Une ombre se glisse entre elles deux. Havens est enfin là ! Les yeux brillants, Jubilee le regarde.

– C'est le petit bonhomme le plus mignon du monde, non ?

Havens s'accroupit devant elle et prend le minuscule poing dans sa main, observe les petits doigts délicats.

– Il n'a pas encore de callosités.

– Il ne faut pas vous y fier ! réplique Sarah. Il a déjà commencé les leçons de musique.

Mme Tuttle, qui sort de la cuisine, place une corbeille de petits pains fumants sur la desserte où des guêpes zigzaguent au-dessus des plats recouverts d'un linge.

– Voulez-vous que je vous prépare une assiette, monsieur Havens ? propose-t-elle.

– Il faut qu'il s'ouvre d'abord l'appétit, intervient Jeremiah Wrightley, en ôtant son chapeau pour essuyer son front en sueur avant d'engouffrer un petit pain. Puis il tire sur la chemise de Havens et marmonne : Pas le moment de faire le beau quand y a du boulot qui attend.

Havens fait un clin d'œil à Jubilee et suit son guide qui le mène devant le premier fût où Soidi lui tend une spatule à long manche. Une minute plus tard, en nage, Havens rend son ustensile et fait une remarque qui déclenche l'hilarité générale. Il salue Chappy en train de ranger les bocaux qui plus tard seront remplis de mélasse, avant de se proposer pour transporter des tiges de sorgho jusqu'au moulin. Il relève ses manches et siffle une mélodie qui, il le sait, est la préférée de Jubilee, et, une fois certain d'avoir attiré son attention, il fait signe à Jeremiah de rajouter encore des tiges dans ses bras déjà pleins.

Tout au long de la journée, les convives se regroupent ici ou là. Les uns ne feront que passer, les autres resteront jusqu'après la tombée de la nuit. Personne ne s'excuse pour le passé. Peut-être parce que chacun sait que demander pardon et donc rappeler ce qui a eu lieu peut avoir des effets délétères chez certains. Les convives ne font donc aucune allusion à la terrible épreuve de Jubilee, à la mort violente de Levi ni au coup de folie de maman, mais ils ne parlent pas non plus de l'enterrement de Faro ni du corps de Ronny qui a été retrouvé. Pour l'essentiel, ils se plaignent du temps qu'il fait, râlent sur le prix que leur réclame Willard pour le fourrage, et spéculent sur les futures récoltes. Pour faire la paix, il ne suffit pas d'agiter un drapeau blanc et de se serrer la main. Si seulement cela était aussi simple. Il s'agit plutôt de s'asseoir avec ceux qui autrefois étaient vos ennemis et d'accepter qu'au fond vous avez tous beaucoup de choses en commun. Vers midi, Jubilee est finalement certaine d'une chose : les Buford ne sont pas les seuls à avoir prié Dieu en vain. Le règne du Seigneur ne réside pas dans les mots difficiles à formuler, ceux qui font mal à celui ou celle qui les prononce en partant. Il advient plutôt au détour d'une conversation banale, de celles qui comblent les silences, qui bouchent les fissures afin que l'amère vérité n'ait pas à surgir. Le règne divin n'a peut-être rien de plus grandiose que tous ces gens réunis et égaux dans l'adversité.

Le moment de goûter la mélasse arrive, chacun se trouve un morceau de tige de sorgho et se rassemble autour des fûts pour tremper sa baguette dans l'onctueux sirop. Jamais la mélasse n'a été aussi bonne, tel est l'avis général. Tout ce travail a produit une chose douce et sucrée qui va se frayer un chemin hors du vallon pour se retrouver dans les cuisines aux quatre coins de la ville ; n'est-ce pas aussi une manière de faire la paix ? Alors que Havens traverse le jardin pour faire goûter à Jubilee un peu de mélasse, le shérif Suggins surgit à l'angle de la maison et l'arrête. Avant que papa ou quiconque ne puisse raisonner l'homme, il a passé les menottes aux poignets de Havens et l'emmène. Jubilee se lève mais s'écroule aussitôt de douleur. Havens l'entend éclater en sanglots et se tourne vers elle, souriant, comme pour lui dire : *Ne vous inquiétez pas, je vais revenir très vite.*

Papa revient de la ville deux heures plus tard et raconte ce qu'il a appris : Verily Suggins affirme avoir vu Havens partir dans la forêt, pistolet à la main. Jubilee est tout aussi terrifiée d'entendre que Havens est enfermé seul dans une cellule et n'a aucun droit de visite. Désespérée, elle veut le voir mais papa refuse catégoriquement de l'accompagner jusqu'au bureau du shérif.

Le révérend Tuttle y est allé pour tenter de trouver une solution, ajoute papa. Si ses efforts sont vains, papa engagera un avocat.

– Suggins n'a rien pour inculper Havens, et il le sait, dit papa dans l'espoir de rassurer Jubilee. Il fait tout ça juste pour montrer à la ville qu'il fait quelque chose.

Jubilee ferme à peine l'œil de la nuit, et elle est à son poste près de la fenêtre avant le lever du soleil. Elle observe les premières neiges de la saison tomber sur les collines. Elle reste assise toute la journée, et lorsqu'elle se sent enfin prête à menacer papa de raconter tout ce qu'elle sait et d'exiger que les choses rentrent dans l'ordre, Havens surgit sur le chemin, au triple galop. Avant même que sa jument se soit complètement arrêtée, il quitte ses étriers et bondit à terre. La vieille maison est si heureuse de le revoir, les lattes craquent doucement sous son poids. En deux enjambées, il est près de Jubilee, cheveux pleins de brindilles et de feuilles, chemise trempée et pantalon déchiré au genou.

– Je me suis un peu cassé la figure, dit-il, sourire aux lèvres.

Debout à côté de son lit, bras croisés, encore essoufflé, une épaule plus haute que l'autre, il l'observe comme si elle était un trophée ; et pourquoi ne pourrait-il pas la regarder autant qu'il le veut ? Jamais on ne l'a regardée ainsi. Lorsqu'elle sent les yeux de Havens se poser sur elle, c'est comme si elle se retrouvait. Il l'enlace enfin, la soulève du lit et la fait tourner. Agrippée à lui, elle enfouit son visage dans son cou et se perd dans son odeur boisée. Ce qui est encore calciné en elle reverdit un peu.

– J'ai été tellement inquiète, s'exclame-t-elle.

– Restez pour toujours dans mes bras, dit-il.

Avec précaution, il finit par la reposer sur le lit et doit lui répéter dix fois que le shérif Suggins ne va effectivement pas l'inculper, exactement comme papa l'avait prédit.

– Mais votre nom n'en sera pas lavé pour autant, s'alarme Jubilee. Et je ne veux pas que quiconque puisse continuer de penser que c'était peut-être vous.

Comme s'il répugnait à la contredire, il ose d'une voix douce :

– Non, laissez les gens penser ce qu'ils veulent. » C'est ainsi que Jubilee comprend : Havens a deviné qui a tué Ronny. « En plus, tout ce qui m'importe, c'est ce que vous, vous pensez de moi.

Il glisse ses doigts sous la manche de la jeune femme et dessine un chemin le long de son bras.

– Est-ce que vous essayez de changer de sujet ? le taquine-t-elle.

– Absolument.

Il l'embrasse une première fois, puis encore une autre avant de se tourner vers la fenêtre. Le ciel est bas, chargé de neige. Saisissant des couvertures sur le lit, il se précipite dehors. Il ne tarde pas à revenir, aide Jubilee à mettre son manteau, la prend dans ses bras et traverse avec elle le salon où maman et Soidi confectionnent une courtepointe.

– Vous ne la sortez pas dehors par ce froid, décrète Soidi.

– Nous n'en avons pas pour longtemps.

Havens descend les quelques marches de la véranda et s'arrête devant la brouette dans laquelle sont entassées les couvertures.

– Votre carrosse vous attend, madame.

Il installe la jeune femme, la couvre et l'invite à arrêter de glousser car il s'agit d'une mission très sérieuse. Et inutile de lui demander où il l'emmène parce qu'il ne fera rien d'autre que siffler une valse. Chaque fois qu'ils rencontrent une bosse, elle s'efforce de ne pas grimacer. Avant d'arriver au petit bois, Havens est déjà en nage et à bout de souffle, mais il la pousse malgré tout jusqu'au conifère le plus grand. Là, il la soulève de la brouette et l'assoit sur un rocher comme s'il s'agissait d'un trône.

– Je vais attendre jusqu'à ce qu'on puisse refaire une promenade ensemble, ce qui vous donnera l'occasion de me fuir si vous le souhaitez, commence-t-il.

– Je ne vous fuirai pas.

Grâce à cet homme, elle s'est retrouvée. Son amour lui a rendu fierté et courage, et il est sûrement impossible de l'aimer plus qu'elle ne l'aime déjà en ce moment même.

L'air est devenu si immobile que les premiers minuscules flocons de neige flottent au-dessus de leurs têtes. Rien ne bouge. Même les cœurs se retiennent de battre.

Havens plante un genou en terre. Entre ses doigts brille une fine bague surmontée d'une pierre bleue.

– Jubilee Buford, voulez-vous parfaire ma joie et devenir ma femme ?

Si elle l'aimait ne serait-ce qu'un peu moins, sa réponse aurait été immédiate, mais chaque jour elle l'aime davantage, et c'est donc son bien-être à lui qui compte le plus pour elle.

– Et s'il faut que vous vous occupiez de moi pour toujours ?

Elle regarde ses pieds. Elle n'a avoué à personne ce qu'elle redoute : un début d'infection.

– Et si en fin de compte les tâches n'étaient pas réparties de manière égale entre nous ?

Il rétorque aussitôt :

– Qu'est-ce que ça peut faire ? Le plus important pour moi, c'est de prendre soin de vous et de vous protéger, non ? Si ça veut dire prendre plus de choses à ma charge, et alors ?

Elle passe ses bras autour du cou de Havens.

– Ça veut dire oui ?

– Oui.

Elle tend son annulaire, et il a envie de hurler sa joie à pleins poumons en lui passant la bague au doigt. Il prend le visage de la jeune femme dans ses mains et l'embrasse ; elle glisse ses doigts dans ses cheveux et l'embrasse à son tour.

Autrefois, ne plus être bleue était la seule chose à laquelle elle aspirait, mais l'amour d'un homme pour qui la couleur de peau ne faisait aucune différence avait tout changé. Avec la peau bleue, elle avait ramené un enfant volé à sa mère, elle avait regardé son ennemi dans les yeux, elle ne s'était pas soumise à la haine et elle avait refusé d'accorder trop de place au Monde des Curiosités. Et à présent, elle va se marier.

Il fait nuit lorsqu'elle émerge de sa sieste et il est assis près du lit. Il a les bras croisés sur le dossier de la chaise, le menton posé sur son poing fermé.

– J'ai dormi combien de temps ?

– Deux heures peut-être.

– Vous ne m'avez pas regardée tout ce temps, j'espère ?

Il hausse les épaules.

– Vous faisiez un beau rêve.

– Je rêvais de vous.

– Est-ce que nous étions nus ?

Il lui prend la main et caresse le doigt où elle porte sa bague.

Elle sourit.

– Vous refaisiez des photos. Elles étaient magnifiques.

– C'étaient sûrement des photos de vous.

– Je vous ai demandé une fois quel décor me conviendrait le mieux et vous ne m'avez pas répondu, vous vous souvenez ?

Il opine du chef et désigne la fenêtre.

– Un ciel étoilé vous irait à merveille.

– Donc il me suffit de grimper à une échelle pour atteindre la nuit et vous vous remettrez à faire des photographies ?

Il recule pour l'observer à travers un cadre qu'il vient de former avec ses doigts, et elle tend le menton vers lui.

– Quand est-ce que vous allez reprendre votre appareil ? insiste-t-elle.

– Bientôt.

Il se glisse près d'elle.

– Vous n'arrêtez pas de dire ça. Je veux que vous le fassiez. Cette semaine.

– Vous n'allez pas lâcher le morceau, n'est-ce pas ?

– Je vous ai fait une promesse, et maintenant c'est à vous de me promettre quelque chose.

Malgré tout, Havens négocie. Il ira cette semaine chercher son appareil à condition de pouvoir avant aller au marché chercher des échantillons de tissu afin qu'elle choisisse celui qu'elle préfère pour sa robe de mariée, et à condition qu'elle accepte de parcourir le catalogue de chaussures qu'il lui rapportera pour commander la paire qu'il lui faut.

– Et à condition que vous arrêtiez une date.

– Je veux d'abord prendre le temps de savourer d'être votre promise.

– Vous voulez que je continue de vous faire la cour, c'est ça ?

– Puisque vous vous y prenez si bien !

Havens se lève, tend une main et déclare :

– Dans ce cas, m'accorderiez-vous une danse ?

Il l'enlace dans ses bras et se met à siffler ; c'est un peu comme à la fête de Soidi, leurs cœurs s'accordent au même rythme. Elle s'accroche à son cou tandis qu'il la fait tourner vers la fenêtre derrière laquelle le ciel nocturne est d'un noir de velours émaillé d'étincelles.

Sarah vient le lendemain, une fois la tempête de neige calmée. Le ciel est d'un bleu éclatant, l'air même scintille et les cardinaux chantent un peu partout dans le vallon. Papa vient chercher Jubilee dans son lit et l'installe dans un fauteuil du salon. Sarah porte un manteau élégant et une robe simple et seyante, ajustée à la taille avec une petite ceinture blanche qui lui donne une allure de cadeau de Noël. En la voyant, on n'imaginerait jamais qu'elle a accouché un mois plus tôt. Maman tend les bras pour prendre Lenny et ne reste pas à faire la conversation. Elle préfère s'approcher de la cheminée avec le petit et fait signe à papa de mettre une bûche supplémentaire.

Sarah s'enquiert de la santé de Jubilee ; celle-ci ne fait aucune allusion à la douleur grandissante dans son pied droit ni à la raison qui la contraint à rester au lit, ni au risque d'infection que le médecin redoute aussi désormais, sans toutefois en trouver la cause.

– Encore une semaine ou deux et j'aurai le droit de remarcher, déclare-t-elle.

Sarah ne perd pas de temps à présenter ses excuses au sujet de l'arrestation de Havens.

– Mon père se serait rendu s'il l'avait fallu, dit-elle tout de go, avant de fixer Lenny comme si chacun agissait pour lui désormais.

– Le révérend Tuttle est un homme bon, dit papa, et le Seigneur n'abandonnerait jamais l'un des siens. » Là-dessus maman lui lance un regard oblique pour lui rappeler que cela arrive un peu trop souvent aux privilégiés de Dieu pour qu'il ne s'agisse que d'une simple étourderie divine.

– Il y a autre chose, dit Sarah, et Jubilee sent que les choses s'assombrissent. On vient d'assigner une autre paroisse à mon père.

Jubilee surveille maman, qui se tient le dos voûté comme pour se protéger d'un courant d'air glacé.

– Où ?

Un court trajet en train, prie Jubilee.

– Knoxville, dans le Tennessee.

– Je vois, dit Jubilee.

C'est tellement loin !

– Ils ont besoin d'un nouveau pasteur pour les églises qu'ils construisent là-bas.

Le ton de papa est trop artificiellement léger au goût de maman et elle tend Lenny à Sarah comme si elle savait que cela arriverait, comme si une mère devait inévitablement abandonner ceux qu'elle aime le plus au monde. Papa sur les talons, maman parcourt la maison et fourre dans un sac tout ce qui serait susceptible de rappeler à Lenny sa famille, pendant que Sarah et Jubilee restent silencieuses à se regarder.

Au Monde des Curiosités, Jubilee a appris à percevoir les tristes existences des gens au-delà de leur regard fixe. Elle visualisait telle femme, immobile au lit près de son mari, feignant de dormir pour le décourager de toucher les dernières parties vivantes de son être, et telle autre dans sa cuisine, sourde aux pleurs de ses enfants ; et parfois, Jubilee pouvait même entrevoir leurs mornes futurs. En observant les yeux de Sarah, elle lit ce que cette dernière a confessé ce jour-là : s'être éclipsée en douce quelques heures après avoir retrouvé son fils, avoir subtilisé le revolver derrière la chaire de son père, celui avec le serpent sculpté sur la crosse et être allée débusquer Ronny là où il l'avait attirée un jour. Elle voit Sarah viser entre les deux yeux et tirer. Mais au-delà de la vengeance de la jeune femme, Jubilee décèle de l'espoir, des rêves pour cet enfant. Et n'est-ce pas ce qui compte ? N'est-ce pas ça, l'instinct maternel le plus farouche ?

Lorsque l'heure est venue de se dire au revoir, maman tend le sac à Sarah, et en le prenant celle-ci semble même accepter la bénédiction de maman. En retour, elle promet :

– Lenny ne grandira pas dans l'ignorance ou la haine de ceux qui sont différents.

La grâce ne descend pas toujours du ciel. Elle surgit parfois tel un pissenlit entre les lattes vétustes du plancher d'une vieille véranda et le moment venu, il suffit de se pencher, de cueillir les aigrettes et de lâcher ce grand souffle que l'on retenait depuis si longtemps pour les voir s'envoler où bon leur semble. Et certaines d'entre elles ne sont-elles pas capables de voyager très loin ?

Un bras enlaçant maman, papa raconte que tout le monde à Knoxville circule en voiture désormais et peut-être que Sarah pourra apprendre à conduire et revenir les voir avec Lenny.

– Je vous écrirai, promet-elle. Je vous enverrai une photo.

Jubilee étreint la main de Sarah.

– Levi serait si fier de toi.

Comme papa et maman sortent sous la véranda, Sarah se penche pour murmurer à l'oreille de Jubilee :

– Si jamais il faut encore prouver l'innocence de Havens ou l'innocence de ton père, ou de qui que ce soit par rapport à cette histoire, retourne au grand arbre où tu as trouvé Lenny et déterre le pistolet.

– Mais qu'est-ce que tu feras s'ils se mettent à ta recherche ?

Sarah se redresse :

– Ils ne me trouveront pas. Je suis déjà quelqu'un d'autre.

Havens

Après huit jours d'absence, Havens est de retour dans le Vallon des Lucioles. Entre-temps, les jours ont raccourci et il fait plus froid. Mais heureusement, la première grosse couche de neige de l'hiver a assez fondu pour qu'il puisse le traverser sans encombre. Même si être loin de Jubilee l'a rendu irritable et impatient, il doit bien admettre qu'elle avait raison : tandis qu'il crapahute, il est content de sentir à nouveau son Contax autour de son cou, tel un talisman précieux. Et il met deux fois plus de temps pour arriver chez elle car il s'arrête sans cesse afin de photographier telle ou telle chose pour elle : un merlebleu perché sur une branche au-dessus de lui, les bords dentelés du ruisseau à cause du gel nocturne et les doigts de lumière filtrant entre les arbres là où le chemin se dédouble pour mener à sa volière. Chaque cliché est exceptionnel et il a hâte de développer la pellicule pour les lui montrer. Comment fait-elle pour toujours savoir ce dont il a besoin ?

Selon la multitude de personnes que sa mère a sondées au téléphone et dans le quartier, partir vivre dans un trou paumé au milieu des Appalaches n'est pas du tout logique, et Havens a eu beau lui expliquer que la logique n'a jamais guidé son existence, sa mère n'en démord pas.

– Mais il faut être complètement fou pour tout abandonner et prendre un risque pareil, tu ne crois pas ? s'est-elle énervée.

– Maman, est-ce que tu as été heureuse en menant une vie raisonnable ?

Sa mère a gloussé et demandé au père de Havens de trouver le numéro du révérend Lutheran.

– Il a eu une bonne conversation avec le fils de Doris quand il avait des problèmes pour se poser.

– Maman, Jeffrey a dévalisé une banque après cette conversation et il a pris dix ans de prison.

– Je ne comprends pas pourquoi tu dois toujours être aussi impulsif, c'est tout.

Dans sa jeunesse, Havens se sentait reclus à cause de la maladie, et durant sa vie d'adulte à cause des convenances, mais à présent son cœur l'appelle au-delà des barrières vers un monde sauvage et sans frontières, et il n'a qu'une hâte, fuir l'avenir étriqué qu'on lui promettait jadis. Jubilee lui manquait et il s'apaisait en lui écrivant de longues lettres d'amour qui probablement ne lui parviendront que la semaine suivante, mais il lui a écrit aussi des poèmes, maladroits et bavards, qu'il lui donnera en main propre.

Dès que Buford ouvre la porte d'entrée, Havens comprend qu'il a fait une erreur en la laissant.

– Qu'est-ce qui ne va pas ? demande-t-il, mais Buford prend trop de temps pour formuler une réponse et Havens traverse en hâte le passage couvert menant à sa chambre pour se rendre compte par lui-même. Il la distingue à peine sous la montagne de couvertures. La pièce empeste la résine de pin.

– Jubilee ?

Alors qu'il répète son nom une fois tout près du lit, il n'obtient aucune réponse. Il dégage les couvertures et le teint gris de la jeune femme le choque. Havens caresse son front.

– Bonjour ma chérie, bonjour mon amour.

Les yeux de Jubilee s'ouvrent péniblement.

– Ah, vous voilà.

Havens brandit son appareil photo.

– Regardez ce que j'ai.

L'absence de réaction de la jeune femme lui donne le sentiment d'être un apprenti magicien dont le tour vient de tomber à l'eau.

Elle s'efforce à grand-peine de se redresser, ce qui ne fait que déclencher une quinte de toux qui ne tarde pas à lui secouer atrocement la cage thoracique. Alors qu'elle finit par s'apaiser, il l'aide à s'asseoir en lui caressant doucement le dos.

Havens se tourne vers ses parents.

– Que dit le médecin ?

Parce que Buford se mord le poing comme pour s'empêcher de tousser, Gladden prend la parole.

– Il dit que ça peut arriver quand on reste trop longtemps alité ; les poumons ne fonctionnent pas comme ils devraient.

Elle propose à Havens une tasse de cidre chaud, qu'il décline aussitôt.

– Une pneumonie ? suggère Havens. Je n'aurais pas dû la sortir dans le froid l'autre jour.

– Ce n'est pas votre faute.

La voix de Jubilee est éraillée.

Havens cherche à en savoir plus sur le traitement qu'elle suit : se reposer et boire beaucoup sont les deux choses qu'elle peut faire, répond Gladden, avant d'ajouter qu'elle donne aussi à sa fille du houx pour la toux, du teinturier lorsque la fièvre monte et du bouillon de pied de porc, ce que la grand-mère de Chappy lui a chaudement recommandé.

Du bouillon de pied de porc ?

– Il faut tout de suite l'emmener à l'hôpital pour qu'on la soigne correctement, affirme Havens.

Jubilee pose une main sur son bras, mais il ne se calme pas pour autant : il va l'emmener maintenant, il la portera s'il le faut.

– D'après le médecin, l'hôpital ne fera rien de plus que ce que nous faisons.

– Impossible. Ils lui trouveront un médicament…

– Je ne peux pas bouger. » Jubilee s'enfonce à nouveau dans ses oreillers et ferme les paupières. « S'il vous plaît.

– D'accord, ma chérie, reposez-vous.

Havens lui caresse les cheveux et en l'espace d'un instant, elle s'endort.

Elle ne se réveille qu'à midi le lendemain mais son regard semble moins sombre et elle a assez de force pour s'asseoir dans son lit sans aide.

– J'ai dû vous faire une de ces peurs, souffle-t-elle.

Havens en pleurerait. Il se penche, pose sa tête sur ses genoux et elle lui passe les doigts dans les cheveux.

– Ça va mieux maintenant que vous êtes réveillée.

Elle veut qu'il lui parle de son voyage et il partage avec elle quelques détails sans intérêt.

– Est-ce que votre mère vous croit fou ? demande-t-elle.

– Ma mère est persuadée que j'épouse une fille de ferme et que je vais faire de l'alcool de contrebande ; elle est ravie ! Plus que ravie, en fait.

La seule chose qu'il a appréciée durant son voyage, c'est faire des achats pour Jubilee. Il sort de son sac à dos trois paquets qu'il pose sur ses genoux.

– C'est trop.

– Il y en aura beaucoup d'autres.

Elle déballe le premier et presse la taie d'oreiller en soie contre sa joue.

– C'est si doux.

Lorsqu'elle remarque le monogramme, il s'inquiète soudain : ne va-t-elle pas trouver prématuré qu'il ait choisi de faire broder les initiales de leurs noms de famille ?

– Vous pouvez les ranger jusqu'au mariage, si vous le souhaitez.

Elle lui tend la taie et ouvre le paquet suivant : un pain de savon à la lavande. Rayonnante, elle dénoue ensuite la pochette noire et soulève le pendentif argenté.

– Oh, Havens.

Il lui montre le portrait miniature glissé à l'intérieur qui les représente tous deux, et il lui passe autour du cou, où elle porte déjà sa bague de fiançailles sur un ruban.

– Mon doigt est devenu trop maigre.

– Eh bien, on va veiller à ce qu'il se remplume.

Lorsqu'il revient avec un bol de nourriture, elle tousse à nouveau.

– Ne vous inquiétez pas. Le docteur dit que ça suit son cours, articule-t-elle dès qu'elle tousse un peu moins.

Dans l'espoir de lui remonter le moral, elle ajoute :

– Regardez, il a enlevé les pansements.

Elle descend un peu ses chaussettes pour montrer à Havens ses mollets et ses chevilles. Sa peau est brillante et plissée, et elle lui prouve qu'elle est capable de se tenir debout en se levant pour rejoindre aussitôt le fauteuil. Elle tend la main vers le bol, pour lui faire aussi plaisir, soupçonne-t-il. Elle mange tout vaillamment, souriant entre chaque bouchée.

Certes la toux ne faiblit pas et Jubilee dort encore beaucoup dans la journée, mais elle est plus agitée lorsqu'elle est éveillée, ce que Havens trouve de bon augure. Jusqu'à ce qu'elle regagne assez de force pour sortir dehors, il a décidé de faire venir l'extérieur à elle. Ainsi, il enchaîne les pellicules qu'il développe aussitôt dans le garde-manger des Buford. Il lui demande d'écrire des légendes pour chaque cliché et la laisse choisir où les accrocher sur le mur. Puisqu'elle préfère plus que tout les animaux, Havens a pris des dizaines de photos d'oiseaux et est allé à la rencontre de quasiment tout le monde à Chance afin de photographier leurs chats, chiens, et chevaux. Jeremiah Wrightley le laisse prendre en photo les souris qu'il donne en guise de repas à son crotale des bois, et Chappy l'emmène chez un cousin qui possède un porc-épic comme animal de compagnie. Il est en train de développer cette dernière série dans le garde-manger lorsqu'il comprend ce que Jubilee est en train de faire. Elle l'envoie en mission en fait. Et l'oblige ainsi à sortir pour participer à la vie sans elle.

Elle baisse son livre lorsqu'il pénètre dans sa chambre. Aussitôt, elle prend un air grave.

– Qu'est-ce qui ne va pas ?

– J'arrête de prendre des photos.

– Mais j'adore les photos. » D'un geste, elle balaie autour d'elle la pièce dont les murs sont ornés de photographies. « Elles me rendent heureuse. Grâce à elles, j'ai encore l'impression de faire partie de ce monde.

Il attend que sa quinte de toux s'apaise.

– À cause d'elles, je suis loin de vous.

– Vous ne pouvez pas passer tout votre temps dans cette pièce.

– Pourquoi pas ?

Elle fixe le plafond un bon moment avant de se tourner vers lui. Il ne lui a jamais vu cet air vaincu.

Il se met à arracher les clichés des murs.

– C'était une erreur. Si vous voulez faire partie du monde, il va vous falloir sortir du lit et venir avec moi.

– Havens, s'il vous plaît.

– Je ne veux plus faire de photos !

Elle le supplie d'arrêter. Elle se lève, titube vers lui et tire sur sa chemise.

– Ne les enlevez pas, je vous en prie.

Les épaules de Havens tremblent maintenant. Il refuse de lui faire face, refuse qu'elle le voie ainsi.

Alors qu'il sanglote, ses bras aussi fluets que ceux d'un enfant l'enlacent, et elle pose sa tête contre son dos.

Il parvient enfin à articuler :

– Il faut que vous guérissiez.

– Je vais guérir.

– Promettez-le-moi.

– Je vous le promets, murmure-t-elle en s'évertuant à contenir sa toux.

Les trois jours suivants se déroulent bien. Jubilee mange mieux, dort moins et passe plus de temps assise dans son fauteuil, mais le quatrième, sa force physique l'abandonne à nouveau. Elle tousse même la nuit. On fait venir le Dr Eckles et son verdict est sans appel : les Buford et Havens doivent se préparer au pire. En colère, Havens le congédie et exige de faire venir un autre médecin, de Smoke Hole. Havens insiste. Elle lui a fait une promesse, répète-t-il, et Buford l'entraîne à l'écart pour le raisonner et l'amener à accepter la réalité.

– Résignez-vous si vous voulez, réplique-t-il à Buford, mais je vais épouser Jubilee, comme on s'est juré de le faire.

Aux petites heures du jour le lendemain, Jubilee est soudain prise d'une très forte fièvre, et Havens se dépêche d'aller à la cabane de bain chercher de l'eau fraîche, mais en revenant, Gladden lui prend la bassine des mains et lui demande d'attendre à l'extérieur de la chambre. Il observe depuis le seuil. Cette femme a déjà tant perdu ; pourtant, elle déshabille calmement sa fille et la soulage avec un linge humide, s'efforçant de la réconforter en lui racontant d'une voix douce des épisodes de son enfance.

Alors qu'elle éponge les pieds de Jubilee, elle se tait subitement et se penche pour examiner plus attentivement la peau de la jeune femme.

– Oh, mon Dieu, s'écrie-t-elle. Clayton !

Havens se précipite à ses côtés.

– Allez dire à Del de faire venir le Dr Eckle. Ça s'est ouvert, lance Gladden, désignant la plaie entre les orteils de Jubilee. L'infection était passée inaperçue pendant tout ce temps à cause de la teinte bleue de la peau et des cicatrices.

Jubilee dort toute la journée. Havens ne quitte pour ainsi dire jamais son chevet. Tout en négociant avec le Dieu auquel il n'a que rarement fait appel et sur lequel il n'a jamais compté, il lui lit des passages du livre d'Audubon ainsi que les poèmes qu'il a écrits, et lui raconte des histoires idiotes de sa jeunesse. Il évoque aussi leur avenir. De son côté, la jeune femme peine à respirer. Ce n'est qu'à l'aube le lendemain qu'elle se réveille enfin et réclame de l'eau.

Havens l'aide à avaler une gorgée.

– J'ai froid, croasse-t-elle ; la sueur perle pourtant sur son front.

Havens se glisse près d'elle dans le lit, la soulève délicatement et la pose sur ses genoux pour la prendre dans ses bras et la bercer. Elle a tellement maigri. Lorsqu'il avait quatorze ans, il a eu la coqueluche, il a manqué d'air à plusieurs reprises, et la pression qu'il a alors ressentie sur sa poitrine lui a donné l'impression de se noyer ; ce n'est rien comparé à ce qu'il éprouve désormais.

Jubilee est faible certes, mais elle reste éveillée.

– Photos, souffle-t-elle.

Il tend la main vers ses derniers clichés et les lui montre : le lapin à queue blanche au bout du pré, Willow-May sortant de l'école avec une bande d'amis, les cardinaux bataillant pour se percher en premier sur la mangeoire et, pour la première fois, un portrait de lui. C'est celui-ci que Jubilee agrippe pour comparer avec la version vivante.

– C'est vraiment grâce à votre sœur si je suis à mon avantage.

– Beau, murmure Jubilee d'une voix rauque.

– Elle s'est portée volontaire pour être la photographe de notre mariage. » Il sonde les yeux humides de Jubilee. « Il est grand temps d'arrêter une date.

Elle passe sa langue sur ses lèvres grises et gercées, mais plaque sa main sur sa poitrine secouée d'une nouvelle quinte exténuante. Lorsqu'elle finit par s'apaiser, elle lui prend la main, et la force dont elle fait preuve le surprend. Il se penche et colle quasiment son oreille contre la bouche de la jeune femme pour l'entendre :

– Je vous épouserai au printemps.

Il a envie de plaider sa cause : pourquoi pas demain, pourquoi pas aujourd'hui ? Mais il pose sa joue tout contre les doigts de Jubilee.

– Au printemps, d'accord, ma chérie. Ça ne sera pas long.

Septembre 1972

C'est avec des doigts perclus d'arthrite à cause de l'âge que Havens accepte le verre d'eau que cet inconnu, Rory Ashe, vient de lui servir, précisément l'inconnu qu'il a passé la majeure partie de la matinée à pourchasser jusqu'au cimetière, celui qui s'est tout de suite bien entendu avec Lord Byron et qui, après s'être éclipsé dans la cuisine, furète désormais autour de lui. Sur la table basse près de Havens se trouve le portrait avec lequel Rory est venu : celui que Havens a pris de la famille Buford sous leur véranda trente-cinq ans plus tôt. Buford, Gladden et la grand-mère avec sa valise ont disparu depuis bien longtemps. La petite Willow-May, si guillerette à l'époque, est désormais une femme d'une cinquantaine d'années, encore institutrice à Frankfort et qui s'occupe de son mari, Paul, lequel n'a pas été appelé sous les drapeaux à cause de son asthme, mais a néanmoins grandement contribué à la gloire de la nation en élevant cinq fils. Willow-May et sa famille venaient souvent en visite à Chance lorsque leurs enfants étaient petits, mais ils sont adultes désormais et vivent leurs propres vies ; Willow-May écrit souvent à Havens pour lui dire qu'il pourrait venir les voir lui aussi.

– C'est votre livre ?

Rory s'est approché de l'étagère encombrée et a repéré le premier ouvrage que Havens a publié, *À l'orée de la splendeur*, qui a été encensé par la critique même si la plupart des exemplaires sont encore en carton dans la remise.

– Est-ce que je peux jeter un coup d'œil ? » Rory lit la quatrième de couverture. « Ça dit que vous avez aidé à identifier et à documenter trois cents espèces dans les Appalaches. Vous êtes célèbre !

– La célébrité est une chose que je projette de connaître à titre posthume.

– Ces photos sont incroyables.

Rory est particulièrement enthousiasmé par le gros plan d'un lynx roux. Il replace le livre sur l'étagère et remarque les trois anciens portraits de Jubilee dans un cadre en étain : sur l'un elle se tient à l'entrée de sa volière, sur l'autre elle étend du linge et sur le troisième elle est assise sur un rocher.

Havens rejoint Rory. Sur chaque photo, Jubilee n'occupe pas un espace, elle le contrôle. Le sol se hisse pour accueillir ses pas, l'encadrement des portes s'élargit pour la laisser passer, le fil à linge se penche pour lui faciliter la tâche.

– Elle est magnifique, souffle Rory.

– Jubilee, jamais *elle*, d'accord, Rory ?

– Oui, monsieur.

Le visage de la jeune femme, qu'il connaît peut-être mieux que son propre visage, est empli de cette sérénité qui le désarmait à l'époque et le désarme encore maintenant.

– Jubilee avait vingt-trois ans quand je l'ai rencontrée et elle avait beau être jeune, elle était maligne, ce qui était surprenant parce qu'elle avait grandi isolée. Mais elle en savait beaucoup plus sur la nature humaine que je n'en ai jamais su, c'est certain. Et les animaux, elle les comprenait, c'est tout.

Havens est surpris d'avoir autant envie de parler d'elle, de commencer et de finir chacun de ses propos par elle.

– Ça a dû être dur pour elle de paraître différente des autres.

– C'était son cœur surtout qui la distinguait.

Jamais une once d'amertume.

Rory désigne la photo où elle est assise sur un rocher et regarde l'objectif par-dessus son épaule, avec sur la joue sa fossette telle une virgule et cette esquisse de sourire qui pouvait désarmer un homme.

– Je crois que Jubilee était amoureuse de vous.

Havens pourrait se jeter au cou de Rory à l'entendre parler ainsi.

– Et vous l'avez aimée aussi.

– Dès l'instant où je l'ai vue.

– Est-ce que vous vous êtes mis ensemble ?

Mettre ensemble, c'est ce qu'on fait avec deux personnes similaires ; ce qui s'est produit entre lui et Jubilee relevait plutôt de l'appartenance. Ils ont trouvé refuge l'un dans l'autre.

– Tu as une petite amie ? demande Havens.

– Oui, plus ou moins.

– Comment ça plus ou moins ?

– Bah, elle prépare le barreau donc elle n'a pas beaucoup de temps.

– Laisse-moi te donner un conseil. » Havens redresse le cadre et met de l'ordre dans les piles de livres qui l'entourent. « Si tu l'aimes, ne la lâche pas, convainc-la ; ne l'écoute pas si elle cherche à détourner ton attention, n'écoute personne.

– Jubilee semble avoir le même âge sur ces clichés que sur celui que j'ai apporté, remarque Rory. C'était dans les années 1920, j'imagine ?

– La vache, fiston, tu crois que j'ai quel âge ? raille Havens. C'était en 1937.

– Quelle coïncidence… c'est l'année où je suis né. Enfin, théoriquement.

– Comment ça « théoriquement » ? Et pourquoi les coïncidences font-elles toujours réagir la jauge de la pression intérieure d'un être humain ?

En parcourant les affaires de sa mère, explique Rory, il n'a pas pu trouver son certificat de naissance, mais selon l'administration de l'État, sa naissance n'a jamais été enregistrée. Tout du long Havens pense à sa jauge intérieure dans sa poitrine qui a complètement basculé dans la zone rouge.

– Tout ce que j'ai, c'est un certificat de baptême.

Quelques hivers plus tôt, Havens a été pris dans une tempête de neige. Il n'était qu'à deux pas de chez lui, comme il s'en rendrait compte plus tard, mais sur le moment il a complètement perdu ses repères, ce qui est très précisément en train de se passer.

– Mais ton père doit en savoir plus, c'est évident.

Rory secoue la tête.

– Ce n'est pas mon vrai père. Toute mon existence a changé quand ma mère est morte, je vous l'ai dit. » Il claque des doigts. « D'un coup, comme ça, on croit savoir qui on est, et puis plus du tout.

Havens s'efforce de se concentrer sur ce que Rory lui dit : l'homme qui l'a élevé lui a appris après l'enterrement qu'il n'était pas son père biologique.

– Il ne connaît pas le nom de mon vrai père, il ne sait rien de lui, et ça ne fait pas grande différence parce qu'il me considère comme son propre fils. Il a toujours cru que j'avais le droit de savoir et si ça n'avait tenu qu'à lui, il y a des années que je l'aurais su, mais il respectait le souhait de ma mère. On ne connaît jamais vraiment sa propre mère et un jour on s'aperçoit qu'on ne sait même pas qui est son père !

– Elle a changé de nom, murmure Havens, réfléchissant à toute allure. Bien sûr qu'elle a changé de nom, répète-t-il. Qu'est-ce qui l'en empêchait ?

Il se dirige vers le studio à l'autre bout de la maison, accélère le pas dans le couloir, galerie de photos de la vie sauvage. Pour remettre la main sur ces vieux clichés, il lui faut bouger son matériel de macro photo, se mettre à quatre pattes et atteindre le fond du meuble de rangement afin de récupérer la boîte à chaussures. Il se relève avec difficulté. En revenant sous la véranda, il sort de la boîte les photographies noir et blanc qu'il avait prises dans le cadre de sa mission pour le gouvernement et les étale devant Rory comme s'il s'agissait d'un jeu de tarot. Les portraits des habitants sont mêlés à des prises de vue de paysage.

En les observant à présent, on pourrait penser que l'existence de ces gens n'était que pénible routine, du lever au coucher du soleil. Il n'y a aucune trace de sentiment sur leurs visages. Il était plus facile de les saisir montrant de l'affection à leurs mules plutôt que se laissant aller à une quelconque effusion les uns envers les autres. Les hommes ressemblent à des bêtes, uniquement faites pour récolter du charbon au fond d'une mine ou biner la terre ou se castagner, et les femmes affichent un masque mâtiné de graisse et d'inquiétude, leur regard se perdant au-delà de leurs enfants vers un futur qui n'arrive jamais assez vite. Si l'on se contente uniquement de ces photographies, seule la misère se dégage de cette époque : le goût de la terre, l'odeur de la sueur et le spectre des rêves perdus s'empilent telles des assiettes brisées. Un fardeau, voilà ce à quoi l'on songe lorsque l'on voit ces gens. Que peuvent-ils faire d'autre que porter un fardeau ?

Les images frémissent dans ses mains tremblantes. Pourquoi a-t-il été si bête, si lent ? Pourquoi n'a-t-il pas vu la ressemblance tout de suite ? Il parcourt les portraits, les étale par terre, pour enfin en isoler un : celui du révérend Tuttle devant l'autel et en arrière-plan, sa fille en train de tailler les mèches de cierge.

– C'est ta…

À l'unisson avec Havens, Rory s'exclame :

– Mère !

– Elle s'appelait Sarah Tuttle à l'époque.

Rory examine de plus près la photo.

– Elle est tellement jeune là-dessus. Et pauvre.

Il se raidit et se vide à la fois, à l'instar d'un vêtement lavé au savon bon marché et laissé trop longtemps à sécher.

Havens devrait prendre un des cachets que le médecin lui a prescrits voici quelques années lorsqu'il a eu des problèmes de cœur. Il s'éclipse et, tout habitué aux grands espaces qu'il est, il se perd dans sa propre cuisine. Il n'arrive pas à trouver ces satanés cachets.

– Tu bois du whisky, Rory ? s'exclame-t-il.

N'obtenant pas de réponse, il s'empare de la bouteille poussiéreuse sur l'étagère du haut et verse un fond d'alcool dans deux verres avant de regagner la véranda où Rory est avachi dans la chaise à bascule, la photo sur les genoux.

– Vous connaissiez ma mère.

– Pas très bien. Elle a quitté Chance peu après que je me suis installé ici. » Havens ne peut s'empêcher de dévisager le jeune homme. « C'est ton grand-père, le révérend Tuttle.

– Pour moi, il a toujours été *papi* seulement. Il est mort quand j'avais quatre ans, et ma grand-mère environ un an plus tard. Je me souviens vaguement être allé dans l'église de mon grand-père mais ma mère m'a toujours dit que ce n'était pas mon souvenir ; que c'était quelque chose qu'elle m'avait raconté, elle.

Havens avale une longue lampée de whisky, grimace et expire une bouffée alcoolisée.

– Lenny.

Rory lève les yeux vers Havens.

– C'était ton nom avant.

Havens boit encore un coup.

– Ma mère m'appelait comme ça parfois.

– La première fois que je t'ai vu, tu n'avais que quelques semaines.

– Je suis né ici ?

Rory scrute les autres clichés.

Havens opine du chef. Une seule phrase tourne en boucle dans sa tête : comment est-ce possible ?

– Est-ce que vous avez d'autres photos de ma mère ? Vous en avez de mon père ? Vous le connaissez ?

Comment Havens est-il censé parler à ce gamin de ses origines, lui parler de son père ? À quelle question doit-il d'abord répondre, et que dire de ce à quoi Rory n'a pas encore songé ?

Alors que le jeune homme fait défiler sous ses yeux les images comme pour dénicher le visage qui expliquera tout, il s'arrête soudain sur un cliché de Willow-May assise sur les marches de la véranda avec sa poupée.

– C'est ma guitare ! J'ai cette guitare ! Vous voyez, là, le vernis noir qui s'écaille ? C'est ma guitare !

Havens met ses lunettes et Rory désigne à droite de la porte d'entrée la guitare de Levi calée contre le mur.

– Quelqu'un de très important voulait que j'aie cette guitare, c'est ce que ma mère m'a dit, poursuit Rory. Elle affirmait que les cordes de cette guitare avaient composé plus de chansons que la canne à pêche d'un pêcheur pourrait jamais attraper de truites, mais je me suis toujours demandé quel genre de personne importante pouvait donner à un gosse une guitare aussi abîmée. Elle insistait pour que j'apprenne à m'en servir. Parfois elle me demandait de jouer quelque chose qu'elle pouvait chanter, mais elle se mettait souvent à pleurer. C'est pour ça que j'ai choisi le clavier finalement. Je n'ai jamais aimé cette guitare.

– C'était la guitare de ton père. Il s'appelait Levi Buford. C'était le fils de Gladden et Del Buford, le frère de Jubilee et Willow-May.

Rory reste quelques instants silencieux.

– Il est mort, c'est ça ?

Havens vide le reste de son verre.

– Levi est quelqu'un de bien et un putain de musicien. Il est mort beaucoup trop tôt.

– J'avais quel âge quand il est mort ?

– Tu n'étais pas encore né. Mais il savait que tu étais en route. Il était très heureux à l'idée d'avoir un enfant et il voulait se marier avec ta mère.

– Pourquoi ils ne l'ont pas fait ?

Havens tourne autour du pot et explique d'abord à Rory la particularité génétique qui faisait que la peau de Levi semblait bleue, et Rory l'interrompt :

– Ma mère chantait une chanson qui s'intitulait *L'Alouette et le garçon si mélancolique*. Je l'ai toujours trouvée belle mais je n'ai jamais pensé qu'il existait vraiment.

– Ta mère et lui étaient très heureux ensemble et tu es le fruit de ce bonheur.

Havens consulte sa montre. Il a perdu toute notion de temps. Il se précipite dans la cuisine, s'empare de son appareil et remplit deux gourdes d'eau.

Rory lui emboîte le pas.

– Il est mort à cause de ce truc génétique alors ?

– Dans un sens, oui.

Trente-cinq ans ont passé et parler de la mort de Levi demeure toujours aussi douloureux pour Havens.

– C'est le racisme qui l'a eu en fin de compte.

Havens ne peut rien faire d'autre que de prendre la main de Rory pour lui faire comprendre d'y aller doucement.

– Pas tout en même temps, fiston, s'il te plaît.

Il examine les chaussures du jeune homme.

– Tu fais quelle taille ?

– Quarante-deux et demi. Pourquoi ?

– J'arrive tout de suite.

Lorsque Havens revient de la remise, il tend à Rory une paire de chaussures de marche et des guêtres pour se protéger des serpents.

– Enfile ça par-dessus ton pantalon, juste par sécurité.

Il charge un sac à dos, empoigne son chapeau et ouvre la porte à moustiquaire.

– Tu es toujours aussi lent ?

Havens tend au jeune homme le grand sac en papier qui était jusqu'alors posé contre la balustrade de la véranda et Rory jette un coup d'œil à l'intérieur.

– C'est une couronne mortuaire ? interroge Rory.

D'un bon pas, Havens coupe par l'arrière de ses terres, montrant à Rory quand faire attention aux orties, parfois hautes jusqu'au cou, et en un rien de temps ils rejoignent le chemin qui longe le ruisseau. Ils traversent là où le cours d'eau se rétrécit, puis partent vers la gauche là où le chemin commence à grimper. Havens entraîne le jeune homme sur le trajet qu'avec Massey il a découvert des années plus tôt, sauf qu'à présent il pourrait le faire les yeux fermés. Plusieurs fois, il vérifie que tout se passe bien pour son compagnon de route qui a cessé de lui poser des questions sur les ours, les serpents, les sables mouvants. Une fois arrivé au belvédère, Havens fait une halte pour boire et scrute la vallée où sont nichés la maison – la maison qu'il a construite – et l'écurie et l'étang qu'il a mis un temps fou à creuser et qui n'a pour l'instant pas encore vu une seule oie sauvage.

– Bon, à quoi tu penses, fiston ?

– Quand vous dites que c'est le racisme qui l'a eu en fin de compte, vous voulez dire que quelqu'un l'a tué ?

Il n'est pas né de la dernière pluie celui-là.

– Pour ma part, l'homme qui a tué ton père n'a pas de nom. S'il est question de lui dans le Livre de Vie, c'est juste un gribouillis.

– La vieille femme au cimetière, celle qui vous a traité d'assassin, c'était la mère du gribouillis ?

La tante de Faro, Verily Suggins, voilà qui c'était.

– Je te parlerais de ça au retour.

Havens désigne un grand pic qui frappe un arbre mort à coups de bec, et un peu plus loin la petite famille de gélinottes qui détale dans les buissons. Juste avant d'arriver à bon port, Havens dit à Rory :

– Ton père est enterré là.

– Pourquoi aussi loin ? Pourquoi pas au cimetière ?

En cueillant une tige de digitales, Havens explique que beaucoup de membres de sa famille sont enterrés là, à commencer par Opal, son arrière-grand-mère.

– À l'époque, les gens en ville refusaient qu'elle soit enterrée dans le cimetière de l'église parce qu'elle était bleue.

Les opinions ont évolué désormais mais qui ne préférerait pas reposer ici plutôt ? Un jour, Havens sera enterré là lui aussi.

Juste au-delà du tapis de ginseng sauvage se trouve la sépulture de Del Buford, une petite parcelle caillouteuse à l'ombre d'un grand érable. Aucune des tombes ici n'était indiquée autrefois, mais Havens a fait graver depuis des pierres tombales qu'il a disposées devant chacune, et il a déjà désherbé celle de Buford et réarrangé le ruban de gravillons qui l'entoure.

Rory désigne d'un mouvement de tête la zone à l'ombre des bouleaux à l'extrémité de la clairière.

– C'est qui ça ?

Le visage de Havens s'éclaire d'un grand sourire.

– Attends-moi une minute.

Il prend le sac en papier des mains de Rory et se précipite en sifflant vers la magnifique femme aux cheveux gris agenouillée devant la tombe de Levi.

– Tu es en retard. Je commençais à m'inquiéter.

– J'ai été retenu.

– J'ai laissé les bulbes de jacinthes pour que tu t'en occupes.

Elle lui indique les violettes qu'elle a plantées au pied de la sépulture.

– Il m'en reste pour Soidi, mais il va falloir que je taille le laurier autour de sa tombe parce que c'est n'importe quoi.

Elle sort du sac la couronne et les fleurs en papier multicolores qu'ils ont tous deux passé une semaine à confectionner.

– Ça fait être très joli sur la stèle de Levi, tu vois ? Pourquoi tu me regardes comme ça ?

Havens lui écarte quelques mèches des yeux et glisse la tige de digitales sur son oreille. Il n'aime pas se souvenir qu'elle a frôlé la mort durant l'automne 1937. Gladden lui a avoué jadis qu'elle avait lavé Jubilee avec un soin extrême ce jour-là, s'appliquant à rincer chaque recoin de la peau de sa fille, car c'était le seul moyen auquel elle songeait pour lui dire adieu ; jamais elle n'avait imaginé découvrir ce faisant le foyer infectieux que le médecin lui-même avait été incapable de localiser, et donc de traiter. Jubilee se plaignait autrefois, surtout au début de leur mariage, car Havens se montrait trop inquiet à son sujet. Il fallait qu'il la laisse seule parcourir les collines si elle en avait besoin, réclamait-elle. Et on ne peut pas dire qu'il ait cessé de s'inquiéter mais il a appris à moins le montrer. Lorsque Jubilee a enfin consenti à l'épouser il y a si longtemps maintenant, elle a voulu savoir si l'homme et la femme s'aimaient toujours à part égale, et ce que le mariage leur avait appris, c'est que l'on s'aime en fonction des besoins de chacun qui varient au fil de l'existence. En vérité, il s'est senti le plus aimé, même si c'est elle qui mériterait de l'être. Maintenant, il y a un autre jeune homme qui va pouvoir bénéficier de l'amour de Jubilee. Havens lui caresse la joue.

– Oh, ma chérie.

– Qu'est-ce qui ne va pas ?

– Tout va bien. J'ai quelqu'un à te présenter, c'est tout.

– Qui ? » Elle lance un coup d'œil par-dessus l'épaule de Havens. « Tu es venu avec qui, Clay ?

Ce qu'il doit lui dire relève en partie d'un conte de fées, en partie du miracle et il n'y a pas quatre chemins pour le faire.

– C'est Lenny. Le fils de Levi. Il est là.

Croire et savoir sont deux choses différentes. Croire, c'est comme une petite forteresse que l'on se construit mentalement, mais savoir, c'est ce que l'on ressent d'abord dans ses genoux. C'est ce qui fait perdre au corps toute tonicité. Havens la soutient par la taille et elle pose une main sur sa poitrine tandis qu'il fait signe à Rory d'approcher.

– Bonjour…

Les yeux écarquillés d'émerveillement, Rory s'approche.

Autrefois, Jubilee aurait eu l'instinct de se cacher, mais cela fait des années désormais qu'elle fait ce que bon lui semble – c'est-à-dire principalement sortir du foin pour les chevaux, remettre sur pied le bétail des voisins et donner du fil à retordre à Havens en lui demandant de photographier les petites créatures –, et elle a fini par apprécier la chance qu'elle a de pouvoir mener une existence qui passe inaperçue. Havens, lui, aime bien vivre à l'écart, alors que Jubilee s'est réconciliée depuis longtemps avec ceux qui l'ostracisaient et elle apprécie maintenant la compagnie. Elle se dégage du bras de Havens. Plaquant ses deux index tendus contre sa bouche, elle secoue la tête. Il ne parvient pas à entendre ce qu'elle se murmure. Elle a l'air de vaciller mais seulement l'espace d'un instant, et ses pas incertains cèdent bientôt la place à de grandes enjambées tandis qu'elle se précipite, bras écartés, vers celui qu'elle ne croyait plus jamais revoir.

Avec l'argent que leur ont rapporté les ventes de leurs livres, Havens et Jubilee ont acheté ces terres, en partie pour s'assurer que rien ne vienne troubler la paix de ces sépultures passant presque inaperçues, mais désormais ils sont vieux et ils se demandent depuis un moment ce qu'il en adviendra lorsqu'ils ne seront plus là. À qui pourront-ils les laisser en héritage afin que ce sol et l'histoire des Bleus restent liés et soient préservés à jamais ? Quoi de plus naturel que de les céder à la génération suivante ? Depuis toutes ces années qu'il est marié avec Jubilee, Havens a appris que l'existence est une succession de commencements. Parfois, cela lui a permis d'atténuer un peu plus la vieille culpabilité qui le taraude pour avoir jadis été responsable du mal qui a été infligé à Jubilee. Parfois, cela lui a permis de sentir fier, et parfois aussi il a eu l'impression de ne pas être assez bien pour elle. Le retour de Lenny aujourd'hui marque le commencement de quelque chose d'autre, et qui sait ce qui va en découler.

Havens ouvre le sac à dos et sort le Nikon F que Jubilee lui a offert quelques années plus tôt pour célébrer la sortie du troisième livre qu'ils ont tous deux écrit et qui, grâce au soutien des Services fédéraux de la Préservation de la Faune sauvage, a été publié sous un pseudonyme. Il passe la bandoulière par-dessus sa tête et ôte le bouchon de son objectif avant de coller son œil sur le viseur. Jubilee se présente à son neveu. Il penche un peu la tête et elle lui effleure la joue. Havens saisit juste quelques bribes :

– Tu étais si petit, souffle-t-elle. Petit coq, ajoute-t-elle.

Elle voudra peut-être lui montrer le vieil arbre au pied duquel elle l'a trouvé naguère, mais dans l'immédiat elle lui prend la main et le présente à ceux qui reposent là, en lui racontant l'histoire qu'elle seule peut raconter.

Remerciements

Je tiens à remercier mon agente, Emma Sweeney, dont les conseils sages et pertinents qu'elle n'a cessé de me prodiguer en cours de mon travail, m'ont aidée à mieux écrire. « Continue », m'exhortait-elle, lorsque je me faisais du mauvais sang au sujet de l'édition et de mes chances de publication, et comme elle a toujours raison, j'ai obtempéré et je continue de le faire. Elle me manquera à jamais et je lui serai éternellement reconnaissante. Margaret Sutherland Brown a lu ce livre lorsque j'ai eu le sentiment qu'il était prêt, mais avec un œil d'aigle, elle a donné à l'histoire une direction qui s'est avérée profondément transformatrice. Pour la remercier, je m'engage à partir de maintenant à toujours suivre ce qu'elle me dit.

Jessica Case a réagi à ce livre avec un enthousiasme incroyable et je lui en suis extrêmement reconnaissante. Je ne pouvais rêver meilleure éditrice. Je ne pouvais pas non plus rêver plus belle couverture ; merci à Derek Thornton. Je dois ici aussi remercier Maria Fernandez, Rita Madrigal et Barbara Greenberg pour avoir nettoyé de fond en comble chaque page. Je tiens aussi à remercier Carol Trost dont l'article, *The Blue People of Troublesome Creek*, m'a inspiré à écrire ce livre ; Walker Evans et James Agee dont le travail pour le compte de la Work Project Administration a permis à une époque depuis longtemps révolue de ne pas tomber dans l'oubli ; et la Library of Congress pour ses efforts de préservation des photographies et autres enregistrements datant de la Grande Dépression, ce qui m'a permis d'avoir accès à une culture prodigieusement riche.

Je ne remercierai jamais assez Carol Saggese pour le soutien infaillible dont elle a fait preuve en lisant et en corrigeant sans relâche les diverses versions de ce livre, ou en priant Dieu à tout rompre voire en me suggérant de faire appel au vaudou. Les encouragements de Helena Ogle et George Tagg m'ont été tout aussi précieux. Emily Morley est la lumière de ma vie ; c'est elle qui m'aide à tendre vers la beauté et la vérité, et si je sais un tant soit peu écrire sur l'amour c'est parce qu'elle me l'a fait connaître sous la forme la plus pure qui soit. C'est aussi grâce à elle que j'ai trouvé le titre de ce livre. Robert Morley, lui aussi, m'a toujours soutenue dans mon étrange vocation, et ses suggestions me sont devenues aujourd'hui indispensables. À l'instar de mon existence, ce livre est devenu ce qu'il est grâce à lui.

Les Éditions Points s'engagent pour la protection de l'environnement et une production française responsable

Ce livre a été imprimé en France, sur un papier certifié issu de forêts gérées durablement, chez un imprimeur labellisé Imprim'Vert, marque créée en partenariat avec l'Agence de l'Eau, l'ADEME (Agence de l'Environnement et de la Maîtrise de l'Énergie) et l'UNIC (Union Nationale de l'Imprimerie et de la Communication).

La marque Imprim'Vert apporte trois garanties essentielles :

- La suppression totale de l'utilisation de produits toxiques
- La sécurisation des stockages de produits et de déchets dangereux
- La collecte et le traitement de produits dangereux

RÉALISATION : NORD COMPO À VILLENEUVE-D'ASCQ
IMPRESSION : MAURY IMPRIMEUR À MALESHERBES (45)
DÉPÔT LÉGAL : JUIN 2022. N° 150227 (262666)
IMPRIMÉ EN FRANCE